季羡林自选集
八大印章珍藏版

印章编号 1

我与中国二十世纪

季羡林

我生也晚,没有能看到二十世纪的开始。但是,时至今日,再有七年,二十一世纪就来临了。从我目前的精神身体和方面来看,我能看到两个世纪的交接,是丝毫也没有问题的。在这个意义上来讲,我也可以说是与二十世纪共始终了。因此我有资格写"我与中国二十世纪"。

时时势的推移来说,每一个人的心都是一面镜子。我的心当然也不会例外。我自认为是一个颇为敏感的人。我这一面心镜,虽不敢说是纤毫必显,然确实并不迟钝。我相信,我的镜子照出了二十世纪长达九十年的真实情况,是完全可以依赖的。

季羡林自选集

我的心是一面镜子

季羡林 著

北京联合出版公司
Beijing United Publishing Co.,Ltd.

图书在版编目（CIP）数据

我的心是一面镜子 / 季羡林著 . —— 北京：北京联合出版公司，2024.7
（季羡林自选集）
ISBN 978-7-5596-7617-7

Ⅰ.①我… Ⅱ.①季… Ⅲ.①散文集 - 中国 - 当代 Ⅳ.① I267

中国国家版本馆 CIP 数据核字 (2024) 第 085474 号

季羡林自选集：我的心是一面镜子

季羡林　著

出　品　人：赵红仕
选 题 策 划：外图凌零
统　　　筹：徐蕙蕙
特 约 编 辑：康舒悦　陈佳韵
责 任 编 辑：周　杨
封 面 设 计：陶　雷
内 文 排 版：孟　迪

北京联合出版公司出版
（北京市西城区德外大街83号楼9层 100088）
北京联合天畅文化传播公司发行
武汉市盛宏源印务有限公司　新华书店经销
字数 317 千字　880 毫米 ×1230 毫米　1/32　11.875 印张
2024 年 7 月第 1 版　2024 年 7 月第 1 次印刷
ISBN 978-7-5596-7617-7
定价：56.00 元

版权所有，侵权必究
未经书面许可，不得以任何方式转载、复制、翻印本书部分或全部内容。
本书若有质量问题，请与本公司图书销售中心联系调换。电话：（010）64258472-800

代序　　做真实的自己

◎ 季羡林

在人的一生中，思想感情的变化总是难免的。连寿命比较短的人都无不如此，何况像我这样寿登耄耋的老人！

我们舞笔弄墨的所谓"文人"，这种变化必然表现在文章中。到了老年，如果想出文集的话，怎样来处理这样一些思想感情前后有矛盾，甚至天翻地覆的矛盾的文章呢？这里就有两种办法。在过去，有一些文人，悔其少作，竭力掩盖自己幼年挂屁股帘的形象，尽量删削年轻时的文章，使自己成为一个一生一贯正确、思想感情总是前后一致的人。

我个人不赞成这种做法，认为这有点作伪的嫌疑。我主张，一个人一生是什么样子，年轻时怎样，中年怎样，老年又怎样，都应该如实地表达出来。在某一阶段上，自己的思想感情有了偏颇，甚至错误，绝不应加以掩饰，而应该堂堂正正地承认。这样的文章绝不应任意删削或者干脆抽掉，而应该完整地加以保留，以存真相。

在我的散文和杂文中，我的思想感情前后矛盾的现象，是颇能找出一些来的。比如对中国社会某一个阶段的歌颂，对某一个人的崇拜与歌颂，在写作的当时，我是真诚的；后来感到一点失望，我也是真诚的。这些文章，我都毫不加以删改，统统保留下来。不管现在看起来是多么幼稚，甚至多么荒谬，我都不加掩饰，目的仍然是存真。

像我这样性格的一个人，我是颇有点自知之明的。我离一个社会活动家，是有相当大的距离的。我本来希望像我的老师陈寅恪先生那样，淡泊以明志，宁静以致远，不求闻达，毕生从事学术研究，又决不是不关心国家大事，绝不是不爱国，那不是中国知识分子的传统。然而阴差阳错，我成了现在这样一个人。应景文章不能不写，写序也推托不掉，"春花秋月何时了，开会知多少"，会也不得不开。事与愿违，尘根难断，自己已垂垂老矣，改弦更张，只有俟诸来生了。

1995年3月18日

序二　　我尊敬的国学大师

◎ 梁　衡

　　季羡林先生是我尊敬的国学大师，但他的贡献和意义又远在其学问之上。我尝问先生："你所治之学，如吐火罗文，如大印度佛教，于今天何用？"他肃然答道："学问不问有用无用，只问精不精。"其严谨的治学态度发人深省。此其一令人尊敬。先生学问虽专、虽深，然文风晓畅朴实，散文尤美。就是有关佛学、中外文化交流，甚至如《糖史》这些很专的学术论著也深入浅出，条分缕析。虽学富五车，却水深愈静，绝无一丝卖弄。此其二令人尊敬。先生以教授身份居校园凡六十年，然放眼天下，心忧国事。常忆季荷池畔红砖小楼，拜访时，品评人事，说到动人处，竟眼含热泪。我曾问之，最佩服者何人。答曰："梁漱溟。"又问再有何人。答曰："彭德怀。"问其因，只为他们有骨气。联系"文化大革命"中,先生身陷牛棚,宁折不屈,士身不可辱,公心忧天下。此其三令人尊敬。

先生学问之衣钵,自有专业人士接而传之。然治学之志、文章之风、人格之美则应为学术界、全社会,尤其是青少年所学、所重。而这一切又都体现在先生的文章著作中。遂建议于先生全部著作中,选易普及之篇,面对一般读者,编一季文普及读本。于是有此选本问世,庶可体现初衷。

(梁衡,著名散文家。曾任原国家新闻出版署副署长、人民日报社副总编辑)

序三 ____ 季羡林先生的道德文章

◎ 梁志刚

"季羡林自选集"丛书付梓在即,责编要求我写一篇序。初闻此言,颇感错愕:老朽何德何能,哪有资格为大师的文集作序?继而思之,季先生的同辈学人,已经渐去渐远,即使我的师兄师姐,也是寥若晨星。我作为先生的及门弟子和读者,同时还是先生传记的作者,谈点心得体会,作为引玉之砖,不但是必要的,而且是应该的。于是我鼓足勇气,写点一孔之见,与诸位读者交流。

说起季羡林先生的自选集,据我所知,最早是在1988年,北京师范学院出版社要求季先生自选精华,编成《季羡林学术论著自选集》。季先生从过去几十年所写的200万字的学术著作中,选出几十篇,还为这本集子写了自序。他发现,所选文章基本上都是考证方面的,这说明,自己的兴趣和能力即在于此。清代大文豪姚鼐说："天下学问之事，有义理、文章、考证三者之分，异趋而同为不可废。"

20世纪80年代中期以前，季羡林的治学主要是考证。他师承陈寅恪和瓦尔德施米特，认为考证是做学问的必由之路。至于考证的方法，他十分佩服并身体力行胡适提出的"大胆的假设，小心的求证"。他认为，过去批判这两句话，批判一些人，是在极左思想的支配下，以形而上学冒充辩证法来进行的。他反对把结论当成先验的真理，不许怀疑，只准阐释，代圣人立言，为经典作注。他认为这样只能使学术堕落。他说："我过去五六十年的学术活动，走的基本上是一条考证的道路。""考证要达到什么目的呢？无非是寻求真理而已。""什么叫真理？大家的理解也未必一致。有的人心目中的真理有伦理意义。我不认为是这样。我觉得，事情是什么样子，你就说它是什么样子。这是唯物主义，同时也是真理。"要想了解季羡林是如何考证、如何寻求真理的，请读一读本丛书中的《季羡林谈佛》。

季羡林曾经多次说"不喜欢义理"。可是在20世纪80年代中后期，他在"义理"的研究方面，投入了不少的精力，取得了可喜的成果。其原因是，他看到，西方文化引领世界数百年，给人类带来前所未有的利益，同时也造成了巨大的生存危机，诸如环境污染、人口爆炸、淡水不足、气候变暖、臭氧出洞、物种灭绝、战争频发、贫富差距扩大等等。他在思考人类的出路在哪里。当然不只是季羡林，世界上有些有识之士也在考虑同样的问题。英国的汤因比对人类文明的发展趋势进行了深刻的反思，日本的池田大作在考虑如何把"战争与暴力的世纪"改造成"和平与共生的世纪"，并与季羡林展开隔空对谈。季羡林从中国古代圣贤那里受到启发，提出了"天人合一"的新解，主张人与自然和谐相处；在人与人、国与国的关系方面，主张和为贵，和而不同，建立和谐世界；在东西方文化关系方面，主张坚持"拿来"，强调"送去",用东方的药,治西方的病;他提出"河东河西论",大胆预言:21世纪将是中国的世纪。这些,为建立人类命运共同体理念提供了理论支撑。我们这套丛书中的《季羡林谈国学》《季羡林谈东西方文化》无疑是其代表作品。

至于文章,季羡林先生是广受读者欢迎的散文大家。他笔耕七十余载,创作散文五百余篇,其中许多是脍炙人口、清新隽永的名篇。1980年香港文学研究社出版的《季羡林选集》和1986年北京大学出版社出版的《季羡林散文集》就是较早的散文自选集。在这前一本书的跋和后一本书的自序中,他详细介绍了自己的创作过程和"惨淡经营"的创作理念。此后,各家出版单位编辑出版的季羡林散文集可以说数不胜数。记得2006年初,有一家出版社找到我,要编一本季先生的学者散文。我去医院请示季先生,季先生说:"我的散文已经出了七八种,有的还没有经过我同意。这些书大同小异,你选这几篇,他选那几篇,重复的不少。这对读者不负责任。你不要凑这个热闹。人家不编的,你编。"本套丛书大多是散文。对季先生的散文,方家评论多矣,我这里只引用林江东的评语——"季先生散文的特点是:在朴实中蕴含着优美,在静穆中饱含着热情,在飘逸秀丽中不失遒劲和锋刃,在淳朴亲切的娓娓道来中给人以强烈的震撼,在诙谐隽永的语言中蕴含着深刻的人生哲理,在行云流水般的字里行间凸显先生的人格魅力。"我认为此言不虚,读季先生的散文,确实是一种美的享受。

季羡林先生是著名翻译家,他的译著在三十卷《季羡林全集》中占三分之一。1994年初,中国工人出版社出版了一本季羡林译著自选集。季羡林为这本《沙恭达罗——中国翻译名家自选集·季羡林卷》写了篇小引,提出了一个十分重要的原则,"不改少作,意在存真"。他说:"除了明显的错误或者错排,其余的我一概不加改动,意在存真,给历史留下些真实的影子。有的作家到了老年拼命改动自己青年和中年时代的文章,好像一个老年人想借助美容院之力把自己修饰得返老还童。我认为此举不足取。"季羡林先生是这样说的,也是这样做的。他的《清华园日记》和早年许多著述,都是以本来面目示人。令人欣喜的是,本套丛书的编者,严格遵循作者的本意,不辞辛劳追根溯源,坚决剔除某些版本的不当修饰,奉献给读者的是季先生的原玉。

季羡林先生走了,留给我们丰厚的精神遗产。印刷机轰鸣,指示灯闪烁,一套新书很快就要和读者见面了。这套书里的文章是季先生亲自挑选,出版社精心打造的;是值得认真品读,值得珍藏,传诸后世的。季羡林说:"我的工作主要是爬格子。几十年来,我已经爬出了上千万的字。这些东西都值得爬吗?我认为是值得的。我爬出的东西不见得都是精金粹玉,都是甘露醍醐,吃了能让人升天成仙,但是其中绝没有毒药,绝没有假冒伪劣,读了以后至少能让人获得点享受,能让人爱国、爱乡、爱人类、爱自然、爱儿童,爱一切美好的东西。总之一句话,能让人在精神境界中有所收益。"

季羡林被评为"感动中国"2006年度人物,评委们称赞他是"中国现代知识分子的一面旗帜和榜样"。他是如何做到的呢?在人生的最后岁月,季羡林考虑最多的是和谐。他对《人民日报》的记者说:"要想达到个人和谐的境界,需要具备两个条件,良知和良能。知是认识,能是本领。良知是基础,良能是保障,两者缺一不可。知行合一,天人合一,方能和谐。良知是什么?概括起来就是八个字——爱国、孝亲、尊师、重友,这在中国传统文化中都有。一个人如果做到了这一点,就可以说他是个人和谐了,而每一个人都和谐了,那整个社会也就和谐了。"至于良能是什么,季羡林没有说。窃以为,从事不同的行业,良能当各有特色。而对学者与教师而言,季羡林为聊城大学题写的校训"敬业、博学、求实、创新"似可概括。良知和良能的完美结合,季羡林不仅是倡导者,而且是模范的实践者。限于篇幅,我不能展开讲,只能扼要说说。

说到爱国,这是中国知识分子的传统。季羡林先生提倡的爱国,是具有世界眼光的爱国,是和国际主义相统一的爱国,不是义和团式的"爱国"。那样的"爱国"其实是害国。1931年"九一八"事变后,20岁的季羡林和清华同学躺在铁轨上拦火车,去南京请愿要求政府出兵抗日;1942年,德国当局承认汪伪政权,季羡林和张维等留学生坚决反对汉奸政府,他们不顾生死,宣布自己"无国籍";朝鲜战争爆发后,他积极签名,捐献稿费支援抗美援朝。他的爱国,更多表现在实际工作中,融汇在本职岗位的敬业里。20世纪80年代,他担任中国敦煌吐鲁番学会会长,针对"敦煌在中国,敦煌学在日本"的说法,响亮地提出"敦煌在中国,敦煌学在世界"的口号,带领我国敦煌学者与国际学术界密切合作开展敦煌学研究,取得了骄人的业绩,他本人更是在耄耋之年学术冲刺,完成了《糖史》和《吐火罗文A(焉耆文)〈弥勒会见记剧本〉译释》两部顶尖的科学巨著,为祖国争得了荣誉。季羡林的爱国,还表现在他深谙"天下兴亡,匹夫有责"的道理,针对那场给国家民族带来巨大灾难的十年浩劫,他主张总结亿金难买的深刻教训,绝不允许悲剧重演。他用自己的切身经历,和着血和泪写成《牛棚杂忆》,一时令"洛阳纸贵"。他还发出振聋发聩的四问,不仅震撼国人心灵,而且展现了一个有良知者对祖国的拳拳赤子之心。

季羡林提倡尊师,是以爱生为前提的。作为北京大学的资深教授,季羡林对学生如亲人,他为新生看行李的故事,几乎尽人皆知。我再说几件不那么家喻户晓的事。1964年新生入学,季羡林到男生宿舍看望新生,他看见盥洗室水槽里放着几个瓦盆,就问:"怎么把尿盆放在这里?"我怯怯地说了句:"不是尿盆。"季先生没有再说什么,第二天,系学生会通知:季先生自掏腰包买了二十个搪瓷脸盆,没有脸盆的同学可以来领。我虽然没有去领盆,但心里暖暖的。1980年海淀区人民代表选举，中文系一名女学生自荐参加竞选，结果代表没有选上，反遭大字报围攻。季副校长知道这名同学承受着巨大压力，吩咐身边工作人员暗中呵护，以免发生不测。1985年新生入学，一位从广东农村来的同学没有带被褥和棉衣，季先生发动老师们为他捐钱捐布票置办被褥，还找出自己的旧棉袄给他御寒。同学们都知道，季先生学问好，人更好，所以他深受学生的爱戴和崇敬。

季羡林先生为学为人都达到了很高的境界，绝非偶然。我们读他怀念师友的文章，可清楚地发现，他从恩师陈寅恪、汤用彤、胡适和瓦尔德施米特、西克、哈隆身上传承了什么，还有鞠思敏、王寿彭、胡也频、董秋芳、吴宓、朱光潜等对他的影响和帮助，原来他是站在大师的肩膀上啊！

读季先生的书，不难看出，他一生走过曲折的路。回国后的三十多年，他是在战争和一个接一个的运动中度过的。在极左乌云压城的时候，运动来了，他不停地检讨自己"智育第一、业务至上"的"修正主义"，运动一过，就"死不悔改、我行我素"。有人会说，这是典型的"人格分裂"。我认为不是。中国的知识分子，像陈寅恪那样始终清醒的是凤毛麟角。大多数人都与季羡林遭遇类似。我们要听其言，观其行。在高压下违心或诚心地检讨是"言"，是为了"过关"。而其行，坚持"死不悔改"，坚持业务至上，坚持教书育人，才是其良知使然。而且，季羡林死守一条底线，就是只检查自己，决不攻击他人，这才是更加难能可贵的。

不仅仅如此，有人问他，一生最敬佩什么人？他回答是彭德怀和梁漱溟，由此不难窥见他的风骨。季羡林晚年，致力于中华优秀传统文化的发掘和传承，他曾多次与人讨论"侠"和"士"的问题，可惜没有来得及写成文章。这样的文章只能由后人来写了。我相信我们这个伟大民族，一定能够出现越来越多造福人类的国侠和国士。

以上体会尽管浅陋,但是我的肺腑之言。遵照季先生吩咐,"假话全不说,真话不全说",就此打住。我想重复一句季先生对我耳提面命的话,作为这篇序的结尾:"记住,书好不好,读者说了算。"

2023年7月30日
于北京大兴

(梁志刚,季羡林的学生,《季羡林大传》作者)

目 录

我写我	001
我的童年	004
我的小学和中学	013
报考大学	076
记北大1930年入学考试	079
那提心吊胆的一年	081
清华大学西洋文学系	086
受用终生的两门课	094
高中国文教员一年	096
师生之间	107
进入哥廷根大学	111
十年回顾	114
回到祖国	121

入党一年	283
德国学习生活回忆	286
一个老知识分子的心声	290
我看北大	296
我和北大	300
我的家	305
二月兰	310
《还乡十记》小记	315
临清县招待所	318
聊城师范学院	322
五样松抒情	327
我的心是一面镜子	331
自　传	358

我写我

我写我,真是一个绝妙的题目;但是,我的文章却不一定妙,甚至,很不妙。

每一个人都有一个"我",二者亲密无间,因为实际上是一个东西。按理说,人对自己的"我"应该是十分了解的;然而,事实上却不尽然。依我看,大部分人是不了解自己的,都是自视过高的。这在人类历史上竟成了一个哲学上的大问题。否则古希腊哲人发出狮子吼:"要认识你自己!"岂不成了一句空话吗?

我认为,我是认识自己的,换句话说,是有点自知之明的。我经常像鲁迅先生说的那样剖析自己。然而结果并不美妙,我剖析得有点过了头,我的自知之明过了头,有时候真感到自己一无是处。

这表现在什么地方呢?

拿写文章做一个例子。专就学术文章而言,我并不认为

"文章是自己的好"。我真正满意的学术论文并不多。反而别人的学术文章,包括一些青年后辈的文章在内,我觉得是好的。为什么会出现这种心情呢?我还没得到答案。

再谈文学作品。在中学时候,虽然小伙伴们曾赠我一个"诗人"的绰号,实际上我没有认真写过诗。至于散文,则是写的,而且已经写了六十多年,加起来也有七八十万字了。然而自己真正满意的屈指可数。在另一方面,别人的散文真正觉得好的也十分有限。这又是什么原因呢?我也还没得到答案。

在品行的好坏方面,我有自己的看法。什么叫好?什么又叫坏?我不通伦理学,没有深邃的理论,我只能讲几句大白话。我认为,只替自己着想,只考虑个人利益,就是坏。反之能替别人着想,考虑别人的利益,就是好。为自己着想和为别人着想,后者能超过一半,他就是好人;低于一半,则是不好的人;低得过多,则是坏人。

拿这个尺度来衡量一下自己,我只能承认自己是一个好人。我尽管有不少的私心杂念,但是总的来看,我考虑别人的利益还是多于一半的。至于说真话与说谎,这当然也是衡量品行的一个标准。我说过不少谎话,因为非此则不能生存。但是我还是敢于讲真话的。我的真话总是大大地超过谎话。因此我是一个好人。

我这样一个自命为好人的人,生活情趣怎样呢?我是一个感情充沛的人,也是兴趣不老少的人。然而事实上生活了八十年以后,到头来自己都感到自己枯燥乏味,干干巴巴,好像是一棵枯树,只有树干和树枝,而没有一朵鲜花,一片绿叶。自己搞的所谓学问,别人称之为"天书"。自己写的一些专门的学术著作,别人视之为神秘。年届耄耋,过去也曾有过一些幻想,想在生活方面改弦更张,减少一点枯燥,增添一点滋润,在枯枝粗干上开出一点鲜花,长上一点绿叶;然而直到今天,仍然是忙忙碌碌,有时候整天连轴转,"为他人作嫁衣裳",而且退休无日,路穷有期,可叹亦复可笑!

我这一生,同别人差不多,阳关大道,独木小桥,都走过跨过。坎坎坷坷,弯弯曲曲,一路走了过来。我不能不承认,我运气不错,所得到的成功,所获得的虚名,都有点名不副实。在另一方面,我的倒霉也有非常人所可得者。在那骇人听闻的所谓什么"大革命"中,因为敢于仗义执言,几乎把老命赔上。皮肉之苦也是永世难忘的。

现在,我的人生之旅快到终点了。我常常回忆八十年来的历程,感慨万端。我曾问过自己一个问题:如果真有那么一个造物主,要加恩于我,让我下一辈子还转生为人,我是不是还走今生走的这一条路?经过了一些思虑,我的回答是:还要走这一条路。但是有一个附带条件:让我的脸皮厚一些,让我的心黑一点,让我考虑自己的利益多一点,让我自知之明少一点。

1992年11月16日

我的童年

回忆起自己的童年来,眼前没有红,没有绿,是一片灰黄。

七十多年前的中国,刚刚推翻了清代的统治,神州大地,一片混乱,一片黑暗。我最早的关于政治的回忆,就是"朝廷"二字。当时的乡下人管当皇帝叫"坐朝廷",于是"朝廷"二字就成了皇帝的别名。我总以为朝廷这种东西似乎不是人,而是有极大权力的玩意。乡下人一提到它,好像都肃然起敬。我当然更是如此。总之,当时皇威犹在,旧习未除,是大清帝国的继续,毫无万象更新之象。

我就是在这新旧交替的时刻,于1911年8月6日,生于山东省清平县(现改临清市)的一个小村庄——官庄。当时全中国的经济形势是南方富而山东(也包括北方其他省份)穷。专就山东论,是东部富而西部穷。我们县在山东西部又是最穷的县,我们村在穷县中是最穷的村,而我们家在全村中又是最穷的家。

我们家据说并不是一向如此。在我诞生前似乎也曾有过比较好的日子。可是我降生时祖父、祖母都已去世。我父亲的亲兄弟共有三人,最小的一个(大排行是第十一,我们把他叫十一叔)送给了别人,改了姓。我父亲同另外的一个弟弟(九叔)孤苦伶仃,相依为命。房无一间,地无一垄,两个无父无母的孤儿,活下去是什么滋味,活着是多么困难,概可想见。他们的堂伯父是一个举人,是方圆几十里最有学问的人物,做官做到一个什么县的教谕,也算是最大的官。他曾养育过我父亲和叔父,据说待他们很不错。可是家庭大,人多是非多。他们俩有几次饿得到枣林里去捡落到地上的干枣充饥。最后还是被迫弃家(其实已经没了家)出走,兄弟俩逃到济南去谋生。"文化大革命"中我自己"跳出来"反对那位臭名昭著的"第一张马列主义大字报"的作者,惹得她大发雌威,两次派人到我老家官庄去调查,一心一意要把我"打成"地主。老家的人告诉那几个"革命"小将,说如果开诉苦大会,季羡林是官庄的第一名诉苦者,他连贫农都不够。

我父亲和叔父到了济南以后,人地生疏,拉过洋车,扛过大件,当过警察,卖过苦力。叔父最终站住了脚。于是兄弟俩一商量,让我父亲回老家,叔父一个人留在济南挣钱,寄钱回家,供我的父亲过日子。

我出生以后,家境仍然是异常艰苦。一年吃白面的次数有限,平常只能吃红高粱面饼子;没有钱买盐,把盐碱地上的土扫起来,在锅里煮水,腌咸菜;什么香油,根本见不到。一年到底,就吃这种咸菜。举人的太太,我管她叫奶奶,她很喜欢我。我三四岁的时候,每天一睁眼,抬腿就往村里跑(我们家在村外),跑到奶奶跟前,只见她把手一卷,卷到肥大的袖子里面,手再伸出来的时候,就会有半个白面馒头拿在手中,递给我。我吃起来,仿佛是龙胆凤髓一般,我不知道天下还有比白面馒头更好吃的东西。这白面馒头是她的两个儿子(每家有几十亩地)

特别孝敬她的。她喜欢我这个孙子,每天总省下半个,留给我吃。在长达几年的时间内,这是我每天最高的享受,最大的愉快。

大概到了四五岁的时候,对门住的宁大婶和宁大姑,每到夏秋收割庄稼的时候,总带我走出去老远,到别人割过的地里去拾麦子或者豆子、谷子。一天辛勤之余,可以捡到一小篮麦穗或者谷穗。晚上回家,把篮子递给母亲,看样子她是非常欢喜的。有一年夏天,大概我拾的麦子比较多,她把麦粒磨成面粉,贴了一锅死面饼子。我大概是吃出味道来了,吃完了饭以后,我又偷了一块吃,让母亲看到了,赶着我要打。我当时是赤条条浑身一丝不挂,我逃到房后,往水坑里一跳。母亲没有法子下来捉我,我就站在水中把剩下的白面饼子尽情地享受了。

现在写这些事情还有什么意义呢?这些芝麻绿豆般的小事是不折不扣的身边琐事,使我终生受用不尽。它有时候能激励我前进,有时候能鼓舞我振作。直到今天,我都对日常生活要求不高,对吃喝从不计较,难道同我小时候的这一些经历没有关系吗?我看到一些独生子女的父母那样溺爱子女,也颇不以为然。儿童是祖国的花朵,花朵当然要爱护,但爱护要得法,否则无异是坑害子女。

不记得是从什么时候起我开始学着认字,大概在四岁到六岁之间。我的老师是马景功先生。现在我无论如何也记不起有什么类似私塾之类的场所,也记不起有什么《百家姓》《千字文》之类的书籍。我那一个家徒四壁的家就没有一本书,连带字的纸条子也没有见过。反正我是认了几个字,否则哪里来的老师呢?马景功先生的存在是不能怀疑的。

虽然没有私塾,但是小伙伴是有的。我记得最清楚的有两个:一个叫杨狗,我前几年回家,才知道他的大名,他现在还活着,一字不识;另一个叫哑巴小(意思是哑巴的儿子),我到现在也没有弄清楚他姓甚名谁。我们三个天天在一起玩,洑水、打枣、捉知了、摸虾,不见不散,一天也不间断。后来听说哑巴小当了山大王,练就了一身蹿房越脊的惊人本领,能用手指抓住大庙的椽子,浑身悬空,围绕大殿走一周。有一次被捉住,是十冬腊月,赤身露体,浇上凉水,被捆起来,倒挂一夜,仍然能活着。据说他从来不到官庄来作案,"兔子不吃窝边草",这是绿林英雄的义气。后来终于被捉杀掉。我每次想到这样一个光着屁股游玩的小伙伴竟成为这样一个"英雄",就颇有骄傲之意。

我在故乡只待了六年,能回忆起来的事情还多得很,但是我不想再写下去了。已经到了同我那一个一片灰黄的故乡告别的时候了。

我六岁那一年,是在春节前夕,公历可能已经是1917年,我离开父母,离开故乡,是叔父把我接到济南去的。叔父此时大概日子已经可以了,他兄弟俩只有我一个男孩子,想把我培养成人,将来能光大门楣,只有到济南去一条路。这可以说是我一生中最关键的一个转折点,否则我今天仍然会在故乡种地(如果我能活着的话),这当然算是一件好事。但是好事也会有成为坏事的时候。"文化大革命"中,我曾有几次想到:如果我叔父不把我从故乡接到济南的话,我总能过一个浑浑噩噩但却舒舒服服的日子,哪能被"革命家"打倒在地,身上踏上一千只脚还要永世不得翻身呢?呜呼,世事多变,人生易老,真叫作没有法子!

到了济南以后,我过了一段难过的日子。一个六七岁的孩子离开母亲,他心里会是什么滋味,非有亲身经历者,实难体会。我曾有几次从梦里哭着醒来。尽管此时不但能吃上白面馒头,而且还能吃上肉,但是我宁愿再啃红高粱面饼子就苦咸菜。这种愿望当然只是一个幻想。我毫无办法,久而久之,也就习以为常了。

叔父望子成龙,对我的教育十分关心。先安排我在一个私塾里学习。老师是一个白胡子老头,面色严峻,令人见而生畏。每天入学,先向孔子牌位行礼,然后才是"赵钱孙李"。大约就在同时,叔父又把我送到一师附小去念书。这个地方在旧城墙里面,街名叫升官街,看上去很堂皇，实际上"官"者"棺"也，整条街都是做棺材的。此时五四运动大概已经起来了。校长是一师校长兼任，他是山东得风气之先的人物，在一个小学生眼里，他是一个大人物，轻易见不到面。想不到在十几年以后，我大学毕业到济南高中去教书的时候，我们俩竟成了同事，他是历史教员。我执弟子礼甚恭，他则再三逊谢。我当时觉得，人生真是变幻莫测啊！

因为校长是维新人物，我们的国文教材就改用了白话。教科书里面有一段课文，叫作《阿拉伯的骆驼》。故事是大家熟知的。但当时对我却是陌生而又新鲜，我读起来感到非常有趣味，简直是爱不释手。然而这篇文章却惹了祸。有一天，叔父翻看我的课本，我只看到他蓦地勃然变色。"骆驼怎么能说人话呢？"他愤愤然了，"这个学校不能念下去了，要转学！"

于是我转了学。转学手续比现在要简单得多，只经过一次口试就行了。而且口试也非常简单，只出了几个字叫我们认。我记得字中间有一个"骡"字，我认出来了，于是定为高一（高小一年级）。一个比我大两岁的亲戚没有认出来，于是定为初三（初小三年级）。因为一个字，我占了一年的便宜，这也算是轶事吧。

这个学校靠近南圩子墙，校园很空阔，树木很多。花草茂密，景色算是秀丽的。在用木架子支撑起来的一座柴门上面，悬着一块木匾，上面刻着四个大字"循规蹈矩"。我当时并不懂这四个字的含义，只觉得笔画多得好玩而已。我就天天从这个木匾下出出进进，上学，游戏。当时立匾者的用心到了后来我才了解，无非是想让小学生规规矩矩做好孩子而已。但是用了四个古怪的字，小孩子谁也不懂，结果形同虚设，多此一举。

我"循规蹈矩"了没有呢？大概是没有。我们有一个珠算教员，眼睛长得凸了出来，我们给他起了一个绰号，叫作 shao qianr（济南话，意思是知了)。他对待学生特别蛮横。打算盘，错一个数，打一板子。打算盘错上十个八个数，甚至上百数，是很难避免的。我们都挨了不少的板子。不知是谁一嘀咕："我们架（小学生的行话，意思是赶走）他！"立刻得到大家的同意。我们这一群十岁左右的小孩子也要"造反"了。大家商定：他上课时，我们把教桌弄翻，然后一起离开教室，躲在假山背后。我们自己认为这个锦囊妙计实在非常高明，如果成功了，这位教员将无颜见人，非卷铺盖回家不可。然而我们班上出了"叛徒"，虽然只有几个人，他们想拍老师的马屁，没有离开教室。这一来，大大长了老师的气焰，他知道自己还有"群众"，于是威风大振，把我们这一群不知天高地厚的"叛逆者"狠狠地用大竹板打手心打了一阵，我们每个人的手都肿得像发面馒头。然而没有一个人掉泪。我以后每次想到这一件事，觉得很可以写进我的"优胜纪略"中去。"革命无罪，造反有理"，如果当时就有这两句口号，那该有多么好呀！

谈到学习，我记得在三年之内，我曾考过两个甲等第三（只有三名甲等），两个乙等第一，总起来看，属于上等，但是并不拔尖。实际上，我当时并不用功，玩的时候多，念书的时候少。我们班上考甲等第一的叫李玉和，年年都是第一。他比我大五六岁，好像已经很成熟了，死记硬背，刻苦努力，天天皱着眉头，不见笑容，也不同我们打闹。我从来就是少无大志，一点也不想争那个状元。但是我对我这一位老学长并无敬意，还有点瞧不起的意思，觉得他非我族类。

我虽然对正课不感兴趣，但是也有我非常感兴趣的东西，那就是看小说。我叔父是古板人，把小说叫作"闲书"，闲书是不许我看的。在家里的时候，我书桌下面有一个盛白面的大缸，上面盖着一个用高粱秆编成的"盖垫"（济南话）。我坐在桌旁，桌上摆着《四书》，我看的却是《彭公案》《济公传》《西游记》《三国志演义》等旧小说。《红楼梦》大概太深，我看不懂其中的奥妙，黛玉整天哭哭啼啼，为我所不喜，因此看不下去。其余的书都是看得津津有味。冷不防叔父走了进来，我就连忙掀起盖垫，把闲书往里一丢，嘴巴里念起"子曰""诗云"来。

到了学校里，用不着防备什么，一放学，就是我的天下。我往往躲到假山背后，或者一个盖房子的工地上，拿出闲书，狼吞虎咽似的大看起来。常常是忘记了时间，忘记了吃饭，有时候到了天黑，才摸回家去。我对小说中的绿林好汉非常熟悉，他们的姓名背得滚瓜烂熟，连他们用的兵器也如数家珍，比教科书熟悉多了。自己当然也希望成为那样的英雄。有一回，一个小朋友告诉我，把右手五个指头往大米缸里猛戳，一而再，再而三，一直到几百次，上千次，练上一段时间以后，再换上砂粒，用手猛戳，最终可以练成铁砂掌，五指一戳，能够戳断树木。我颇想有一个铁砂掌，信以为真，猛练起来，结果把指头戳破了，鲜血直流。知道自己与铁砂掌无缘，遂停止不练。

学习英文，也是从这个小学开始的。当时对我来说，外语是一种非常神奇的东西。我认为，方块字是天经地义，不用方块字，只弯弯曲曲像蚯蚓爬过的痕迹一样，居然能发出音来，还能有意思，简直是不可思议。越是神秘的东西，便越有吸引力。英文对于我就有极大的吸引力。我万没有想到望之如海市蜃楼般的可望而不可即的东西竟然唾手可得了。我现在已经记不清楚，学习的机会是怎么来的。大概是有一位教员会一点英文，他答应晚上教一点，可能还要收点学费。总之，一个业余英文学习班很快就组成了，参加的大概有十几个孩子。究竟学了多久，我已经记不清楚，时候好像不太长，学的东西也不太多，二十六个字母以后，学了一些单词。我当时有一个非常伤脑筋的问题：为什么"是"和"有"算是动词，它们一点也不动嘛？当时老师答不上来；到了中学，英文老师也答不上来。当年用"动词"来译英文的 verb 的人，大概不会想到他这个译名惹下的祸根吧。

每次回忆学习英文的情景时,我眼前总有一团零乱的花影,是绛紫色的芍药花。原来在校长办公室前的院子里有几个花畦,春天一到,芍药盛开,都是绛紫色的花朵。白天走过那里,紫花绿叶,极为分明。到了晚上,英文课结束后,再走过那个院子,紫花与绿叶化成一个颜色,朦朦胧胧的一堆一团,因为有白天的印象,所以还知道它们的颜色。夜晚眼前却只能看到花影,鼻子似乎有点花香而已。这一幅情景伴随了我一生,只要是一想起学习英文,这一幅美妙无比的情景就浮现到眼前来,带给我无量的幸福与快乐。

然而时光像流水一般飞逝,转瞬三年已过:我小学该毕业了,我要告别这个美丽的校园了。我十三岁那一年,考上了城里的正谊中学。我本来是想考鼎鼎大名的第一中学的。但是我左衡量,右衡量,总觉得自己这一块料分量不够,还是考与"烂育英"齐名的"破正谊"吧。我上面说到我幼无大志,这又是一个证明。正谊虽"破",风景却美。背靠大明湖,万顷苇绿,十里荷香,不啻人间乐园。然而到了这里,我算是已经越过了童年,不管正谊的学习生活多么美妙,我也只好搁笔,且听下回分解了。

综观我的童年,从一片灰黄开始,到了正谊算是到达了一片浓绿的境界——我进步了。但这只是从表面上来看,从生活的内容上来看,依然是一片灰黄。即使到了济南,我的生活也难找出什么有声有色的东西。我从来没有什么玩具,自己把细铁条弄成一个圈,再弄个钩一推,就能跑起来,自己就非常高兴了。贫困、单调、死板、固执,是我当时生活的写照。接受外面信息,仅凭五官。什么电视机、收录机,连影儿都没有。我儿时连电影也没有看过,其余概可想见了。

今天的儿童有福了。他们有多少花样翻新的玩具呀!他们有多少儿童乐园、儿童活动中心呀!他们饿了吃面包,渴了喝这可乐那可乐,还有牛奶、冰激凌。电影看厌了,看电视。广播听厌了,听收录机。信息从天空、海外，越过高山大川，纷纷蜂拥而来。他们才真是"儿童不出门，便知天下事"，可是他们偏偏不知道旧社会。就拿我来说，如果不认真回忆，我对旧社会的情景也逐渐淡漠，有时竟淡如云烟了。

今天我把自己的童年尽可能真实地描绘出来，不管还多么不全面，不管怎样挂一漏万，也不管我的笔墨多么拙笨，就是上面写出来的那些，我们今天的儿童读了，不是也可以从中得到一点启发，从中悟出一些有用的东西来吗？

1986年6月6日

我的小学和中学

小　引

最近几年，我逐渐注意到，校内外的许多青年朋友对我的学习历程颇感兴趣。也许对我的小学和中学更感兴趣。在这方面，蔡德贵先生的《季羡林传》和于青女士的《东方宏儒：季羡林传》都有所涉及，但都由于缺少资料而语焉不详。我自己写了一部《留德十年》，把在哥廷根大学的学习过程写得比较详细。另一部《清华园日记》即将出版，写的是四年清华大学读书的情况。至于小学和中学，前后共有十几年，都是在济南上的，除了在一些短文里涉及一点以外，系统的陈述尚付阙如。这似乎是一件必须加以弥补的憾事。

我现在就来做这件事情。

我在济南共上过五所中小学，时间跨度是从1918年至1930年，绝大部分时间是军阀混战时期，最后两年多是国民党统治，正是人民生活最不安定的时期。我叙述的主要对象当然是我的学习情况；但是其中也难免涉及社会上的一些情况。这对研究山东现代教育史的学者来说会有些用处，对研究社会史的人也会有些参考价值。

我为什么在这个时候来写这样的文章呢？

原因就在眼前。我今年已经是九秩晋一。查遍了季氏家谱，恐怕也难找出几个年龄这样老的人。可是我自己却并没有感受到这一点。我还正在"老骥伏枥，志在万里"哩。从健康情况来看，尽管身体上有这样那样的病——我认为，这是正常的；如果一点病都没有，反而反常——但没有致命的玩意儿。耳虽半聪，目虽半明；但脑袋还是"难得糊涂"的，距老年痴呆症还有一段距离，因此，自己就有点忘乎所以了。总认为，自己还有很多题目要做，比如佛教史上的大乘起源问题，稍有点佛教常识的人都会知道，这是一个重大的课题。但是，中国以及世界上其他一些国家研究佛教史的学者无虑数百人，却没有哪一个人能对大乘起源问题讲出一个令人信服的道理来，多数是隔靴搔痒，少数甚至不着边际。我自己想弥补这个缺失有年矣，已经积累了一些资料。最近我把资料拿出来看了看，立刻又放下，不由地叹上一口气，好像晚年的玄奘一样，觉得办不到了。再像七八年前那样每天跑上一趟大图书馆，腿脚已经不灵了；再看字极小的外文参考书，眼睛也不济了。在这样的情况下，我只有废书兴叹，即使志在十万里，也只是一种幻想了。

可我又偏是一个闲不住的人，每天不写点什么，不读点书，静夜自思，仿佛是犯了罪。现在，严肃的科研工作既然无力进行了，但是记忆还是有的，而且自信是准确而且清晰的。想来想去，何不把脑袋里的记忆移到纸上来，写一写我的小学和中学，弥补上我一生学习的经历呢？

这就是我写这几篇文章的原因。以上这些话就算是小引。

2002年3月3日

回忆一师附小

学校全名应该是山东省立第一师范附属小学。

我于1917年阴历年时分从老家山东清平(现划归临清市)到了济南,投靠叔父。大概就在这一年,念了几个月的私塾,地点在曹家巷。第二年,就上了一师附小。地点在南城门内升官街西头。所谓"升官街",与升官发财毫无关系。"官"是"棺"的同音字,这一条街上棺材铺林立。大家忌讳这个"棺"字,所以改谓升官街,礼也。

附小好像是没有校长,由一师校长兼任。当时的一师校长是王士栋,字祝晨,绰号"王大牛"。他是山东教育界的著名人物。民国一创建,他就是活跃的积极分子,担任过教育界的什么高官,同鞠思敏先生等同为山东教育界的元老,在学界享有盛誉。当时,一师和一中并称,都是山东省立重要的学校,因此,一师校长也是一个重要的职位。在一个七八岁的小学生眼中,校长宛如在九天之上,可望而不可即,可是命运真正会捉弄人,在十六年以后,在1934年,我在清华大学毕业后到山东省立济南高中来教书,王祝晨老师也在这里教历史,我们成了平起平坐的同事。在王老师方面,在一师附小时,他根本不会知道我这样一个小学生,他对此事,绝不会有什么感触。而在我呢,情况却迥然不同,一方面我对他执弟子礼甚恭,一方面又是同事,心里直乐。

我大概在一师附小只待了一年多,不到两年,因为在我的记忆中换过一次教室,足见我在那里升过一次级。至于教学的情况,老师的情况,则一概记不起来了。唯一的残留在记忆中的一件小事,就是认识了一个"盔"字,也并不是在国文课堂上,而是在手工课堂上。老师教我们用纸折叠东西,其中有一个头盔,知道我们不会写这个字,所以用粉笔写在黑板上。这事情发生在一间大而长的教室中,室中光线不好,有点暗淡,学生人数不少。教员写完了这个字以后,回头看学生,戴着近视眼镜的脸上,有一丝笑容。

我在记忆里深挖,再深挖,实在挖不出多少东西来。学校的整个建筑,一团模糊。教室的情况,如云似雾。教师的名字,一个也记不住。学习的情况,如海上三山,糊里糊涂。总之是一点具体的影像也没有。我只记得,李长之是我的同班。因为他后来成了名人,所以才记得清楚,当时对他的印象也是模糊不清的。最奇怪的是,我记得了一个叫卞蕴珩的同学。他大概是长得非常漂亮,行为也极潇洒。对于一个七八岁的孩子来说,男女外表的美丑,他们是不关心的。可不知为什么,我竟记住了卞蕴珩,只是这个名字我就觉得美妙无比。此人后来再没有见过。对我来说,他成为一条神龙。

此外,关于我自己,还能回忆起几件小事。首先,我做过一次生意。我住在南关佛山街,走到西头,过马路就是正觉寺街。街东头有一个地方,叫新桥。这里有一所炒卖五香花生米的小铺子。铺子虽小,名气却极大。这里的五香花生米(济南俗称长果仁)又咸又香,远近驰名。我经常到这里来买。我上一师附小,一出佛山街就是新桥,可以称为顺路。有一天,不知为什么,我忽发奇想,用自己从早点费中积攒起来的一些小制钱(中间有四方孔的铜币)买了半斤五香长果仁,再用纸分包成若干包,带到学校里向小同学兜售,他们都震于新桥花生米的大名,纷纷抢购,结果我赚了一些小制钱,尝到做买卖的甜头,偷偷向我家的阿姨王妈报告。这样大概做了几次。我可真没有想到,自己在七八岁时竟显露出来了做生意的"天才"。可惜以后"误"入"歧途","天才"没有得到发展。否则,如果我投笔从贾,说不定我早已成为一个大款,挥金如土,不像现在这样柴、米、油、盐、酱、醋、茶都要斤斤计算了。我是一个被埋没了的"天才"。

还有一件小事,就是滚铁圈。我一闭眼,仿佛就能看到一个八岁的孩子,用一根前面弯成钩的铁条,推着一个铁圈,在升官街上从东向西飞跑,耳中仿佛还能听到铁圈在青石板路上滚动的声音。这就是我自己。有一阵子,我迷上了滚铁圈这种活动。在南门内外的大街上没法推滚,因为车马行人,喧闹拥挤。一转入升官街,车少人稀,英雄就大有用武之地了。我用不着拐弯,一口气就推到附小的大门。

然而,世事多变,风云突起。为了一件没有法子说是大是小的、说起来简直是滑稽的事儿,我离开了一师附小,转了学。原来,当时正是五四运动风起云涌的时候,而一师校长王祝晨是新派人物,立即起来响应,改文言为白话。忘记了是哪个书局出版的国文教科书中选了一篇名传世界的童话《阿拉伯的骆驼》,内容讲的是:在沙漠大风暴中,主人躲进自己搭起来的帐篷,而把骆驼留在帐外。骆驼忍受不住风沙之苦,哀告主人说:"只让我把头放进帐篷里行不行?"主人答应了。过了一会儿,骆驼又哀告说:"让我把前身放进去行不行?"主人又答应了。又过了一会儿,骆驼又哀告说:"让我全身都进去行不行?"主人答应后,自己却被骆驼挤出了帐篷。童话的意义是非常清楚的。但是天有不测风云,这篇课文竟让叔父看到了。他大为惊诧,高声说:"骆驼怎么能说话呢!荒唐!荒唐!转学!转学!"

于是我立即转了学。从此一师附小只留在我的记忆中了。

2002年2月28日

回忆新育小学

我从一师附小转学出来,转到了新育小学,时间是1920年,我九岁。我同一位长我两岁的亲戚同来报名。面试时我认识了一个"骡"字,定为高小一班。我的亲戚不认识,便定为初小三班,少我一字,一字之差我比他高了一班。

我们的校舍

新育小学坐落在南圩子门里,离我家不算远。校内院子极大,空地很多。一进门,就是一大片空地,长满了青草,靠西边有一个干涸了的又圆又大的池塘,周围用砖石砌得整整齐齐。当年大概是什么大官的花园中的花池,说不定曾经有过荷香四溢、绿叶擎天的盛况,而今则是荒草凄迷、碎石满池了。

校门东向。进门左拐有几间平房,靠南墙是一排平房。这里住着我们的班主任李老师和后来是高中同学、北大毕业生宫兴廉的一家子,还有从曹州府来的三个姓李的同学,他们在家乡已经读过多年私塾,年龄比我们都大,国文水平比我们都高,他们大概是家乡的大地主子弟,在家乡读过书以后,为了顺应潮流,博取一个新功名,便到济南来上小学。带着厨子和听差,住在校内。令我怀念难忘的是他们吃饭时那一蒸笼雪白的馒头。

进东门,向右拐,是一条青石板砌成的小路,路口有一座用木架子搭成的小门,门上有四个大字:循规蹈矩。我当时不知道是什么意思,但觉得这四个笔画繁多的字很好玩。进小门右侧是一个花园,有假山,用太湖石堆成,山半有亭,翼然挺立。假山前后,树木蓊郁。那里长着几棵树,能结出黄色的豆豆,至今我也不知道叫什么树。从规模来看,花园当年一定是繁荣过一阵的。是否有纳兰容若词中所写的"晚来风起撼花铃,人在碧山亭"那样的荣华,不得而知;但是,极有气派,则是至今仍然依稀可见的。可惜当时的校长既非诗人,也非词人,对于这样一个旧花园熟视无睹,任它荒凉衰败、垃圾成堆了。

花园对面,小径的左侧是一个没有围墙的大院子,没有多少房子,高台阶上耸立着一所极高极大的屋子,里面隔成了许多间,校长办公室,以及其他一些会计、总务之类的部门,分别占据。屋子正中墙上挂着一张韦校长的炭画像,据说是一位高年级的学生画的,我觉得,并不很像。走下大屋的南台阶,距离不远的地方,左右各有一座大花坛,春天栽上牡丹和芍药什么的,一团锦绣。出一个篱笆门,是一大片空地,上面说的大圆池就在这里。

出高台阶的东门,就是"循规蹈矩"小径的尽头。向北走进一个门是一个极大的院子,东西横排着两列大教室,每一列三大间,供全校六个班教学之用。进门左手是一列走廊,上面有屋顶遮盖,下雨淋不着。走廊墙上是贴布告之类的东西的地方。走过两排大教室,再向北,是一个大操场,对一个小学来说,操场是够大的了。有双杠之类的设施,但是,不记得上过什么体育课。小学没有体育课是不可思议的。再向北,在西北角上,有几间房子,是教员住的。门前有一棵古槐,覆盖的面积极大,至今脑海里还留有一团蓊郁翠秀的影像。

校舍的情况就是这个样子。

教员和职员

按照班级的数目,全校教员应该不少于十几个的;但是,我能记住的只有几个。

我们的班主任是李老师,从来就不关心他叫什么名字,小学生对老师的名字是不会认真去记的。他大概有四十多岁,在一个九岁孩子的眼中就算是一个老人了。他人非常诚恳忠厚,朴实无华,从来没有训斥过学生,说话总是和颜悦色,让人感到亲切,他是我一生最难忘的老师之一。当时的小学教员,大概都是教多门课程的,什么国文、数学(当时好像是叫算术)、历史、地理等课程都一锅煮了。因为程度极浅,用不着有多么大的学问。一想到李老师,就想起了两件事。一件事是,某一年的初春的一天,大圆池旁的春草刚刚长齐,天上下着小雨,"沾衣欲湿杏花雨，吹面不寒杨柳风"。李老师带着我们全班到大圆池附近去种菜，自己挖地，自己下种，无非是扁豆、芸豆、辣椒、茄子之类。顺便说一句，当时西红柿还没有传入济南，北京如何，我不知道。于时碧草如茵，嫩柳鹅黄，一片绿色仿佛充塞了宇宙，伸手就能摸到。我们蹦蹦跳跳，快乐得像一群初入春江的小鸭，是我一生三万多天中最快活的一天。至今回想起来还兴奋不已。另一件事是，李老师辅导我们的英文。认识英文字母，他有妙法。他说，英文字母 f 就像一只大马蜂，两头长，中间腰细。这个比喻，我至今不忘。我不记得课堂上的英文是怎样教的。但既然李老师辅导我们，则必然有这样一堂课无疑。好像还有一个英文补习班，这桩事下面再谈。

另一位教员是教珠算（打算盘）的，好像是姓孙，名字当然不知道了。此人脸盘长得像知了，知了在济南叫 shao qian，就是蝉，因此学生们就给他起了一个外号，叫 shao qian，我到现在也不知道这两个字怎样写。此人好像是一个迫害狂，一个法西斯分子，对学生从来没有笑脸。打算盘本来是一个技术活，原理并不复杂，只要稍加讲解，就足够了，至于准确纯熟的问题，在运用中就可以解决。可是这一位 shao qian 公，对初学的小孩子制定出了极残酷不合理的规定：打错一个数，打一板子。在算盘上差一行，就差十个数，结果就是十板子。上一堂课下来，每个人几乎都得挨板子。如果错到几十个到一百个数，那板子不知打多久，才能打完。有时老师打累了，才板下开恩。那时候认为体罚是合情合理的，八九岁十来岁的孩子到哪里去告状呀！而且造反有理的最高指示还没有出来。小学生被赶到穷途末路，起来造了一次反。这件事也在下面再谈。

其余的教师都想不起来了。

那时候，新育已经有男女同学了，还有缠着小脚去上学的女生，大家也不以为怪。大约在我高小二年级时，学校里忽然来了一个女教师，年纪不大,教美术和音乐。我们班没有上过她的课,不知姓甚名谁。除了初来时颇引起了一阵街谈巷议之外,不久也就习以为常了。

至于职员,我们只认识一位,是管庶务的。我们当时都写大字,叫作写"仿"。仿纸由学生出钱,学校代买。这一位庶务,大概是多克扣了点钱,买的纸像大便后用的手纸一样粗糙。山东把手纸叫草纸。学生们就把"草纸"的尊号赏给了这一位庶务先生。

我的学习和生活

在我的小学和中学中,新育小学不能说是一所关键的学校。可是不知为什么,我对新育三年记忆得特别清楚。一闭眼,一幅完整的新育图景就展现在我的眼前,仿佛是昨天才离开那里的,校舍和人物,以及我的学习和生活,巨细不遗,均深刻地印在我的记忆中。更奇怪的是,我上新育与一师附小紧密相联,时间不过是几天的工夫,而后者则模糊成一团,几乎是什么也记不起来。其原因到现在我也无法解释。

新育三年,斑斓多彩,文章谈到我自己、我的家庭、当时的社会情况,内容异常丰富,只能再细分成小题目,加以叙述。

学习的一般情况

总之,一句话,我是不喜欢念正课的。对所有的正课,我都采取对付的办法。上课时,不是玩小动作,就是不专心致志地听老师讲,脑袋里不知道在想些什么,常常走神儿,斜眼看到教室窗外四时景色的变化,春天繁花似锦,夏天绿柳成荫,秋天风卷落叶,冬天白雪皑皑。旧日有一首诗:"春天不是读书天,夏日迟迟正好眠,秋有蚊虫冬有雪,收拾书包好过年。"可以为我写照。当时写作文都用文言,语言障碍当然是有的,最困难的是不知道怎样起头。老师出的作文题写在黑板上,我立即在作文簿上写上"人生于世"四个字,下面就穷了词儿,仿佛永远要"生"下去似的。以后憋好久,才能憋出一篇文章。万没有想到,以后自己竟一辈子舞笔弄墨。我逐渐体会到，写文章是要讲究结构的，而开头与结尾最难，这现象在古代大作家笔下经常可见。然而，到了今天，知道这种情况的人似乎已不多了。也许有人竟认为这是怪论，是迂腐之谈，我真欲无言了。有一次作文，我不知从什么书里抄了一段话："空气受热而上升，他处空气来补其缺，遂流动而成风。"句子通顺，受到了老师的赞扬。可我一想起来，心里就不是滋味，愧悔有加。在今天，这也可能算是文坛的腐败现象吧。可我只是个十岁的孩子，不知道什么叫文坛，我一不图名，二不图利，完全为了好玩儿。但自己也知道，这样做是不对的，所以才悔愧，从那以后，我一生中再没有剽窃过别人的文字。

小学也是每学期考试一次，每年两次，三年共有六次，我的名次总盘桓在甲等三四名和乙等前几名之间。甲等第一名被一个叫李玉和的同学包揽。他比我大几岁，是一个拼命读书的学生。我从来也没有争第一名的念头，我对此事极不感兴趣。根据我后来的经验，小学考试的名次对一个学生一生的生命历程没有多少影响。家庭出身和机遇影响更大。我从前看过一幅丰子恺的漫画，标题是"小学的同学"，画着一副卖吃食的担子，旁边站着两个人，颇能引人深思。但是，我个人有一次经历，比丰老画得深刻多了。有一天晚上，我在济南院前大街雇洋车回佛山街，在黑暗中没有看清车夫是什么人。到了佛山街下车付钱的时候，蓦抬头，看到是我新育小学的同班同学！我又惊讶又尴尬，一时说不出话来。我如果是漫画家，画上一幅画：一辆人力车，两个人，一人掏钱，一人接钱。相信会比丰老的画更能令人深思。

我的性格

我一生自认为是一个性格内向的人，一个上不得台盘的人。每次参加大会，在大庭广众中，浑身觉得不自在，总想找一个旮旯儿藏在那里，少与人打交道。"今天天气，哈，哈，哈"一类的话，我不愿意说，说出来也不地道。每每看到一些男女交际花，在人群中走来走去，如鱼得水，左边点头，右边哈腰，脸上做微笑状，纵横捭阖，折冲樽俎，得意扬扬，顾盼自雄，我真是羡慕得要死，可我做不到。我现在之所以被人看作社会活动家，甚至国际活动家，完全是环境造成的。是时势造"英雄"，我是一只被赶上了架的鸭子。

可是现在回想起来，我在新育小学时期，性格好像不是这个样子，外向得很，一点也不内向。我喜欢打架，欺负人，也被人欺负。有一个男孩子，比我大几岁，个子比我高半头，总好欺负我。最初我有点怕他，他比我劲大。时间久了，我忍无可忍，同他干了一架。他个子高，打我的上身。我个子矮，打他的下身。后来搂抱住滚在双杠下面的沙土堆里，有时候他在上面，有时候我在上面，没有决出胜负。上课铃响了，各回自己的教室。从此他再也不敢欺负我，天下太平了。

我却反过头来又欺负别的孩子。被我欺负最厉害的是一个名叫刘志学的小学生，岁数可能比我小，个头差不多，但是懦弱无能，一眼被我看中，就欺负起他来。根据我的体会，小学生欺负人并没有任何原因，也没有什么仇恨。只是个人有劲使不出，无处发泄，便寻求发泄的对象了。刘志学就是我寻求的对象，于是便开始欺负他，命令他跪在地下，不听就拳打脚踢。如果他鼓起勇气，抵抗一次，我也许就会停止，至少会收敛一些。然而他是个窝囊废，一丝抵抗的意思都没有。这当然更增加了我的气焰，欺负的次数和力度都增加了。刘志学家同婶母是拐弯抹角的亲戚。他向家里告状，他父母便来我家告状。结果是我挨了婶母一阵数落，这一幕悲喜剧才告终。

从这一件小事来看，我无论如何也不能算是一个内向的孩子。怎么会一下子转成内向了呢？这问题我从来没有想到过。现在忽然想起来了，也就顺便给它一个解答。《三字经》中有两句话："性相近，习相远。"我认为，"习"是能改造"性"的。我六岁离开母亲，童心的发展在无形中受到了阻碍。我能躺在一个非母亲的人的怀抱中打滚撒娇吗？这是不能够想象的。我不能说叔婶虐待我，那样说是谎言；但是在日常生活中小小的歧视，却是可以感觉得到的。比如说，做衣服，有时就不给我做。在平常琐末的小事中，偏心自己的亲生女儿，这也是人之常情，不足为怪。一个七八岁的孩子对于这些事情并不敏感。但是，积之既久，在自己潜意识中难免留下些印记，从而影响到自己的行动。我清晰地记得，向婶母张口要早点钱，于我竟成了难题。有一个夏天的晚上，我们都在院子里铺上席，躺在上面纳凉。我想到要早点钱，但不敢张口，几次欲言又止，最后时间已接近深夜，才鼓起了最大的勇气，说要几个小制钱。钱拿到手，心中狂喜，立即躺下，进入梦乡，睡了一整夜。对一件事来说，这样的心理状态是影响不大的，但是时间一长，性格就会受到影响。我觉得，这个解释是合情合理的。

我在这里必须补充几句。我为什么能够从乡下到济南来呢？原因极为简单。我的上一辈大排行兄弟十一位，行一的大大爷和行二的二大爷是亲兄弟，是举人的儿子。我父亲行七，叔父行九，还有一个十一叔，是一母一父所生。最后一个因为穷，而且父母双亡，送给了别人，改姓刁。其余的行三四五六八十都因穷，下了关东，以后失去了联系，不知下落。留下的五个兄弟，大大爷有一个儿子，早早死去。我生下来时，全族男孩就我一个，成了稀有金属，传宗接代的大任全压在我一个人身上。在我生前很多年，父亲和九叔不到二十岁的时候，失怙失恃，无衣无食，兄弟俩被迫到济南去闯荡，经过了千辛万苦，九叔立定了脚跟。我生下来六岁时，把我接到济南。如果当时他有一个男孩的话，我是到不了济南的。如果我到不了济南，也不会有今天的我。我大概会终生成为一个介乎贫雇农之间的文盲，也许早已不在人世，墓木久拱了。所以我毕生感谢九叔。上面说到的那一些家庭待遇，并没有逾越人情的常轨，我并不怀恨在心。不过，既然说到我的小学和我的性格，不得不说说而已。

回家路上

我的家距离新育小学并不算远。虽然有的地方巷子很窄，但都是青石铺路，走上去极为平坦，舒适，并没有难走的地方。

我同一般的比较调皮的小孩子一样，除非肚子真饿了，放学后往往不立即回家，在路上同一些小朋友打打闹闹，磨蹭着不肯回家。见到什么新鲜事儿，必然挤上去围观。看到争吵打架的，就更令我们兴奋，非看个水落石出不行。这一切都是男孩子共有的现象，不足为怪。但是，我们也有特立独行的地方。济南地势，南高北低。到了夏天下大雨的时候，城南群山的雨水汇流成河，顺着一条大沙沟，奔腾而北，进了圩子墙，穿过朝山街、正觉寺街等马路东边房子后面的水沟，再向前流去，济南人把这一条沙沟叫"山水沟"。山水每年夏季才有，平常日子这条沟是干的。附近的居民就把垃圾，以及死狗死猫丢在沟里，根本没有人走这里。可我就选了朝山街的山水沟作回家去的路，里面沙石满地，臭不可闻，根本没有走人的路。我同几个小伙伴就从这里走回家。虽然不是每天如此，次数也不会太少。八九十来岁的男孩子的行动是不可以理喻的。

看捆猪

还有不可以理喻的一些行动，其中之一就是看捆猪。

新育小学的西邻是一个养猪场，规模大概相当大，我从来没有进去过。大概是屠宰业的规定，第二天早晨杀猪，头一天下午接近黄昏的时候就把猪捆好。但是，捆猪并不容易，猪同羊和牛都不一样。当它们感到末日来临时，是会用超常的力量来奋起抵抗的。我和几位调皮的小伙伴往往在放学后不立即回家，而是一听隔壁猪叫就立即爬上校内的柳树，坐在树的最高处，看猪场捉猪。有的猪劲极大，不太矮的木栅栏一跃而过，然后满院飞奔。捉猪人使用极其残暴的手段和极端残忍的工具——一条长竿顶端有两个铁钩,努力把猪捉住。有时候竿顶上的铁钩深刺猪的身躯上的某一部分,鲜血立即喷出。猪仍然不肯屈服,带血狂奔,流血满地,直到筋疲力尽,才被人捆绑起来,嘴里仍然嚎叫不止,有的可能叫上一夜,等到第二天早晨挨上那一刀,灵魂或者进入地狱,或者进入天堂,除了印度相信轮回转生者以外,没有人能够知道了。这实在是极端残忍的行为。在高级的雍容华贵的餐厅里就着葡萄美酒吃猪排的美食者,大概从来不会想到这一点的。还是中国古代的君子聪明,他们"远庖厨",眼不见为净。

我现在——不是当年,当年是没有这样敏感的——浮想联翩,想到了很多事情。首先我想到造物主——我是不相信有这玩意儿的——实在是非常残酷不仁。他一定要让动物互相吞噬,才能生活下去。难道不能用另外一种方法来创造动物界吗?即使退一步想,让动物像牛羊一样只吃植物行不行呢?当然,植物也是生物,也有生命;但是,我们看不到植物流泪,听不到它们嚎叫,至少落个耳根清净吧。

我又想到,同样是人类,对猪的态度也不尽相同。我曾在德国住过多年。那里的农民有的也养猪。怎样养法,用什么饲料,我一概不知。养到一定的重量,就举行一次 Schlachtfest(屠宰节),邀请至亲好友,共同欢聚一次。我的女房东有时候就下乡参加这样的欢聚。她告诉我,先把猪赶过来,乘其不备,用手枪在猪头上打上一枪,俟其倒毙,再来动手宰割,将猪身上不同部位的肉和内脏,加工制成不同的食品,然后大家暂时或长期享用。猪被人吃,合乎人情事理,但不让猪长时间受苦,德国人这种"猪道主义"是颇值得我们学习的。至于在手枪发明以前德国人是怎样杀猪的,没有研究过,只好请猪学专家去考证研究了。

看杀人

最不可以理喻的行动是喜欢看杀人。其实,这可能是最可以理喻的,因为大人们也都喜欢看。

新育小学坐落在南圩子门里。圩子门是朝山街的末端。出圩子门向右拐,有一条通往齐鲁大学的大道。大道中段要经过上面提到的山水沟,右侧有一座小小的龙王庙,左侧则是一大片荒滩,对面土堤很高,这里就是当时的刑场,是处决犯人的地方。犯人出发的地方是城里院东大街路北山东警察厅内的监狱。出大厅向右走一段路,再左拐至舜井街,然后出南城门,经过朝山街,出南圩子门,照上面的说法走,就到了目的地。

朝山街是我上学必经之路。有时候,看到街道两旁都挤满了人,就知道,今天又要杀人了。于是我立即兴奋起来,上学的事早已忘到九霄云外去了。挤在人群里,伸长了脖子,等候着,等候着。此时,只有街道两旁人山人海,街道中间则既无行人,也无车马。不久,看到一个衣着破烂的人,喝得醉醺醺的,右肩背着一支步枪,慢腾腾地走了过去。大家知道,这就是刽子手。再过不久,就看到大队警察簇拥着待决的囚犯,一个或多个,走了过来,囚犯是五花大绑,背上插着一根木牌,上面写着他的名字,名字上面用朱笔画上了一个红×。在"十年浩劫"中,我的名字也曾多次被"老佛爷"的鹰犬们画上红×,表示罪该万死的意思。红卫兵们是很善于学习的。闲言少叙,书归正传。且说犯人过去了以后,街上的秩序立即大乱。人群纷纷向街中间,拥拥挤挤,摩肩接踵,跟着警察大队,挤出南圩子门,纷纷抢占高地制高点,为清晰看到刑场的情况,但又不敢离得太近,理由自明。警察押着犯人走向刑场,犯人向南跪在高崖下面,枪声一响,仪式完毕,警察撤走。这时一部分群众又拥向刑场,观看躺在地上的死尸。枪毙土匪,是没有人来收尸的。我们几个顽皮的孩子当然不甘落后,也随着大家往前拥。经过了这整个过程,才想起上学的事来。走回学校,免不了受到教员的斥责。然而却决不改悔,下一次碰到这样的事,仍然照看不误。

当时军阀混战,中原板荡,农村政权形同虚设。县太爷龟缩在县城内，广大农村地区不见一个警察。坏人或者为穷所逼铤而走险的人，变成了土匪（山东话叫"老缺"），横行乡里。从来没听说，哪一帮土匪劫富济贫，替天行道。他们绑票勒索，十分残酷。我的一个堂兄，林字辈的第一人季元林，家里比较富裕，被土匪绑走，勒索巨款。家人交上了赎票的钱，但仍被撕票，家人找到了他的尸体，惨不忍睹，双眼上各贴一张狗皮膏药，两耳中灌满了蜡烛油。可见元林在匪穴中是受了多么大的痛苦。这样的土匪偶尔也会被捉住几个，送到济南来，就演一出上面描写的那样的悲喜剧。我在新育三年，这样的剧颇看了不少。对一个十一二岁的孩子来说，了解社会这一方面的情况，并无任何坏处。

马　市

马市指的是旧社会定期举行的买卖骡马的集市。新育小学大门外空地上就有这样的马市。忘记是多久举行一次了。到了这一天，空地上挤满了人和马、骡、驴等，不记得有牛。这里马嘶驴鸣，人声鼎沸，一片繁忙热闹的景象。骡马的高低肥瘦，一看便知，但是年龄却是看不出来的。经纪人也自有办法。马、骡、驴都是吃草的动物，吃草要用牙，草吃多了，牙齿就受到磨损。专家们从牙齿磨损的程度上就能看出它们的年龄。于是，在看好了骡马的外相之后，就用手扒开它们的嘴，仔细观看牙齿。等到这一些手续都完了以后，就开始讨价还价了。在这里，不像在蔬菜市场上或其他市场上那样，用语言——嘴来讨价还价，而是用手，经纪人和卖主或他的经纪人，把手伸入袖筒里，用手指头来讨论价格，口中则一言不发。如果袖筒中价钱谈妥，则退出手来，交钱牵牲口。这些都是没有见过世面的"下等人"，不懂开什么香槟酒来庆祝胜利。甚至有的价格还抵不上一瓶昂贵的香槟酒。如果袖筒会谈没有结果，则另起炉灶，找另外的人去谈了。至于袖筒中怎样谈，这是经纪人垄断的秘密，我们局外人是无法知道的。这同中国佛教禅宗的薪火相传，颇有些类似之处。

九月九庙会

每年到了农历九月初九,是所谓重阳节,是登高的好日子。这个节日来源很古,可能已有几千年的历史。济南的重阳节庙会(实际上并没有庙,姑妄随俗称之)是在南圩子门外大片空地上,西边一直到山水沟。每年,进入农历九月不久,就有从全省一些地方,甚至全国一些地方来的艺人会聚此地,有马戏团、杂技团、地方剧团,有变戏法的、练武术的、说山东快书的、玩猴的、耍狗熊的等,应有尽有。他们各圈地搭席棚围起来,留一出入口,卖门票收钱。规模大小不同,席棚也就有大有小,总数至少有几十座。在夜里有没有"夜深千帐灯"的气派,我没有看到过,不敢瞎说。反正白天看上去,方圆几十里,颇有点动人的气势。再加上临时赶来的,卖米粉、炸丸子和豆腐脑等的担子,卖花生和糖果的摊子,特别显眼的柿子摊——柿子是南山特产,个大色黄,非常吸引人,这一切混合起来,形成了一种人声嘈杂、歌吹沸天的气势,仿佛能南摇千佛山,北震大明湖,声撼济南城了。

我们的学校,同庙会仅一墙(圩子墙)之隔,会上的声音依稀可闻。我们这些顽皮的孩子能安心上课吗?即使勉强坐在那里,也是身在课堂心在会。因此,一有机会,我们就溜出学校,又嫌走圩子门太远,便就近爬过圩子墙,飞奔到庙会上,一睹为快。席棚很多,我们光拣大的去看。我们谁身上也没有一文钱,门票买不起。好在我们都是三块豆腐干高的小孩子,混在购票观众中挤了进去,也并不难。进去以后,就成了我们的天地,不管耍的是什么,我们总要看个够。看完了,走出来,再钻另外一个棚,几乎没有钻不进去的。实在钻不进去,就绕棚一周,看看哪一个地方有小洞,我们就透过小洞往里面看,也要看个够。在十几天的庙会中,我们钻遍了大大小小的棚,对整个庙会一览无余,一文钱也没有掏过。可是,对那些卖吃食的摊子和担子,则没有法钻空子,只好口流涎水,望望然而去之。虽然不无遗憾,也只能忍气吞声了。

看 戏

这一次不是在城外了，而是在城内，就在我们住的佛山街中段一座火神庙前。这里有一座旧戏台，已经破旧不堪，门窗有的已不存在，看上去，离倒塌的时候已经不太远了。我每天走过这里，不免看上几眼，但是，好多年过去了，没有看到过一次演戏。有一年，还是我在新育小学念书的时候，不知道是哪一位善男信女，忽发大愿，要给火神爷唱上一天戏，就把旧戏台稍稍修饰了一下，在戏台和火神庙门之间，左右两旁搭上了两座木台子，上设座位，为贵显者所专用。其余的观众就站在台下观看。我们家里规矩极严，看戏是绝不允许的。我哪里能忍受得了呢？没有办法，只有在奉命到下洼子来买油、打醋、买肉、买菜的时候，乘机到台下溜上几眼，得到一点满足。有一次，回家晚了，还挨了一顿数落。至于台上唱的究竟是什么戏，我完全不懂。剧种也不知道，反正不会是京剧，也不会是昆曲，更不像后来的柳子戏，大概是山东梆子吧。前二者属于阳春白雪之列，而这样的戏台上只能演下里巴人的戏。对于我来说，我只瞥见台上敲锣拉胡琴儿的坐在一旁，中间站着一位演员在哼哼唧唧地唱，唱词完全不懂；还有红绿的门帘，尽管陈旧，也总能给寥落古老的戏台增添一点彩色，吹进一点生气，我心中也莫名其妙地感到一点兴奋，这样我就十分满足了。

不知道什么原因，一些演员的名字我至今记忆犹新。女角叫云金兰，老生叫耿永奎，丑角叫胡风亭。胡就住在正谊中学附近，我后来到正谊念书时，还见到过他，看来并不富裕，同后来的京剧名演员梅兰芳、马连良等阔得流油的情况相比，有天渊之别了。

学英文

我在上面曾说到李老师辅导我们学英文字母的事情。英文补习班似乎真有过，但具体的情况则完全回忆不起来了。时间大概是在晚上。我的记忆中有很清晰的一幕：在春天的晚间，上过课以后，在校长办公室高房子前面的两座花坛中间，我同几个小伙伴在说笑，花坛里的芍药或牡丹的大花朵和大叶子，在暗淡的灯光中，分不清红色和绿色，但是鼻子中似乎能嗅到香味。芍药和牡丹都不以香名。唐人诗"国色朝酣酒，天香夜染衣"，其中用"天香"二字，似指花香。不管怎样，当时，在料峭的春夜中，眼前是迷离的花影，鼻子里是淡淡的清香，脑袋里是刚才学过的英文单词，此身如遗世独立。这一幅电影画面以后常在我眼中展现，至今不绝。我大概确实学了不少的英文单词。毕业后报考正谊中学时，不意他们竟考英文，题目是翻译几句话："我新得了一本书，已经读了几页；不过有些字我不认识。"我大概是翻出来了，所以才考了一个一年半级。

国文竞赛

有一年，在秋天，学校组织全校学生游开元寺。

开元寺是济南名胜之一，坐落在千佛山东群山环抱之中。这是我经常来玩的地方。寺上面的大佛头尤其著名，是把一面巨大的山崖雕凿成了一个佛头，其规模虽然比不上四川的乐山大佛，但是在全国的石雕大佛中也是颇有一点名气的。从开元寺上面的山坡往上爬，路并不崎岖，爬起来比较容易。爬上一刻钟到半个小时就到了佛头下。据说佛头的一个耳朵眼里能够摆一桌酒席。我没有试验过，反正其大概可想见了。从大佛头再往上爬，山路更加崎岖，山石更加亮滑，爬起来颇为吃力。我曾爬上来过多次，颇有驾轻就熟之感，感觉不到多么吃力。爬到山顶上，有一座用石块垒起来的塔似的东西。从济南城里看过去，好像是一个橛子，所以这一座山就得名橛山。同泰山比起来，橛山不过是小巫见大巫；但在济南南部群山中，橛山却是鸡群之鹤，登上山顶，望千佛山顶如在肘下，大有"一览众山小"之慨了。可惜的是，这里一棵树都没有，不但没有松柏，连槐柳也没有，只有荒草遍山，看上去有点童山濯濯了。

从橛山山顶，经过大佛头，走了下来，地势渐低，树木渐多，走到一个山坳里，就是开元寺。这里松柏参天，柳槐成行，一片浓绿，间以红墙，仿佛在沙漠里走进了一片绿洲。虽然大庙那样的林宫梵宇、崇阁高塔在这里找不到，但是也颇有几处佛殿、佛像庄严。院子里有一座亭子，名叫静虚亭。最难得、最引人注目的是一泓泉水，在东面石壁的一个不深的圆洞中。水不是从下面向上涌，而是从上面石缝里向下滴，积之既久，遂成清池，名之曰"秋棠池"。洞中水池的东面岸上长着一片青苔，栽着数株秋海棠。泉水是上面群山中积存下来的雨水，汇聚在池上，一滴一滴地往下滴。泉水甘甜冷洌，冬不结冰。庙里住持的僧人和络绎不绝的游人，都从泉中取水喝。用此水煮开泡茶，也是茶香水甜，不亚于全国任何名泉。有许多游人是专门为此泉而来开元寺的。我个人很喜欢开元寺这个地方，过去曾多次来过。这一次随全校来游，兴致仍然极高，虽归而兴未尽。

回校后，学校出了一个作文题目"游开元寺记"，举行全校作文比赛，把最好的文章张贴在教室西头走廊的墙壁上。前三名都是我在上面提到过的从曹州府来的三位姓李的同学所得。第一名作文后面教师的评语是"颇有欧苏真气"。我也榜上有名，但在八九名之后了。

一次失败的"造反"

我在上面介绍教员时，曾提到一位教珠算的绰号叫 shao qian 的教员。他那法西斯式的教学方法引起了全班学生的愤怒。哪里有压迫，哪里就有抵抗。小孩子也不例外。大家挨够了他的戒尺，控诉无门。告诉家长，没有用处。告诉校长，我们那位校长是一个小官僚主义者，既不教书，也不面对学生，不知道他整天干些什么。告诉他也不会有用。我们小小的脑袋瓜里没有多少策略，想来想去，只有一条路，就是造反，把他"架"（赶走）了。比我大几岁的几个男孩子带头提出了行动方略：在上课前把教师用的教桌倒翻过来，让它四脚朝天。我们学生都离开教室，躲到那一个寥落的花园假山附近的树丛中，每人口袋里装满了上面提到的那些树上结满了的黄色的豆豆，准备用来打 shao qian 的脑袋。但是，十一二岁的孩子们不懂什么组织要细密，行动要统一，意见要一致，便贸然行事。我喜欢热闹，便随着那几个大孩子，离开了教室，躲在乱树丛中，口袋里装满了黄豆豆，准备迎接胜利。但是，过了半个多小时，我们都回到教室里，准备用黄豆豆打教师的脑袋时，我们都傻了眼：大约有三分之一的学生安然坐在那里，听老师讲课，教桌也早已翻了过来。原来能形成的统一战线，现在彻底崩溃了。学生分成了两类：良民与罪犯。我们想造反的人当然都属于后者。shao qian 本来就不是什么好东西，现在看到有人居然想砸他的饭碗，其愤怒之情概可想见，他满面怒容，威风凛凛地坐在那里，竹板戒尺拿在手中，在等候我们这一批自投罗网的小罪犯。他看个子大小，就知道谁是主犯，谁是从犯。他先把主犯叫过去，他们自动伸出了右手。只听到重而响的"啪啪"的板子声响彻了没有人敢喘大气的寂静的教室。那几个男孩子也真有"种"，被打得龇牙咧嘴，却不哼一声。轮到我了，我也照样把右手伸出去，啪啪十声，算是从轻发落，但手也立即红肿起来，刺骨地热辣辣地痛。我走出教室，用一只红肿的手，把口袋里的黄豆豆倒在地上，走回家去，右手一直痛了几天。

我的第一次"造反"就这样失败了。

我想，如果是在四十多年后发生的"文化大革命"中，像 shao qian 这样的老师，一定会被小学生打死的。

现在回想起来，大概我们都不是造反的材料。我们谁也没有研究、总结一下失败的教训：出了"叛徒"？没有做好"统战"工作？事过之后，谁都老老实实地上珠算课，心甘情愿地挨 shao qian 的竹板子打，从此以后，天下太平了。

偷看小说

那时候，在我们家，小说被称为"闲书"，是绝对禁止看的。但是，我和秋妹都酷爱看"闲书"。高级的"闲书"，像《红楼梦》《西游记》之类，我们看不懂，也得不到，所以不看。我们专看低级的"闲书"，如《彭公案》《施公案》《济公传》《七侠五义》《小五义》《东周列国志》《说唐》《封神榜》等。我们都是小学水平，秋妹更差，只有初小水平，我们认识的字都有限。当时没有什么词典，有一部《康熙字典》，我们也不会、也不肯去查。经常念别字，比如把"飞檐走壁"，念成了"飞 dan 走壁"，把"气往上冲"念成了"气住上冲（重）"。反正，即使有些字不认识，内容还是能看懂的。我们经常开玩笑说："你是用笤帚扫，还是用扫帚扫？"不认识的字少了，就是笤帚，多了就用扫帚。尽管如此，我们看闲书的瘾头仍然极大。那时候，我们家没有电灯，晚上，把煤油灯吹灭后，躺在被窝里，用手电筒来看。那些闲书，都是洋光纸石印的，字极小，有时候还不清楚。看了几年，我居然没有变成近视眼，实在是出我意料。

我不但在家里偷看，还把书带到学校里去，偷空就看上一段。校门外左首空地上，正在施工盖房子。运来了很多红砖，摞在那里，不是一摞，而是很多摞，中间有空隙，坐在那里，外面谁也看不见。我就搬几块砖下来，坐在上面，在下课之后，且不回家，掏出闲书，大看特看。书中侠客们的飞檐走壁，刀光剑影，仿佛就在我眼前晃动，我似乎也参与其间，乐不可支。等到脑筋清醒了一点，回家已经过了吃饭的时间，常常挨数落。

这样的闲书，我看得数量极大，种类极多。光是一部《彭公案》，我就看到了四十几遍。越说越荒唐，越说越神奇，到了后来，书中的侠客个个赛过《西游记》的孙猴子。这有什么害处呢？我认为没有。除了我一度想练铁砂掌以外，并没有持刀杀人，劫富济贫，做出一些荒唐的事情，危害社会。不但没有害处，我认为还有好处。记得鲁迅先生在答复别人问他怎样才能写通写好文章的时候说过，要多读多看，千万不要相信《文章作法》一类的书籍。我认为，这是至理名言。现在，对小学生，在课外阅读方面，同在别的方面一样，管得过多，管得过严，管得过死，这不一定就是正确的方法。无为而治，我并不完全赞成，但为的太多，我是不敢苟同的。

蚂蚱进城

还有一件小事，我必须在这里讲上一讲。因为我一生只见过一次，可能不能称为小事了，这就是蚂蚱进城。这种事，我在报纸上读到过，却还没有亲眼见过。

有一天，我去上学，刚拐进曹家巷，就看到地上蹦的跳的全是蚂蚱，不是有翅膀的那一种大个的，而是浑身光溜溜的小个的那一种。越往前走，蚂蚱越多，到朝山街口上，地上已经密密麻麻的全是蚂蚱了。人马要想走路，路上根本没有落脚之地，一脚下去，至少要踩死十几二十个。地上已经积尸成堆，如果蚂蚱有血的话，那就必然是血流成河了。但是小蚂蚱们对此视若无睹。它们是从南圩子门跳进城来的，目的是北进，不管有多大阻碍，它们硬是向北跳跃，可以说是置生死于不顾，其势是想直捣黄龙，锐不可当。我没有到南圩子门外去看，不知道那里的情况怎样。我也不知道，这一路蝗虫纵队是在哪里形成的，是怎样形成的。听说，它们所到之处，见绿色植物就吃，蝗群过后，庄稼一片荒芜。如果是长着翅膀的蝗群，连树上的叶子一律吃光，算是一种十分可怕的天灾。我踩着蚂蚱，走进学校，学校里一只也没有。看来学校因为离圩子门还有一段路，是处在蝗虫冲击波以外的地方，所以才能幸免。上午的课程结束后，在回家的路上，我又走过朝山街。此时蝗虫冲击波已经过去。至于这个波冲击多远，是否已经到了城门里面，我不知道。只见街上全是蚂蚱的尸体，令人见了发怵。有的地方，尸体已被扫成了堆，扫入山水沟内。有的地方则仍然是尸体遍野，任人践踏。看来这一次进城的蚂蚱，不能以万计，而只能以亿计。这一幕蚂蚱进城的闹剧突然而起，戛然而止。我当时只是觉得好玩而已，没有更多的想法。现在回想起来，我觉得，大自然这玩意儿是难以理解、难以揣摩的。它是慈祥的，人类的衣食住行无不仰仗于大自然，这时的大自然风和日丽。但它又是残酷的，有时候对人类加以报复，这时的大自然阴霾蔽天。人类千万不要翘尾巴，讲什么"征服自然"。人类要想继续生存下去，只能设法理解自然，同自然交朋友，这就是我最近若干年来努力宣扬的"天人合一"。

想念母亲

我六岁离开了母亲，初到济南时曾痛哭过一夜。上新育小学时是九岁至十二岁。中间曾因大奶奶病故，回家过一次，是在哪一年，却记不起来了。常言道："孩儿见娘，无事哭三场。"我见到了日夜思念的母亲，并没有哭；但是，我却看到母亲眼里溢满了泪水。

那时候，我虽然年纪尚小，但依稀看到了家里日子的艰难。根据叔父的诗集，民国元年（1912年），他被迫下了关东，用身上仅有的五角大洋买了十分之一张湖北水灾奖券，居然中了头奖。虽然只拿到了十分之一的奖金，但数目已极可观。他写道，一夜做梦，梦到举人伯父教他作诗，有两句诗，醒来还记得："阴阳往复竟无穷，否极泰来造化工。"后来中了奖，以为是先人呵护。他用这些钱在故乡买了地，盖了房，很阔过一阵。我父亲游手好闲，农活干不了很多，又喜欢结交朋友，结果拆了房子，卖了地，一个好好的家，让他挥霍殆尽，又穷得只剩半亩地，依旧靠济南的叔父接济。我在新育小学时，常见到他到济南来，住上几天，拿着钱又回老家了。有一次，他又来了，住在北屋里，同我一张床。住在西房里的婶母高声大叫，指桑骂槐，数落了一通。这种做法，旧社会的妇女是常常使用的。我父亲当然懂得的，于是辞别回家，以后几乎没见他再来过。失掉了叔父的接济，他在乡下同母亲怎样过日子，我一点都不知道。尽管不知道，我仍然想念母亲。可是，我"身无彩凤双飞翼"，我飞不回乡下，想念只是白白地想念了。

我对新育小学的回忆，就到此为止了。我写得冗长而又拉杂。这对今天的青少年们，也许还会有点好处。他们可以通过我的回忆了解一下七十年前的旧社会，从侧面了解一下中国近现代史。对我自己来说，在写作的过程中，我仿佛又回到了七十多年前，又变成了一个小孩子，重新度过那可爱又并不怎么可爱的三年。

2002年3月15日写完

回忆正谊中学

在过去的济南，正谊中学最多只能算是一所三流学校，绰号"破正谊"。与"烂育英"凑成一对，成为难兄难弟。但是，正谊三年毕竟是我生命中一个阶段，即使不是重要的阶段，也总能算是一个有意义的阶段。因此，我在过去写的许多文章中都谈到了正谊；但是，谈得很不全面，很不系统。现在想比较全面、比较系统地叙述一下我在正谊三年的过程。

正谊中学坐落在济南大明湖南岸阎公祠（阎敬铭的纪念祠堂）内。原有一座高楼还保存着，另外又建了两座楼和一些平房。这些房子是什么时候建造的，我不清楚，也没有研究过。校内的景色是非常美的，特别是北半部靠近原阎公祠的那一部分。绿杨撑天，碧水流地。一条清溪从西向东流，尾部有假山一座，小溪穿山而过。登上阎公祠的大楼，可以看到很远的地方，向北望，大明湖碧波潋滟，水光接天。夏天则是荷香十里，绿叶擎天。向南望，是否能看到千佛山，我没有注意过。我那时才十三四岁，旧诗读得不多，对古代诗人对自然美景的描述和赞美，不甚了了，也没有兴趣。我的兴趣是在大楼后的大明湖岸边上。每到夏天，湖中长满了芦苇。芦苇丛中到处是蛤蟆和虾。这两种东西都是水族中的笨伯。在家里偷一根针，把针尖砸弯，拴上一条绳，顺手拔一条苇子，就成了钓竿似的东西。蛤蟆端坐在荷叶上，你只需抓一只苍蝇，穿在针尖上，把钓竿伸向它抖上两抖，蛤蟆就一跃而起，意思是想扑捉苍蝇，然而却被针尖钩住，捉上岸来。我也并不伤害它，仍把它放回水中。有了这个教训的蛤蟆是否接受教训，不再上当，我没法研究。这疑难问题，虽然比不上相对论，但要想研究也并不容易，只有请美国科学家们代劳了。最笨的还是虾。这种虾是长着一对长夹的那一种，齐白石画的虾就是这样的。对付它们，更不费吹灰之力，只需顺手拔一条苇子，看到虾，往水里一伸，虾们便用长夹夹住苇秆，死不放松，让我拖出水来。我仍然把它们再放回水中。我是醉翁之意不在酒，而在戏耍也。上下午课间的几个小时，我就是这样打发的。

我家住在南城，要穿过整个济南城才能到大明湖畔，因此中午不回家吃饭。婶母每天给两个铜元当午餐费，一个铜元买一块锅饼，大概不能全吃饱，另一个铜元买一碗豆腐脑或一碗炸丸子，就站在校门外众多的担子旁边，狼吞虎咽，算是午饭，心里记挂的还是蛤蟆和虾。看到路旁小铺里卖的一个铜元一碟的小葱拌豆腐，简直是垂涎三尺。至于那几个破烂小馆里的炒木樨肉等炒菜，香溢门外，则更是如望海上三山，可望而不可即了。有一次，从家里偷了一个馒头带在身边，中午可以节约一个铜元，多喝一碗豆腐脑或炸丸子。惹得婶母老大不高兴。古话说："君子不二过。"从此不敢再偷了。又有一次，学校里举办什么庆祝会，我参加帮忙，中午每人奖餐券一张，到附近一个小馆里去吃一顿午饭。我如获至宝，昔日可望而不可即的地方，今天我终于来了，饱饱地吃了一顿，以至晚上回家，连晚饭都吃不下了。这也许是我生平吃得最饱的一顿饭。

我当时并不喜欢念书。我对课堂和老师的重视远远比不上我对蛤蟆和虾的兴趣。每次考试，好了可以考到甲等三四名，坏了就只能考到乙等前几名，在班上总还是高才生。其实我根本不计较这些东西。提到正谊的师资，因为是私立，工资不高，请不到好教员。班主任叫王烈卿，绰号"王劣子"，不记得他教过什么课，大概是一位没有什么学问的人，很不受学生的欢迎。有一位教生物学的教员，姓名全忘记了。他不认识"玫瑰"二字，读之为"久块"，其他概可想象了。

杜老师

但也确有饱学之士。有一位教国文的老先生，姓杜，名字忘记了，也许当时就没有注意，只记得他的绰号"杜大肚子"。此人确系饱学之士，熟读经书，兼通古文，一手小楷写得隽秀遒劲，不亚于今天的任何书法家。听说前清时还有过什么功名。但是，他生不逢时，命途多舛，毕生浮沉于小学教员与中学教员之间，后不知所终。他教我的时候是我在高一的那一年。我考入正谊中学，录取的不是一年级，而是一年半级，由秋季始业改为春季始业。我只待了两年半，初中就毕业了。毕业后又留在正谊，念了半年高一。杜老师就是在这个时候教我们班的。时间是1926年，我15岁。他出了一个作文题目，与描绘风景抒发感情有关。我不知天高地厚，写了一篇带有骈体文味道的作文。我在这里补说一句：那时候作文都是文言文，没有写白话文的。我对自己那一篇作文并没有沾沾自喜，只是写这样的作文，我还是第一次尝试，颇有期待老师表态的想法。发作文簿的时候，看到杜老师在上面写满了密密麻麻的字，等于他重新写了一篇文章。他的批语是："欲作花样文章，非多记古典不可。"短短一句话，可以说是正击中了我的要害。古文我读过不少，骈文却只读过几篇。这些东西对我的吸引力远远比不上《彭公案》《济公传》《七侠五义》一类的武侠神怪小说。这些东西被叔父贬为"闲书",是禁止阅读的,我却偏乐此不疲,有时候读起了劲,躲在被窝里利用手电筒来读。我脑袋里哪能有多少古典呢?仅仅凭着那几个古典和骈文习用的辞句就想写"花样文章",岂非是一个典型的癞蛤蟆吗?看到了杜老师批改的作文,心中又是惭愧,又是高兴。惭愧的原因,用不着说。高兴的原因则是杜老师已年届花甲竟不嫌麻烦这样修改我的文章,我焉得不高兴呢?离开正谊以后,好多年没有回去,当然也就见不到杜老师了。我不知道他后来怎样了。但是,我却不时怀念他。他那挺着大肚皮步履蹒跚地走过操场去上课的形象,将永远留在我的记忆中。

郑又桥老师

另外一个让我难以忘怀的老师,就是教英文的郑又桥先生。他是南方人,不是江苏,就是浙江。他的出身和经历,我完全不知道,只知道他英文非常好,大概是专教高年级的。他教我们的时间,同杜老师同时,也是在高中一年级,当时那是正谊的最高年级。我自从进正谊中学将近三年以来,英文课本都是现成的:《天方夜谭》《泰西五十轶事》,语法则是《纳氏文法》(*English Grammar Series*)。大概所有的中学都一样。郑老师用的也不外是这些课本。至于究竟是哪一本,现在完全忘记了。郑老师教书的特点,突出地表现在改作文上。别的同学的作文本我没有注意,我自己的作文,则是郑老师一字不改,而是根据我的原意另外写一篇。现在回想起来,这有很大的好处。我情动于中,形成了思想,其基础或者依据当然是母语,对我来说就是汉语,写成了英文,当然要受汉语的制约,结果就是中国式的英文。这种中国式的英文,一直到今天,还没有能消除。郑老师的改写是地道的英文,这是多年学养修炼成的,并不是每个人都能做到的。拿我自己的作文和郑先生的改作细心对比,可以悟到许多东西,简直可以说是一把开门的钥匙。

可惜只跟郑老师学了一个学期,就离开了正谊。再一次见面已经是二十多年以后的事情了。1947年暑假,我从北京回到了济南。到母校正谊去探望,万没有想到竟见到了郑老师。我经过了三年高中,四年清华,十年德国,已经从一个小孩子变成了一个小伙子,而郑老师则已垂垂老矣。他住在靠大明湖的那座楼上中间一间屋子里,两旁以及楼下全是教室,南望千佛山,北倚大明湖,景色十分宜人。师徒二十多年没有见面,其喜悦可知。我曾改写杜诗:"人生不相见,动如参与商。今夕复何夕,共此明湖光。"他大概对我这个徒弟很感到骄傲,曾在教课的班上,手持我的名片,激动地向同学介绍了一番。从那以后,"世事两茫茫",再没有见到郑老师,也不知道他的下落。直到今天,我对他仍然是忆念难忘。

徐金台老师

徐老师大概是正谊的资深的教员,很受师生的尊敬。我没有上过他的课,但是,他在课外办了一个古文补习班。愿意学习的学生,只需每月交上几块大洋,就能够随班上课了。上课时间是下午放学以后,地点是阎公祠大楼的一间教室里,念的书是《左传》《史记》一类的古籍,讲授者当然就是徐金台老师了。叔父听到我谈这一件事,很高兴,立即让我报了名。具体的时间忘记了,反正是在那三年中。记得办班的时间并不长,不知道是由于什么原因,突然结束了。大概读了几篇《左传》和《史记》。对我究竟有多大影响,很难说清楚。反正读了几篇古文,总比不读要好吧。

叔父对我的古文学习,还是非常重视的。就在我在正谊读书的时候,他忽然心血来潮,亲自选编,亲自手抄了一本厚厚的《课侄选文》,并亲自给我讲解。选的文章都是理学方面的,唐宋八大家的文章一篇也没有选。说句老实话,我并不喜欢这类的文章。好在他只讲解过几次之后就置诸脑后，再也不提了。这对我是一件十分值得庆幸的事情，我仿佛得到了解放。

鞠思敏先生

要谈正谊中学，必不能忘掉她的创办人和校长鞠思敏（承颖）先生。由于我同他年龄差距过大，他大概大我五十岁，我对他早年的活动知之甚少。只听说，他是民国初年山东教育界的领袖人物之一，当过什么长。后来自己创办了正谊中学，一直担任校长。我十二岁入正谊，他大概已经有六十来岁了，当然不可能引起他的注意，没有谈过话。我每次见到他，就油然起敬仰之情。他个子颇高，身材魁梧，走路极慢，威仪俨然。穿着极为朴素，夏天布大褂，冬天布棉袄，脚上穿着一双黑布鞋，袜子是布做的。现在机器织成的袜子，当时叫作洋袜子，已经颇为流行了。可鞠先生的脚上却仍然是布袜子，可见他简朴之一斑。

鞠先生每天必到学校里来，好像并不担任什么课程，只是来办公。我还是一个孩子，不了解办学的困难。在军阀的统治之下，军用票满天飞，时局板荡，民不聊生。在这样的情况下，维持一所有几十名教员、有上千名学生的私立中学，谈何容易。鞠先生身上的担子重到什么程度，我简直无法想象了。然而，他仍然极端关心青年学生们的成长，特别是在道德素质方面，他更倾注了全部的心血，想把学生培养成有文化、有道德的人。每周的星期一上午八时至九时，全校学生都必须在操场上集合。他站在台阶上对全校学生讲话，内容无非是怎样做人，怎样爱国，怎样讲公德、守纪律，怎样严以律己、宽以待人，怎样孝顺父母，怎样尊敬师长，怎样与同学和睦相处，总之，不外是一些在家庭中也常能听到的道德教条，没有什么新东西。他简直像一个絮絮叨叨的老太婆，而且每次讲话内容都差不多。事实上，内容就只有这些，他根本不可能花样翻新。当时还没有什么扩音器等洋玩意儿。他的嗓子并不洪亮，站的地方也不高。我不知道，全体学生是否都能够听到，听到后的感觉如何。我在正谊三年，听了三年。有时候确也感到絮叨。但是，自认是有收获的。他讲的那一些普普通通做人的道理，都是金玉良言，我也受到了潜移默化的影响。

我在正谊待了三年以后，1926年，我十五岁，考入山东大学附设高中。鞠思敏先生应聘担任了这里的教员，教的是伦理学，课本用的是蔡元培的《中国伦理学史》。他衣着朴素如故，威仪俨然如故，讲课慢条斯理，但是句句真诚动听。他这样一个人本身简直就是伦理的化身。其效果当时是不可能立竿见影的，但是，我相信，它将影响我们的终身。

我在山大附中待了两年，1928年，日寇占领了济南，我当了一年亡国奴，九死一生，躲过了那一场灾难。从1929年起，我在省立济南高中读了一年书，在清华读了四年，又回高中教了一年书，然后到德国去待了十年，于1947年才再回到济南。沧海桑田，鞠老师早已不在人间。但是，人们并没有忘记他，他在日寇占领期间，大义凛然，不畏日寇的威胁利诱，誓死不出任伪职，穷到每天只能用盐水泡煎饼果腹，终至贫困而死，为中华民族留正气，为后世子孙树楷模。我听了这些话，不禁肃然起敬，较之朱自清先生，鞠老师似尤过之。为了纪念这一位伟大的爱国主义教育家，人民政府把正谊中学前面的一条马路改称鞠思敏街，这实在是令人敬佩之举。但是，不幸的是，正谊中学已经改了校名。又听说，鞠思敏街也已换了街名。我个人认为，这都是十分不妥的。后者，如果是真的话，尤其令人不解。难道是有关部门通过内查外调，发现了鞠思敏先生有什么对不起中国人民的行动吗？我希望，山东省的有关部门能够恢复正谊中学的建制，而且——如果真正去掉的话——能够恢复鞠思敏街的名称。现在，我国人民生活水平大大地提高，国势日隆，真正是换了人间。但是，外敌环伺，他们不愿意看到我们中华民族的崛起。在这样的关键时刻，中央发布的公民道德建设的简短的条文中，第一就是爱国，这实在是切中要害的英明之举。在山东宣传一下鞠思敏，用身边的例子来教育人民，必然是事半而功倍。为山东人，为中国人，留下这一股爱国主义的浩然正气，是会有悠久而深远的意义的。

鞠思敏先生将永远活在我的心中。

尚实英文学社

写完了正谊中学，必须写一写与正谊同时的尚实英文学社。

这是一个私人办的学社，坐落在济南城内按察司街南口一条巷子的拐角处。创办人叫冯鹏展，是广东人，不知道何时流寓在北方，英文也不知道是在哪里学的，水平大概是相当高的。他白天在几个中学兼任英文教员，晚上则在自己家里的前院里招生教英文。记得学生每月是交三块大洋。教员只有三位：冯鹏展先生、钮威如先生、陈鹤巢先生。他们都各有工作，晚上教英文算是副业；但是，他们教书都相当卖力气。学子趋之若鹜，总人数大概有七八十人。别人我不清楚，我自己是很有收获的。我在正谊之所以能在英文方面居全班之首，同尚实是分不开的。在中小学里，课程与课程在得分方面是很不相同的。历史、地理等课程，考试前只需临时抱佛脚死背一气，就必能得高分。而英文和国文则必须有根底才能得高分，而根底却是在相当长的时间内打下的，现上轿、现扎耳朵眼是办不到的。在北园山大高中时期，我有一个同班同学，名叫叶建梓，记忆力特强。但是，两年考了四次，我总是全班状元，他总屈居榜眼，原因就是其他杂课他都能得高分，独独英文和国文，他再聪明也是上不去，就因为他根底不行。我的英文之所以能有点根底，同尚实的教育是紧密相连的。国文则同叔父的教育和徐金台先生是分不开的。

说句老实话，我当时并不喜欢读书，也无意争强，对大明湖蛤蟆的兴趣远远超过书本。现在回想起来，当时对我的压力真够大的。每天（星期天当然除外）早上从南关穿过全城走到大明湖，晚上五点再走回南关。吃完晚饭，立刻就又进城走到尚实英文学社，晚九点回家，真可谓马不停蹄了。但是，我并没有感觉到什么压力，精神上和肉体上都没有。每天晚上，尚实下课后，我并不急于回家，往往是一个人沿着院东大街向西走，挨个儿看马路两旁的大小铺面，有的还在营业。当时电灯并不明亮。大铺子，特别是那些卖水果的大铺子，门口挂上一盏大的煤气灯，照耀得如同白昼，下面摆着摊子，在冬天也陈列着从南方运来的香蕉和橘子，再衬上本地产的苹果和梨，红绿分明，五光十色，真正诱人。我身上连一个铜板都没有，只能过屠门而大嚼，徒饱眼福。然而却百看不厌，每天晚上必到。一直磨蹭到十点多才回到家中。第二天一大早就又要"长途跋涉"了。

我就是这样度过了三年的正谊中学时期和几乎同样长的尚实英文学社时期，当时我12岁到15岁。

2002年2月1日写完

回忆北园山大附中

1926年，我十五岁，在正谊中学春季始业的高中待了半年，秋天考入山东大学附设高中一年级。入正谊时占了半年的便宜，结果形同泡影，一扫而光了。

山大高中坐落在济南北园白鹤庄。泉城济南的地势，南高北低。常言道："水往低处流。"泉城七十二名泉的水，流出地面以后，一股脑儿都向北流来。连泰山北麓的泉水也通过黑虎泉、龙洞等处，注入护城河，最终流向北园，一部分注入小清河，向大海流去。因此，北园成了水乡，到处荷塘密布，碧波潋滟。风乍起，吹皱一塘清水。无风时则如一片明镜，可以看到二十里外的千佛山的倒影。有人怀疑这种说法，最初我也是怀疑派。后来我亲眼看到了，始知此语非虚。塘边绿柳成行。在夏天，绿叶葳蕤，铺天盖地，都是绿雾，仿佛把宇宙也染成了绿色的。虽然不能"烟笼十里堤"，也自风光旖旎，悦人心目。记得叔父有一首七绝：

> 杨花落尽菜花香，嫩柳扶疏傍寒塘。
> 蛙鼓声声向人语，此间即是避秦乡。

虽然写的是春天的景色，完全可以举一反三，看看北园究竟是一个什么样的地方。

白鹤庄就是处在绿杨深处、荷塘环绕的一个小村庄。高中所在地是村中的一处大宅院。当年初建时，据说是一个什么农业专科学校，后来关门了，山大高中初建就选定了这一座宅院作校址。这真是一个念书的绝妙的好地方。我们到的时候，学校已经有三年级一个班，二年级一个班，我们一年级共分四个班，总共六个班，学生二百余人。

教员队伍

高中是公立的学校，经费不发生问题。因此，师资队伍可谓极一时之选，远非正谊中学所可比。在下面，我先把留给我印象最深的几位老师简要地介绍一下。

鞠思敏先生

在回忆正谊中学的时候，我已经写到了鞠思敏先生，有比较详细的介绍，我在这里不再重复。

在正谊中学，鞠思敏先生是校长，不教书。在北园高中，他是教员，讲授伦理学，仍然兼任正谊校长。他仍然穿着一身布衣，朴素庄重。他仍然是不苟言笑。但是，根据我的观察，所有的教员对他都十分尊敬。从辈分上来讲，他是山东教育界的元老。其他教员都可能是他的学生一辈。作为讲课的教员，鞠先生可能不是最优秀的。他没有自己的讲义，使用的课本是蔡元培的《中国伦理学史》，他只是加以阐发。讲话的声调，同在正谊每周一训话时一模一样，不像是悬河泻水，滔滔不绝，没有什么抑扬顿挫。但是我们都听得清，听得进。我们当时年龄虽小，但是信息还是灵通的。每一位教员是什么样子，有什么德行，我们还是一清二楚的。鞠先生的过去，以及他在山东教育界的地位，我们心中都有数。所以学生们都对他表示出极高的敬意。

祁蕴璞先生

在山东中学教育界，祁蕴璞先生是大名鼎鼎的人物。他大概毕生都是著名的一中的教员，讲授历史和地理。在历史和地理的教学中，他是状元，无人能出其右。

在课堂上，祁老师不是一个口才很好的人，说话还有点磕巴。他的讲义每年都根据世界形势的变化和考古发掘的最新结果以及学术界的最新学说加以补充修改。所以他教给学生的知识都是最新的知识。这种做法，不但在中学绝无仅有，即使在大学中也十分少见。原因就是祁老师精通日文。自从明治维新以后，日本最积极地、最热情地、最及时地吸收欧美的新知识。而祁先生则订有多种日文杂志，还随时购买日本新书。有时候他把新书拿到课堂上给我们看。他怕沾有粉笔末的手弄脏了新书，战战兢兢地用袖子托着书。这种细微的动作并没能逃过我的眼睛。可以看到他对书籍是怎样地爱护。如果是在今天，他早已成了什么特级教师，并会有许多论文发表，还结成了多少集子。他的大名会出现在什么《剑桥名人录》上,还有花钱买来的《名人录》上,堂而皇之地印在名片上,成为"名人"。然而祁先生对这种事情绝不会干。他读新书是为了教好学生,没有今天学术界这种浮躁的学风。同今天比起来,那时候的人实在是淳朴到可爱的程度了。

上面曾说到,祁先生不是一个口才很好的人,还有点磕巴。他讲课时,声调高扬,语音铿锵,但为了避免磕巴,他自己发明了一个办法,不时垫上三个字 shi lin la,有音无字,不知道应该怎样写。乍听时,确实觉得有点怪,但听惯了,只需在我们耳朵中把这三个音删掉,就一切正常了。

祁老师教的是历史和地理。他关心国家大事,关心世界大事。眼前的世界形势随时变动,没有法子在正课中讲,于是他另在课外举办世界新形势讲座。学生中愿意听者可以自由去听,不算正课,不考试,没有分数。先生讲演,只有提纲,没有写成文章。讲演时指定两个被认为文笔比较好的学生做记录,然后整理成文,交先生改正后,再油印成讲义,发给全体学生。我是被指定的两个学生之一。当时不记得有什么报纸,反正在北园两年,没看过报。国内大事都极模糊,何况世界大事!祁老师的讲演开阔了我们的视野,增加了我们的知识,对我们的学习有极大的帮助。

1928年,日寇占领了济南,学校停办。从那以后,再没有见到祁蕴璞老师。但是他却永远活在我的记忆中,一直到现在。

王崑玉先生

王老师是国文教员,是山东莱阳人,父亲是当地有名的文士,也写古文。所以王先生有家学渊源,从小受过良好的教育,特别是古文写作方面更为突出。他为文遵桐城派义法,结构谨严,惜墨如金,逻辑性很强。我不研究中国文学史,但有一些胡思乱想的看法。我认为,桐城派古文同八股文有紧密的联系。其区别只在于,八股文必须代圣人立言,

《四书》以朱子注为标准,不容改变。桐城派古文,虽然也是"文以载道",但允许抒发个人感情。二者的差别,实在是微乎其微。王老师有自己的文集,都是自己手抄的,从来没有出版过,也根本没有出版的可能。他曾把文集拿给我看过。几十年的写作,只有薄薄一小本。现在这文集不知到哪里去了,惜哉!

　　王老师上课,课本就使用现成的《古文观止》。不是每篇都讲,而是由他自己挑选出来若干篇,加以讲解。文中的典故,当然在必讲之列。而重点则在文章义法。他讲的义法,已如我在上面讲到的那样,基本是桐城派,虽然他自己从来没有这样说过。《古文观止》里的文章是按年代顺序排列的。不知道什么原因,王老师选讲的第一篇文章是比较晚的明代袁中郎的《徐文长传》。讲完后出了一个作文题目"读《徐文长传》书后"。我从小学起作文都用文言,到了高中仍然未变。我仿佛驾轻就熟般地写了一篇《书后》,自觉并没有什么了不起,不意竟获得了王老师的青睐,定为全班压卷之作,评语是"亦简劲,亦畅达"。我当然很高兴,我不是一个没有虚荣心的人。老师这一捧,我就来了劲儿。于是就拿来韩、柳、欧、苏的文集,认真读过一阵儿。实际上,全班国文最好的是一个叫韩云鹄的同学。可惜他别的课程成绩不好,考试总居下游。王老师有一个习惯,每次把学生的作文簿批改完后,总在课堂上占用一些时间,亲手发给每一个同学。排列是有顺序的,把不好的排在最上面,依次而下,把最好的放在最后。作义后面都有批语,但有时候他还会当面说上几句。我的作文和韩云鹄的作文总是排在最后一二名,最后一名当然就算是状元,韩云鹄当状元的时候比我多。但是一二名总是被我们俩垄断,几年从来没有过例外。

　　我在上面已经谈到过,北园的风光是非常美丽的。每到春秋佳日,风光更为旖旎。最难忘记的是夏末初秋时分,炎夏初过,金秋降临。秋风微凉,冷暖宜人。每天晚上,夜深以后,同学们大都走出校门,到门前荷塘边上去散步,消除一整天学习的疲乏。于时月明星稀,柳影在地,草色凄迷,荷香四溢。如果我是一个诗人的话,定会好诗百篇。可惜我从来就不是什么诗人,只空怀满腹诗意而已。王崑玉老师大概也是常在这样的时候出来散步的。他抓住这个机会,出了一个作文题目"夜课后闲步校前溪观捕蟹记"。我生平最讨厌写论理的文章,对哲学家们那一套自认为是极为机智的分析,我十分头痛。除非有文采,像庄子、孟子等,其他我都看不下去。我喜欢写的是抒情或写景的散文,有时候还能情景交融,颇有点沾沾自喜。王老师这个作文题目正合吾意,因此写起来很顺畅,很惬意。我的作文又一次成为全班压卷之作。

自从北园高中解散以后,再没有见到过王崑玉老师。后来听说,他到山东大学(当时还在青岛)中文系去教书,只给了一个讲师的头衔。我心中愤愤不平。像王老师那样的学问和人品,比某一些教授要高得多。现在有什么人真懂而且又能欣赏桐城派的古文呢?王老师郁郁不得志,也在情理之中。但是,在我的心中,王老师形象却始终是高大的,学问是非常好的,是一个真正的读书人。王老师将永远活在我的心中。

完颜祥卿先生

完颜这个姓,在中国是非常少见的,大概是"胡"人之后。其实我们每个人,在长期民族融合之后,差不多都有"胡"血。完颜祥卿先生是一中的校长,被聘到山大高中来教伦理学,也就是逻辑学。这不是一门重要的课,学生也都不十分注意和重视。因此我对完颜祥卿先生没有多少可以叙述的材料。但是,有一件事我必须讲一讲。完颜先生讲的当然是旧式的形式逻辑。考入清华大学以后,学校规定,文科学生必须选一门理科的课,逻辑可以代替。于是只有四五个教授的哲学系要派出三个教授讲逻辑,其中最受欢迎的是金岳霖先生,我也选了他的课。我原以为自己在高中已经学过逻辑,现在是驾轻就熟。焉知金先生讲的不是形式逻辑。是不是接近数理逻辑我至今仍搞不清楚,反正是同完颜先生讲的大异其趣。最初我还没有完全感觉到,乃至答题碰了几个钉子,我才幡然悔悟,改弦更张,才达到了"预流"的水平。

王老师

教数学,名字忘记了,好像当时就不清楚。他是一中的教员,到高中来兼课。在山东中学界,他大名鼎鼎,威信很高。原因只能有一个,就是他教得好。在北园高中,他教的不外三角、小代数和平面几何之类。他讲解十分清楚,学生不需用多大劲,就都能听懂。但是,文科学生对数学是不重视的,大都是敷衍了事。后来考大学,却吃了大亏。出的题目比我们在高中学的要深得多。理科高中的毕业生比我们这些文科高中的毕业生在分数方面沾了大光。

刘老师

教英文,名字也忘记了。他是北大英文系毕业的,英文非常好,也是一中的教员。因为他的身躯相当矮,学生就给他起了一个外号,叫作"×豆",是非常低级、非常肮脏的。但是,这些十七八岁的大孩子毫无污辱之意,我们对刘老师还是非常敬重的,由于我有尚实英文学社的底子,在班上英文是绝对的状元,连跟我分数比较接近的人都没有。刘老师有一个习惯,每当学生在课堂上提出问题,他自己先不答复,而是指定学生答复。指定的顺序是按照英文的水平的高低。关于这问题他心里似乎有一本账。他指定比问问题者略高的人来答复。如果答复不了,他再依次向上指定学生答复。往往最后是指定我,这算是到了头。一般我都能够答复,但也有露怯的时候。有一次,一个同学站起来问: not at all 是什么意思。这本来不能算是一个严重的问题,但是,我却一时糊涂油蒙了心,没有解释对,最后刘老师只好自己解答。

尤桐先生

教英文。听口音是南方人。我不记得他教过我们班。但是,我们都很敬重他。1928年,日寇占领了济南,高中停办。教师和学生都风流云散。我们听说，尤先生还留在学校，原因不清楚。有一天我就同我的表兄孙襄城，不远十里，来到白鹤庄看望尤老师。昔日喧腾热闹的大院子里静悄悄的，好像只有尤老师和一个工友。我感觉到非常凄凉，心里不是滋味。我们陪尤老师谈了很久。离开以后，再没有见过面，也不知道他的下落。

"大清国"先生

教经学的老师。天底下没有"大清国"这样的姓名，一看就知道是一个诨名。来源是他经常爱说这几个字，学生们就以其人之道还治其人之身，干脆就叫他"大清国"，结果是，不但他的名字我们不知道，连他的姓我也忘了。他年纪已经很大，超过六十了吧。在前清好像得到过什么功名，最大是个秀才。他在课堂上讲话，张口就是"你们民国，我们大清国，怎样怎样"，"大清国"这个诨名就是这样来的。他经书的确读得很多，五经、四书，本文加注疏，都能背诵如流。据说还能倒背。我真不知道，倒背是怎样一个背法？究竟有什么意义？所谓"倒背"，大家可能不理解是什么玩意儿。我举一个例子。《论语》："子曰：学而时习之……"倒背就是："之习时而学……"这不是毫无意义的瞎胡闹吗？他以此来表示自己的学问大。他对经书确实很熟，上课从来不带课本。《诗》《书》《易》《礼》他都给我们讲过一点，完全按照注疏讲。谁是谁非，我们十几岁的孩子也完全懵然。但是，在当时大力提倡读经的情况下，经学是一门重要课程。

附带说一句，当时教经学的还有一位老师，是前清翰林，年纪已经八十多，由他的孙子讲注。因为没有教过我们，情况不了解。

德文老师

德文不是正课，是一门选修课，所以不大受到重视。教德文的老师是胶东人，方面大耳，留着一撮黑胡子，长得很像一个德国人。大概在青岛德国洋行里做过什么事，因而学会了一点德文，所以就被请来教我们德文。我选了这一门课,可惜连他的姓名都没有记住,他也没有诨名。他的德文大概确实很有限,发音更差。他有一次在课堂上大声抱怨,有人说他发音不好。他把德文的 gut(好,英文的 good)读为"古吃"。这确实不是正确的发音,但是他却愤愤不平,满面愠色。德文课本用的是一个天主教堂编的。里面的汉语陈腐不堪,好像是前清时代编成的,一直未改。这位德文教员,德文虽然不怎么样,杂学却有一两下子。他专门搜集十七字诗,印成了一本书,完全自费,他送给我一本。因为滑稽有趣,我看了一遍就背住了一些,直至七十年后的今天还能成诵。我举一首,以概其余:

> 发配到云阳,
> 见舅如见娘,
> 两人齐下泪,
> 三行。

因为这位舅父瞎了一只眼。我当时在家中颇受到歧视,心有所感,也作了一首十七字诗:

> 叔婶不我爱,
> 于我何有哉,
> 但知尽孝道,
> 应该。

没有多少趣味,只是略抒心中的不平而已。这一首诗曾惹得叔父的亲女儿秋妹不满。

王老师

教诸子的老师,名字忘记了,北大毕业,戴一副深度的近视眼镜。书读得很多,也有学问。他曾写了篇长文《孔子的仁学》,把《论语》中讲到"仁"的地方全部搜集起来,加以综合分析,然后得出结论。此文曾写成讲义,印发给学生们。我的叔父读了以后,大为赞赏,可能是写得很不错的。但是此文未见发表。王老师大概是不谙文坛登龙术,不会吹拍,所以没有能获得什么名声,只浮沉于中学教师中。从那以后,我再也没得到他的消息。

高中教员介绍到此为止。

我们的校舍

校舍很大,据说原来是一所什么农业专科学校。现在用作高中的校舍,是很适当的。

从城里走来,一走进白鹤庄,如果是在春、夏、秋三季,碧柳撑天,绿溪潺湲,如入图画中。向左一拐,是一大片空地,然后是坐北朝南的大门。进门向左拐是一个大院子,左边是一排南房,第一间房子里住的是监学,其余的房子里住着几位教员。靠西墙是一间大教室,一年级三班就在那里上课。向北走,走过一个通道,两边是两间大教室,右手的一间是一班,也就是我所在的班;左手是二班;走出通道是一个院子,靠东边是四班的教室。中间有几棵参天的大树,后面有几间房子,"大清国"、王崑玉和那位翰林住在里面。再向左拐是一个跨院,有几间房子。再往北走,迎面是一间大教室,曾经做过学生宿舍,住着二十多人。向东走,是一间教室,二年级唯一的一个班在这里上课。再向东走,走过几间房子,有一个旁门,走出去是学生食堂,这已经属于校外了。回头向西走,经过住学生的大教室,有一个旁门,出去有几排平房,这是真正的学生宿舍。校舍的情况,大体上就是这个样子。应该说,里面的空间是相当大的,住着二三百学生并无拥挤之感。

学校管理和学生生活

现在回想起来,学校的管理是非常奇特的。应该有而且好像也真有一个校长,但是从来没有露过面,至于姓什么叫什么,统统忘掉了。学生们平常接触的学校领导人是一位监学。这个官衔过去没有碰到过,不知道是几品几级;也不知道他应该管什么事。当时的监学姓刘,名字忘记了。这个人人头极次,人缘不好,因为几乎全秃了顶,学生们赠以诨名"刘秃蛋",竟以此名行。他经常住在学校中,好像什么事情都管。按理说,他应该是专管学生的操行和纪律的,教学应该由教务长管。可是这位监学也常到课堂上去听课,老师正在讲课,他站在讲台下面,坏视全室,面露奸笑,感觉极为良好,大有天上天下唯我独尊之势。学生没有一个人喜欢他的,他对此毫无感受。我现在深挖我的记忆,挖得再深,也挖不出一个刘秃蛋到学生宿舍或学生食堂的镜头。现在回想起来,这简直是不可思议的事情。足见他对学生的生活毫无兴趣,而对课堂上的事情却极端注意。每一个班的班长都由他指定。我因为学习成绩好,在两年四个学期中,我始终被他指定为班长。他之所以这样做,是"司马昭之心路人皆知"的,无非是想拉拢我,做他的心腹,向他打小报告,报告学生行动的动向。但是,我鄙其为人,这样的小报告,一次也没有打过。在校两年中,仅有一次学生"闹事"的事件,是三班学生想"架"一位英文教员。刘秃蛋想方设法动员我们几个学生支持他。我始终也没有上他的圈套。

我无论怎么想,也想不起学校有一间办公室,有什么教务员、会计、出纳之类的小职员。对一所有几百人的学校来说,这应该是不能缺的。学校是公立,不收学费,所以没有同会计打过交道。但是,其他行政和教学事务应该还是有的,可我无论如何也回忆不起来了。

至于学生生活,最重要的无非是两项:住和吃。住的问题,上面已经谈到,都住宿舍中,除了比较拥挤之外,没有别的问题。吃是吃食堂,当时叫作"饭团"。学校根本不管,由学生自己同承包商打交道。学生当然不能每人都管,由学生自己每月选出一名伙食委员,管理食堂。这是很复杂很麻烦的工作,谁也不愿意干。如果被选上了,只好干上一个月。但是,行行出状元。二年级有一个同学,名叫徐春藻,他对此既有兴趣,也有天才。他每夜起来巡视厨房,看看有没有厨子偷肉偷粮的事件。有一次还真让他抓到了。承包人把肉藏在酱油桶里,准备偷运出去,被他抓住,罚了款。从此伙食质量大有提高,经常能吃到肉和黄花鱼。徐春藻连选连任,他乐此不疲,一时成了风流人物。

我的生活和学习

关于生活,上面谈到的学生生活,我都有份儿,这里用不着再来重复。

但是,我也有独特的地方,我喜欢自然风光,特别是早晨和夜晚。早晨,在吃过早饭以后上课之前,在春秋佳日,我常一个人到校舍南面和西面的小溪旁去散步,看小溪中碧水潺潺,绿藻漂动,顾而乐之,往往看上很久。到了秋天,夜课以后,我往往一个人走出校门在小溪边上徘徊流连。上面我曾提到王崑玉老师出的作文题"夜课后闲步校前溪观捕蟹记",讲的就是这个情景。我最喜欢看的就是捕蟹。附近的农民每晚来到这里,用苇箔插在溪中,小溪很窄,用不了多少苇箔,水能通过苇箔流动,但是鱼蟹则是过不去的。农民点一盏煤油灯,放在岸边。我在回忆正谊中学的文章中,曾说到蛤蟆和虾是动物中的笨伯。现在我要说,螃蟹绝不比它们聪明。在夜里,只要看见一点亮,螃蟹就从芦苇丛中爬出来,奋力爬去,爬到灯边,农民一伸手就把它捉住,放在水桶里,等待上蒸笼。间或也有大鱼游来，被苇箔挡住，游不过去，又不知回头，只在箔前跳动。这时候农民就不能像捉螃蟹那样，一举手，一投足，就能捉到一只，必须动真格的了。只见他站起身来，举起带网的长竿，鱼越大，劲越大，它不会束"手"待捉，奋起抵抗，往往斗争很久，才能把它捉住。这是我最爱看的一幕。我往往蹲在小溪边上，直到夜深。

在学习方面，我开始买英文书。我经济大概是好了一点，不像上正谊时那么窘，节衣缩食，每年大约能省出二三块大洋，我就用这钱去买英文书。买英文书，只有一个地方，就是日本东京的丸善书店。办法很简便，只需写一张明信片，写上书名，再加上三个英文字母 COD（Cash On Delivery），日文叫作"代金引换"，意思就是：书到了以后，拿着钱到邮局去取书。我记得，在两年之内，我只买过两三次书，其中至少有一次买的是英国作家 Kipling（吉卜林）的短篇小说集。不知道为什么我当时竟迷上了 Kipling。后来学了西洋文学，才知道，他在英国文学史上是一个上不得大台盘的作家。我还试着翻译过他的小说，只译了一半，稿子早就不知道丢到哪里去了。反正我每次接到丸善书店的回信，就像过年一般欢喜。我立即约上一个比较要好的同学，午饭后，立刻出发，沿着胶济铁路，步行走向颇远的商埠，到邮政总局去取书，当然不会忘记带上两元大洋。走在铁路上的时候，如果适逢有火车开过，我们就把一枚铜元放在铁轨上，火车一过，拿来一看，已经轧成了扁的，这个铜元当然就作废了，这完全是损己而不利人的恶作剧。要知道，当时我们才十五六岁，正是顽皮的时候，不足深责的。有一次，我特别惊喜。我们在走上铁路之前，走在一块荷塘边上。此时塘里什么都没有，荷叶、苇子和稻子都没有。一片清水像明镜一般展现在眼前，"天光云影共徘徊"，风光极为秀丽。我忽然见（不是看）到离开这二三十里路的千佛山的倒影清晰地印在水中，我大为惊喜。记得刘铁云《老残游记》中曾写到在大明湖看到千佛山的倒影。有人认为荒唐，离开二十多里，怎能在大明湖中看到倒影呢？我也迟疑不决。今天竟于无意中看到了，证明刘铁云观察得细致和准确，我怎能不狂喜呢？

从邮政总局取出了丸善书店寄来的书以后，虽然不过是薄薄的一本，然而内心里却似乎增添了极大的力量。一种语言文字无法传达的幸福之感油然溢满心中。在走回学校的路上，虽然已经步行了二十多里路，却一点也感不到疲倦。同来时比较起来，仿佛感到天空更蓝，白云更白，绿水更绿，草色更青，荷花更红，荷叶更圆，蝉声更响亮，鸟鸣更悦耳，连刚才看过的千佛山倒影也显得更清晰，脚下的黄土也都变成了绿茵，踏上去软绵绵的，走路一点也不吃力。这是我第一次用自己省下来的钱买自己心爱的英文书的感觉，七十多年以后的今天，一回忆起来，仍仿佛就在眼前。这种好买书的习惯一直伴随着我，至今丝毫没有减退。

北园高中对我一生的影响，还不仅仅是培养购书的兴趣一项，还有更重要的影响。这种影响是关键性的，夸大一点说是一种质变。

我在许多文章中都写到过，我幼无大志。小学毕业后，我连报考著名的一中的勇气都没有，可见我懦弱、自卑到什么程度。在回忆新育小学和正谊中学的文章中，特别是在第二篇中，我曾写到，当时表面上看起来很忙，但是我并不喜欢念书，只是贪玩。考试时虽然成绩颇佳，距离全班状元道路十分近，可我从来没有产生过当状元的野心，对那玩意儿一点兴趣都没有。钓虾、捉蛤蟆对我的引诱力更大。至于什么学者，我更不沾边儿，我根本不知道天壤间还有学者这一类人物。自己这一辈子究竟想干什么，也从来没有想过。朦朦胧胧地似乎觉得，自己反正是一个上不得台盘的人，一辈子能混上一个小职员当当，也就心满意足了。我常想，自己是有自知之明的，但是自知得过了头，变成了自卑。家里的经济情况始终不算好。叔父对我大概也并不望子成龙，婶母则是希望我尽早能挣钱。正谊中学毕业后，我曾被迫去考邮政局，邮政局当时是在外国人手中，公认是铁饭碗。幸而我没有被录取。否则我就会干一辈子邮政局，完全走另外一条路了。

但是，人的想法是能改变的，有时甚至是一百八十度的改变。我在北园高中就经历了这样的改变，这一次改变，不是由于我参禅打坐顿悟而来的，也不是由于天外飞来的什么神力，而完全是由于一件非常偶然的事件。

北园高中是附设在山东大学之下的。当时山大校长是山东省教育厅厅长王寿彭，是前清倒数第二或第三位状元，是有名的书法家，提倡尊孔读经。我在上面曾介绍过高中的教员，教经学的教员就有两位，可见对读经的重视，我想这与状元公不无关联。这时的山东督军是东北军的张宗昌，绿林出身，绰号"狗肉将军"，不知道自己有多少兵，不知道自己有多少钱，不知道自己有多少姨太太，以这"三不知"蜚声全国。他虽一字不识，也想附庸风雅。有一次竟在山东大学校本部举行祭孔大典，状元公当然必须陪同。督军和校长一律长袍马褂，威仪俨然。我们附中学生十五六岁的大孩子也奉命参加，大概想对我们进行尊孔的教育吧。可惜对我们这一群不识抬举的顽童来说，无疑是对牛弹琴。我们感兴趣的不是三跪九叩，而是院子里的金线泉。我们围在泉旁，看一条金线从泉底袅袅地向上漂动，觉得十分可爱，久久不想离去。

在一年级第一学期结束时，考试完毕以后，状元公忽然要表彰学生了。大学的情况我不清楚，恐怕同高中差不多。高中表彰的标准是每一班的甲等第一名，平均分数达到或超过95分者，可以受到表彰。表彰的办法是得到状元公亲书的一个扇面和一副对联。王寿彭的书法本来就极有名，再加上状元这一个吓人的光环，因此他的墨宝就极具有经济价值和荣誉意义，很不容易得到的。高中共有六个班，当然就有六个甲等第一名；但他们的平均分数都没有达到95分。只有我这个甲等第一名平均分数是97分，超过了标准，因此，我就成了全校中唯一获得状元公墨宝的人，这当然算是极高的荣誉。不知是何方神灵呵护，经过了

七十多年,经过了不知道多少时局动荡,这一个扇面竟然保留了下来,一直保留到今天。扇面的全文是:

> 净几单床月上初,
> 主人对客似僧庐。
> 春来预作看花约,
> 贫去宜求种树书。
> 隔巷旧游成结托,
> 十年豪气早销除。
> 依然不坠风流处,
> 五亩园开手剪蔬。

"录樊榭山房诗丁卯夏五 羡林老弟正王寿彭",至于这一副对联,似尚存于天壤间。但踪迹虽有,尚未到手。大概当年家中绝粮时,婶母取出来送给了名闻全国的大财主山东章丘旧津孟家,换面粉一袋,孟家是婶母的亲戚。这个踪迹是友人山大蔡德贵教授侦查出来的。我非常感激他;但是,从寄来的对联照片来看,字迹不类王寿彭,而且没有"羡林老弟"这几个字。因此,我有点怀疑。我已经发出了"再探"的请求,将来究竟如何,只有"且看下回分解"了。

王状元这一个扇面和一副对联对我的影响万分巨大,这看似出乎意料,实际上却在意料之中。虚荣心恐怕人人都有一点的,我自问自己的虚荣心不比任何人小。我屡次讲到幼无大志,讲到自卑,这其实就是有虚荣心的一种表现。如果一点虚荣心都没有,哪里还会有什么自卑呢?

这里面有三层意思。第一层意思是,97分这个平均分数给了我许多启发和暗示。我在上面已经说到过,分数与分数之间是不相同的。像历史、地理等的课程,只要不是懒虫或者笨伯,考试前,临时抱一下佛脚，硬背一通，得个高分并不难。但是，像国文和英文这样的课程，必须有长期的积累和勤奋，还须有一定的天资，才能有所成就，得到高分。如果没有基础，临时无论怎样努力，也是无济于事的。我大概是在这方面有比较坚实的基础，非其他五个甲等第一名可比。他们的国文和英文也绝不会太差，否则就考不到第一名。但是，同我相比，恐怕要稍逊一筹。每念及此，心中未免有点沾沾自喜，觉得过去的自卑实在有点莫名其妙，甚至有点可笑了。

第二层意思是，这样的荣誉过去从未得到过，它是来之不易的。现在于无意中得之，就不能让它再丢掉，如果下一学期我考不到甲等第一，我这一张脸往哪里搁呀！这是最原始最简单的虚荣心，然而就是这一点虚荣心，促使我在学习上改弦更张，要认真埋头读书了。就在不到一年前的正谊中学时期，虾和蛤蟆对我的引诱力远远超过书本。眼前的北园，荷塘纵横，并不缺少虾和蛤蟆，然而我却视而不见了。俗话说"浪子回头金不换"，我现在成了回头的浪子、勤奋用功的好学生了。

第三层意思是，我原来的想法是，中学毕业后，当上一个小职员，抢到一只饭碗，浑浑噩噩地，甚至窝窝囊囊地过上一辈子，算了。我只是一条小蛇，从来没有幻想过成为一条大龙。这一次表彰却改变了我的想法：自己即使不是一条大龙，也绝不是一条平庸的小蛇，最明显的例证是几年以后我到北京来报考大学的情况。当时北京的大学五花八门，鱼龙混杂，有的从几十个报考者中选一人，而有的则是来者不拒，因为多一个学生就多一份学费。从山东来的几十名学员中大都报考六七个大学，我则信心十足地只报考了北大和清华。这同小学毕业时不敢报考一中，形成了鲜明的对比。好像我变了一个人。

以上三层意思说明了我从自卑到自信，从不认真读书到勤奋学习，一个关键就是虚荣心。是虚荣心作祟呢？还是虚荣心作福？我认为是后者。虚荣心是不应当一概贬低的。王状元表彰学生可能完全是出于偶然性，他万万不会想到，一个被他称为"老弟"的十五岁的大孩子，竟由于这个偶然事件而改变为另一个人。我永远不会忘记王寿彭老先生。

北园高中可回忆的东西还有一些，但是最重要的印象、最深的印象上面都已经写到了。因此，我的回忆就写到这里为止。

我在北园白鹤庄的两年，我十五岁到十六岁，正是英国人称之为teen的年龄，也就是人生最美好的年龄。我的少年时期，因为不在母亲身边，并不能说是幸福的，但是，我在白鹤庄，却只能说是幸福的。只是"白鹤庄"这个名字，就能引起人们许多美丽的幻影。古人诗"西塞山前白鹭飞"，多么美妙绝伦的情境。我不记得在白鹤庄曾见到白鹭，但是，从整个北园的景色来看，有白鹭飞来是必然会发生的。到了现在，我离开北园已经七十多年了，再没有回去过。可是我每每会想到北园，想到我的teen，每一次想到，心头总会油然漾起一股无比温馨、无比幸福的感情，这感情将会伴我终生。

2002年2月24日写完

羡林按：以上一段文字是去年2月写的。到今天还不到一年的时间。前几天，李玉洁和杨锐整理我的破旧东西，突然发现了王状元的这副对联。打开一看，楮墨如新。写的是：

羡林老弟雅誉
才华舒展临风锦
意气昂藏出岫云
王寿彭

我们都大喜过望。一个六十岁老状元对一个十六岁的大孩子的赞誉使我忐忑不安,真仿佛有神灵呵护,才出现了这样一个奇迹。

2003年1月9日补记

回忆济南高中

1928年,日寇占领了济南,我被迫停学一年。

1929年,日军撤走,国民党的军队进城,从此结束了军阀割据混战的局面,基本上由一个军阀统治中国。

北园高中撤销,成立了全山东省唯一的一个高中:山东省立济南高中,全省各县的初中毕业生,想要上进的,必须到这里来,这里是通向大学(主要是北京的)的唯一桥梁。

校 舍

山东省立济南高中,坐落在济南西城杆石桥马路上,在路北的一所极大的院落内。原来这里是一个什么衙门,这问题当时我就不清楚,我对它没有什么兴趣。校门前有一个斜坡,要先走一段坡路,然后才能进入大门。大门洞的左侧有一个很大的传达室。进了大门,是一个极大的院子,东西两侧都有许多房子,东边的一间是教员游艺室,里面摆着乒乓球台。从院子西侧再向前走,上几个台阶,就是另一个不大的院子。南侧有房子一排,北侧高台阶上有房子一排,是单身教员住的地方。1934—1935年,我回母校任国文教员时,曾在其中的一间中住过 年。房子前,台阶下,种着一排木槿花。春天开花时,花光照亮了整个院子。院子西头,有一个大圆门,进门是一座大花园。现在虽已破旧,但树木依然蓊郁，绿满全园。有一个大荷塘，现已干涸，当年全盛时，必然是波光潋滟，荷香四溢。现在学生仍然喜欢到里面去游玩。从这个不大的院子登上台阶向北走，有一个门洞，门洞右侧有一间大房子，曾经是学生宿舍，我曾在里面住过一段时间。出了这个门洞，豁然开朗，全校规模，顿现眼前。到这里来，上面讲的那一个门洞不是唯一的路。进校门直接向前走，走上台阶，是几间极高大的北屋，校长办公室、教务主任办公室、教务处、训导处、庶务处等都在这里。从这里向西走，下了台阶，就是全校规模最大的院子，许多间大教室和学生宿舍都在这里。学生宿舍靠西边，是许多排平房。宿舍的外面是一条上面盖有屋顶的极宽极长的走廊，右面是一大排教室。沿走廊向北走，走到尽头，右面就是山东省立一中。原来这一座极大的房子是为济南省立高中和一中（只有初中）所占用。有几座大楼，两校平分。

校舍总的情况就是这个样子。

教员和职员

有一个颇怪的现象，先提出来说一说。在时间顺序中，济南高中是在最后，也就是说，离现在最近，应该回忆得最清晰。可是，事实上，至少对教职员的回忆，却最模糊。其中道理，我至今不解。

高中初创办时，校长姓彭，是南方人，美国留学生，名字忘记了。不久就调山东省教育厅任科长。在现在的衙门里，科长是一个小萝卜头。但在当时的教育厅中却是一个大官，因为没有处长，科长直通厅长。接任的是张默生，山东人，大学国文系毕业，曾写过一本书《王大牛传》，传主是原第一师范校长王世栋（祝晨），上面已经提到过。"王大牛"是一个绰号，表示他的形象，又表示他的脾气倔强。他自己非常欣赏，所以采用作书名，不表示轻蔑，而表示尊敬。我不记得，张校长是否也教书。

教务主任是蒋程九先生,山东人,法国留学生,教物理或化学,记不清楚了。我们是高中文科,没有上过他的课。

有一位李清泉先生,法国留学生,教物理,我没有上过他的课。

我记得最详细、最清楚的是教国文的老师。总共有四位,一律是上海滩上的作家。当时流行的想法是,只要是作家,就必然能教国文。因此,我觉得,当时对国文这一学科的目的和作用,是并不清楚的。只要能写出好文章,目的就算是达到了。北园高中也有同样的情况,唯一的区别在于,那里的教员是桐城派的古文作家,学生作文是用文言文。国民党一进城,就仿佛是换了一个世界,文言变为白话文。

我们班第一个国文教员是胡也频先生,从上海来的作家,年纪很轻,个子不高,但浑身充满了活力。上课时不记得他选过什么课文。他经常是在黑板上写上"现代文艺的使命"几个大字。所谓现代文艺,也叫普罗文学,就是无产阶级文学。其使命就是无产阶级革命。市场上流行着几本普罗文学理论的译文,作者叫弗理契,大概是苏联人,原文为俄文,由日译本转译为汉文,佶屈聱牙,难以看懂。原因大概是,日本人本来就没有完全看懂俄文,再由日文转译为汉文,当然就驴唇不对马嘴,被人称之为天书了。估计胡老师在课堂上讲的普罗文学的理论,也不出这几本书。我相信,没有一个学生能听懂的。但这并没有减低我们的热情。我们知道的第一个是革命,第二个是革命,第三个仍然是革命,这就足够了。胡老师把他的夫人丁玲从上海接到济南暂住。丁玲当时正在走红,红得发紫。中学生大都是追星族。见到了丁玲,我们兴奋得难以形容。但是,国民党当局焉能容忍有人在自己鼻子底下革命,于是下令通缉胡也频。胡老师逃到了上海,一年多以后就被国民党杀害了。

接替胡先生的是董秋芳先生。董先生,笔名冬芬,北大英文系毕业,译有《争自由的波浪》一书,鲁迅先生作序。他写给鲁迅的一封长信,现保存于《鲁迅全集》中。董老师的教学风格同胡老师完全不同。他不讲什么现代文艺,不讲什么革命,而是老老实实地教书。他选用了日本厨川白村著、鲁迅译的《苦闷的象征》作为教材,仔细分析讲授。作文不出题目,而是在黑板上大写四个字——"随便写来",意思就是,你愿意写什么就写什么。有一次,我竟用这四个字为题目写了一篇作文,董老师也没有提出什么意见。

高中国文教员,除了董秋芳先生之外,还有几位。一位是董每戡先生,一位是夏莱蒂,都是从上海来的小有名气的作家。他们的作品,我并没有读过。董每戡在济南一家报纸上办过一个文学副刊。二十多年以后,我在一张报纸上看到了他的消息,他在广州的某一所大学里当了教授。

除了上述几位教员以外,我一个教员的名字都回忆不起来了。按高中的规模至少应该有几十位教员的。起码教英文的教员应该有四五位的,我们这一班也必然有英文教员,这同我的关系至为密切,因为我在全校学生中英文水平是佼佼者,可是我现在无论怎样向记忆里去挖掘,却是连教我们英文的教员都想不起来了。我觉得,这真是一件怪事。

我的学习和生活

荣誉感继续作美

我在上面回忆北园高中时,曾用过"虚荣心"这个词儿。到现在时间过了不久,我却觉得使用这个词儿,是不准确的,应改为"荣誉感"。

懂汉语的人,只从语感上就能体会出这两个词儿的不同。所谓"虚荣心"是指羡慕高官厚禄,大名盛誉,男人梦想"红袖添香夜读书",女人梦想白马王子,最后踞坐在万人之上,众人则局踏自己脚下。走正路达不到，则走歪路，甚至弄虚作假，吹拍并举。这就是虚荣心的表现，害己又害人，没有一点好处。荣誉感则另是一码事。一个人在某一方面做出了成绩，有关人士予以表彰，给以荣誉。这种荣誉不是营求得来的，完全是水到渠成。这同虚荣心有质的不同。我在北园高中受到王状元的表彰，应该属于这一个范畴，使用"虚荣心"这一个词儿是不恰当的。虚荣心只能作祟，荣誉感才能作美。

我到了杆石桥高中，荣誉感继续作美。念了一年书，考了两个甲等第一。

要革命

我在上面已经说到，我在济南高中有两个国文老师，第一个是胡也频先生。他在高中待的时间极短，大概在1929年秋天开学后只教了几个月。我从他那里没有学到什么国文的知识，而只学到了一件事，就是要革命，无产阶级革命。他在课堂上只讲普罗文学，也就是无产阶级文学，为了给自己披上一件不太刺激人的外衣，称之为"现代文艺"。现代文艺的理论也不大讲，重点讲的是它的目的或者使命，说白了，就是要革命。胡老师不但在堂上讲，而且在课外还有行动。他召集了几个学生，想组织一个现代文艺研究会。公然在宿舍外大走廊上摆开桌子，铺上纸，接收会员，引起了极大的轰动，一时聚观者数百人。他还曾同上海某个出版社联系，准备出版刊物，宣传现代文艺。我在组织方面和出版刊物方面都是积极分子。我参加了招收会员的工作，并为将要出版的刊物的创刊号写了一篇文章，题目干脆就叫"现代文艺的使命"，内容已经记不清楚，大概不外是革命，革命，革命。也许还有一点理论，也不过是从弗理契书中抄来的连自己都不甚了了的"理论"。不幸（对我来说也许是幸）被国民党当局制止，胡老师逃往上海，群龙无首，烟消云散。否则，倘若这个刊物真正出版成功，我的那一篇论文落到敌人手里，无疑是最好的罪证，我被列入黑名单也说不定。我常自嘲这是一场类似阿Q要革命的悲喜剧，在糊里糊涂中就成了"革命家"，遭到迫害。同时，我对胡也频先生这样真正的革命家又从心眼里佩服。他们视国民党若无物，这种革命的气概真可以惊天地，泣鬼神。从战术上来讲，难免幼稚；但是，在革命的过程中，这也是难以避免的，我甚至想说这是必要的。没有这种气概，强大的敌人是打不倒的。

上国文课

胡也频先生教的是国文，但是，正如上面所讲的那样，他从来没有认真讲过国文。胡去董来，教学风格大变。董老师认认真真地讲解文艺理论，仔仔细细地修改学生的作文。他为人本分，老实，忠厚，纯诚，不慕荣利，淡泊宁静，在课堂上不说一句闲话，从而受到了学生们的爱戴。至于我自己，从写文言文转到写白话文，按理说，这个转变过程应该带给我极大的困难。然而，实际上我却一点困难都没有。原因并不复杂。从我在一师附小读书起，五四运动的大潮，汹涌澎湃，向全国蔓延。"骆驼说话事件"发生以后，我对阅读"五四"初期文坛上各大家的文章，极感兴趣。不敢想象我完全能看懂；但是，不管我手里拿的是笤帚或是扫帚，我总能看懂一些的。再加上我在新育小学时看的那些"闲书"，《彭公案》《济公传》之类，文体用的都是接近白话的。所以由文言转向白话文，我不但一点勉强的意思都没有，还颇有一点水到渠成的感觉。

写到这里，我想写几句题外的话。现在的儿童比我们那时幸福多了。书店里不知道有多少专为少年和儿童编著的读物，什么小儿书，什么连环画，什么看图识字，等等，印刷都极精美，插图都极漂亮，同我们当年读的用油光纸石印的《彭公案》一类的"闲书"相比，简直有天渊之别。当年也有带画的"闲书"，叫作绣像什么什么，也只在头几页上印上一些人物像，至于每一页上上图下文的书也是有的，但十分稀少。我觉得，今天的少儿读物图画太多，文字过少，这是过低估量了少儿的吸收能力，不利于他们写文章，不利于他们增强读书能力。这些话看上去似属题外，但仔细一想也实在题内。

我觉得，我由写文言文改写白话文而丝毫没有感到什么不顺手，与我看"闲书"多有关。我不能说，每一部这样的"闲书"文章都很漂亮，都是生花妙笔。但是，一般说起来，文章都是文从字顺，相当流利。而且对文章的结构也十分注意，绝不是头上一榔头，屁股上一棒槌。此外，我读中国的古文，几乎每一篇流传几百年甚至一两千年的文章在结构方面都十分重视。在潜移默化中，在我根本没有意识到的情况下，我无论是写文言文，或是写白话文，都非常注意文章的结构，要层次分明，要有节奏感。对文章的开头与结尾更特别注意。开头如能横空出硬语，自为佳构。但是，貌似平淡也无不可，但要平淡得有意味。让读者读了前几句必须继续读下去。结尾的诀窍是言有尽而意无穷，如食橄榄，余味更美。到了今天，在写了七十多年散文之后，我的这些意见不但没有减退，反而更加坚固，更加清晰。我曾在许多篇文章中主张惨淡经营，反对松松垮垮，反对生造词句。我力劝青年学生，特别是青年作家多读些中国古文和中国过去的小说；如有可能，多读些外国作品，以提高自己的文化修养和审美情趣。我这种对文章结构匀称的追求，特别是对文章节奏感的追求，在我自己还没有完全清楚之前，一语点破的是董秋芳老师。在一篇比较长的作文中，董老师在作文簿每一页上端的空白处批上了"一处节奏""又一处节奏"等批语。他敏锐地发现了我作文中的节奏，使我惊喜若狂。自己还没能意识到的东西，竟蒙老师一语点破，能不狂喜吗？这一件事影响了我一生的写作。我的作文，董老师大概非常欣赏，在一篇作文的后面，他在作文簿上写了一段很长的批语，其中有几句话是："季羡林的作文，同理科一班王联榜的一样，大概是全班之冠，也可以说是全校之冠吧。"这几句话，同王状元的对联和扇面差不多，大大地增强了我的荣誉感。虽然我在高中毕业后在清华学西洋文学，在德国治印度及中亚古代文字，但文学创作始终未停。我觉得，科学研究与文学创作不但没有矛盾，而且可以互济互补，身心两利。所有这一切都同董老师的鼓励是分不开的，我终生不忘。

学生对外打群架

我在上面谈到上新育小学时学生互相欺负打架的情况，这恐怕是男孩子八九岁十来岁时不可避免的现象。他们有过多的剩余精力又不大懂道理，总想找一个机会发泄一下。到了高中阶段，已经十七八岁了，有了一点理智，同学互相打架的事情就几乎没有了。我在济南高中待了一年，却亲眼看到了两次对外打群架的事。

一次是同校外的回民。

济南，同中国其他一些大城市一样，是汉回杂居的。回民大都聚住在西城一带，杆石桥内外居住的几乎都是回民。回汉两个民族风俗习惯颇有些不同之处，最显著的是回民不吃猪肉。可是在高中学生中汉族占绝对多数，必须吃猪肉，而吃猪肉又必须出去买，而买又必须经过回民的聚居区。矛盾就由此发生。如果在当时能有现在这样多塑料布，放在洋车上的成片的猪肉只需用塑料布一盖，就不至于暴露于光天化日之下，招摇过市，引起回民的不满。日子一久，回民心中积满了怒火。有一天，几个高中学生去采购猪肉，回来时走过杆石桥大街，被一群虔诚的穆斯林痛打了一顿。在旧社会，最不敢惹的人是军人，是兵，他们人多势众也。因此得了一个绰号"丘八"。其次最难惹的人是学生，也是由于人多势众，因此得了一个绰号"丘九"。这一次，高中学生在街上遭到了回民的殴打，焉能善罢甘休。被打的学生回校一宣扬，立刻有几百个学生聚集起来，每人手持木棒之类的东西，涌出校门，走到回民居住区，不管青红皂白，遇到凡是鼻子有点高貌似回民的人，举棒便打。回民一时聚集不起来，否则一场大规模的械斗就难以避免了。我没有参加这一场出击，我是事后才听说的。我个人认为，凡是宗教信仰不同的国家或地区，行为准则的第一条应该是互相尊重对方的生活习惯和宗教信仰。可惜这一句话说起来容易做起来极难，天下从此多事矣。

另一次打群架是同西邻的育英中学。

有一天，不知由于什么事由，育英中学举办了一个文艺晚会。高中有几个学生想进去看，但又没有票。于是引起了口角，一群育英学生把高中的学生打了一顿。高中学生回校后，在宿舍区大声号召，于是响应者云起，又是各持木棒什么的，涌出学校，涌向育英，见人便打，一直打进会场，把一场晚会搅乱，得胜回朝，这是大丘九打小丘九，十七八岁的孩子打十四五岁的孩子，没有多少道理可讲的。

从此济南高中成了济南的西霸天，没有人敢在太岁头上动土了。

毕业旅行筹款晚会

我在济南高中一年，最重大最棘手的事，莫过毕业旅行筹款晚会的经营组织。

不知道是谁忽然心血来潮，想在毕业后出去旅行一番，这立即得到了全班同学的热烈响应。但是，旅行是需要钱的，我们大多数的家长是不肯也没有能力出这个钱的。于是我们只有一条路可走：自己筹款。那时候还没有像现在这样多的暴发户大款，劝募无门。想筹款只能举办文艺晚会，卖票集资。于是全班选出了一个筹委会，主任一人，是一位比我大四五岁的诸城来的学生，他的名字我不说。为什么不说，我也不说。我也是一个积极分子，在筹委会里担任组织工作。晚会的内容不外是京剧、山东快书、相声、杂耍之类。演员都是我们自己请。我只记得，唱京剧的主要演员是二年级的台镇中同学，剧目是失空斩[①]。台镇中京剧唱得确极有味，曾在学校登台演出过，其他节目的演员我就全记不清了。总之，筹备工作进行得顺利而迅速。连入场券都已印好，而且

---

① 传统剧目《失街亭》《空城计》《斩马谡》的合称。

已经送出去了一部分。但是，万事俱备，只欠东风，东风就是校长的批准。张默生校长是一个老实人，活动能力不强，他同教育厅长何思源的关系也并不密切，远远比不上他的前任。他实在无法帮助推销这样多的入场券。但他又不肯给学生们泼冷水，实在是进退两难。只好采用拖的办法，能拖一天，就拖一天。后来我们逐渐看出了这个苗头。我们几经讨论，出于对张校长的同情，我简直想说，出于对他的怜悯，我们决定停止这一场紧锣密鼓的闹剧。我们每个人都空做了一场旅行梦。

以上就是我对济南高中的回忆。虽然只有一年，但是能够回忆能够写出的东西，绝不止上面这一些。可是那些鸡毛蒜皮的小事，写出来了无意义。于是我的回忆就到此为止了。

2002年3月25日写完

结　语

我在上面用了四万三千字相当长的篇幅回忆了我从小学到中学的经历，是我九岁到十九岁，整整十年。或许有人要问：有这个必要吗？就我个人来讲，确乎无此必要。但是，最近几年来，坊间颇出了几本有关我的传记，电视纪录片的数目更多，社会上似乎还有人对我的生平感到兴趣。别人说，不如我自己说，于是就拿起笔来。那些传记和电视片我一部也没有完全看过，对于报刊上那些大量关于我的报道或者描绘，我也看得很少。原因并不复杂：我害怕那些溢美之词，有一些头衔让我看了脸红。我感谢他们对我的鼓励；但我必须声明，我绝不是什么天才。

1930 年，季羡林高中毕业

现在学术界和文学艺术界这个坛上或那个坛上自命天才的大有人在，满脸天才之气可掬，可是这玩意儿"只堪自怡悦"，勉强别人是不行的。真正的天才还在我的期望中。为了澄清事实，避免误会，我就自己来，用平凡而真实的笔墨讲述一下自己平凡的经历，对别人也许会有点好处。

另外一个动手写作的原因是，我还有写作的要求。我今年已经是九秩晋一，年龄够大了。可是耳尚能半聪，目尚能半明，脑袋还是"难得糊涂"。写作的可能还是有的。我一生舞笔弄墨，所写的东西大体上可以分为两种：一种是严肃的科学研究的论文或专著；一种比较轻松的散文、随笔之类。这两种东西我往往同时进行。而把主要精力用在前者上，后者往往只是调剂，只是陪衬。可是，到了今天，尽管我写作的要求和可能都还是有的，尽管我仍然希望同以前一样把重点放在严肃的科学研究的文章上，不过却是力不从心了。举一个简单的例子，七八年前，我还能每天跑一趟大图书馆，现在却是办不到了，腿脚已经不行了，我脑袋里还留有不少科学研究的问题，要同那些稀奇古怪的死文字拼命，实际上，脑筋却不够用了，只能希望青年人继续做下去了。总而言之，要想满足自己写作的欲望，只能选取比较轻松的题目，写一些散文、随笔之类的文章，对小学和中学的回忆正属于这一类，这可以说是天作之合，我只有顺应天意了。

小学和中学，九岁（一般人是六岁）到十九岁，正是人生的初级阶段。还没有入世，对世情的冷暖没有什么了解。这些大孩子大都富于幻想，好像他们眼前的路上长的全是玫瑰花，色彩鲜艳，芬芳扑鼻，一点荆棘都没有。我也基本上属于这个范畴；但是，我的环境同绝大多数的孩子都不一样。我也并不缺乏幻想，缺乏希望；但是，在我面前的路上，只有淡淡的玫瑰花的影子，更多的似乎是荆棘。尽管我的高中三年是我生平最辉煌的时期之一，在考试方面，我是绝对的冠军，无人敢撄其锋者，但这并没有改变我那幼无大志的心态，我从来没有梦想成为什么学者，什么作家，什么大人物。家庭对我的期望是娶妻生子，能够传宗接代；做一个小职员，能够养家糊口，如此而已。到了晚年，竟还有写自己的小学和中学十年的必要，是我当时完全没有想到的。

不管怎样，我的小学和中学十年的经历写完了。要问写这些东西有什么好处的话，我的回答是有好处，有原来完全没有想到的好处。我仿佛又回到了七八十年前去，又重新生活了十年。喜当年之所喜，怒当年之所怒，哀当年之所哀，乐当年之所乐。如果不写这一段回忆，如果不向记忆里挖了再挖，这些情况都是不会出现的。苏东坡词：

谁道人生无再少？门前流水尚能西，休将白发唱黄鸡。

时间是一种无始无终，永远不停前进的东西，过去了一秒，就永远过去了，虽有翻天覆地的手段也是拉不回来的。东坡的"再少"是指精神上的，我们不知道他是否有具体的经验。在我写这十年回忆的时候，我确实感觉到，自己是"再少"了十年。仅仅这一点，就值得自己大大地欣慰了。

2002年3月28日写完

报考大学

我少无大志,从来没有想到做什么学者。中国古代许多英雄,根据正史的记载,都颇有一些豪言壮语,什么"大丈夫当如是也!""彼可取而代也!""燕雀焉知鸿鹄之志哉?",真正掷地作金石声,令我十分敬佩,可我不是那种人。

在我读中学的时候,像我这种从刚能吃饱饭的家庭出身的人,唯一的目的和希望就是——用当时流行的口头语来说——能抢到一只"饭碗"。当时社会上只有三个地方能生产"铁饭碗":一个是邮政局,一个是铁路局,一个是盐务稽核所。这三处地方都掌握在不同国家的帝国主义分子手中。在那半殖民地社会里,"老外"是上帝。不管社会多么动荡不安,不管"城头"多么"变幻大王旗","老外"是谁也不敢碰的。他们生产的"饭碗"是"铁"的,砸不破,摔不碎。只要一碗在手,好好干活,不违"洋"命,则终生会有饭吃,无忧无虑,成为羲皇上人。

我的家庭也希望我在高中毕业后能抢到这样一只"铁饭碗"。我不敢有违严命,高中毕业后曾报考邮政局。若考取后,可以当一名邮务生。如果勤勤恳恳,不出娄子,干上十年二十年,也可能熬到一个邮务佐,算是邮局里的一个芝麻绿豆大的小官了;就这样混上一辈子,平平安安,无风无浪。幸乎?不幸乎?我没有考上。大概面试的"老外"看我不像那样一块料,于是我"名落孙山"了。

在这样的情况下,我才报考了大学。北大和清华都录取了我。我同当时众多的青年一样,也想出国去学习,目的只在"镀金",并不是想当什么学者。"镀金"之后,容易抢到一只饭碗,如此而已。在出国方面,我以为清华条件优于北大,所以舍后者而取前者。后来证明,我这一宝算是押中了。这是后事,暂且不提。

清华是当时两大名牌大学之一,前身叫留美预备学堂,是专门培养青年到美国去学习的。留美若干年镀过了金以后,回国后多为大学教授,有的还做了大官。在这些人里面究竟出了多少真正的学者,没有人做过统计,我不敢瞎说。同时并存的清华国学研究院,是一所很奇特的机构,仿佛是西装革履中一袭长袍马褂,非常不协调。然而在这个不起眼的机构里却有名闻宇内的四大导师:梁启超、王国维、陈寅恪、赵元任。另外有一名年轻的讲师李济,后来也成了大师,担任了台湾"中央研究院"的院长。这个国学研究院,与其说它是一所现代化的学堂,毋宁说它是一所旧日的书院。一切现代化学校必不可少的烦琐的规章制度,在这里似乎都没有。师生直接联系,师了解生,生了解师,真正做到了循循善诱,因材施教。虽然只办了几年,梁、王两位大师一去世,立即解体,然而所创造的业绩却是非同小可。我不确切知道究竟毕业了多少人,估计只有几十个人,但几乎全都成了教授,其中有若干位还成了学术界的著名人物。听史学界的朋友说,中国20世纪30年代后形成了一个学术派别,名叫"吾师派",大概是由某些人写文章常说的"吾师梁任公""吾师王静安""吾师陈寅恪"等衍变而来的。从这一件小事也可以看到清华国学研究院在学术界影响之大。

吾生也晚,没有能亲逢国学研究院的全盛时期。我于1930年入清华时,留美预备学堂和国学研究院都已不再存在,清华改成了国立清华大学。清华有一个特点:新生投考时用不着填上报考的系名,录取后,再由学生自己决定入哪一个系;读上一阵,觉得不恰当,还可以转系。转系在其他一些大学中极为困难——比如说现在的北京大学,但在当时的清华,却真易如反掌。可是根据我的经验:世上万事万物都具有双重性。没有入系的选择自由,很不舒服;现在有了入系的选择自由,反而更不舒服。为了这个问题,我还真伤了点脑筋。系科盈目,左右掂量,好像都有点吸引力,究竟选择哪一个系呢?我一时好像变成了莎翁剧中的Hamlet碰到了To be or not to be—That is the question。我是从文科高中毕业的,按理说,文科的系对自己更适宜。然而我却忽然一度异想天开,想入数学系,真是"可笑不自量"。经过长时间的考虑,我决定入西洋文学系(后改名外国语文系)。这一件事也证明我"少无大志"。

当时的清华大学的西洋文学系,在全国各大学中是响当当的名牌。原因据说是由于外国教授多,讲课当然都用英文,连中国教授讲课有时也用英文。用英文讲课,这可真不得了呀!只是这一条就能够发聋振聩,于是就名满天下了。我当时未始不在被振发之列,又同我那虚无缥缈的出国梦联系起来,我就当机立断,选了西洋文学系。

从1930年到现在,六十七个年头已经过去了。所有的当年的老师都已经去世了。最后去世的一位是后来转到北大来的美国的温德先生,去世时已经活过了百岁。我现在想根据我在清华学习四年的印象,对西洋文学系做一点评价,谈一谈我个人的一点看法。我想先从古希腊找一张护身符贴到自己身上:"吾爱吾师,吾尤爱真理。"有了这一张护身符,我就可以心安理得,能够畅所欲言了。

记北大1930年入学考试

1930年,我高中毕业。当时山东只有一个高中,就是杆石桥山东省立高中,文理都有,毕业生大概有七八十个人。除少数外,大概都要进京赶考的。我之所谓"京"是一个形象的说法,就是指的北京,当时还叫"北平"。山东有一所大学:山东大学,但是名声不显赫,同北京的北大、清华无法并提。所以,绝大部分高中毕业生都"进京赶考"。

当时北平的大学很多。除了北大、清华以外,我能记得来的还有朝阳大学、中国大学、郁文大学、平民大学、辅仁大学、燕京大学等。还有一些只有校名,没有校址的大学,校名也记不清楚了。

有的同学大概觉得自己底气不足,报了五六个大学的名。报名费每校三元,有几千学生报名,对学校来说是一笔不小的收入。我本来是一个上不得台盘的人,新育小学毕业就没有勇气报考一中。但是,高中一年级时碰巧受到了王寿彭状元的奖励，于是虚荣心起了作用：既然上去，就不能下来！结果三年高中，六次考试，我考了六个第一名。心中不禁"狂"了起来。我到了北平，只报了两个学校：北大与清华。结果两校都录取了我。经过反复的思考，我弃北大而取清华。后来证明我这个判断是正确的。否则我就不会有留德十年。没有留德十年，我以后走的道路会是完全不同的。

那一年的入学考试，北大就在沙滩，清华因为离城太远，借了北大的三院做考场。清华的考试平平常常，没有什么特异之处。北大则极有特色，至今忆念难忘。首先是国文题就令人望而生畏，题目是"何谓科学方法？试分析评论之"。又要"分析"，又要"评论之"，这究竟是考学生什么呢？我哪里懂什么"科学方法"。幸而在高中读过一年逻辑，遂将逻辑的内容拼拼凑凑，写成了一篇答卷，洋洋洒洒，颇有一点神气。北大英文考试也有特点。每年必出一首旧诗词，令考生译成英文。那一年出的是"别来春半，触目愁肠断。砌下落梅如雪乱，拂了一身还满"。所有的科目都考完以后，又忽然临时加试一场英文 dictation。一个人在上面念，让考生整个记录下来。这玩意儿我们山东可没有搞。我因为英文单词记得多，整个故事我听得懂，大概是英文《伊索寓言》一类书籍抄来的一个罢。总起来，我都写了下来。仓皇中把 suffer 写成了 safer。

我们山东赶考的书生们经过了这几大灾难，才仿佛井蛙从井中跃出，大开了眼界，了解到了山东中学教育水平是相当低的。

2003年9月28日

那提心吊胆的一年

这已经是过去的事情了。现在旧事重提，好像是拣起一面古镜。用这一面古镜照一照今天，才更能显出今天的光彩焕发。

二十多年以前，我在大学里学习了四年西方语言文学以后，带着满脑袋的荷马、但丁、莎士比亚和歌德，回到故乡母校高级中学去当国文教员。

当我走进学校大门的时候，我的心情是复杂的。可以说是一则以喜，一则以惧。喜的是我终于抓到了一个饭碗，这简直是绝处逢生；惧的是我比较熟悉的那一套东西现在用不上了，现在要往脑袋里面装屈原、李白和杜甫。

从一开始接洽这个工作，我脑子里就有一个问号：在那找饭碗如登天的时代里，为什么竟有一个饭碗自动地送上门来？我预感到这里面隐藏着什么危险的东西。但是，没有饭碗，就吃不成饭。我抱着铤而走险的心情想试一试再说。到了学校,才逐渐从别人的谈话中了解到,原来是校长想把本校的毕业生组织起来,好在对敌斗争中为他助一臂之力。我是第一届甲班的毕业生,又捞到了一张一个著名的大学的毕业证书,因此被他看中,邀我来教书。英文教员满了额,就只好让我教国文。

那就教国文吧。我反正是瘸子掉在井里,捞起来也是坐。只要有人敢请我,我就敢教。

但是,问题却没有这样简单。我要教三个年级的三个班,备课要顾三头,而且都是古典文学作品。我小时候虽然念过一些《诗经》《楚辞》,但是时间隔了这样久,早已忘得差不多了。现在要教人,自己就要先弄懂。可是,真正弄懂又不是一件轻而易举的事情。现在教国文的同事都是我从前的教员。我本来应该而且可以向他们请教的,但是,根据我的观察,现在我们之间的关系变了:不再是师生,而是饭碗的争夺者。在他们眼中,我几乎是一个眼中钉。即使我问他们,他们也不会告诉我的。我只好一个人单干。我日夜抱着一部《辞源》,加紧备课。有的典故查不到,就成天半夜地绕室彷徨。窗外校园极美,正盛开着木槿花。在暗夜中,阵阵幽香破窗而入。整个宇宙都静了下来,只有我一人还不能宁静。我又仿佛为人所遗弃,很想到什么地方去哭上一场。

我的老师们也并不是全不关心他们的老学生。我第一次上课以前,他们告诉我,先要把学生的名字都看上一遍,学生名字里常常出现一些十分生僻的字,有的话就查一查《康熙字典》。如果第一堂就念不出学生的名字,在学生心目中这个教员就毫无威信,不容易当下去,影响到饭碗。如果临时发现了不认识的字,就不要点这个名。点完后只需问上一声:"还有没点到名的吗?"那一个学生一定会举手站起来。然后再问一声:"你叫什么名字呀?"他自己一报名,你也就认识了那一个字。如此等等,威信就可以保得十足。

这虽是小小的一招,我却是由衷感激。我教的三个班果然有几个学生的名字连《辞源》上都查不到。如果没有这一招，我的威信恐怕一开始就破了产，连一年教员也当不成了。

可是课堂上也并不总是平静无事。我的学生有的比我还大，从小就在家里念私塾，旧书念得很不少。有一个学生曾对我说："老师，我比你大五岁哩。"说罢嘿嘿一笑，我觉得里面有威胁，有嘲笑。比我大五岁，又有什么办法呢？我这老师反正还要当下去。

当时好像有一种风气：教员一定要无所不知。学生以此要求教员，教员也以此自居。在课堂上，教员决不能承认自己讲错了，决不能有什么问题答不出。否则就将为学生所讥笑。但是像我当时那样刚从外语系毕业的大娃娃教国文怎能完全讲对呢？怎能完全答出同学们提出来的问题呢？有时候，只好工顾左右而言他；被逼得紧了，就硬着头皮，乱说一通。学生究竟相信不相信，我不清楚。反正他们也不是傻子，老师究竟多轻多重，他们心中有数。我自己十分痛苦。下班回到寝室，思前想后，坐立不安。孤苦寂寥之感又突然袭来，我又仿佛为人们所遗弃，想到什么地方去哭上一场。

别的教员怎样呢？他们也许都有自己的烦恼，家家有一本难念的经。但是有几个人却是整天价满面春风，十分愉快。我有时候也从别人嘴里听到一些风言风语，说某某人陪校长太太打麻将了，某某人给校长送礼了，某某人请校长夫妇吃饭了。

我立刻想到自己的饭碗，也想学习他们一下。但是，却来了问题：买礼物，准备酒席，都不是极困难的事情。可是，怎样送给人家呢？怎样请人家呢？如果只说："这是礼物，我要送给你。"或者："我要请你吃饭。"虽然也难免心跳脸红，但我自问还干得了。可是，这显然是不行的，事情并没有这样简单，一定还要要一些花样。这就是我力所不能及的事情了。我在自己屋里，再三考虑，甚至自我表演，暗诵台词。最后，我只有承认，我在这方面缺少天才，只好作罢。我仿佛看到自己手里的饭碗已经有点飘动。我真想到什么地方去哭上一场。

就这样,半年过去了。到了放寒假的时候,一位河南籍的物理教员,因为靠山教育厅的一位科长垮了台,就要被解聘。校长已经托人暗示给他,他虽然没有出路,也只有忍痛辞职。我们校长听了,故意装得大为震惊,三番两次到这位教员屋里去挽留,甚至声泪俱下,最后还表示要与他共进退。我最初只是一位旁观者,站在旁边看校长的表演艺术,欣赏他的表演天才。但是,看来看去,我自己竟糊涂起来,我给校长的真挚态度所感动了。我也自动地变成演员,帮着校长挽留他。那位教员阅历究竟比我深,他不为所动,还是卷了铺盖。因为他知道,连他的继任人选都已经安排好了。

我又长了一番见识,暗暗地责备自己糊涂。同时,我也不寒而栗,将来会不会有一天校长也要同我"共进退"呢?

也就在这时候,校长大概逐渐发现,在我这个人身上,他失了眼力,看错了人。我到了学校以后,虽然也在别人的帮助(毋宁说是牵引)下,把高中毕业同学组织起来,并且被选为什么主席。但是,从那以后,就一点活动也没有。我确实不知道,应该活动一些什么。虽然我绞尽脑汁,办法就是想不出。这样当然就与校长原意相违了。他表面上待我还是客客气气,只是有一次在有意和无意之间他对我说道:"你很安静。"什么叫作"安静"呢?别人恐怕很难体会这两个字的意思,我却是能体会的。我回到寝室,又绕室彷徨。"安静"两个字给我以大威胁。我的饭碗好像就与这两个字有关。我又仿佛为人所遗弃,想到什么地方去哭上一场。

春天早过,夏天又来,这正是中学教员最紧张的时候。在教员休息室里,经常听到一些窃窃私语:"拿到了没有?"不用说拿到什么,大家都了解,这指的是下学期的聘书。有的神色自若,微笑不答。这都是有办法的人,与校长关系密切,或者属于校长的基本队伍。只要校长在，他们绝不会丢掉饭碗。有的就神色仓皇，举止失措。这样的人没有靠山，饭碗掌握在别人手里，命定是一年一度紧张。我把自己归入这一类。我的神色如何，自己看不见，但是心情自己是知道的。校长给我下的断语"安静"，我觉得，就已经决定了我的命运。但我还侥幸有万一的幻想，因此在仓皇中还有一点镇静。

但是，这镇静是不可靠的。我心里的滋味实际上同一年前大学将要毕业时差不多。我见了人，不禁也窃窃私语："拿到了没有？"我不喜欢那些神态自若的人。我只愿意接近那些神色仓皇的人。只有对这一些人我才有同病相怜之感。

这时候，校园更加美丽了。木槿花虽还开放，但已经长满了绿油油的大叶子。玫瑰花开得一丛一丛的，池塘里的水浮莲已经开出黄色的花朵。"小园香径独徘徊"，是颇有诗意的。可惜我什么诗意都没有。我耳边只有一个声音："拿到了没有？"我觉得，大地茫茫，就是没有我的容身之处。我又想到什么地方去哭上一场。

这事情已经过去了二十多年。但是，每一回忆起那提心吊胆的情况，就历历如在眼前，我真是永世难忘。现在把它写了出来，算是送给今年毕业同学的一件礼物，送给他们一面镜子。在这里面，可以照见过去与现在，可以照出自己应该走的道路。

1963年7月21日

清华大学西洋文学系

　　我想简略地实事求是地对西洋文学系的教授阵容做一点分析。我说"实事求是",至少我认为是实事求是,难免有不同的意见,这就是平常所谓的"仁者见仁,智者见智"了。我先从系主任王文显教授谈起。他的英文极好,能用英文写剧本,没怎么听他说过中国话。他是莎士比亚研究的专家,有一本用英文写成的有关莎翁研究的讲义,似乎从来没有出版过。他隔年开一次莎士比亚的课,在堂上念讲义,一句闲话也没有。下课铃一摇,合上讲义走人。多少年来,都是如此。讲义是否随时修改,不得而知。据老学生说,讲义基本上不做改动。他究竟有多大学问,我不敢瞎说。他留给学生最深的印象是他充当冰球裁判时那种脚踏溜冰鞋似乎极不熟练的战战兢兢如履薄冰的神态。

　　现在我来介绍温德教授。他是美国人,怎样到清华来的,我不清楚。他教欧洲文艺复兴文学和第三年法语。他终身未娶，死在中国。据说他读的书很多，但没见他写过任何学术文章。学生中流传着有关他的许多轶闻趣事。他说，在世界上所有的宗教中，他最喜爱的是伊斯兰教，因为伊斯兰教的"天堂"很符合他的口味。学生中流传的轶闻之一就是：他身上穿着五百块大洋买来的大衣（当时东交民巷外国裁缝店的玻璃橱窗中摆出一块呢料，大书"仅此一块"。被某一位冤大头买走后，第二天又摆出同样一块，仍然大书"仅此一块"。价钱比平常同样的呢料要贵上五至十倍），腋下夹着十块钱一册的《万人丛书》（*Everyman's Library*）（某一国的老外名叫 Vetch，在北京饭店租了一间铺面，专售西书。他把原有的标价剪掉，然后抬高四五倍的价钱卖掉），眼睛上戴着用八十块大洋配好但把镜片装反了的眼镜，徜徉在水木清华的林荫人道上，昂首阔步，醉眼朦胧。

现在介绍翟孟生教授。他也是美国人，教西洋文学史。听说他原是清华留美预备学堂的理化教员。后来学堂撤销，改为大学，他就留在西洋文学系。他大概是颇为勤奋，确有著作，而且是厚厚的大大的巨册，在商务印书馆出版，书名叫 *A Survey of European Literature*。读了可以对欧洲文学有一个完整的概念。但是，书中错误颇多，特别是在叙述某一部名作的故事内容中，时有张冠李戴之处。学生们推测，翟老师在写作此书时，手头有一部现成的欧洲文学史，又有一本 Story Book，讲一段文学发展的历史事实；遇到名著，则查一查 Story Book，没有时间和机会尽读原作，因此名著内容印象不深，稍一疏忽，便出讹误。不是行家出身，这种情况实在是难以避免的，我们不应苛责翟孟生老师。

现在介绍吴可读教授。他是英国人，讲授中世纪文学。他既无著作，也不写讲义。上课时他顺口讲，我们顺手记。究竟学到了些什么东西，我早已忘到九霄云外去了。他还讲授当代长篇小说一课。他共选了五部书，其中包括当时才出版不太久但已赫赫有名的《尤利西斯》和《追忆逝水年华》。此外还有托马斯·哈代的《还乡》，伍尔芙和劳伦斯各一部。第一、第二部谁也不敢说完全看懂。我只觉迷离模糊，不知所云。根据现在的研究水平来看，我们的吴老师恐怕也未必能够全部透彻地了解。

现在介绍毕莲教授。她是美国人。我也不清楚她是怎样到清华来的。听说她在美国教过中小学。她在清华讲授中世纪英语，也是一无著作，二无讲义。她的拿手好戏是能背诵英国大诗人Chaucer（乔叟）的 The Canterbury Tales（《坎特伯雷故事集》）开头的几段。听老同学说，每逢新生上她的课，她就背诵那几段，背得滚瓜烂熟，先给学生一个下马威。以后呢？以后就再也没有什么新花样了。年轻的学生们喜欢品头论足，说些开玩笑的话。我们说，程咬金还能舞上三板斧，我们的毕老师却只能砍上一板斧。

下面介绍两位德国教授。第一位是石坦安，讲授第三年德语。不知道他的专长何在，只是教书非常认真，颇得学生的喜爱。此外我对他便一无所知了。第二位是艾克，字锷风。他算是我的业师，他教我第四年德文，并指导我的学士论文。他在德国拿到过博士学位，主修的好像是艺术史。他精通希腊文和拉丁文，偏爱德国古典派的诗歌，对于其名最初隐而不彰后来却又大彰的诗人荷尔德林（Hölderlin）情有独钟，经常提到他。艾克先生教书并不认真，也不愿费力。有一次我们几个学生请他用德文讲授，不用英文。他便用最快的速度讲了一通，最后问我们："Verstehen Sie etwas davon？"（你们听懂了什么吗？）我们瞠目结舌，敬谨答曰："No！"从此天下太平，再也没有人敢提用德文讲授的事。他学问是有的，曾著有一部厚厚的《宝塔》，是用英文写的，利用了很丰富的资料和图片，专门讲中国的塔。这一部书在国外汉学界颇有一些名气。他的另外一部专著是研究中国明代家具的，附了很多图表，篇幅也相当多。由此可见他的研究兴趣之所在。他工资极高，孤身一人，租赁了当时辅仁大学附近的一座王府，他就住在银安殿上，雇了几个听差和厨师。他收藏了很多中国古代名贵字画，坐拥画城，享受王者之乐。1946年，我回到北京时，他仍在清华任教。此时他已成了家，夫人是一位中国女画家，年龄比他小一半，年轻貌美。他们夫妇请我吃过烤肉。北京一解放，他们就流落到夏威夷。艾锷风老师久已谢世，他的夫人还健在。

我在上面提到过，我的学士论文是在艾锷风老师指导下写成的，是用英文写的，题目是"The Early Poems of Hölderlin"。英文原稿已经遗失，只保留下来了一份中文译文。一看这题目，就能知道是受到了艾先生的影响。现在回忆起来，我当时的德文水平不可能真正看懂荷尔德林的并不容易懂的诗句。当然，要说一点都不懂，那也不是事实。反正是半懂半不懂，囫囵吞枣，参考了几部《德国文学史》，写成了这一篇论文，分数是 E (Excellent，优)。我年轻时并不缺少幻想力，这是一篇幻想力加学术探讨写成的论文。如果这就算学术研究的话，说它是"发轫"，也未尝不可。但是，这个"轫""发"得并不辉煌，里面并没有什么"天才的火花"。

现在再介绍西洋文学系的老师，先介绍吴宓（字雨僧）教授。他是美国留学生，是美国人文主义大师白璧德的弟子，在国内不遗余力地宣传自己老师的学说。他反对白话文，更反对白话文学。他联合了一些志同道合者，创办了《学衡》杂志，文章一律是文言。他自己也用文言写诗，后来出版了《吴宓诗集》。在中国文坛上，他属于右倾保守集团，没有什么影响。他给我们讲授两门课：一门是"英国浪漫诗人"，一门是"中西诗之比较"。在美国他入的是比较文学系。在中国，他是提倡比较文学的先驱者之一。但是，他在这方面的文章却几乎不见。就以我为例，"比较文学"这个概念当时并没有形成。如果真有文章的话，他并不缺少发表的地方，《学衡》和天津《大公报·文学副刊》都掌握在他手中。留给我印象最深的只是他那些连篇累牍的关于白璧德人文主义的论述文章。在"英国浪漫诗人"这一门课上，我记得最清楚的是他让我们背诵那些浪漫诗人的诗句，有时候要背得很长很长。理论讲授我一点也回忆不起来了。在"中西诗之比较"这一门课上，除了讲点西方的诗和中国的古诗之外，关于理论，我的回忆中也是一片空白。反之，最难忘的却是：他把自己一些新写成的旧诗也铅印成讲义，在堂上散发。他那有名的《空轩诗》就是在这种情况下发到我们手中的。雨僧先生生性耿直，古貌古心，却流传着许多"绯闻"。他似乎爱过追求过不少女士，最著名的一个是毛彦文。他曾有一首诗，开头两句是："吴宓苦爱○○○，三洲人士共惊闻。"隐含在三个○里面的人名，用押韵的方式呼之欲出。"三洲"指的是亚、欧、美。这虽是诗人的夸大，知道的人确实不少，这却是事实。他的《空轩诗》被学生在小报《清华周刊》上改写为打油诗，给他开了一个不大不小的玩笑。第一首的头两句被译成了"一见亚北貌似花，顺着秝稭往上爬"。"亚北"者，指一个姓欧阳的女生。关于这一件事，我曾在发表在香港《大公报·文学副刊》上的一篇谈叶公超先生的散文中写到过，这里不再重复。回头仍然讲吴先生的"中西诗之比较"这一门课。为这一门课我曾写过一篇论文，题目忘记了，是师命或者自愿，我也忘记了。内容依稀记得是把陶渊明同一位英国浪漫诗人相比较，当然不会比出什么东西来的。我在最近几年颇在一些文章和谈话中，对比较文学的"无限可比性"有所指责。X和Y，任何两个诗人或其他作家都可以硬拉过来一比，有人称之为"拉郎配"，是一个很形象的说法。焉知六十多年前自己就是一个"拉郎配"者或始作俑者。自己向天上吐的唾沫最终还是落到自己脸上，岂不尴尬也哉！然而这个事实我却无法否认。如果这样的文章也能算科学研究的"发轫"的话，我的发轫起点实在是很低的。但是，话又说了回来，在西洋文学系教授群中，讲真有学问的，雨僧先生算是一个。

下面介绍叶崇智（字公超）教授。他教我们第一年英语，用的课本是英国女作家 Jane Austen 的《傲慢与偏见》。他的教学法非常离奇，一不讲授，二不解释，而是按照学生的座次——我先补充一句，学生的座次是并不固定的——从第一排右手起，每一个学生念一段，依次念下去。念多么长，好像也并没有一定之规，他一声令下："Stop！"于是就 Stop 了。他问学生："有问题没有？"如果没有，就是邻座的第二个学生念下去。有一次，一个同学提了一个问题，他大声喝道："查字典去！"一声狮子吼，全堂愕然、肃然，屋里静得能听到彼此的呼吸声。从此天下太平，再没有人提任何问题了。就这样过了一年。公超先生英文非常好，对英国散文大概是很有研究的。可惜他惜墨如金，从来没见他写过任何文章。

在文坛上，公超先生大概属于新月派一系。他曾主编过——或者帮助编过一个纯文学杂志《学文》。我曾写过一篇散文《年》，送给了他。他给予这篇文章极高的评价，说我写的不是小思想、小感情，而是"人类普遍的意识"。他立即将文章送《学文》发表。这实出我望外，欣然自喜，颇有受宠若惊之感。为了表示自己的感激之情，兼怀有巴结之意，我写了一篇《我是怎样写起文章来的？》送呈先生。然而，这次却大出我意料，狠狠地碰了一个钉子。他把我叫了去，铁青着脸，把原稿掷给了我，大声说道："我一个字都没有看！"我一时目瞪口呆，赶快拿着文章开路大吉。个中原因我至今不解。难道这样的文章只有成了名的作家才配得上去写吗？此文原稿已经佚失，我自己是自我感觉极为良好的。平心而论，我在清华四年，只写过几篇散文：《年》《黄昏》《寂寞》《枸杞树》，一直到今天，还是一片赞美声。清夜扪心，这样的文章我今天无论如何也写不出来了。我一生从不敢以作家自居，而只以学术研究者自命。然而具有讽刺意味的是：如果说我的学术研究起点很低的话，我的散文创作的起点应该说是不低的。

公超先生虽然一篇文章也不写，但是，他并非懒于动脑筋的人。有一次，他告诉我们几个同学，他正考虑一个问题：在中国古代诗歌中人的感觉——或者只是诗人的感觉的转换问题。他举了一句唐诗："静听松风寒。"最初只是用耳朵听，然而后来却变成了躯体的感受"寒"。虽然后来没见有文章写出，却表示他在考虑一些文艺理论的问题。当时教授与学生之间有明显的鸿沟：教授工资高，社会地位高，存在决定意识，由此就形成了"教授架子"这一个词儿。我们学生只是一群有待到社会上去抢一只饭碗的碌碌青年。我们同教授们不大来往，路上见了面，也是望望然而去之，不敢用代替西方"早安""晚安"一类的致敬词儿的"国礼"："你吃饭了吗？""你到哪里去呀？"去向教授们表示敬意。公超先生后来当了大官：台湾的"外交部长"。关于这一件事，我同我的一位师弟——一位著名的诗人有不同的看法。我曾在香港《大公报·文学副刊》上发表过的一篇文章中提到此事。此文上面已提到。

现在再介绍一位不能算是主要教授的外国女教授，她是德国人华兰德小姐，讲授法语。她满头银发，闪闪发光，恐怕已经有了一把子年纪，终身未婚。中国人习惯称之为"老姑娘"。也许正因为她是"老姑娘"，所以脾气有点变态。用医生的话说，可能就是迫害狂。她教一年级法语，像是教初小一年级的学生。后来我领略到的那种德国外语教学方法，她一点都没有。极简单的句子，翻来覆去地教，令人从内心深处厌恶。她脾气却极坏，又极怪，每堂课都在骂人。如果学生的卷子答得极其正确，让她无辫子可抓，她就越发生气，气得简直浑身发抖，面红耳赤，开口骂人，语无伦次。结果是把百分之八十的学生骂走了，只剩下我们五六个不怕骂的学生。我们商量"教训"她一下。有一天，在课堂上，我们一齐站起来，对她狠狠地顶撞了一番。大出我们所料，她屈服了。从此以后，天下太平，再也没有看到她撒野骂人了。她住在当时燕京大学南面军机处的一座大院子里，同一个美国"老姑娘"相依为命。二人合伙吃饭，轮流管一个月的伙食。在这一个月中，不管伙食的那一位就百般挑剔，恶毒咒骂。到了下个月，人变换了位置，骂者与被骂者也颠倒了过来。总之是每月每天必吵。然而二人却谁也离不开谁，好像吵架已经成了生活的必不可缺的内容。

我在上面介绍了清华西洋文学系的大概情况，绝没有一句谎言。中国古话：为尊者讳，为贤者讳。这道理我不是不懂。但是为了真理，我不能用撒谎来讳，我只能据实直说。我也绝不是说，西洋文学系一无是处。这个系能出像钱钟书和万家宝（曹禺）这样大师级的人物，必然有它的道理。我在这里无法详细推究了。

1934 年，清华大学毕业留影

受用终生的两门课

专就我个人而论，专从学术研究发轫这个角度上来看，我认为，我在清华四年，有两门课对我影响最大：一门是旁听而又因时间冲突没能听全的历史系陈寅恪先生的"佛经翻译文学"；一门是中文系朱光潜先生的"文艺心理学"，是一门选修课。这两门不属于西洋文学系的课程，我可万没有想到会对我终生产生了深刻而悠久的影响，绝非本系的任何课程所能相比于万一。陈先生上课时让每个学生都买一本《六祖坛经》。我曾到今天的美术馆后面的某一座大寺庙里去购买此书。先生上课时，任何废话都不说，先在黑板上抄写资料，把黑板抄得满满的，然后再根据所抄的资料进行讲解分析；对一般人都不注意的地方提出崭新的见解，令人顿生石破天惊之感，仿佛酷暑饮冰，凉意遍体，茅塞顿开。听他讲课，简直是最高最纯的享受。这同他写文章的做法如出一辙。当时我对他的学术论文已经读了一些，比如《四声三问》等。

每每还同几个同学到原物理楼南边王静安先生纪念碑前，共同阅读寅恪先生撰写的碑文，觉得文体与流俗不同，我们戏说这是"同光体"。有时在路上碰到先生腋下夹着一个黄布书包，走到什么地方去上课，步履稳重，目不斜视，学生们都投以极其尊重的目光。

朱孟实（光潜）先生是北大的教授，在清华兼课。当时他才从欧洲学成归来。他讲"文艺心理学"，其实也就是美学。他的著作《文艺心理学》还没有出版，也没有讲义，他只是口讲，我们笔记。孟实先生的口才并不好，他不属于能言善辩一流，而且还似乎有点怕学生，讲课时眼睛总是往上翻，看着天花板上的某一个地方，不敢瞪着眼睛看学生。可他一句废话也不说，慢条斯理，操着安徽乡音很重的蓝青官话，讲着并不太容易理解的深奥玄虚的美学道理，句句仿佛都能钻入学生心中。他显然同鲁迅先生所说的那一类，在外国把老子或庄子写成论文让洋人吓了一跳，回国后却偏又讲康德、黑格尔的教授，完全不可相提并论。他深通西方哲学和当时在西方流行的美学流派，而对中国旧的诗词又极娴熟。所以在课堂上引东证西或引西证东，触类旁通，头头是道，毫无扞格牵强之处。我觉得，这才是真正的比较文学、比较诗学。这样的本领，在当时是凤毛麟角，到了今天，也不多见。他讲的许多理论，我终生难忘，比如 Lipps 的"感情移入说"，到现在我还认为是真理，不能更动。

陈、朱二师的这两门课，使我终生受用不尽。虽然我当时还没有敢梦想当什么学者，然而这两门课的内容和精神却已在潜移默化中融入了我的内心深处。如果说我的所谓"学术研究"真有一个待"发"的"韧"的话，那个"韧"就隐藏在这两门课里面。

高中国文教员一年

1934年夏季，我毕业于清华大学西洋文学系（后改名外国语文系）。当时社会上流行着一句话："毕业即失业。"可见毕业后找工作——当时叫抢一只饭碗——之难。对我来说，这个问题尤其严重。家庭经济已濒临破产，盼望我挣钱，如大旱之望云霓。而我却一无奥援，二不会拍马。我好像是孤身一人在荒原上苦斗，后顾无人，前路茫茫。心中郁闷，概可想见。这种心情，从前一年就有了。一句常用的话"未雨绸缪"或可形容这种心情于万一。

但是，这种"未雨绸缪"毫无结果。时间越接近毕业，我的心情越沉重，简直到了食不甘味的程度。如果真正应了"毕业即失业"那一句话，我恐怕连回山东的勇气都没有，我有何面目见山东父老！我上有老人，下有子女，一家五口，嗷嗷待哺。如果找不到工作，我自己吃饭都成问题，遑论他人！我真正陷入走投无路的绝境。

然而，正如常言所说的那样"天无绝人之路"，在这危急存亡的时刻，好机遇似乎是从天而降。北大历史系毕业生梁竹航先生，有一天忽然来到清华，告诉我，我的母校山东济南高中校长宋还吾先生托他来问我，是否愿意回母校任国文教员。这真是我做梦也想不到的喜讯，我大喜若狂。但立刻又省悟到，自己学的是西洋文学，教高中国文能行吗？当时确有一种颇为流行的看法和做法，认为只要是作家就能教国文。这个看法本身就是不科学的，能写的人不一定能教。何况我只不过是出于个人爱好，在高中时又受到了董秋芳先生的影响，在大报上和高级刊物上发表过一些篇散文，那些都是"只堪自怡悦"的东西，离一个真正的作家还有一段颇长的距离。像我这样的人怎么能到高中去担任国文教员呢？而且我还听说，我的前任是让学生"架"走的，足见这些学生极难对付，我贸然去了，一无信心，二无本钱，岂非自己去到太岁头上动土吗？想来想去，忐忑不安。虽然狂喜，未敢遽应。梁君大我几岁，稳健持重，有行政才能。看到了我的情况，让我再考虑一下。这个考虑实际上是一场思想斗争。最后下定决心，接受济南高中之聘，我心里想："你敢请我，我就敢去！"实际上，除了这条路以外，我已无路可走。于是我就于1934年秋天，到了济南高中。

校　长

校长宋还吾先生是北大毕业生，为人豁达大度，好交朋友，因为姓宋，大家送上绰号曰"宋江"。既然有了宋江，必有阎婆惜，逢巧宋夫人就姓阎，于是大家就称她为"阎婆惜"。宋先生在山东，甚至全国教育界广有名声。因为他在孔子故乡曲阜当校长时演出了林语堂写的剧本《子见南子》，剧本对孔子颇有失敬之处，因此受到孔子族人的攻击。此事引起了鲁迅先生的注意与愤慨，在《鲁迅全集》中对此事有详细的叙述。请有兴趣者自行参阅。我一进学校就受到了宋校长的热烈欢迎。

1934年,季羡林清华大学毕业后,返回山东济南高中任教他特在济南著名的铁路宾馆设西餐宴为我接风,热情可感。

教 员

我离开高中四年了。四年的时间,应该说并不算太长。但是,在我的感觉上却仿佛是换了人间。虽然校舍依旧巍峨雄伟,树木花丛、一草一木依旧葱郁葳蕤;但在人事方面却看不到几张旧面孔了。校长换了人,一套行政领导班子统统换掉。在教员中,我当学生时期的老教员没有留下几个。当年的国文教员董秋芳、董每戡、夏莱蒂诸先生都已杳如黄鹤,不知所往。此时,我的心情十分复杂,在兴奋欣慰之中又杂有凄凉寂寞之感。

在国文教员方面,全校共有三个年级,每个年级四个班,共有十二个班,每一位国文教员教三个班,共有国文教员四名。除我以外应该还有三名。但是,我现在能回忆起来的却只有两名。一位是冉性伯先生,是山东人,是一位资深的国文教员。另一位是童经立先生,是江西人,什么时候到高中来的,我完全不知道。他们两位都不是作家,都是地地道道大学国文系的毕业生,教国文是内行里手。这同四年前完全不一样了。

英文教员我只能记起两位,都不是山东人。一位是张友松,一位是顾绶昌。前者后来到北京来,好像是在人民文学出版社当编审。后者则在广东中山大学做了教授。有一年,我到广州中大时,到他家去拜望过他,相见极欢,留下吃了一顿非常丰富的晚餐。从这两位先生身上可以看到,当时济南高中的英文教员的水平是相当高的。

至于其他课程的教员,我回忆不起来多少。和我同时进校的梁竹航先生是历史教员,他大概是宋校长的嫡系,关系异常密切。一位姓周的,名字忘记了,是物理教员,我们之间的关系颇好。1934年秋天,我曾同周和另外一位教员共同游览泰山,一口气登上了南天门,在一个鸡毛小店里住了一夜，第二天凌晨登上玉皇顶，可惜没能看到日出。我离开高中以后，不知道周的情况如何，从此杳如黄鹤了。最让我觉得有趣的是，我八九岁入济南一师附小，当时的校长是一师校长王祝晨（士栋，绰号"王大牛"）先生兼任，我一个乳臭未干的顽童与校长之间宛如天地悬隔，我从来没有见过他的面，曾几何时，我们今天竟成了同事。他是山东教育界的元老之一，热情地支持五四运动，脾气倔强耿直，不讲假话，后来在1957年反右派斗争时，被划为"右派分子"。他对我怎么看，我不知道。我对他则是执弟子礼甚恭，我尊敬他的为人，至于他的学问怎么样，我就不敢妄加评论了。

同我往来最密切的是张叙青先生，他是训育主任，主管学生的思想工作，讲党义一课。他大概是何思源（时任山东省教育厅厅长）、宋还吾的嫡系部队的成员。我1946年在出国十一年之后回到北平的时候，何思源是北平市市长，张叙青是秘书长。在高中时，他虽然主管国民党的工作，但是脸上没有党气，为人极为洒脱随和，因此，同教员和学生关系都很好。他常到我屋里来闲聊。我们同另外几个教员经常出去下馆子。济南一些只有本地人才知道的小馆子，由于我是本地人，我们都去过。那时高中教员工资相当高，我的工资是每月一百六十元，是大学助教的一倍。每人请客一次不过二三元，谁也不在乎。我虽然同张叙青先生等志趣不同，背景不同，但是，作为朋友，我们是能谈得来的。有一次，我们几个人骑自行车到济南南面众山丛中去游玩，骑了四五十里路，一路爬高，极为吃力，经过八里洼、土屋，最终到了终军镇（在济南人口中读"若仲宫"）。终军是汉代人，这是他降生的地方，可见此镇之古老。镇上中学里的一位教员热情地接待了我们，设盛宴表示欢迎之意。晚饭之后，早已过了黄昏时分。我们走出校门，走到唯一的一条横贯全镇的由南向北的大路上，想领略一下古镇傍晚的韵味。此时，全镇一片黢黑，不见一个人影，没有一丝光亮。黑暗仿佛凝结成了固体，伸手可摸。仰望天空，没有月亮，群星似更光明。身旁大树的枝影撑入天空，巍然，森然。万籁俱寂，耳中只能听到远处泉声潺湲。我想套用一句唐诗："泉响山愈静。"在这样的情况下，我真仿佛远离尘境，遗世而独立了。我们在学校的一座小楼上住了一夜。这是我一生最难忘的一夜。第二天早晨，我们又骑上自行车向南行去，走了二三十里路，到了柳堡，已经是泰山背后了。抬头仰望，泰山就在眼前。"岱宗夫如何？齐鲁青未了。"泰山的青仿佛就扑在我们背上。我们都不敢再前进了。拨转车头，向北骑去，骑了将近百里，回到了学校。这次出游，终生难忘。过了不久，我们又联袂游览了济南与泰山之间的灵岩古寺，也是我多年向往而未能到过的地方。从上面的叙述可以看到，我同高中的教员之间的关系是十分融洽的。

上　课

我在上面已经提到过，高中共有三个年级，十二个班；包括我在内，有国文教员四人，每人教三个班。原有的三个教员每人包一个年级的三个班，换句话说，就是每一个年级剩下一个班，三个年级共三个班，划归我的名下。有点教书经验的人都知道，这给我造成了颇大的困难，他们三位每位都只有一个头，而我则须起三个头。这算不算"欺生"的一种表现呢？我不敢说，但这个感觉我是有的。可也只能哑子吃黄连了。

好在我选教材有我自己的标准。我在清华时，已经读了不少中国古典文学作品。我最欣赏我称之为唯美派的诗歌，以唐代李义山为代表，西方则以英国的 Swinburne、法国的象征派为代表。此外，我还非常喜欢明末的小品文。我选教材，除了各方面都要照顾到以外，重点就是选这些文章。我相信，在这一点上，我同其他几位国文教员是不会相同的。

我没有教国文的经验，但是学国文的经验却是颇为丰富的。正谊中学杜老师选了些什么教材，我已经完全记不清了。北园高中王崑玉老师用的教材皆选自《古文观止》。济南高中胡也频老师没有教材，堂上只讲普罗文学。董秋芳老师以《苦闷的象征》为教材。清华大学刘文典老师一学年只讲了江淹的《恨赋》和《别赋》以及陶渊明的《闲情赋》，课堂上常常骂蒋介石。我这些学国文的经验对我有点借鉴的作用，但是用处不大。按道理，教育当局和学校当局都应该为国文这一门课提出具体的要求，但是都没有。教员成了"独裁者"，愿意怎么教就怎么教，天马行空，一无阻碍。我当然也想不到这些问题。我根据自己的兴趣，选了一些中国古典诗文。我的任务就是解释文中的典故和难解的词句。我虽读过不少古典诗文，但腹笥并不充盈。我备课时主要靠《辞源》和其他几部类书。有些典故自己是理解的，但是颇为"数典忘祖"，说不出来源。于是《辞源》和几部类书就成了我不可须臾离开的宝贝。我查《辞源》速度之快达到了出神入化的境界。为了应付学生毕业后考大学的需要，我还自作主张，在课堂上讲了一点西方文学的概况。

我在清华大学最后两年写了十几篇散文，都是惨淡经营的结果，都发表在全国一流的报刊和文学杂志上，因此，即使是名不见经传，也被认为是一个"作家"。到了济南，就有报纸的主编来找我，约我编一个文学副刊。我愉快地答应了，就在当时一个最著名的报纸上办了一个文学副刊，取名"留夷"。这是楚辞上一个香花的名字，意在表明，我们的副刊将会香气四溢。作者主要是我的学生。文章刊出后有稿酬，每千字一元。当时的一元可以买到很多东西，穷学生拿到后，不无小补。我的文章也发表在上面，有一篇《游灵岩》，是精心之作，可惜今天遍寻不得了。

我同学生的关系

总起来说，我同学生的关系是相当融洽的。我那年是二十三岁，也还是一个大孩子。同学生的年龄相差不了几岁。有的从农村来的学生比我年龄还大。所以我在潜意识中觉得同学生们是同伴，不懂怎样去摆教员的谱儿。我常同他们闲聊，上天下地，无所不侃。也常同他们打乒乓球。有一位年龄不大而聪明可爱的叫吴传文的学生经常来找我去打乒乓球。有时候我正忙着备课或写文章，只要他一来，我必然立即放下手中的活，陪他一同到游艺室去打球，一打就是半天。

我在上面已经提到过，我的前任一位姓王的国文教员是被学生"架"走的。我知道这几班的学生是极难对付的，因此，我一上任，就有戒心，战战兢兢，如履薄冰，避免蹈我前任的覆辙。但我清醒地意识到，处理好同学生的关系，首先必须把书教好，这是重中之重。有一次，我把一个典故解释错了，第二天上课堂，我立即加以改正。这也许能给学生留下一点印象：季教师不是一个骗子。我对学生决不阿谀奉承，讲解课文，批改作业，我总是实事求是，决不讲溢美之词。

我同校长的关系

宋还吾校长是我的师辈，他聘我到高中来，又可以说是有恩于我，所以我对他非常尊敬。他为人宽宏豁达，颇有豪气，真有与宋江相似之处，接近他并不难。他是山东省教育厅厅长何思源的亲信，曾在山东许多地方，比如青岛、曲阜、济南等地做过中学校长。他当然有一个自己的班底，走到哪里，带到哪里。其中除庶务人员外，也有几个教员。我大概也被看作是宋家军的，但只是一个初出茅庐的杂牌。到了学校以后，我隐隐约约地听人说，宋校长的想法是想让我出面组织一个济南高中校友会，以壮大宋家军的军威。但是，可惜的是，我是一个上不得台盘的人，不善活动，高中校友会没有组织成。实在辜负了宋校长的期望。

听说，宋夫人"阎婆惜"酷爱打麻将，大概是每一个星期日都必须打的。当时济南中学教员打麻将之风颇烈。原因大概是，当过几年中学教员之后，业务比较纯熟了，瞻望前途，不过是一辈子中学教员。常言道："水往低处流，人往高处走。"他们的"高处"在什么地方呢？渺茫到几乎没有。"不为无益之事，何以遣有涯之生！"于是打麻将之风尚矣。据说，有一位中学教员打了一夜麻将，第二天上午有课。他懵懵懂懂地走上讲台。学生问了一个问题："X是什么？"他脱口而出说："二饼。"他的灵魂还没有离开牌桌哩。在高中，特别是在发工资的那一个星期，必须进行"原包大战"，"包"者，工资包也。意思就是，带着原工资包，里面至少有一百六十元，走上牌桌。这个钱数在当时是颇高的，每个人的生活费每月也不过五六元。鏖战必定通宵，这不成问题。幸而还没有出现"二饼"的笑话。我们国文教员中有一位我的师辈的老教员也是牌桌上的嫡系部队。我不是不会打麻将，但是让我去参加这一支麻将大军，陪校长夫人戏耍，我却是做不到的。

根据上述种种情况，宋校长对我的评价是："羡林很安静。""安静"二字实在是绝妙好词，含义很深远。这一点请读者去琢磨吧。

我的苦闷

我在清华毕业后，不但没有毕业即失业，而且抢到了一只比大学助教的饭碗还要大一倍的饭碗。我应该满意了。在家庭里，我现在成了经济方面的顶梁柱，看不见婶母脸上多少年来那种难以形容的脸色。按理说，我应该十分满意了。

然而，事实却不是这样。我有我的苦闷。

首先，我认为，一个人不管闯荡江湖有多少危险和困难，只要他有一个类似避风港样的安身立命之地，他就不会失掉前进的勇气，他就会得到安慰。按一般的情况来说，家庭应该起这个作用。然而我的家庭却不行。虽然同在一个城内，我却搬到学校里来住，只在星期日回家一次。我并不觉得，家庭是我的安身立命之地。

其次是前途问题。我虽然抢到了一只十分优越的饭碗，但是，我能当一辈子国文教员吗？当时，我只有二十三岁，并没有什么远大的理想，也没有梦想当什么学者；可是看到我的国文老师那样，一辈子庸庸碌碌，有的除了陪校长夫人打麻将之外，一事无成，我确实不甘心过那样的生活。那么，我究竟想干什么呢？说渺茫，确实很渺茫；但是，说具体，其实也很具体。我希望出国留学。

留学的梦想，我早就有的。当年我舍北大而取清华，动机也就在入清华留学的梦容易圆一些。现在回想起来，我之所以痴心妄想想留学，与其说是为了自己，还不如说是为了别人。原因是，我看到那些主要是到美国留学的人，拿了博士学位，或者连博士学位也没有拿到的，回国以后，立即当上了教授，月薪三四百元大洋，手挎美妇，在清华园内昂首阔步，旁若无人，实在会让人羡煞。至于学问怎样呢？据过去的老学生说，也并不怎么样。我觉得不平，想写文章刺他们一下。但是，如果自己不是留学生，别人会认为你说葡萄是酸的，贻笑大方。所以我就梦寐以求想去留学。然而留学岂易言哉！我的处境是，留学之路渺茫，而现实之境难忍，我焉得而不苦闷呢？

我亲眼看到的一幕滑稽剧

在苦闷中，我亲眼看到了一幕滑稽剧。

当时的做法是，中学教员一年发一次聘书（后来我到了北大，也是一年一聘）。到了暑假，如果你还没有接到聘书，那就表示，下学期不再聘你了，自己卷铺盖走人。那时候的人大概都很识相，从来没有听说有什么人赖着不走或者到处告状的。被解聘而又不撕破脸皮，实在是个好办法。

有一位同事,名叫刘一山,河南人,教物理。家不在济南,住在校内,与我是邻居,平时常相过从。人很憨厚,不善钻营。大概同宋校长没有什么关系。1935年秋季开始,校长已决定把他解聘。因此,当年春天,我们都已经接到聘书,独刘一山没有。他向我探询过几次,我告诉他,我已经接到了。他是个老行家,听了静默不语,他知道自己被解聘了。他精于此道,于是主动向宋校长提出辞职。宋校长是一个高明的演员。听了刘的话以后,大为惊诧,立即"诚恳"挽留,又亲率教务主任和训育主任,"三驾马车"到刘住的房间里去挽留,义形于色,正气凛然。我是个新手,如果我不了解内幕,我必信以为真。但刘一山深知其中奥妙,当然不为所动。我真担心,如果刘当时竟答应留下,我们的宋校长下一步棋会怎么下呢?

我从这一幕闹剧中学到了很多处世做人的道理。

天赐良机

常言道:"天无绝人之路。"在我无法忍耐的苦闷中,前途忽然闪出了一线光明。在1935年暑假还没有到的时候,我忽然接到我的母校清华大学的通知,我已经被录取为赴德国的交换研究生。我可以到德国去念两年书。能够留学,吾愿已定,何况又是德国,还能有比这更令我兴奋的事情吗?我生为山东一个穷乡僻壤的贫苦农民的孩子,能够获得一点成功,全靠偶然的机会。倘若叔父有儿子,我绝不会到济南。如果清华不同德国签订交换留学生协定,我绝不会到了德国。这些都是极其偶然的事件。"世间多少偶然事?不料偶然又偶然。"

我在山东济南省立高中一年国文教员的生活,就这样结束了。

2002年5月14日写完

师生之间

我前后在北京住了二十多年,前一段是当学生,后一段是当老师。一直当到现在,而且看样子还要当下去。因此,如果有人问我,抚今追昔,在北京什么事情使我感触最深,我首先想到的就是师生之间的关系。

师生之间的关系是古老的关系了。在过去,曾把老师归入五伦;又把老师与天、地、君、亲并列,师道尊严可谓至矣尽矣。至于实际情况究竟怎样,余生也晚,没有亲身赶上,不敢乱说。

等到我上小学的时候,学校已经改成了新式的学校,不是从《百家姓》《三字经》念起,而是念人、手、足、刀、尺了。表面上,学生对老师还是很尊敬的。见了面,老远就鞠躬如也,像避猫鼠似的躲在一旁。从来也不给老师提什么意见,那在当时是不可能想象的。老师对学生是严厉的,"教不严,师之惰",不严还能算是老师吗?结果是学生经常受到体罚,用手拧耳朵,用戒尺打手心,是最常用的方式。学生当然也有受不了的时候。于是,连十二三岁的中小学生也只好铤而走险,起来"革命"了。

我在中小学的时候,曾"革命"两次。一次是对一位图画教员。这人脾气暴烈,伸手就打人。结果我们全班团结一致,把教桌倒翻过来,向他示威。他知难而退,自己辞职不干了。这是一次成功的"革命"。另一次是对一位珠算教员。这人嗜打成性。他有一个规定,打算盘打错一个数打一戒尺。有时候,我们稍不小心就会错上成百的数,那后果就不堪设想了。我们决定全班罢课。可是,因为出了"叛徒",有几个人留在班上上课。我们失败了,每个人的手心被打得肿了好几天。

到了大学,情况也并没有改变。因为究竟是大学生了,不再被打手心。可是老师的威风依然炙手可热。有一位教授专门给学生不及格。每到考试,他先定下一个不及格的指标。不管学生成绩怎样,指标一定要完成。他因此名扬全校,成了"名教授"了。另一位教授正相反。他在考试时预先声明,十题中答五题就及格,多答一题加十分。实际上他根本不看卷子,学生一交卷,他马上打分。无不及格,皆大欢喜。如果有人在他面前多站一会儿,他立刻就问:"你嫌少吗?"于是大笔一挥,再加十分。

至于教学态度,好像当时根本就没有这样的概念。教学大纲和教案,更是闻所未闻。教授上课,可以信口开河。谈天气,可以;骂人,可以;讲掌故,可以;扯闲话,可以。总之,他愿意怎样就怎样,天上天下,唯我独尊,谁也管不着。有的老师竟能在课堂上睡觉。有的上课一年,不和同学说一句话。有的在八个大学兼课,必须制订一个轮流请假表,才能解决上课冲突的矛盾。当然并不是每一个教授都是这样,勤勤恳恳诲人不倦的也有。但是这种例子是很少的。

老师这样对待学生,学生当然也这样对待老师。师生不是互相利用，就是互相敌对。老师教书为了吃饭，或者升官发财。学生念书为了文凭。师生关系，说穿了就是这样。

终于来了1949年。这是北京师生关系史上划时代的一年，是值得大书特书的一年。

从这一年起，老师在变，学生在变，师生关系也在变。十四年来，我不知道经历过多少令人赞叹感动的事情。我不知道有多少夜因欢喜而失眠。当我听到我平常很景仰的一位老先生在七十高龄光荣地参加中国共产党的时候，我曾喜极不寐。当我听到从前我的一位十分固执倔强的老师受到表扬的时候，我曾喜极不寐。至于我身边的同事和同学，他们踏踏实实地向着新的方向迈进，日新月异：他们身上的旧东西愈来愈少，新东西愈来愈多。我每次出国，住上一两个月，回来后就觉得自己落后了。才知道，我们祖国，我们的老师和学生，是用着多么快速的步伐前进。

现在，老师上课都是根据详细的大纲和教案，这都是事前讨论好的，决不能信口开河。老师们关心同学的学习，有时候还到同学宿舍里去辅导或者了解情况。备课一直到深夜。每当夜深人静我走过校园的时候，就看到这里那里有不少灯光通明的窗子。我知道，老师们正在查阅文献，翻看字典。要想送给同学一杯水，自己先准备下一桶。老师们谁都不愿提着空桶走上课堂。

而学生呢？他们绝大多数都能老师指到哪里，他们做到哪里。他们刻苦学习，认真钻研。我曾在一个黑板报上看到一个学生填的词，其中有两句："松涛声低，读书声高。"描写学生高声朗读外文的情景，是很生动的，也是能反映实际情况的。今天，老师教书不是为了吃饭，更不是为了升官发财。学生念书，也不是为了文凭。师生有一个共同的伟大的目标。他们既是师生，又是同志。这是几千年的历史上从来没有也不可能有的现象。

如果有人对同学们谈到我前面写的情况，他们一定会认为是神话，或是笑话，他们绝不会相信的。说实话，连我自己回想起那些事情来，都有恍如隔世之感，何况他们从来没有经历过呢？然而，这都是事实，还不能算是历史上的事实，它们离开今天并不远。抚今追昔，我想到师生之间的关系的变化而感慨万端，不是很自然吗？

想到这些，也是有好处的。它能使我们更爱新中国，更爱新北京，更爱今天。

我要用无限的热情歌颂新北京的老师，我要用无限的热情歌颂新北京的学生。

1963年4月7日

进入哥廷根大学

我于1935年夏取道西伯利亚铁路到了德国柏林，同年深秋到了哥廷根，入哥廷根大学读书。哥廷根是一座只有十万多人口的小城，但是大学却已有五六百年的历史，历代名人辈出，是一座在世界上有名的大学。这一所大学并没有一个固定而集中的校址，全城各个角落都有大学的学院或研究所。全城人口中约有五分之一是流转不停的大学生。

德国大学有很多特点，总的精神是绝对自由。根本没有入学考试，学生愿意入哪个大学就入哪个。学习期限也没有规定，也无所谓毕业，只要博士学位拿到手，就算是毕了业。常见或者常听说，中国某大学的某教授是德国某大学毕业的，我觉得非常好笑，不知道他的"毕业"指的是什么。这只能蒙蔽外行人而已。一个学生要想拿到博士学位，必须读三个系：一个主系，两个副系。这些系全由学生自己选定，学校不加干涉。任何与主系不相干的系都可以作为副系。据说当年有一个规定：想拿哲学博士学位，三个系中必须有一个是哲学。我去的时候，这个规定已经取消了。听说汉堡有一位学数学的中国留学生，主系当然是数学，两个副系确实有点麻烦。为省力计，他选汉学当副系之一。他自以为中国话说得比德国教授要好，于是就掉以轻心，不把德国教授看在眼中。论文写成后，主系教授批准他口试。口试现场，三系教授都参加。汉学教授跟他开了一个小小的玩笑，开口问他："杜甫与莎士比亚，谁早谁晚？"大概我们这一位青年数学家对中国文学史和英国文学史都不太通，只朦朦胧胧地觉得杜甫在中国属于中世纪，而莎士比亚在英国则似乎属于茫昧的远古。他回答说："莎士比亚早，杜甫晚。"汉学教授没有再提第二个问题，斩钉截铁地说："先生！你落第了！"可怜一个小玩笑，断送功名到白头。

学生上课，也是绝对自由的，可以任意迟到，任意早退。教授不以为忤，学生坦然自若。除了最后的博士论文口试答辩以外，平常没有任何考试。在大课堂上，有的课程只须在开始时请教授在"学习簿"（Studienbuch）上签一个名，算是"报到"（Anmeldung），以后你愿听课，就听；不愿意听，就不必来。听说，有的学生在"报到"之后，就杳如黄鹤，永远拜拜了。有的课程则需要"报到"和课程结束时再请教授签字，叫做 Abmeldung（注销），表示这个课程你自始至终地学习完了。这样的课程比较少，语言课都属于此类。学生中只"报到"而不"注销"者大有人在。好在大学并不规定结业年限。因此，德国大学中有一类特殊人物，叫做 Ewiger Student（永恒的学生），有的都有了十年、二十年学习的历史，仍然照常"报到"不误。

但是，德国教授也并不是永远不关心学生。当一个学生经过在几所大学游学之后最后选定了某一所大学、某一个教授，他便定居下来，决定跟这位教授作博士论文。但是，到了此时，教授并不是任何一个学生都接受的，他要选择、考验。越是出名的教授，考验越严格，学生必须参加他的讨论班（Seminar）。教授认为他孺子可教，然后才给他出博士论文的题目。如果认为他没有培养前途，则坦言拒绝。德国大学对博士论文的要求是相当严的，这在世界上也是有口碑载道的。博士论文当然也有高低之分，但是起码必须有新东西、新思想、新发现；不管多大多小，必须有点新东西，则是坚定不可移的。在世界上许多国家，都有买博士论文的现象，但我在德国十年，还没有听说过，这是颇为难得的。博士论文完成时间没有规定，这是符合客观规律的。据我看，无论是文科，还是理科，要有新发现，事前是无法制订计划的。中国大学规定博士论文必须按期完成，这是不懂科研规律的一种表现，亟须加以改正，以免贻笑方家。

1935年，季羡林赴德国留学，入哥廷根大学

十年回顾

自己觉得德国十年的学术回忆好像是写完了。但是，仔细一想，又好像是没有写完，还缺少一个总结回顾，所以又加上了这一段。把它当作回忆的一部分，或者让它独立于回忆之外，都是可以的。

在我一生六十多年的学术研究的过程中，德国十年是至关重要的关键性的十年。我在上面已经提到过，如果我的学术研究有一个发轫期的话，真正的发轫不是在清华大学，而是在德国哥廷根大学。我也提到过，如果我不是出于一个非常偶然的机遇来到德国的话，我的一生将会完完全全是另一个样子。我今天究竟会在什么地方，还能不能活着，都是一个未知数。

但是，这个十年并不是一个简单的十年，有它辉煌成功的一面，也有它阴暗悲惨的一面。所有这一切都比较详细地写在我的《留德十年》一书中，读者如有兴趣，可参阅。我在上文写的我在哥廷根十年的学术活动，主要以学术论文为经，写出了我的经验与教训。我现在想以读书为纲，写我读书的情况。我辈知识分子一辈子与书为伍，不是写书，就是读书，二者是并行的，而且是非并行不可的。

我已经活过了八个多十年，已经到了望九之年。但是，在读书条件和读书环境方面，哪一个十年也不能同哥廷根的十年相比。在生活方面，我是一个最枯燥乏味的人——所有的玩的东西，我几乎全不会，也几乎全无兴趣。我平生最羡慕两种人：一个是画家，一个是音乐家。而这两种艺术是最需天才的，没有天赋而勉强对付，绝无成就。可是造化小儿偏偏跟我开玩笑，只赋予我这方面的兴趣，而不赋予我这方面的天才。《汉书·董仲舒传》说："古人有言曰：'临渊羡鱼，不如退而结网。'"我极想"退而结网"，可惜找不到结网用的绳子，一生只能做一个羡鱼者。我自己对我这种个性也并不满意。我常常把自己比作一盆花，只有枝干而没有绿叶，更谈不到有什么花。

在哥廷根的十年，我这种怪脾气发挥得淋漓尽致。哥廷根是一个小城，除了一个剧院和几个电影院以外，任何消遣的地方都没有。我又是一介穷书生，没有钱，其实也是没有时间冬夏两季到高山和海滨去旅游。我所有的仅仅是时间和书籍。学校从来不开什么会。有一些学生会偶尔举行晚会跳舞。我去以后，也只能枯坐一旁，呆若木鸡。这里中国学生也极少，有一段时间，全城只有我一个中国人。这种孤独寂静的环境，正好给了我空前绝后的读书的机会。我在国内不是没有读过书，但是，从广度和深度两个方面来看，什么时候也比不上在哥廷根。

我读书主要分两大种类，一个是有关梵文、巴利文和吐火罗文等的书籍，一个是汉文的书籍。我很少在家里读书，因为我没有钱买专业图书，家里这方面的书非常少。在家里，我只在晚上临睡前读一些德文的小说，Thomas Mann 的名著 *Buddenbrooks* 就是这样读完的。我早晨起床后在家里吃早点，早点极简单，只有两片面包、一点黄油和香肠。第二次世界大战爆发后，首先在餐桌上消失的是香肠，后来是黄油，最后只剩一片有鱼腥味的面包了。最初还有茶可喝，后来只能喝白开水了。吃完早点后，我一般是到梵文研究所去，在那里一待就是一天，午饭在学生食堂或者饭馆里吃，吃完就回研究所。整整十年，不懂什么叫午睡，德国人也没有午睡的习惯。

我读梵文、巴利文、吐火罗文的书籍，一般都是在梵文研究所里。因此，我想先把梵文研究所收藏图书的情况介绍一下。哥廷根大学的各个研究所都有自己的图书室。梵文图书室起源于何时、何人，我当时没有细问。可能是源于 Franz Kielhorn，他是哥廷根大学的第一个梵文教授。他在印度长年累月搜集到的一些极其珍贵的碑铭的拓片，都收藏在研究所对面的大学图书馆里。他的继任人 Hermann Oldenberg 在逝世后把大部分藏书都卖或者赠给了梵文研究所。其中最珍贵的不是已经出版的书籍，而是零篇的论文。当时 Oldenberg 是国际上赫赫有名的梵学大师，同全世界各国的同行们互通声气，对全世界梵文研究的情况了如指掌。广通声气的做法不外一是互相邀请讲学，二是互赠专著和单篇论文。专著易得，而单篇论文，由于国别太多，杂志太多，搜集颇为困难。只有像 Oldenberg 这样的大学者才有可能搜集比较完备。Oldenberg 把这些单篇论文都装订成册，看样子是按收到时间的先后顺序装订起来的，并没有分类。皇皇几十巨册，整整齐齐地排列书架上。我认为，这些零篇论文是梵文研究所的镇所之宝。除了这些宝贝以外，其他梵文、巴利文常用的书都应有尽有。其中也不乏名贵的版本，比如 Max Müller 校订出版的印度最古老的典籍《梨俱吠陀》原刊本，Whitney 校订的《阿闼婆吠陀》原刊本。Boehtlingk 和 Roth 的被视为词典典范的《圣彼得堡梵文大词典》原本和缩短本，也都是难得的书籍。至于其他字典和工具书，无不应有尽有。

我每天几乎是一个人坐拥书城,"躲进小楼成一统",我就是这些宝典的伙伴和主人,它们任我支配,其威风虽南面王不易也。整个 Gauss-Weber-Haus 平常总是非常寂静,里面的人不多,而德国人又不习惯于大声说话,干什么事都静悄悄的。门外介于研究所与大学图书馆之间的马路,是通往车站的交通要道,但是哥廷根城还不见汽车,于是本应该喧阗的马路,也如"结庐在人境,而无车马喧"。这真是一个读书的最理想的地方。

除了星期天和假日外,我每天就到这里来。主要工作是同三大厚册的 *Mahāvastu* 拼命。一旦感到疲倦,就站起来,走到摆满了书的书架旁,信手抽出一本书来,或浏览,或仔细阅读。积时既久,我对当时世界上梵文、巴利文和佛教研究的情况,心中大体上有一个轮廓。世界各国的有关著作,这里基本上都有。而且德国还有一种特殊的购书制度,除了大学图书馆有充足的购书经费之外,每一个研究所都有自己独立的购书经费,教授可以任意购买他认为有用的书,不管大学图书馆是否有复本。当 Waldschmidt 被征从军时,这个买书的权利就转到了我的手中。我愿意买什么书,就买什么书。书买回来以后,编目也不一定很科学,把性质相同或相似的书编排在一起就行了。借书是绝对自由的,有一个借书簿,自己写上借出书的书名、借出日期;归还时,写上一个归还日期就行了。从来没有人来管,可是也从来没有丢过书,不管是多么珍贵的版本。除了书籍以外,世界各国有关印度学和东方学的杂志,这里也应有尽有。总之,这是一个很不错的专业图书室。

我就是在这样的情况下畅游于书海之中。我读书粗略地可以分为两类:一类是细读的,一类是浏览的。细读的数目不可能太多。学梵文必须熟练地掌握语法。Stenzler 的《梵文基础读本》,虽有许多优点,但是毕竟还太简略;入门足够,深入却难。在这时候必须熟读 Kielhorn 的《梵文文法》,我在这一本书上下过苦功夫,读了不知多少遍。其次,我对 Oldenberg 的几本书，比如《佛陀》等都从头到尾细读过。他的一些论文，比如分析 *Mahāvastu* 的文体的那一篇，为了写论文，我也都细读过。Whitney 和 Wackernagel 的梵文文法，Debruner 续 Wackernagel 的那一本书，以及 W. Geiger 的关于巴利文的著作，我都下过工夫。但是，我最服膺的还是我的太老师 Heinrich Lüders，他的书，我只要能得到，就一定仔细阅读。他的论文集 *Philologica Indica* 是一部很大的书，我从头到尾仔细读过一遍，有的文章读过多遍。像这样研究印度古代语言、宗教、文学、碑铭等的对一般人来说都是极为枯燥、深奥的文章，应该说是最乏味的东西。喜欢读这样文章的人恐怕极少极少，然而我却情有独钟；我最爱读中外两位大学者的文章，中国是陈寅恪先生，西方就是 Lüders 先生。这两位大师实有异曲同工之妙。他们为文，如剥春笋，一层层剥下去，愈剥愈细；面面俱到，巨细无遗；叙述不讲空话，论证必有根据；从来不引僻书以自炫，所引者多为常见书籍；别人视而不见的，他们偏能注意；表面上并不艰深玄奥，于平淡中却能见神奇；有时真如"山重水复疑无路"，转眼间"柳暗花明又一村"；迂回曲折，最后得出结论，让你顿时觉得豁然开朗，口服心服。人们一般读文学作品能得美感享受，身轻神怡。然而我读两位大师的论文时得到的美感享受，与读文学作品时所得到的迥乎不同，却似乎更深更高。也许有人会认为这是我个人的怪癖；我自己觉得，这确实是"癖"，然而毫无"怪"可言。"此中有真意，欲辨已忘言"，实不足为外人道也。

上面谈的是我读梵文著作方面的一些感受。但是，当时我读的书绝不限于梵文典籍。我在上面已经说到，哥廷根大学有一个汉学研究所。所内有一个比梵文研究所图书室大许多倍的汉文图书室。为什么比梵文图书室大这样多呢？原因是大学图书馆中没有收藏汉籍，所有的汉籍以及中国少数民族的语言，如藏文、蒙文、西夏文、女真文之类的典籍都收藏在汉学研究所中。这个所的图书室，由于 Gustav Haloun 教授的惨淡经营，大量从中国和日本购进汉文典籍，在欧洲颇有点名气。我曾在那里会见过许多世界知名的汉学家，比如英国的 Athur Waley 等。汉学研究所所在的大楼比 Gauss-Weber-Haus 要大得多，也宏伟得多；房子极高极大。汉学研究所在二楼，上面还有多少层，我不清楚。我始终也没有弄清楚，偌大一座大楼是做什么用的。十年之久，我不记得，除了打扫卫生的一位老太婆，还在这里见到过什么人。院子极大，有极高极粗的几棵古树，样子都有五六百年的树龄，地上绿草如茵。楼内楼外，干干净净，比梵文研究所更寂静，也更幽雅，真是读书的好地方。

我每个礼拜总来这里几次，有时是来上课，更多是来看书。我看得最多的是日本出版的《大正新修大藏经》。有一段时间，我帮助 Waldschmidt 查阅佛典。他正写他那一部有名的关于释迦牟尼涅槃前游行的叙述的大著。他校勘新疆发现的佛经梵文残卷，也需要汉译佛典中的材料，特别是唐代义净译的那几部数量极大的《根本说一切有部毗奈耶杂事》。至于我自己读的书，则范围广泛。十几万册汉籍，本本我都有兴趣。到了这里，就仿佛回到了祖国一般。我记得这里藏有几部明版的小说。是否是宇内孤本，因为不通此道，我说不清楚。即使是的话，也都埋在深深的"矿井"中，永世难见天日了。自从 1937 年 Gustav Haloun 教授离开哥廷根大学到英国剑桥大学任汉学讲座教授以后，有很长一段时间，汉学研究所就由我一个人来管理。我每次来到这里，空荡荡的六七间大屋子就只有我一个人，万籁俱寂，静到能听到自己心跳的声音。在绝对的寂静中，我盘桓于成排的大书架之间，架上摆的是中国人民智慧的结晶，我心中充满了自豪感。

我翻阅的书很多；但是我读得最多的还是一大套上百册的中国笔记丛刊，具体的书名已经忘记了。笔记是中国特有的一种著述体裁，内容包罗万象，上至宇宙，下至鸟兽虫鱼，以及身边琐事、零星感想，还有一些历史和科技的记述，利用得好，都是十分有用的资料。我读完了全套书，可惜我当时还没有研究"糖史"的念头，很多有用的资料白白地失掉了。及今思之，悔之晚矣。

我在哥廷根读梵、汉典籍，情况大体如此。

留德生活照

回到祖国

1946 年至 1949 年

在待了整整十年之后，我于 1945 年秋，从哥廷根到了瑞士，等候机会回国；在瑞士 Fribourg 住了几个月，于 1946 年春夏之交，经法国马赛和越南西贡，又经香港，回到祖国。先在上海和南京住了一个夏天和半个秋天。当时解放战争正在激烈进行，津浦铁路中断，我有家难归。当时我已经由恩师陈寅恪先生介绍，被北大校长胡适之先生、代理校长傅斯年先生和文学院院长汤锡予（用彤）先生接受，来北大任教。在上海和南京住的时候，我一点收入都没有。我在上海卖了一块从瑞士带回来的自动化的 Omega 金表。这在当时国内是十分珍贵、万分难得的宝物。但因为受了点骗，只卖了十两黄金。我将此钱的一部分换成了法币，寄回济南家中。家中经济早已破产，靠摆小摊，卖炒花生、香烟、最便宜的糖果之类的东西，勉强糊口。对于此事，我内疚于心久矣。只是阻于战火，被困异域。家中盼我归来，如大旱之望云霓。现在终于历尽千辛万苦回来了，我焉能不首先想到家庭！家中的双亲——叔父和婶母，妻、儿正在嗷嗷待哺哩。剩下的金子就供我在南京和上海吃饭之用。住宿，在上海是睡在克家家中的榻榻米上；在南京是睡在长之国立编译馆的办公桌上，白天在台城、玄武湖等处游荡。我出不起旅馆费，我还没有上任，根本拿不到工资。

在这样的情况下，我无书可读，无处可读。我是多么盼望能够有一张哪怕是极其简陋的书桌啊！除了写过几篇短文外，一个夏天，一事无成。一个人的生命是有限的。古人说："一寸光阴一寸金，寸金难买寸光阴。"我自己常常说，浪费时间，等于自杀。然而，我处在那种环境下，又有什么办法呢？我真成了"坐宫"中的杨四郎。

我于1946年深秋从上海乘船北上，先到秦皇岛，再转火车，到了一别十一年的故都北京。从山海关到北京的铁路由美军武装守护，尚能通车。到车站去迎接我们的有阴法鲁教授等老朋友。汽车经过长安街，于时黄昏已过，路灯惨黄，落叶满地，一片凄凉。我想到了唐诗"落叶满长安"，这里的"长安"，指的是"长安城"，今天的"西安"。我的"长安"是北京东西长安街。游子归来，古城依旧，而岁月流逝，青春难再。心中思绪万端，悲喜交集。一转瞬间，却又感到仿佛自己昨天才离开这里。叹人生之无常，嗟命运之渺茫。过去十一年的海外经历，在脑海中层层涌现。我们终于到了北大的红楼。我暂时被安排在这里住下。

按北大当时的规定，国外归来的留学生，不管拿到什么学位，最高只能定为副教授。清华大学没有副教授这个职称，与之相当的是专任讲师。至少要等上几年，看你的教书成绩和学术水平，如够格，即升为正教授。我能进入北大，已感莫大光荣，焉敢再巴蛇吞象有什么非分之想！第二天，我以副教授的身份晋谒汤用彤先生。汤先生是佛学大师。他的那一部巨著《汉魏两晋南北朝佛教史》，集义理、词章、考据于一体，蜚声宇内，至今仍是此道楷模，无能望其项背者。他的大名我仰之久矣。在我的想象中，他应该是一位面容清癯、身躯瘦长的老者，然而实际上却恰恰相反。他身着灰布长衫，圆口布鞋，面目祥和，严而不威，给我留下了十分深刻的印象。暗想在他领导下工作是一种幸福。过了至多一个星期，他告诉我，学校决定任我为正教授，兼文学院东方语言文学系的系主任。这实在是大大出我意料。要说不高兴，那是过分矫情；要说自己感到真正够格，那也很难说。我感愧有加，觉得对我是一种鼓励。不管怎样，副教授时期之短，总可以算是一个纪录吧。

思想斗争

我在这里讲的"思想斗争"，不是后来我们所理解的那一套废话，而是有关我的学术研究的。我曾多次提到，在印度学领域内，我的兴趣主要在印度古代及中世佛典梵文上，特别是在"混合梵文"上。上述我的博士论文以及我在哥廷根写的几篇论文可以为证。然而做这样的工作需要大量的专业的专著和杂志。哥廷根大学图书馆和梵文研究所图书室是具备这个条件的。在哥廷根十年，我写论文用了上千种专著和杂志，只有一次哥廷根缺书而不得不向普鲁士国家图书馆借，可见其收藏之富。反观我国，虽然典籍之富甲天下，然而，谈到印度学的书刊，则几乎是一片沙漠。这个问题，我在离开欧洲时已经想到了。我的所谓"思想斗争"就是围绕着这个问题而开始萌动的。

我虽少无大志，但一旦由于天赐良机而决心走上学术研究的道路，就像是过河卒子，只能勇往向前，义无反顾。可是我要搞的工作，不是写诗、写小说，只要有灵感就行，我是需要资料的，而在当时来说，只有欧洲有。而我现在又必须回国，顾彼失此，顾此失彼，"我之进退，实为狼狈"。正像哈姆莱特一样，摆在我眼前的是：走呢，还是不走？That is a question。在激烈的思想斗争之余，想到祖国在灾难中，在空前的灾难中，我又是亲老、家贫、子幼。如果不回去，我就是一个毫无良心的、失掉了人性的人。如果回去，则我的学术前途将付诸东流。最后我想出了一个折中的方案：先接受由G.Haloun先生介绍的英国剑桥大学的聘约，等到回国后把家庭问题处理妥善了以后，再返回欧洲，从事我的学术研究。这实在是在万般无奈的情况下想出来的一个办法。

一回到祖国，特别是在1947年暑假乘飞机返回已经离开十二年的济南以后，看到了家庭中的真实情况，比我想象的还要严重得多，我立即忍痛决定，不再返回欧洲。我不是一个失掉天良的人，我为人子、为人夫、为人父的责任，必须承担起来。我写信给Haloun教授，告诉了他我的决定，他回信表示理解和惋惜。有关欧洲的"思想斗争"，就这样结束了。

然而新的"思想斗争"又随之而起。我既然下定决心，终生从事研究工作，我的处境已如京剧戏言中所说的："马行在夹道内，难以回马。"研究必有对象，可是我最心爱的对象印度古代混合梵文已经渺如海上三山，可望而不可即了。新的对象在哪里呢？我的兴趣一向驳杂，对好多学问，我都有兴趣。这更增加了选择的困难。只因有了困难，才产生了"思想斗争"。这个掂一掂，那个称一称，久久不能决定。我必须考虑两个条件：一个是不能离开印度，一个是国内现成的资料充足。离开了印度，则我十年所学都成了无用之物。资料不够充足，研究仍会遇到困难。我的考虑或者我的"思想斗争"，都必须围绕着这两个条件转。当时我初到一个新的环境中，对时间的珍惜远远比不上现在。"斗争"没有结果，就暂时先放一放吧。

终于找到了出路

当时北大文学院和法学院的办公室都在沙滩红楼后面的北楼。校长办公室则在孑民纪念堂前的东厢房内,西厢房是秘书长办公室。所谓"秘书长",主要任务同今天的总务长差不多,处理全校的一切行政事务。秘书长以外,还有一位教务长,主管全校的教学工作。没有什么副校长。全校有六个学院:文、理、法、农、工、医。这样庞大的机构,管理人员并不多,不像现在大学范围内有些嘴损的人所说的:校长一走廊,处长一讲堂,科长一操场。我无意宣扬旧时代有多少优点,但是,上面这个事实确实值得我们深思。

北大图书馆就在北楼前面,专门给了我一间研究室。我能够从书库中把我所用的书的一部分提出来,放在我的研究室中。我了解到,这都是出于文学院院长汤锡予先生和图书馆馆长毛子水先生的厚爱。现在我在日本和韩国还能见到这情况,中国的大学,至少是在北大,则是不见了。这样做,对一个教授的研究工作,有极大的方便。汤先生还特别指派了一个研究生马理女士做我的助手,帮我整理书籍。马理是已故北大国文系主任马裕藻教授的女儿、赫赫有名的马珏的妹妹。

北大图书馆藏书甲全国大学。但是有关我那专门研究范围的书,却如凤毛麟角。全国第一大图书馆北京图书馆,比较起来,稍有优越之处;但是,除了并不完整的巴利文藏经和寥寥几本梵文书外,其他重要的梵文典籍一概不见。燕京大学图书馆是注意收藏东方典籍的。可是这情况是1952年院系调整后才知道的,新中国成立前,我毫无所知。即使燕大收藏印度古代典籍稍多,但是同欧洲和日本的图书馆比较起来,真如小巫见大巫,根本不可能同日而语。

在这样的情况下,我真如虎落平川、龙困沙滩,纵有一身武艺,却无用武之地。我虽对古代印度语言的研究恋恋难舍,却是一筹莫展。我搞了一些翻译工作,翻译了马克思论印度的几篇论文,翻译了德国女作家安娜·西格斯的短篇小说。我还翻译了恩格斯用英文写成的《英国工人阶级状况》,只完成了一本粗糙的译稿,后来由中共中央马列著作翻译局拿了去整理出版,收入《马克思恩格斯全集》中。这些工作都不是我真正兴趣之所在,不过略示一下我是一个闲不住的人而已。

这远远不能满足我那种闲不住的心情。当时的东方语言文学系,教员不过五人,学生人数更少。如果召开全系大会的话,在我那只有十几平方米的系主任办公室里就绰绰有余。我开了一班讲梵文,学生只有三人。其余的蒙文、藏文和阿拉伯文,一个学生也没有。我"政务"清闲,天天同一位系秘书在办公室里对面枯坐,既感到极不舒服,又感到百无聊赖。当时文学院中任何形式的会都没有,学校也差不多,有一个教授会,不过给大家提供见面闲聊的机会,一点作用也不起的。

汤用彤先生正开一门新课"魏晋玄学"。我对汤先生的道德文章极为仰慕。他的著作虽已读过,但是,我在清华从未听过他的课,极以为憾。何况魏晋玄学的研究,先生也是海内第一人。课堂就在三楼上,我当然不会放过。于是征求了汤先生的同意,我每堂必到。上课并没有讲义,他用口讲,我用笔记,而且尽量记得详细完整。他讲了一年,我一堂课也没有缺过。汤先生与胡适之先生不同,不是口若悬河的人。但是他讲得细密、周到,丝丝入扣,时有精辟的见解,如石破天惊,令人豁然开朗。我的笔记至今还保存着,只是"只在此室中,书深不知处"了。此外,我因为感到自己中国音韵学的知识欠缺,周祖谟先生适开此课,课堂也在三楼上,我也得到了周先生的同意去旁听。周先生比我年轻几岁,当时可能还不是正教授。别人觉得奇怪,我则处之泰然。一个系主任教授随班听课,北大恐尚未有过,但是,这有什么关系呢?能者为师。在学问上论资排辈,为我所不取。

然而我心中最大的疙瘩还没有解开:旧业搞不成了,我何去何从?

在哥廷根大学汉学研究所图书室阅书时，因为觉得有兴趣，曾随手从《大藏经》中，从那一大套笔记丛刊中，抄录了一些有关中印关系史和德国人称之为"比较文学史"（Vergleichende Literaturgeschichte）的资料。当时我还并没有想毕生从事中印关系史和比较文学史的研究工作，虽然在下意识中觉得这件工作也是十分有意义的，非常值得去做的。回国以后，尽管中国图书馆中关于印度和比较文学史的书籍极为匮乏，但是中国典籍则浩瀚无量。倘若研究中印文化关系史和比较文学史，至少中国这一边的资料是取之不尽、用之不竭的，而且这个课题至少还同印度沾边，不致十年负笈，前功尽弃。我反复思考，掂斤拨两，觉得这真是一个极为灵妙的主意。虽然我心中始终没有忘记印度古代语言的研究，但目前也只能顺应时势，有多大碗吃多少饭了。

我终于找到了出路。

出路的表现

对于一个搞学术研究的人来说，出路至少是主要表现在论文上。我检查了一下从1946年到1949年所写的文章，我必须根据论文实际写作的情况，来探寻我那出路的轨迹。有一点我必须首先在这里说明白。我现在写的是"学术自述"，而不是别的。什么叫"学术"？可能每个人都有自己的理解。我只能根据我自己的理解来决定取舍。凡是文学创作，比如写点散文什么的，都不包括在内。连写一些杂文一类的东西，也不包括在内。

就根据这个标准，我把这四年的回忆依照时间顺序写在下面。

1946年

这一年一大半是在旅途中度过，一直到年末，才算是得到了安定。但是，在车船倥偬中，竟然写了一些文章，殊出我意料。但是，按照我在上面给"学术"下的定义,真正够格的只有两篇。

1.《一个故事的演变》

这个故事流传的时间极长,地域极广。小学教科书里面都用它来作教材。后来我在《梅诗话》里又读到了引用东坡诗注的一段话,讲的也是这个故事。《诗话》引刘后村的诗:"辛苦谋身无瓮算,殷勤娱耳有瓶笙。""瓮算"指的就是这个故事。江盈科的《雪涛小说》中也有这个故事,内容大同而小异。印度《嘉言集》和《五卷书》中也找到了同样的故事,内容请参阅我的原作,这里不赘述。我只想指出一点,中国的那两部书就是我在哥廷根读到的。当时万没有想到,后来竟派上了用场。

2.《梵文〈五卷书〉——一部征服了世界的寓言童话集》

这一篇文章是根据德国"比较文学史"的创立者 Th.Benfey 关于《五卷书》的一篇长文介绍的。严格说起来,它不能算是一篇学术论文。但是,后来兴起的比较文学中的影响研究,我认为,创始人不是别人,正是 Benfey。所以我把它列在这里。

1947 年

这一年文章的数量不算少,符合学术条件的有以下几篇。

1.《一个流传欧亚的笑话》

这也属于比较文学史的范围。比较文学史与民间文学有密切的联系,二者简直可以成为一体。《五卷书》里面的故事,我认为,基本上都属于民间文学。普通老百姓创造故事的能力是无与伦比的。

这个笑话是我在德国听到的。内容极简单:一个白人与一个黑人同住旅舍中的一间屋内。夜里,黑人把白人的脸用墨涂黑,偷了他的东西,溜之大吉。白人醒来,看到自己的东西都已不见,照了照镜子,惊诧地说道:"原来黑人在这里,可我到哪里去了呢?"在哥廷根汉学研究所翻阅杂书时,读到《续说郛》中收录刘元卿的《应谐录》,发现里面有几乎完全相同的笑话,只不过把黑人换成和尚而已。

2.《木师与画师的故事》

本篇所述内容后收入《新疆与比较文学的研究》(《季羡林全集·第十七卷》)。这同样属于比较文学史的范围,是中印两国的民间故事流传的一个例证。

3.《从比较文学的观点上看寓言和童话》

这仍然属于比较文学史的范围。我径直称之为"比较文学",由此可见我当时对"比较文学史"和"比较文学"的看法。

在这篇文章里,我介绍了几个跨越国界、流传时间又极长的故事。第一个就是著名的"曹冲称象"的故事。它堂而皇之地见诸中国的正史《三国志·魏志》中,真实性由此得到了加强。实则同样内容只换了人名的故事,却见于汉译《大藏经》中。我介绍的第二个故事是狼与鹤的故事。这个故事见于古希腊的《伊索寓言》中。印度也有,见于巴利文《本生经》及其他不少的佛典中。关于称象的故事,日本也有,有名的"一休传说"中就有这个故事(请参阅陈寅恪先生的《三国志曹冲华陀传与佛教故事》)。

在这篇文章里,我讨论寓言和童话起源的问题。这个问题在许多书中和论文中都曾谈到过。从理论上来讲,不外是一元产生论和多元产生论。我个人认为,多元产生是不能想象的。只有一元产生才是合情合理的。剩下的只有一元产生,也就是最初产生在一个国家、一个地域,然后向外辐射扩散。这一个国家或地域究竟在哪里呢?恐怕不能笼而统之地说,所有的寓言和童话都产生在一个国家和地域内,那是不可能的。但是,如果讲大多数的寓言和童话都产生在一个国家和地域内,则是近情近理的。现在的问题是:这一个国家和地域究竟是哪一个呢?西方国家的学者谈到的不出两个:一个印度,一个希腊。他们的意思并不一致。据我的观察，Winternitz 依违于印度、希腊之间。Benfey 则说得清楚而坚定："世界上一切童话和故事的老家是印度，一切寓言的老家是希腊。"他同样依违于印、希两国之间，但把童话和寓言区分开来。这个区分是十分牵强的，因为二者从根本上是难以区分的，决不是泾渭分明的。我个人则倾向于印度，因为印度的民族性极善幻想，有较其他民族丰富得多的、深邃得多的幻想力。鲁迅先生在 1926 年写成的《〈痴华鬘〉题记》中一开头就说："尝闻天竺寓言之富，如大林深泉，他国艺文，往往蒙其影响，即译为华言之佛经中，亦随在可见。"我认为，鲁迅的意见是根据事实立论，极可信赖。

4.《柳宗元〈黔之驴〉取材来源考》

柳宗元的《黔之驴》是一篇非常著名的文章，读古文者恐怕没有人不读的。但是，迄今我还没有见到探索这篇文章来源的文章。我个人提出了一个看法：它的来源也与印度有关。我在印度许多书中找到了类似的故事：《五卷书》第四卷，第七个故事；《嘉言集》中也有一个类似的故事。可是，在古希腊柏拉图的《对话》中有所暗示，完整的故事存在于《伊索寓言》中。在法国拉封丹的《寓言》中也有这个故事。可见这个故事，至少是它的母题，传布时间之长和地域之广。

1948 年

1.《〈儒林外史〉取材的来源》

在这篇文章中，我想指出，虽然吴敬梓的书多有历史事实的根据；但是，他是在写小说，因此他从其他书中也抄来了一些材料。

2.《从中印文化关系谈到中国梵文的研究》

这里我明确地提出了中印文化关系，表示我正在寻求出路中的一些想法。

3.《"猫名"寓言的演变》

这篇文章也属于比较文学史的范围。我先在刘元卿的《应谐录》中发现了"猫名"的寓言。这当然也是在哥廷根大学汉学研究所图书室中读书的收获。接着在日本的书中找到了这个寓言。最后,又在印度的许多书中找到了它,这些书包括《故事海》《五卷书》《说薮》,等等。在世界上其他国家同样有这个故事。

4.《佛教对于宋代理学影响之一例》

这一篇文章属于中印文化交流的范围。

5.《论梵文 ṭḍ 的音译》

这是我到北大后三年内写得最长的一篇学术论文,是为纪念北京大学建校五十周年校庆而做。当时北大教授写了不少纪念论文,总名之曰"论文集",实则都是单篇印行,没有成"集"。

这篇论文讨论的主要是利用佛典中汉文音译梵文的现象来研究中国古音。钢和泰(A. von Staël-Holstein)先生想用音译来构拟中国古音,但必须兼通古代印度俗语才能做到。

梵文的顶音 ṭ 和 ḍ 在汉译佛典中一般都是用舌上音知彻澄母的字来译。ṭ 多半用"吒"字,ḍ 多半用"荼"字。但是在最古的译本中却用来母字来对梵文的 ṭ 和 ḍ。这就有了问题,引起了几位有名的音韵学家的讨论和争论。罗常培先生、周法高先生、陆志韦先生、汪荣宝先生等都发表了意见,意见颇不一致。我习惯于"在杂志缝里找文章",这一次我又找到了比较满意的正确的答案。

原来上述诸位先生仅仅从中国音韵学上着眼,没有把眼光放大,看一看 ṭ 和 ḍ 在古代印度和中亚以及中国新疆地区演变的规律;没有提纲,当然无法挈领。在古代印度和中亚一带,有一个简单明了的音变规律:ṭ > ḍ > ḷ > l。用这一条规律来解释汉译佛典中的音变现象,涣然冰释。我在文章中举了大量的例证,想反驳是不可能的。

罗常培先生对此文的评价是:"考证谨严,对斯学至有贡献。"

1949年
《列子与佛典》
《列子》是一部伪造的书,这久成定论,无人反对。但是伪造的时间和人究竟是何时和何人,却缺乏深入的探讨。我在《列子》和竺法护译的《生经》中都找到了《国王五人经》的故事,前者抄袭后者,决无可疑。《生经》译出时间是能确定的,因此伪造《列子》的时间也就随之而能确定。《生经》译于西晋太康六年(285年),因此《列子》的成书不会早于这一年。至于《列子》的作者,就是故弄玄虚的张湛。

胡适之先生写信给我说:"《生经》一证,确凿之至。"

出路主流中的一个小漩涡《浮屠与佛》

初回到北京,我根本没有考虑吐火罗文的问题,我早已在思想上把它完全放弃了。我偶然读《胡适论学近著》,里面有谈到汉译"浮屠"与"佛"字谁先谁后的文章,而且与陈援庵(垣)先生关于这个问题有所争论,好像双方都动了点感情。这一下子引起了我的兴趣。我想到吐火罗文 ptāñkät 这个词,也写作 pättāñkät;这个词是由两部分或两个字组成的,前一半是 ptā 或 pättā,后一半是 ñkät。ñkät 是"神",旧译"天",ptā 或 pättā 是梵文 Buddha 的吐火罗文写法。中国过去有些人总以为 Buddha 的音译是"浮屠""佛陀"等,其实"佛"字只是"佛陀"的省略。可是在中国古代汉译佛典中,"佛"字先出,"佛陀"则后出,说前者不可能是后者的省略,毋宁说后者是前者的延伸。那么,"佛"字应该说首先出于吐火罗文的 pätā,因为最初佛教并不是直接由印度传来的,而是通过月支的媒介。在这样的考虑下,我就写成了《浮屠与佛》这一篇论文。文中也不是没有困难。对应汉文"佛"字的应该是以浊音 b 开头，而不是清音 p。为此我还颇伤了一番脑筋，特别请周祖谟先生为我解决了这个问题。当时我眼界不宽，其实是"天下本无事，庸人自扰之"。到了几十年以后，这个问题才终于得到了圆满的解决（见下面回忆）。

文章虽写了，我却并没有自信。趁到清华园晋谒陈寅恪师之便，向他读了一遍我的论文，他当时眼睛已完全失明。蒙他首肯，并推荐给了当时学术地位最高的中央研究院历史语言研究所集刊，发表在第二十本上。

1950 年至 1956 年

陷入会议的漩涡中

1949 年迎来了解放。当时我同北大绝大多数的教授一样，眼前一下子充满了光明，心情振奋，无与伦比。我觉得，如果把自己的一生分为两段或者两部分的话，现在是新的一段的开始。当时我只有 38 岁，还算不上中年，涉世未深，幻想特多，接受新鲜事物，并无困难。

我本来是一个性格内向的人，最怕同人交际；又是一个上不得台面的人。在大庭广众中、在盛大的宴会或招待会中，处在衣装整洁、珠光宝气的男女社交家或什么交际花包围之中，浑身紧张，局促不安，恨不得找一个缝钻入地中。看见有一些人应对进退，如鱼得水，真让我羡煞。但是命运或者机遇却偏偏把我推到了行政工作的舞台上；又把我推进了社会活动的中心，甚至国际活动的领域。

人民政府一派人来接管北大，我就成了忙人。一方面处理系里的工作。有一段时间，由于国家外交需要东方语言的人才，东语系成为全校最大的系。教员人数增加了十倍，学生人数增加了二百多倍，由三四人扩涨到了八百人。我作为系主任，其工作之繁忙紧张，概可想见。另一方面，我又参加了教授会的筹备组织工作，并进一步参加了教职员联合会的筹备组织工作。看来党组织的意图是成立全校的工会。但是，到了筹建教职员联合会这个阶段遇到了巨大的阻力：北大工人反对同教职员联合。当时"工人阶级必须领导一切"的口号喊得震天响。教职员被认为是资产阶级的，哪里能同工人平起平坐呢？这样一来，岂不是颠倒了领导者与被领导者的地位！这哪里能行！在工人们眼中，这样就是黄钟毁弃、瓦釜雷鸣，是绝对不行的。幸而当时的最高领导人之一及时发了话："大学教授不是工人，而是工人阶级。"有了"上头的"指示，工人不敢再顶。北大工会终于成立起来了。我在这一段过程中是活跃分子。我担任过北大工会组织部部长、秘书长、沙滩分会主席，出城以后又担任过工会主席。为此我在"文化大革命"中还多被批斗了许多次。这是对我非圣无德行为的惩罚，罪有应得，怪不得别人。此是后话，暂且不谈了。

当时北大常常请一些革命老前辈到沙滩民主广场来做报告，对我们进行教育。陈毅元帅就曾来过，受到全校师生极其热烈的欢迎。其次给我留下印象最深刻的是周扬同志的报告，记得不是在民主广场，而是在一个礼堂中。他极有风趣地说："国民党的税多，共产党的会多。"他这一句话，从许多人口中都听到过，它确实反映了实际情况。一直到今天，半个世纪快要过去了，情况一点没有改变。有许多次领导上号召精简会议，然而收效极微。暂时收敛，立即膨胀，成为一个极难治疗的顽症。

学校秩序还没有十分安定，中央领导立即决定，在全国范围内开展"三反""五反"及思想改造运动。

在北大，在奉行极"左"路线的年代，思想改造，教授几乎是人人过关。自我检查，群众评议。这种自我检查，俗名叫"洗澡"。"洗澡"有"大盆""中盆""小盆"之别。校一级领导，以及少数同国民党关系比较亲密的教授，自然必然是"大盆"。换言之，就是召开全校大会，向全校师生做自我检查。检查得深刻才能过关。深刻与否，全由群众决定。一次过不了关，再来第二次、第三次，一直检查到声泪俱下，打动了群众的心，这个"澡"才算洗完。有一位就在自己的检查稿上加上旁注："哭！再哭！"成为一时的美谈。

我，作为一个知识分子，当然是"有罪"的。可惜罪孽还不够深重，地位也不够高，只能凑合着洗一个"中盆"。检查两次就通过了。我检查稿上没注上"哭！"我也没有真哭，这样通过，算是顺利的了。

自己洗完了"澡"以后，真颇觉得神清气爽，心中极为振奋。我现在已经取得了资格，可以参加领导东语系的思想改造运动了；后来甚至于成了文、法两个学院的领导小组组长。秘书或副组长是法学院院长秘书余叔通同志，他曾是地下党员，是掌握实权的人物。这样一来，我当然更加忙碌了，表现出来就是开会越来越多了。白天开会，晚上开会，天天开会。

我真正陷入了会议的漩涡里了。

开了三四十年的会以后，我曾对人说过：我现在的专业是开会，专门化也是开会。可惜大学里没有开设"开会学"这一门课，如果开的话，我是最理想的主讲教授。我对开会真正下了功夫，费了时间。从上到下，从里到外，从大到小，从长到短，从校内到校外，从国内到国外，形式不同，内容各异，我都能应付裕如，如鱼在水，提其纲而挈其领，钩其要而探其玄，理论和实践都达到了极高的水平。如果教委和国务院学位委员会批准建立"开会学"博士点，我相信，我将是第一个合格的"博导"。

对1949年再做一点补充

在这一年，我写了两篇可以算是学术性的文章。其中一篇《列子与佛典》，上面已经谈过。如果把1949年分为两半的话，还有一篇文章可以说是属于后一半，这篇文章就是《三国两晋南北朝正史与印度传说》。

在中国历史上，为了迷惑和欺骗人民大众，最高统治者皇帝——我看首先是他们那一批专会阿谀奉承的奴才——想方设法，编造神话，增加自己的神秘性，以利于统治。他们往往首先从统治者的躯体上做文章，说他们生得怎样怎样与普通人不同，说他们是上天派下来专门做统治者的。这样的例子极多，特别是对创业开国之主，更是如此。我在这里只举一个例子，以概其余。《史记·高祖本纪》说："高祖为人，隆准而龙颜，美须髯，左股有七十二黑子。"这一个地痞流氓出身的皇帝居然也有"异相"了。

这是佛教传入前的情况，可以说是"土法"。佛教传入中国以后，又来了"洋法"，当时应该说是"胡法"或者"海法"。《三国演义》这一部家喻户晓的小说中说，刘备"两耳垂肩，双手过膝"，表明他与普通人不同的贵相，这是一个开国英主不能不具备的。我们平常人只知道，猪才能"两耳垂肩"，猿猴才能"双手过膝"，世界上哪能有这样的人呢？此即所谓"贵人福相"也。后来我又在许多正史里发现了类似的情况：《三国志·魏书·明帝纪》《三国志·蜀书·先主纪》《晋书·武帝纪》《陈书·高祖纪》《陈书·宣帝纪》《三国志·魏书·太祖纪》《北齐书·神武纪》《周书·文帝纪》等中都能够找到。

这是什么原因呢？上面提到的这一段历史时期，正是印度佛教汹涌澎湃地向中国传入时期，找影响来源，必然首先想到印度。当然，在中国古代类似的情况也是有的，但不这样集中。

印度别的宗教先不谈，只谈佛教一家。他们认为，释迦牟尼不是常人，而是一个"大人物"（mahāpuruṣa）。"大人物"当然与平常人不同，他身体上有三十二"相"和八十种"好"，"相"和"好"都指的是特异之处。"相"，在梵文中叫 lakṣana，"好"叫 anuvyañjana。一一列举，过于烦琐。只举三十二相（Mahāpuruṣalakṣaṇa）中的几相，给大家一点具体的印象。三十二相，各经排列顺序不尽相同。按照《翻译名义大集》的顺序，第一相为"首具肉髻相"，第十八相为"正立不屈手过去（膝）相"等。再举一个"好"的例子。第六十八"好"为"耳厚修长"等。由此可见，刘备身上那两个特异之处，原来都来自印度佛典。

三国两晋南北朝的正史上许多有为的帝工都具有异相，而异相又都与佛教有关，这一点用不着再论证了。

我们常讲"文化交流"，这当然是"交流"——在这里表现为向一边流——但是是否是"文化"，颇有点难说。我们应当把"文化交流"的含义扩大开来看，没有必要在琐事上纠缠。

批判的狂潮汹涌澎湃

当时流行最广也最有权威的说法是：马克思主义的本质是批判的，是斗争的。有人说："与天斗，其乐无穷；与地斗，其乐无穷；与人斗，其乐无穷。"总而言之，斗，斗，斗，斗就是一切；批判是斗争的一种形式。有人连屁大一件小事也上纲到阶级斗争。虽然还没有像以后那样昭告天下：阶级斗争必须年年讲，月月讲，日日讲，时时讲，但是阶级斗争的势头已颇可观。并不是所有的领导人都同意这种观点。我曾在一次报告会上亲耳听到当时的中央宣传部长陆定一，说到当年江西苏区的一件事。一个人在街上小便，被人抓住，说在街上小便，危害公众卫生；危害公众卫生，就是危害人民的性命；危害人民的性命，就是危害革命；危害革命，就是现行反革命。陆定一是反对这样做的。可惜并不是每一个领导人都有这样的认识。于是斗争之声洋洋乎盈耳，滔滔者天下皆是矣。

有的领导人认为，阶级斗争最集中的表现是在意识形态领域内，而搞意识形态工作的都是知识分子。因此，正如我在上面已经谈过的那样，斗争和批判的目标始终集中在知识分子身上。根据我个人的观察，每掀起一个批判的运动，总先找一个人，或一部书，或一个电影当作靶子，大家把批判的利箭都射向这个靶子。批判的过程是由小渐大，由近及远，一直到全国学术界都参加进来。批判的技巧是抓住片言只字，加以歪曲，杯弓蛇影，无中生有，越"左"越好，无限上纲，最后必须同封建思想、资产阶级思想、修正主义思想挂上钩。"修正主义"这个词，20世纪50年代前半期，似乎还不大习见。等到同苏联的关系闹翻，这个词才频频出现，因为中国认为苏联变成了修正主义。但是，究竟什么叫真正的修正主义，我看，当时弄清楚的人不多。大家习以为常，彼此糊涂，彼此心照不宣。

根据我的回忆——这种回忆我只能说大概是正确的，细节方面难免有点出入——最初被选中当靶子的是《武训传》和《早春二月》两部影片。批判的程序就是我上面讲的那样。

第一部被选中批判的电影是赵丹主演的《武训传》。这一部影片的罪名很大，很可怕。有人说，武训是封建帝王的忠实走狗，为帝王的统治当帮凶，他那一套行乞的做法，比如趴在地上让人骑在他背上，以求得几文钱来办学，等等，都是蒙蔽迷惑别人的。总之，武训的目的是想延续封建帝王的罪恶统治，罪大恶极。赵丹的演技越超绝，起的作用也就越恶劣。对于这些刀笔吏式的指摘和谴责，我无论如何也想不通。到了后来，这种指摘和谴责竟加到了历代家喻户晓、万人争颂的清官头上，比如包拯、海瑞等，他们都成了人民的罪人。因为他们的清廉缓和了人民与最高封建统治者皇帝之间的你死我活的矛盾，因此也就延长了封建帝王的统治。讲"辩证法"讲到这种程度，岂不大可哀哉！

还有一件与《武训传》有联系的极其重要的事件，必须在这里讲一讲，这就是江青的"露峥嵘"。毛泽东对江青是非常了解的。据说他有意限制江青的活动，不让她抛头露面。所以，中华人民共和国建立以后，有好多年之久，一般老百姓还都不大知道江青。然而，有朝一日风雷动，江青趁批判《武训传》的机会，从多年的"韬光养晦"中脱颖而出，顿时成为令人瞩目的人物，光芒四射，伏下了以后的祸机。原来毛泽东派江青赴山东武训的老家堂邑去调查武训的家世。个中详情，我们局外人是无法摸透的。也许因为江青原是电影演员，而《武训传》又是电影，所以就派她去调查了。所谓调查，其实是先有了结论，只需使用演绎法；先有了公理，只需找到合乎这个公理的"事实"，加以罗织与歪曲，凡与此公理不合者一概在扬弃之列。这样的"调查"其实是非常容易的，然而江青一行却故作诡秘状，费了很长的时间才大功告成。结果在《人民日报》上发表了一篇长达若干万字的"调查报告"，把武训打成了地主狗崽子、地痞流氓，民愤极大，罪大恶极。批判《武训传》，一万个正确。从此，江青便也誉满天下、名扬四海了。

总之，对电影《武训传》的批判，是一出不折不扣的闹剧，而且埋下了极其危险的祸根。十几年后出现的"文化大革命"，与此不无关系。

批判《早春二月》是在西四西大街一所大院子里开始的。记得这是当时电影局（或是别的名称）所在之地。把一批文化界的人士邀请了去，先让大家看电影，然后座谈，并没有什么人告诉你葫芦里卖的或者想卖什么药，只是让你随心所欲地发表意见。我的政治水平、思想水平和欣赏水平都奇低——也许并不低，因为过了若干年后，还是给《早春二月》平反了——我认为这部片子非常好，画面美丽，人情味极浓。如果我发言的话,我一定会大大地赞美一番的。可惜,或者幸而,我临时有事,提前离开会场,没有发言。过了不久,有人告诉我,在那一天发言赞美者都必须"主动"写文章,批判自己的发言,因为这一部电影被定为"坏片子",是宣传资产阶级人道主义的。我这一次幸逃劫难,然而我却高兴不起来。

批判之风一起,便绝不会仅仅限于《武训传》,跟着来的是批判资产阶级学术思想。我不知道为什么首当其冲的竟是俞平伯的《红楼梦研究》。虽然我亲自参加了这一场声势也颇为浩大的批判,但是,我对幕后的活动并不清楚,估计也有安排,什么人发动,然后分派任务,各守一方,各司其职。最后达到了批倒批臭的目的,让所谓的"资产阶级学术思想"成为过街的老鼠,人人喊打。

批判一经开始,便不会自动停下,它会像瓜蔓一样,四处蔓延。大概是因为胡适也研究过《红楼梦》,于是首先就蔓延到胡适身上。尽管他当时并不在大陆,而是在台湾或者美国。搞一个缺席批判,也无不可。许多学人一哄而起,对胡适的方方面面都批判到了。因为他本人不在现场,人们批判起来,更用不着有什么顾忌。用的方法同以前一样,捕风捉影,无中生有,刀笔罗织,无限上纲。大家共同努力,演了一出杀鸡给猴看的闹剧。这场批判后来又扩散开来,牵涉到了许多有影响有造诣的著名学者,但并没有形成人人自危的局面,因为,达到被批判的水平并不容易,必须有相当高的学术地位,才有入选资格。尽管如此,一部分自认为有候选资格者,心中总是忐忑不安,空中好像悬着一把达摩克利斯之剑。

我的学术研究

我在上面讲到了批判和开会,批判除了写文章以外,就是开会,开会与批判紧密相联,于是无日不开会矣。诗人冯至套用李后主的词,写了两句话:"春花秋月何时了?开会知多少。"从中可见当时我们的心情。

我工作的单位是在学术界和教育界。可哪里有时间来进行学术研究呢?我在下面把我的学术研究的"成绩"逐年写一下。

1950年

一整年,我只写了两篇文章。没有一篇学术论文,这一年等于一个零。

1.《纪念开国后第一个国庆日》
2.《记〈根本说一切有部律〉梵文原本的发现》

1951年

这一年,我写了八篇文章。汉译马克思《论印度》出版。也没有一篇学术论文,这一年又是一个零。

1.《〈新时代亚洲小丛书〉序》
2.《语言学家的新任务》
3.《介绍马克思〈印度大事年表〉》
4.《从斯大林论语言学谈到"直译"和"意译"》
5.《对于编修中国翻译史的一点意见》
6.《史学界的另一个新任务》
7.《不列颠在印度的统治》(翻译)
8.《不列颠在印度统治的未来结果》(翻译)

1952年

这一年只写了一篇文章,学术论文这一年当然又是一个零。

《随意创造复音字的风气必须停止》

1953年

这一年写了两篇文章。

1.《学习〈实践论〉心得》

2.《纪念马克思的〈不列颠在印度的统治〉著成一百周年》

1954年

这一年写了三篇文章,后两篇都不是什么学术论文。

1.《中国纸和造纸法传入印度的时间和地点问题》

这是颇费了一些力量才写成的一篇论文,其来源应该追溯到前面"出路的表现"一节中去。在那里,我讲到了回国以后,旧业无法进行,只好另寻出路,出路之一就是从事中印文化交流史的研究。而且我还想纠正"一头子买卖"(one-way traffic)的说法,所以努力寻找中国对印度的影响。这丝毫也不意味着什么"狭隘民族主义",学术研究贵在求真,我不过想求真而已。

纸和造纸术是中国发明的,连最有偏见的外国学者也不敢有异议。在印度,文字的发明创造远较中国为晚。有了文字以后,文字是刻在铜板或铁板上,但最常用的是一种树叶,中国称之为"贝叶","贝"是贝多罗(pattra)的缩写,这个字本身就有"树叶子"的意思。

在文章里,我从纸在古代西北一带传播的情况讲起,一方面根据中国古代文献,一方面参考考古发掘的结果,并以后者为主,因为考古发掘出来的纸是最过硬的证据。我讲到敦煌和甘肃西部,讲到新疆的楼兰、吐鲁番、高昌、焉耆、库车、巴楚、叶尔羌、和阗等地,在这些地方都发掘出来了质地不尽相同的纸。然后又越出了国境,讲到中国纸传入波斯(伊朗)和阿拉伯国家的情况。最后讲到纸和造纸术传入印度的情况。在这些叙述和论证中,我既使用了古代文献资料和考古发掘的资料,也使用了我最喜欢使用的语言资料。如果说我的学术研究有什么特点的话，利用语言资料或者可以说是特点之一。唐代的《梵语千字文》《梵唐消息》《梵语杂名》等书中都有表示"纸"这件东西的梵文字。最值得注意的是《梵唐消息》中 saya（这是拉丁字母转写）这个字，这很可能就是汉文"纸"字的音译。

我这篇论文的主要结论是：中国纸至迟到了唐代已经传入印度。造纸法的传入，由于材料缺乏，不敢肯定。传入的道路是陆路，也就是广义的丝绸之路。

2.《中印文化交流》

3.《中缅两国人民的传统友谊》

1955 年

这一年，我写了四篇文章。汉译《安娜·西格斯短篇小说集》出版。

1.《〈金刚般若波罗蜜经谚解〉序》

2.《吐火罗语的发现与考释及其在中印文化交流中的作用》

我先讲了吐火罗语在中国新疆发现的经过，利用的都是旧资料。我归纳了一下，系统化了一下，对读者不无用处。在最后一段，我针对一个问题举了两个例子。这个问题是：佛教初入中国时，最早翻译的佛典几乎很少是用梵文写成的，而是经过中亚的某一种"胡"语，根据现有的资料来看以吐火罗语为最多。因此，最早的汉文译名，若以梵文为标准去对比，往往不得其解；若以吐火罗语为标准，困难则迎刃而解。"佛"字就是一个最有说服力的例子。过去法国学者烈维（Sylvain Lévi）已经举过几个例子，但范围还过于狭隘。我在这方面下过一些功夫，做过一些笔记。在这一篇论文中，我举出了两个：一个是"恒河"，一个是"须弥山"。这两个词都不是直接来自梵语，而是经过了吐火罗语的媒介。我本来还能够举出更多的例子的，但因为想尽快结束,所以就草草收兵。

3.《中国蚕丝输入印度问题的初步研究》

这同前面1954年关于纸和造纸法的文章属于同一类型。我在上面下过一些功夫,可以算得上一篇学术论文。

中国是蚕丝的故乡,蚕丝从中国出发传遍了世界,从词源学上也可以证实这一个历史事实,这里不详细去谈。我在这篇论文里谈了下面一些问题:(1)中国古代蚕丝的发现;(2)蚕丝在古代西域的传布;(3)中国蚕丝输入波斯的过程;(4)蚕丝在古代西南的传布;(5)中国蚕丝输入印度的道路:①南海道;②西域道;③西藏道;④缅甸道;⑤安南道。

中国是世界上最早发现并利用蚕丝的国家,世人并无异议。中国古典文献中有大量证据,欧洲古典文献中也有记载。正如其他人类发现、发明或创造的事物一样,一旦在一个地方出现,立即向四周传布。这是人类之所以异于禽兽的重要标志之一。我讲了蚕丝在古代西域的传布,其中包括敦煌、玉门关和甘肃西部,也包括楼兰等地,用的方法仍然是古典文献与考古发掘并举。我讲了蚕丝在古代西南的传布,用的主要是文献资料。我讲了蚕丝传入印度的过程。梵文中有许多含义为"丝"的词,其中多有cīna(脂那,支那)字样。可见在古代印度人心目中,丝是与中国分不开的。最后我讲了蚕丝从中国传入印度的道路,这要比纸和造纸术复杂得多。我总共讲了上面列举的五条道路。最大的区别在于,纸最早传入印度时只有陆上丝绸之路一路。有人主张,最早的是海路;但可惜证据薄弱,牵强附会,根本不能成立。而蚕丝则略有不同:传入印度的道路最初不止陆路一途。这一点颇值得注意。

4.《为我们伟大的节日而欢呼》

这是一篇应景的杂文,毫无学术价值可言。

1956 年

这一年共写了五篇文章。汉译《沙恭达罗》出版。

1.《纪念印度古代伟大诗人迦梨陀娑》

2.《印度古代伟大诗人迦梨陀娑的〈云使〉》

3.《〈中印文化关系史论丛〉序》

4.《沉重的时刻》（译文）

5.《原始佛教的语言问题》

在以上五篇中，只有最后一篇可以算是学术论文。这是印度佛教史上和西方梵文巴利文学界的一个老问题，是一个比较重要的问题。内容是：释迦牟尼有一次对比丘们说："我允许你们，比丘呀，用自己的语言学习佛所说的话。""自己的语言"，巴利文原文是 sakāya niruttiyā。问题是："自己"指的是谁？是如来佛呢，还是比丘？印度和西方的学者们在这个问题上分成了两派，一派主张前者，一派坚持后者。我在汉译佛典中找到了多处与这一句话完全相当的话。我的结论是：指后者是对的，换句话说，佛允许比丘们用比丘们自己的话来学习佛言。这说明了释迦牟尼的"语言政策"是开放的政策。他反对婆罗门教，所以不规定梵文为经堂语，也没有另找一个语言作经堂语。佛教一开始就能传播开来，同佛的语言政策有关。

1957 年至 1965 年

政治运动

我为什么把 1957 年作为这一个阶段之首，而又把 1965 年作为其末呢？对解放后"阶级斗争"的历史稍有所了解的人都能明白，其中并无什么奥妙。这两个年头是两次最大的狂风骤雨之间的间歇阶段的一头一尾。头，指的是1957年的反右运动；尾，指的是1966年开始的"文化大革命"。两次运动都是中国人民亿金难买的极其惨痛的教训。

学校虽然还没有正式宣布停课，但实际上上课已不能正常进行，运动是压倒一切的。我虽然是系主任，但已无公可办。在运动初期，东语系由于有的毕业生工作分配有改行的现象，所以有一部分学生起哄闹转系。我作为一系之长，一度成为一部分学生攻击的对象，甚至出现了几次紧急的场面。幸而教育部一位副部长亲自参加了处理工作，并派一位司长天天来北大，同我一起面对学生，事情才终于得到了妥善的解决。我也就算是过了关，从此成了"逍遥派"。这个名词儿当时还没有产生，它在"文化大革命"中出现，我在这里借用一下而已。

我悠闲自在，是解放后心理负担最轻的一段时间。至于传闻的每一个单位都有划右派的指标，这样的会我没有参加过，其详不得而知。"右派"是一类非常奇怪的人，官方语言是"敌我矛盾当作人民内部矛盾来处理"，其中玄妙到现在我也不全明白。可是被戴上了这一顶可怕的帽子的人，虽然手里还拿着一张选票，但是妻离子散者有之，家破人亡者有之；到头来几乎全平了反。不知道这乱哄哄的半年多，牺牲时间，浪费金钱，到底所为何来！

1958年，又开始了"大跃进"，浮夸之风达到了登峰造极、骇人听闻的程度。每一亩地的产量——当然是虚构的幻想的产量——简直像火箭似的上升。几百斤当然不行了，要上几千斤。几千斤又不行了，要上几万斤。当时有一句众口传诵的口号："人有多大胆，地有多大产。"把人的主观能动性夸张到了无边无际。当时苏联也沉不住气了，他们说，把一亩地铺上粮食，铺到一米厚，也达不到中国报纸上吹嘘的产量。这本来是极为合情合理的说法，然而却遭到中国方面普遍的反对。我当时已经不是小孩子，已经四十多岁了，我却也深信不疑。我屡次说我在政治上十分幼稚，这又是一个好例子。听到"上面"说："全国人民应当考虑，将来粮食多得吃不了啦，怎么办？"我认为，这真是伟大的预见，是一种了不起的预见。我佩服得五体投地。

然而，现实毕竟不是神话。接着来的是三年自然灾害。人们普遍挨了饿，有的地方还饿死了人。人尽管挨饿，大学里还要运动，这一次是"拔白旗"。每个系选几个被拔的靶子，当然都是资产阶级知识分子，又是批判，又是检查。乱哄哄一阵之后，肚子照样填不饱。

到了1959年，领导大概已经感觉到，"共产主义是天堂，人民公社是桥梁"，仿佛共产主义立即能够实现，里面颇有点海市蜃楼的成分，不切实际。于是召开庐山会议，原本是想反"左"的，但后来又突然决定继续反右。会议情况，大家都清楚的，用不着我再来说。于是又一路"左"下去。学校里依然不得安静，会议一个接一个。一直到1965年，眼光忽然转向了农村，要在农村里搞"四清运动"了。北大一向是政治最敏感的地方，几乎任何运动都由北大带头。于是我也跟着四清工作队到了南口。因为"国际饭店会议"还没有开完，所以我到南口比较晚。我们被分派到南口村去驻扎，我挂了一个工作队副队长的头衔，主管整党的工作。日夜操劳，搞了几个月。搞了一些案子，还逮捕了人。听说后来多数都平了反。我们的工作，虽然还不能说全是"竹篮子打水一场空"，然而也差不多了。我们在南口村待到1966年6月4日，奉命回校。此时"文化大革命"已经来势迅猛，轰轰烈烈地展开了，一场运动就此开始。

我的学术研究

1957年

这一年我写了两篇学术论文。《中印文化关系论丛》和《印度简史》出版。

1.《试论1857—1859年印度大起义的起因性质和影响》

1957年是印度民族大起义的百年纪念。我为此写了这一篇论文。后来扩大成了一本专著《1857—1859年印度民族起义》，于1958年由人民出版社出版。在文中和书中，我利用学习到的一点辩证法的知识，对这次大起义提出了一些新看法。

2.《中国纸和造纸法最初是否由海路传到印度去的？》

在我1954年写的那一篇关于中国纸和造纸法传入印度的文章中，我讲到纸是由陆路传入印度的。后来有人（算不上是什么学者）反对我的说法，主张纸是由海路传入印度的。在这篇文章中，我列举了不少论据，论证此说之不当。

1958年

这一年，我写了三篇论文。

1.《印度文学在中国》

根据我平常阅读时所做的一些笔记，加以整理，按时间顺序排列开来，写成了这一篇文章。我在这里使用的"文学"这个词，完全是广义的，寓言、神话、小故事，以及真正的文学都包括在里面。印度文学传入中国，是多渠道的、长时间的。这篇文章中列举的材料，远远不够完全。以后在其他文章中，我还提到了这方面的问题。一直到今天，新材料仍时有发现，在这方面还大有可为。这篇文章，虽写于1958年，但是，由于个别领导人的极"左"思想的干扰，一直到1980年才发表出来。

2.《再论原始佛教的语言问题》

这篇文章与第一篇性质不完全一样。第一篇是正面地阐明我的观点，这篇则是论争的文章。美国梵文学者佛兰克林·爱哲顿（Franklin Edgerton），毕生研究他称之为 Hybrid Sanskrit（混合梵语）的佛典语言。他写的皇皇巨著《佛教混合梵文文法和字典》，材料极为丰富，应说是有贡献的。但是，他对我的一些论点，特别是语尾 -a 转向 -o 和 -u（-a > -o, -u）的看法，持反对态度。他先是否认，对其中几个地方表示反对；但是到了最后却忽然说："季羡林大概是对的。"这岂不是非常滑稽！他的观点究竟是什么呢？做学问难道能这样做吗？

3.《最近几年来东方语文研究的情况》

严格地说，这算不上是一篇学术论文。因为它材料颇多，也颇有用，所以列在这里。

1959年

这一年只写了一篇勉强可以算作学术论文的文章。汉译《五卷书》出版。

《五四运动后四十年来中国关于亚非各国文学的介绍和研究》
情况同1958年第三篇相同。

1960年

这一年总共写了一篇文章，勉强可以算作学术论文。

《关于〈优哩婆湿〉》

1961年

这一年,我写了三篇学术论文。

1.《泰戈尔与中国》

这篇文章的命运同上面讲到的《印度文学在中国》一样,受到了极"左"思潮的干扰,虽写于本年,但一直到1979年才得以发表。泰戈尔向往进步,热爱中国,痛斥法西斯,鞭挞日本侵略;只因来华时与所谓"玄学鬼"接近了点,就被打入另册。"左"的教条主义之可怕,由此可见一斑。

2.《泰戈尔的生平、思想和创作》

这篇文章的命运与上一篇相同。虽写于1961年,但二十年后的1981年才得以发表。我在这里想讲一件与泰戈尔有关的事情。为了纪念泰戈尔诞生一百周年,出版了一套十卷本的《泰戈尔作品集》。为什么叫这样一个名字呢?为什么不顺理成章地称之为《泰戈尔作品选集》呢?主其事者的一位不大不小的分管意识形态工作的官员认真地说:"'选'字不能用!一讲'选'就会有选的人。谁敢选、肯选泰戈尔的作品呢?"最后决定用"作品集"。仿佛这些译成汉文的泰戈尔的作品是从石头缝里蹦出来似的,没有任何人加以挑选。这真是掩耳盗铃,战战兢兢,如临深履薄之举,实在幼稚可笑。没有人"选",怎么能"集"呢?我亲自参加过这一件工作,所以知之颇详,现在写出来,也算是过去中国文坛上之花絮吧!现在这种事决不会发生了。

3.《泰戈尔短篇小说的艺术风格》

这篇论文的运气比较好,写好立即发表了。

1962年

这一年,散文写了不少,学术论文勉强算数的只有两篇。汉译本《优哩婆湿》出版。

1.《〈优哩婆湿〉译本前言》
2.《古代印度的文化》

1963 年
情况与前一年相同,散文创作多,学术论文只有两篇。
1.《关于巴利文〈佛本生故事〉》
2.《〈十王子传〉浅论》

1964 年
这一年没有学术论文。

1965 年
这一年有一篇学术论文。
《原始佛教的历史起源问题》

1966 年至 1977 年

这一阶段,前后共有十二年,约占我迄今为止的生命的八分之一。如果活不到我这样的年纪,则所占的比例还要大。"文化大革命"长达十年,对于这一场所谓"革命"的评价,稍微有点良知的人的心中都是有数的。它让我们伟大又有智慧的民族,一时失去了理智,好像是无端着了魔。这种耻辱永远是磨灭不掉的。我个人总能算上是一个有头脑的"高级"知识分子,在这次运动中,却并不比任何人聪明。直到把我关进牛棚,受尽了殴打与折磨,我还忠心耿耿地拥护这一场"革命"。至今回想起来,我自己宛如做了一场噩梦,自己也无法解释。我认为,对"文化大革命"进行冷静反思和深刻剖析,对于整个中华民族进行教育,从而提高民族素质,应当是十分重要也是十分必要的事情。

作为一个终生从事学术研究的人,在学术研究方面,这十年却成了一个空白点。幸而,在学术研究方面,我是一个闲不住的人。在这十年内,我除了开会、被"打倒"、被关进牛棚、被批斗、被痛打之外,没有时间和心情搞什么学术研究。到了后期,虽然我头上被诬陷而戴上的无数顶离奇古怪的帽子一顶也还没有摘掉,但已走出了牛棚,被分配到东语系的办公楼和学生宿舍去看守门房,收发信件和报纸,传送电话。我作为一个"不可接触者",枯坐门房中,有时候忙,有时候又闲得无聊。让珍贵的光阴白白流逝,我实不甘心,遂挖空心思,想找一点事干。想来想去,最后想出了一个好主意:翻译印度古代两大史诗之一的《罗摩衍那》。这一史诗部头极大,一时半时是译不完的。这正中下怀,我当时所需要的正是这一种时间拖得很长的工作,目的只在驱除寂寞;至于出版,我连想都没有想过。关于自己的前途,一片茫然。"解放"无日,生命有限,将来还不知被充军到什么地方去哩。于是我晚上回家后把《罗摩衍那》的诗体译成散文,写成小条,装在口袋里。第二天早晨去上班守门房。我当然不敢公开把小条拿出来,摆在桌子上。那样,如果被发现,必然多增加几次批斗,现成的帽子就在手边:"老保翻天"。我已经是一个被打翻在地,身上被踏上了一千只脚,永世不得翻身的人。所以,我只能偷偷摸摸地从口袋里把小字条拿出来,仔细推敲,反复考虑,把散文改成诗体,当然是顺口溜之类的东西。因为我有一个主张:原文是诗体,译文也只能是诗体,否则就是对不起原作者。不管译文的诗体多么蹩脚,反正必须忠实于原文,必须是诗体。我激烈反对有些人把原文的诗译成散文,那不能称作翻译,只能说是"释义"(paraphrase)。这就是我在"文化大革命"中最后几年所做的唯一的当时并没有认清它的重大意义,后来才慢慢认识到的工作。如果聊以自慰的话，这就是仅有的一点根据了。

"文化大革命"正式终结于 1976 年。但对我而言，1977 年也是无所事事的一年。

1978 年至 1993 年

政治环境

根据我个人的经验，1949 年后将近五十年可以分为两大阶段，分界线是 1978 年，前面将近三十年为一阶段，后面将近二十年为一阶段。在第一阶段中，搞学术研究工作的知识分子只能信，不能想，不允许想，不敢想。天天如临深履薄，天天代圣人立言，不敢说自己的话，不允许说自己的话。在这种情况下，想在学术研究中搞点什么名堂出来，真是难于上青天了。只有真正贯彻了"百花齐放，百家争鸣"的精神，学术才能真正繁荣，否则学术，特别是人文社会科学，就只能干瘪。这是古今中外学术史证明了的一条规律，不承认是不行的。

从 1978 年起，改革开放宛如和煦的春风，吹遍了祖国的大地。重点转入市场经济以后，我们的经济得到了发展。虽然还有一些不尽如人意之处，但成就是不可忽视的。在意识形态方面，从事学术研究工作的学者们，脑袋上的紧箍咒被砸掉了，可以比较自由地、独立自主地思考了，从而学术界思想比较活跃起来。思想活跃历来都是推动学术研究前进的重要条件。中国学术界萌生了生气勃勃的生机。

在这种非常良好的政治大气候下，我个人也仿佛从冬眠中醒来了，心情的舒畅是将近五十年来从来没有过的。

我的学术研究

在这样优越的政治大气候中,我的学术研究工作能够比较顺利地进行了。从1978年一直到1998年[①]的二十年中,我的研究成果在量和质两个方面都远远超过这以前的四五十年。

1978年

从1966年至1977年,我在学术研究方面是一个巨大的空白点。1978年是再生的一年,是复苏的一年,是给我将近耄耋之年带来了巨大希望的一年。在这之前,我早已放弃了学术研究的念头。然而,我却像做了一场噩梦突然醒来一般,眼前是"柳暗花明又一村"。专从写作量上来看,从前十二年的零一跃而写成了文章十六篇,其中除了散文创作之外,可以称为学术研究的共有五篇。

1.《〈罗摩衍那〉中译本前言》

在这一篇"前言"中,我首先简略地介绍了《罗摩衍那》产生的过程,然后又以最简短的词句介绍了全书七篇的内容,以及本书产生的年代,最后讲对本书的评价。关于评价问题,我觉得我写得还是符合当时一般的做法的,符合当时甚至现在的潮流的,是"允执厥中"的。所谓当时和现在的潮流,不外是思想性和艺术性,把思想性放在第一位;不外是批判继承,把批判摆在前面,还有什么"破字当头,立在其中矣"这样的说法。

但是,到了最近几年我才渐渐地觉悟到,这个"老一套"有点问题。我现在认为,讲思想性和艺术性,必须把艺术性也摆在前面,因为文学作品或其他艺术产品之所以能成为为人所喜爱的作品,其原因首先

[①] 作者原本打算写到1998年,奈何1997年屡次生病,进度被拖了下来,且交稿时间明确为1997年底,故本文实际只写到了1993年。

在其艺术性。没有艺术性，思想性再高，再正确，再伟大，最多也只能成为宣传品，而不能成为艺术品。有一些根本没有思想性或者至少也是思想性模糊不清的作品，只要艺术性强，仍然会为人们所喜爱。据说，在音乐中有些没有思想性的作品，在文学中也不乏其例。比如李商隐的许多无题诗或有题而极端模糊等于无题的诗，谁也说不清其思想内容是什么，却照样脍炙人口，传诵千古。

至于批判与继承的关系，我也认为需要认真考虑，认真对待。几千年传下来的东西，必有其优异之处、可传之处，否则早已被淘汰掉了。现在有一些先生总是强调批判，而忽视继承。我认为，与其说什么"破字当头，立在其中矣"，为什么不能说"立字当头，破在其中矣"呢？破立次序之差，表现了人们对批判与继承的看法。我绝不是说，过去的什么东西都是好的，那是不可能的，任何东西都逃脱不了时代的局限性。虽然破立必须结合，不能不结合；但我们今天的任务主要还是立，还是继承，而不仅仅是破，不仅仅是批判。

2.《〈沙恭达罗〉译本序》

印度古代首屈一指的大诗人当然是迦梨陀娑。但是，正如马克思所说的，印度古代是没有历史的。这样一个伟大作家的生卒年月，是糊涂一团的，学者们的意见分歧极大。根据我个人的看法，他生活在笈多王朝（从320年一直到大约6世纪）统治时期，是很可能的。他著述很多，但是最著名的是剧本《沙恭达罗》。我在本文中推断，他大概生于350年至472年之间，也只能算是一个假设。

在对《沙恭达罗》进行分析时，我的认识和做法并没能超出当时流行的水平，仍然是那一套老而僵化的教条。分析思想性时，煞费苦心地在字里行间去搜求我并不十分了解的"人民性"，有时候难免有捉襟见肘、牵强附会之嫌。幸而我还说了一句："诗人所着重描写的还是国王豆扇陀和沙恭达罗之间的爱情。"这一点还能算是八九不离十。在分析艺术性时，我颇费了一点力量，分析了迦梨陀娑的艺术风格；分析了沙恭达罗的性格，把她同《罗摩衍那》中的悉多做了对比；又对这一出戏剧的结构形式做了细致的剖析。在这一点上，我总算是稍稍超出了流俗。当时的许多中外文学史谈作品时总是强调思想性，对艺术性则往往草草一笔带过。

3.《〈西游记〉里面的印度成分》

中国著名的古典长篇神魔小说《西游记》与印度神话的关系，多少年来在中国学者中一直有分歧，有的学者主张是受了印度的影响，有的学者则否认此说。这个争论集中到小说主人公孙悟空（孙猴子）身上。胡适、郑振铎、陈寅恪等主前者，而鲁迅等则主后者。鲁迅在他所著的《中国小说史略》中说："明吴承恩演《西游记》，又移其神变奋迅之状于孙悟空，于是禹伏无支祁故事遂以堙昧也。"我不敢说孙悟空身上一点无支祁的影子都没有。但是从整个《西游记》受印度的影响至深且巨这种情况来看，与其说孙悟空受无支祁的影响，毋宁说他受印度大史诗《罗摩衍那》中的猴子那罗、哈奴曼等的影响更切合实际。因为玄奘的其他两个弟子猪八戒和沙僧，都能在汉译佛经中找到根源，为什么独独情况最鲜明的孙悟空却偏是受无支祁的影响呢？这样说实在过分牵强。无支祁的神话，除了在中国个别地区流行外，实在流行不广，无足轻重。有的学者甚至说《罗摩衍那》过去没有汉译本，难以影响中国。这种说法亦近儿戏。民间神话传说的流传，往往靠口头传布，不一定写成文章后才能流传，这一点可以说是已经成为常识了。

我步先师陈寅恪先生的后尘，在汉译佛典中找到了不少同《西游记》中某些故事相类似的故事，影响之迹，彰明较著。对这个问题再加争论，是"可怜无补费工夫"的。

4.《〈中印文化关系史论文集〉前言》

这虽然是一篇"前言"，但从内容来看，也可以算是一篇学术论文。我这篇文章的主要目的是纠正印度方面对中国友好的朋友们的一种意见。他们说，在中华人民共和国成立以前，印度是中国的老师，而在成立以后，则中国成了印度的老师。言外之意就是，在1949年前两千多年的漫长时期中，中国只向印度学习，形成了一种"一边倒"的现象。这并不符合历史事实。从表面上来看，我们中国确实从印度学习了大量的东西，丰富了我们的传统文化。但是，如果仔细研究，中国文化也传入印度，并且产生了影响。只是因为印度不够注重历史，找不到明确的记载，所以才产生了这种错觉。

我举的例子就是蔗糖的制造。中印两国古代的制糖术在这里用不着讲。到了唐代，据中国正史中的记载，唐太宗派人到印度去学习熬糖法。这说明，在当时，印度的熬糖法，较之中国必有一日之长，否则就不会万里迢迢派人去学习。但是，在七八百年以后，中国炼制白砂糖的技术一定是又超过了印度，否则印度一些语言中绝不会用 cīnī（中国的）这个词来称呼白糖。类似的例子还可以举出一些来。所以我说，中印两国总是互相学习、彼此互补的，没有什么"一边倒"的问题。

5.《〈罗摩衍那〉浅论》

这也可以算是一篇学术论文，它与1979年出版的《〈罗摩衍那〉初探》可以互补。本文首先介绍了印度古代文学的一般情况，然后谈史诗文学，接着谈《罗摩衍那》，紧接着对这一部史诗的思想内容进行了分析。现在看起来，这种分析还是老一套，没有多少新意。然而它却反映了我当时的真实水平，心中大有"觉今是而昨非"之感。勉强说有点新意的是我对书中主要人物形象的分析。我分析了罗摩、悉多、罗什曼那、阇婆离、须羯哩婆、哈奴曼、罗波那等。其中阇婆离的言论完全是印度古代唯物主义者的言论，很值得注意。由于受到了正统的保守的婆罗门的迫害，唯物主义者的言论已经很难找到了。最后我分析了《罗摩衍那》的艺术特色。虽然新意不多，但毕竟注意到了这一点，也颇可以聊以自慰了。

1979年

这年出版了《〈罗摩衍那〉初探》。我最初并没有打算写这样一本书，这只是一篇《罗摩衍那》汉译本的序言，后来才独立成书。我现在把书的目次写出来，内容即可想见：

小引；一、性质和特点；二、作者；三、内容；四、所谓"原始的"《罗摩衍那》；五、与《摩诃婆罗多》的关系；六、与佛教的关系；七、成书的时代；八、语言；九、诗律；十、传本；十一、评价；十二、与中国的关系；十三、译文版本问题；十四、译音问题和译文文体问题；十五、结束语。

1980年

这年《罗摩衍那》汉译本第一卷《天竺心影》出版。

从学术研究的角度来看，重点是唐玄奘与辩机的《大唐西域记》。前两年，我接受了一个任务：重新校注《大唐西域记》这一部名著。我邀集了几位学者，有的是从外地请来的。中华书局大力支持此项工作，工作得以颇为顺利地进行。

《大唐西域记》的重要性尽人皆知。但是一千多年以来，我国学者对这一部书的研究，较之日本，远远落后。日本学者以及其他国家学者的著作，我们当然会参考的。这些著作，应该说各有其优点；但也有不足之处，有的甚至是非常离奇的错误。我也参加了注释工作，没有具体的分工；但有几个重要的问题，我对之提出了我自己的看法。我举两个例子。一个是本书卷二，印度总述，其中有一段话："详其文字，梵天所制，原始垂则，四十七言。寓物合成，随事转用，流演枝派，其源浸广，因地随人，微有改变。语其大较，未异本源，而中印度，特为详正。""四十七言"指的是四十七个字母。究竟是哪四十七个呢？我通读全部注释时没加注意，仍然沿用一般的说法。本书第一版用的就是这个旧说，看起来顺理成章，数目也完全符合，没有想到其中还会有问题。日本学者水谷真成译《大唐西域记》加注时，也用的是旧说，也没有发现问题。后来我治悉昙章，自己对印度古代字母的认识面拓宽了，才发现，那样注四十七言是有问题的，不符合唐代时期的印度实际情况。到了1990年，我根据新的认识写成了《玄奘〈大唐西域记〉中"四十七言"问题》，纠正了以前的注释之错误。《大唐西域记》再版时，就附在了后面。此文又见台湾东初出版社出版之《季羡林佛教学术论文集》。这些问题下面还要谈到，这里就不谈了。

除了"四十七言"外，我对《大唐西域记》的注释还做了另外一点贡献。此书卷二还有一段话："其婆罗门学四吠陀（旧曰毗陀，讹也）：一曰寿，谓养生缮性；二曰祠，谓享祭祈祷；三曰平，谓礼仪，占卜，兵法，军阵；四曰术，谓异能，伎数，禁呪，医方。"这同人们通常所讲的四吠陀，有很大的不同。我作注时，对这个问题加以详细解释，聊备一家之言而已，不敢说就一定是正确解释。

对于《大唐西域记》，我用力最勤的，除了通读全书注释之外，就是为这一部名著写了一篇长达近十万言的"前言"：《玄奘与〈大唐西域记〉》。我从1980年起，一直到1981年，主要精力就用到了《大唐西域记》，特别是这一篇"前言"上。

为了让读者对本书内容一目了然，我先把本书的章节列一个目录：

一、引言

二、唐初的中国

1. 佛经的翻译与翻译组织

2. 佛教教义的发展与宗派的形成

3. 佛教与儒家和道教的关系

4.唐初统治者对宗教的态度

5.唐代的寺院经济

三、六七世纪的印度

1.社会发展的阶段

后期笈多

梅特腊卡

耶输达罗

穆克里族

高达族

普西亚布蒂王朝

2.佛教的发展与衍变

a）佛教与外道力量的对比

b）佛教内部大小乘力量的对比

c）佛教部派分布的情况

d）佛教日渐衰微的趋势

3.统治者对宗教的态度

四、唐初中印交通的情况

五、关于玄奘

1.玄奘的家世

2.西行求法前在国内的学习准备阶段

3.西行求法的动机

4.在印度的活动

5.回国后的情况

6.在佛教哲学方面理论与实践的矛盾

7.翻译印度因明可能产生的影响

六、关于《大唐西域记》

（羡林按：在上面这个目录中，标明章节的数码，《中印文化关系史论文集》与《季羡林学术论著自选集》中稍有不同，比如前者用1，而后者用（一）等。虽系细节，也请注意。我在这里用的是前者，后者乃编辑所改。）

从上面开列的目录中也可以看出来，全书涉及面是非常广的。我使用的资料多半是来自翔实准确的统计，是完全可靠的。现在我把主要内容加以综述。

因为《大唐西域记》这一部书蜚声世界，特别是享誉于天竺，由来已久，影响至大，所以我不惜以近十万字篇幅，对此书之方方面面，细致深入地加以探讨。我费的时间长，查阅的资料多，对产生这一部巨著的时代背景和地域条件都详加论列，以利于读者对此书之了解。

唐初，"丝绸之路"虽颇畅通，东西方文化交流也极频繁；但是唐统治者并不鼓励其臣民随意出国。玄奘离开中国边境时，几为巡逻者射毙，幸得脱免，终达天竺。但当玄奘在印度留学十余年回国时，他的声誉日隆，震动五天。唐太宗热烈欢迎，成为长安一大盛事。唐太宗并非虔信佛教，大概玄奘这个人有许多过人之处，从而得到了太宗的垂青，劝他还俗，许以高官厚禄。玄奘虽拒而未从，但仍与太宗诚意周旋。我因此把玄奘与德国伟大诗人歌德相比，我认为不无道理。唐王室尊老子李耳为祖，当然偏信道教。但一般说来，他们的宗教政策是儒、释、道三教并提。总而言之，佛教发展到了唐初，已经越过了光辉的顶点，虽后来有唐宪宗等沉溺之，也已无济于事。武则天崇佛，并伪造佛典，实出于政治目的。谁要是认为武则天真正信佛，那是上了当。从中国佛教史的角度来看，佛教当时已经走下坡路了。

在印度，情况也差不多。到了7世纪初期，印度教已完成了转型任务，影响日益广被。虽有戒日王之张扬，佛教已非昔日之辉煌。后来，伊斯兰教逐渐传入。在印度教和伊斯兰教夹攻之下，佛教终于在印度销声匿迹，而大行于东亚几个国家。到了最近几十年，印政府虽努力想恢复佛教，但收效甚微。

我在本书中设立专章叙述玄奘。我力图客观地评价唐代这个高僧，给他以极高的赞誉。鲁迅在《中国的脊梁》这一篇文章中隐约指出，像玄奘这样"舍身求法"的高僧也属于"中国的脊梁"之列。但对玄奘的"世故"方面，我也没有放过。我在上面已经说到，我把他同歌德相比。我的目的在于，评论人物必须客观公正。不论多么伟大的人物，都不可能是百分之百的完人，瑕瑜混杂，反而更接近实际情况。

这部书虽受到学术界的高度赞誉，也得到了国家的最高奖，但我们自己并不完全满意。校注进行时，我们国家通晓西域古代语言的学者，对它的理解还有缺漏。最近几年，由于一批青年学者的艰苦努力，那些缺漏基本上已补全。我在前几年就有一个想法：重组班子，重新校注，期能真正达到世界最高水平。我的这个想法得到了全体有关的青年学者的热情响应，我们一定要付诸实施。还有一点，我必须在这里指出：我在那篇长文中忽视了辩机，将来必须补上。

1981 年

此年共写文章二十三篇，包括学术论文、散文、杂文等。《罗摩衍那》汉译本第二卷和《朗润集》出版。

在二十三篇中，可以称为学术论文者共有九篇。现将其内容分别介绍如下：

1.《新疆与比较文学的研究》

有一个观点，我在上面已经讲到过，为了写作需要，这里再重复一下。我认为，在过去几千年的历史中，世界各民族共同创造了许多文化体系。依我的看法，共有四大文化体系：中国文化体系、印度文化体系、阿拉伯穆斯林文化体系、西方文化体系。四者又可合为两个更大的文化体系：前三者合称东方文化体系，后一者可称西方文化体系。而这些文化体系汇流的地方，世界上只有一个，这就是中国的新疆。

我这篇文章主要讲新疆的比较文学资料。由于多种文化的会合，所以新疆比较文学的资料也就丰富。我在本文里只举一个例子，这就是吐火罗文Ａ（焉耆文或东吐火罗文）中的"木师与画师的故事"。这个故事有许多异本，我在汉译佛典中举出了几个，并不求全，只不过表示这个故事传布之广而已。这个故事，我在上面已经谈到过。

这篇文章在我一生学术研究史上的意义，下面再谈。

2.《关于"糖"的问题》

这只是一篇极短的文章，里面没有多少学术探讨；但是却有颇为重要的意义，下面再谈。

3.《关于大乘上座部的问题》

我自己认为，这是一篇相当重要的论文，它解决了一个印度佛教史上颇为重要的问题。大家都知道，只有小乘才有上座部、大众部等部派之别，而大乘是没有的。为什么在《大唐西域记》中却多次出现"大乘上座部"这个名词呢？这给中西佛教史学者，特别是研究《大唐西域记》的学者带来了困难和迷惑，使他们手足无所措，做出了许多自相矛盾的解释。但是，始终没有任何学者能够提供一个明确无误的说法。我在上面有关《〈大唐西域记〉校注》的那一段里，曾经提到过，是我给"大乘上座部"这个词作的注。现在这一篇论文就详细说出了我作注的根据和对这个词的解释。

我的解释是：根据巴利文佛典和锡兰（今斯里兰卡）史籍的记载，锡兰佛教信仰，虽以小乘上座部为主，但是大乘思想始终输入未断；无畏山住部受大乘思想影响更是特别深刻而显著；许多典型的大乘思想渗入小乘，在大乘萌芽时期，更为明显。这在印度佛教史上是一个非常重要的问题。锡兰小乘的三个部派，主要是两个部派，它们所遵行的律并无歧异。但是，在学说方面，无畏山住部却不断接受大乘影响。在早期，接受原始大乘的功德转让等学说；到了玄奘时候，又接受大乘瑜伽思想（可能也有中观思想）。因此，所谓"大乘上座部"，并不是大乘与上座部两种东西，而是接受大乘思想的小乘上座部一种东西，只是包含着大乘与小乘两方面的内容。《大唐西域记》的藏文译本对"大乘上座部"的译法是比较准确的。

4.《对"丝""纸"两篇文章的补正》

我在上面已经谈到，我写过一篇关于"丝"、一篇关于"纸"的文章，这两篇文章都涉及考古发掘和语言学。我根据当时的考古发掘工作的结果，提出了最早的"丝"和最早的"纸"出现的时期。后来考古工作又有了新的进展，不得不改变我的提法，因此就产生了这一篇《补正》。估计随着考古工作的不断扩大和深入，将来还会有更新的"补正"。我觉得，从事人文社会科学研究工作的学者，必须随时密切注意考古工作。在这方面，我们过去做得不够。

5.《论释迦牟尼》

这本来是我给《中国大百科全书》写的一个词条。既然是词条，就必须遵守词条的体例，文字要简明扼要，不能像论文那样旁征博引。可是它后来又作为一篇论文单独发表。词条与论文在体例上的矛盾就突显出来，我只能稍稍加以调整。

佛祖释迦牟尼有无其人，过去是有争论的。现在怀疑其人的存在者已经不见。我个人认为，他确实是一个历史人物。他活着的时候也并没有说自己是神。整个原始佛教是无神论的。有人认为这是怪论，其实它是事实。在佛教变成了宗教以后释迦牟尼才被神化。在本文中，我就是把释迦牟尼作为一个历史人物来加以评述的。我不是任何宗教的信徒，当然也不是佛教徒。

6.《〈西游记〉与〈罗摩衍那〉》

这是一篇极短的文章，只讲了《罗摩衍那》第六篇同《西游记》第六十一回"猪八戒助力败魔王，孙行者三调芭蕉扇"的关系。这属于我对《西游记》与印度影响的看法的一部分。

7.《一张有关印度制糖法传入中国的敦煌残卷》

我自己认为，这是一篇十分重要的论文。这一张敦煌残卷是伯希和带走的，原写在抄录的佛经的背面。因为当时纸张极为珍贵，所以就一纸两用。但是，佛典与制糖术相去何啻天渊，为什么竟在佛典背后出现制糖术的记载？至今还是个谜。

稍稍了解敦煌卷子的人都会知道，佛经卷子，如果没有抄写的时间，则价值不大；有了抄录时间，则价值立增。而佛典以外的东西，比如中国古籍和变文等等，则视若瑰宝。至于科技资料，则直如凤毛麟角，成为瑰宝中之瑰宝了。这一张残卷就属于这一类，因而引起了中外学者的垂涎。可这是一个硬核桃，很不容易啃，想啃而啃不动，只好放弃。它辗转传到了北大历史系几位同志手中，他们拿给我看。我惊喜之至，想啃它一下。可是最初也没有啃动。我昼思夜想，逐渐认识到：整张卷子的关键在"煞割令"一词。此词如能解决，则通篇皆活，否则仍然是一座迷宫。我仍然继续苦思。果然皇天不负苦心人，有一天我忽然顿悟："煞割令"不就是梵文的 śarkarā 吗？这个谜一破，我惊喜若狂，拍案而起，立即解读其他部分，都迎刃而解，就写成了这篇论文。

此文首先解读原件，附有照片，后分为以下几节：一、甘蔗的写法；二、甘蔗的种类；三、造砂糖法与糖的种类；四、造煞割令（石蜜）法；五、砂糖与煞割令的差别；六、甘蔗酿酒；七、甘蔗栽种法。

以上几节的论述都是按照原件的顺序来解释原文的。

8.《梵文本〈妙法莲华经〉（拉丁字母转写本）序》

这是一篇序，我根据自己过去对《妙法莲华经》的研究结果，重复了一下这一部佛典的重要意义,以及诸写本的差异的原因和语言特点。我自己把这篇序译为英文,以利外国读者。

9.《蔗糖的制造在中国始于何时》

这一篇讲中国蔗糖史,现收入拙著《糖史》第一编国内编。

1982年

本年共写各类文章三十五篇,其中可以称为学术论文者共有十三篇。本年出版了成册的书4种:《印度古代语言论集》,收有用中、德、英三种文字写成的论文,我在哥廷根大学的博士论文也在其中,早年研究佛教混合梵语的成果都收在里面了。另外三册是《中印文化关系史论文集》《〈罗摩衍那〉汉译本第三卷》《〈罗摩衍那〉汉译本第四卷》。

下面对学术论文分别加以介绍。正如人们可以预料到的那样,诸论文的分量相差极大。

1.《对〈一张有关印度制糖法传入中国的敦煌残卷〉的一点补充》

记述印度制糖法的敦煌残卷,上面已经介绍过。在那篇文章发表的同时,我做了一点补充。这一篇文章可以说是补充的补充。我发现,从《世说新语》直到敦煌变文,教、交、校、挍、较、效、觉等字,都是同音同义。我在这里劝青年学者:自己的文章写成,甚至发表以后,不要抛到背后,完全忘记,而要牢牢记住,看到新材料,有的能补充或充实自己的旧说,有的甚至能推翻它。到了此时,为了真理,必须毅然放弃或纠正旧说,决不允许蒙混过关。

2.《吐火罗语A中的三十二相》

这是一篇重磅的论文。

大约在一年前,新疆博物馆的李遇春先生把新疆新发现的44张、88页(每张两面都写有文字),用中亚斜体婆罗米字母写成的他们揣测是吐火罗文 A 的残卷（简称新博本）送给了我，要我释读。我在德国从 Sieg 师治吐火罗文以后，已经有三四十年的时间没有摸过吐火罗文的东西，以前学到的那点东西已经颇为生疏，心中忐忑不安，不敢贸然接受这个重任。但是，看到这样的瑰宝在前，心又不能不为所动。在思想激烈斗争之后，还是硬着头皮接受下来了，心里想：且试它一下，如果实在啃不开这个硬核桃，然后再投降也不晚。然而，幸运之神又一次光临。字母我是认识的，我试读了几张，忽然就发现一个 Colophon，明确无误地写着书名"弥勒会见记剧本"（下面简称《剧本》），还有剧本的幕数。我大喜过望：这样一来，问题不就全解决了吗？而且更使我兴奋不已的是，这部书不仅仅是一部佛经，而且是一部文学作品，书名中就含有"剧本"的字样。这不但对研究佛教史有用，而且也大大有助于文学史的研究。这样的材料比单纯的佛经更为难得，更为有用。我焉能得而不狂喜、不振奋呢？

大家都知道，在佛教教义中，弥勒是未来佛。小乘中已有其名，而大盛于大乘。估计在中亚和新疆一带，有一段时间，弥勒信仰极为流行。光是吐火罗文 A（焉耆文）的《剧本》就有好几个本子。Sieg 和 siegling 合著的《吐火罗文残卷》中，就收了不同本子的《剧本》，都出自中国新疆。欧、美、日等地研究吐火罗文者，虽为数不多，但也颇有几个，可从来没有见其中任何人译释过其中的任何一张。非不愿也，是不能也。因为残卷真是极残，没有一页可以说是完整的，读起来困难极大。虽然德国学者写过几部语法，A 和 B 两个方言都有，对学者有极大的帮助。可是，如果想认真译释，工具仍然不足。

我在搞别的工作之余，开始用拉丁文转写婆罗米字母，并逐渐对本《剧本》的内容有了一些大概的了解。这些残卷出土时，页码顺序是完全混乱的。我也逐渐理出来了一个大概的顺序，为本《剧本》的译释工作奠定了初步的基础。但是，一直到这时候我还没有下决心做译释的工作，因为我十分清楚其中的难度，我只做了一点介绍工作。下面的《谈新疆博物馆吐火罗文 A〈弥勒会见记剧本〉》，就是一篇介绍文章。

在整理本《剧本》的过程中，我偶尔发现在本书的几个地方都有关于三十二相的记载。所谓三十二"相"，梵文原文是 Mahāpuruṣalakṣaṇa，直译是"大人相"。"大人"即"大人物"。既然是大人物，就应该与平常人有不同之处，特别是在生理方面。中国古代也有类似的信仰，或许是统治者故意散布的，也可能是由于老百姓的愚昧无知，自己制造出来迷惑自己的。除了三十二"相"之外，还有八十种"好"，梵文是 anuvyañjana，也指的是生理特征，与"相"难以划分。佛教传入中国以后，许多中国的"正史"也受到了影响，在上面我已经谈过这个问题。但是，我的兴趣并不是研究"相""好"本身，而是研究吐火罗文。Sieg 和 Siegling 书中也有关于"相"的记载，但都不全。现在的新博本中居然也有，两下里拼凑起来，能够搞出一个比较完整的吐火罗文三十二相表，这会有助于对几个过去不认识的吐火罗文字的解释。于是我就参考了几种汉译佛经，还有几种梵文原文的佛经，写成了这一篇论文。

我在上面曾讲到过，治吐火罗文的重要任务之一就是：想法认识过去没有能够认识的字。吐火罗文是一种新发现的文字，没有现成的语法，没有现成的字典，通过极少数的梵吐双语文书，通过其他一些别的办法，学者们，首先是 Sieg 和 Siegling，逐渐认识了一些字，但是不认识的还比比皆是。倘若能想方设法多认识几个新字，这无疑就是重要的贡献。我在上面讲到过，通过汉译佛典《福力太子因缘经》等书的德译文，我曾帮助 Sieg 师认识了几个新字，Sieg 先生极为高兴。结果就促使他后来译释了 *Tocharische Sprachreste* 中的前面若干张，其中就用了我的德文翻译。我一直到今天还相信，利用汉、藏译佛典（其量极大）是今后解读吐火罗文的有效办法之一。

在这一篇论吐火罗文三十二相的论文中，我也确定了一些字的含义。我只举一个例子。elā 这个字，在《吐火罗文语法》中没有解释。到了他的 *Übersetzungen aus dem Tocharischen*（APAW，1943，Phil-hist. Klasse，No.16）中，他把这个字译为 ging hinter den Türflügel，并注明是根据我的文章。问题的解决总算是向前进了一步。到了 Werner Thomas 的 *Tocharisches Elementarbuch* 中，他毫无根据地把 elā 译为德文 hinaus（出去），我只能佩服他的勇气。这种不谨严、不负责的学风，不是德国的学风，我又只能为之惋惜。一直到 elā 这个字又出现在三十二相中，这个问题才算是得到了彻底的最后的解决。在三十二相的第十相（相的数码并不固定，因书而异）中，elā 又出现了，与之相应的梵文是 guhya，巴利文是 guyha，意思是"隐藏起来"，这才是 elā 的真正含义。

3.《说出家》

这又是一篇关于吐火罗文的论文。

所谓"出家"，就是"出家当和尚"，我们一直到今天还在使用这个词。但是，在印度梵文写成的佛经中，却只用"出走"一个词，并没有说明从什么地方"出走"，也就是说没有这个"家"字。

但是，吐火罗文中却有这个"家"字。这是什么原因呢？是汉文受了吐火罗文的影响呢？还是倒转过来，吐火罗文受了汉文的影响？经过了仔细分析，我认为，是吐火罗文受了汉义的影响。在中国民族语言史上，这是一个颇有意义的现象。

4.《我和比较文学》

这是一篇关于比较文学的文章，只是一般的介绍，没有多少发挥。我对比较文学涉猎不深，没有用过苦功，所以从来不敢以比较文学家自居。如果说我对中国比较文学的兴起有什么贡献的话，那么我在推波助澜方面起的作用更大。

5.《〈妙法莲华经〉引言》

这是一篇介绍梵本《妙法莲华经》的文章，没有什么新的发挥。

6.《谈新疆博物馆吐火罗文 A〈弥勒会见记剧本〉》

这是一篇介绍新疆博物馆吐火罗文《弥勒会见记剧本》的通俗性的文章，在上面2中，我已经谈到过。

7.《比较文学随谈》

这是一篇漫谈比较文学的文章，不能算是学术论文。

8.《〈大唐西域记今译〉前言》

《〈大唐西域记〉校注》出版以后，我当时想到，将来要出一套有关这一部重要著作的系列丛书：一是《校注》，二是《今译》，三是英译。一般说来，这一部书并不深奥难读，但是有一些章节还是极为难懂的。我一贯反对古书今译。可我也曾多次讲过，想要消灭古书，最好的办法就是今译。我并非故作惊人之谈。因为古代许多经典，我们今天并不能全读通，比如《诗经》《书经》《易经》等，我们今天包括最有学问的人在内，究竟能读通多少？即使是最狂妄的人，也不敢说全通。在这种情况下而胆敢今译，译成什么结果，不是一清二楚了吗？最聪明而又无害的办法就是让人读原文，加以必要的注释，懂就说懂，不懂就说不懂，老老实实，这才是正道。某些高呼今译的有权有力者，我怀疑他们并没有读过几本古书，大有"初生犊子不怕虎"的气概，其志可嘉，其行则不足为训也。但是，我为什么又偏偏提倡今译《大唐西域记》呢？因为，我觉得，这一部书必须译成英文，让普天下的学人共享其利，如果根据原文英译，困难必多如牛毛。我们这些人究竟对本书下过一番功夫，比别人应该懂得多一点，实在一点，正确一点。不如我们来今译更为妥善。我心中今译的读者，与其说是中国一般人，毋宁说是英译者。他们根据我们的今译译为英文，则可避免许多错误。这就是我最原始的想法。可惜的是，今译虽出，而英译无望，只有俟诸异日了。

9.《〈印度民间故事〉序言》

我一向有一个看法，也许是一个偏见，我认为，世界上许多民族都创造了一些寓言、童话和小故事，但以印度为最多，质量也最高。鲁迅曾有类似的看法，他说："尝闻天竺寓言之富，如大林深泉，他国艺文，往往蒙其影响。"我写过不少篇考证中国一个故事或者寓言的文章，都是为我这个主张张目的。

10.《〈罗摩衍那〉简介》

这是一篇简单介绍《罗摩衍那》的文章，没有什么新意见。

11.《关于葫芦神话》

这一篇文章虽短，然而却是极有意义的，它破除了葫芦神话只限于中国的说法。

12.《〈沙恭达罗〉简介》

只简短介绍了《沙恭达罗》，没有什么新的观点。

13.《〈五卷书〉简介》

只简短介绍了《五卷书》。

上面是我在1982年全年所写的学术论文（有的不能称为学术论文，只是介绍文章；但被介绍的作品重要，所以也纳入学术论文的范畴）的全部情况。总起来看，这一年我并没有敢偷懒。

1983年

本年共写各种各样的文章二十三篇，出版书籍一本：《〈罗摩衍那〉汉译本第五卷》。

在二十三篇文章中够得上称为学术论文的有以下八篇。现在分别予以说明：

1.《〈罗摩衍那〉译后记》

2.《〈罗摩衍那〉译后漫笔》

这两篇"译后记",多少涉及了一点与研究工作沾边儿的问题,所以我把它们列在这里。

3.《为〈印度文学研究集刊〉而作》

严格讲,这一篇也算不上一篇学术论文。但是,印度文学是我毕生研究工作的一个方面,所以我把这篇文章列在这里。

4.《新博本吐火罗语A(焉耆语)〈弥勒会见记剧本〉1·3（1/2）；1·3（1/1）；1·9（1/1）；1·9（1/2）四页译释》

这是一篇有重要意义的文章。

事情还要从头讲起。关于新疆博物馆吐火罗文A《弥勒会见记剧本》,我在上面已经多次提到。我对本书的理解是逐步深入的;我对它处理的办法也是逐步完善的。我最初确实没有翻译它的念头。因为,我知道,这是异常艰巨的工作,德国许多专门从事吐火罗文研究的专家,除了Sieg师外,也没有哪个人敢于尝试。*Tocharische Sprachreste*中就有许多《弥勒会见记剧本》的残卷,为什么竟没有一篇德文或其他西方语言的翻译呢?后来,我的胆子慢慢地大了起来,我的想法有了改变。我忽然发现,自己是有所恃而不恐的。我的"所恃"就是我国藏有大量的同书的回鹘文译本的残卷,虽然残缺不全,但是比起德国的收藏来是多得多的。我何不利用回鹘文译本呢?两个译本亦不完全一致,有的地方一致性多一点,有的地方少一点。这是十分正常的现象,不足为怪。我自己不通回鹘语。于是我就请了几位中国回鹘文专家来帮助我。他们是:我的学生,中央民族大学耿世民教授;我的朋友,新疆工学院李经纬教授;新疆博物馆伊斯拉菲尔·玉素甫、多鲁坤·阚白尔等先生。

如果没有他们的帮助,我是无法翻译的,吐火罗文原卷实在太残破了。他们的隆情厚谊,我永远铭记在心。

我选了自己认为比较有把握的两张四页,译成了汉文,加上了比较详细的注释。译文和注释,后来发现,都有一些不太确切或者甚至错误的地方。我认为,这都是难以避免的。千里之行,始于跬步,我毕竟开步走了。这个发轫,这个滥觞,是十分珍贵的。一旦发轫,一旦滥觞,遂一发而不能自已,于是就一张张、一页页地翻译下去。有的在国内刊物上发表;有的译成了英文,在国外刊物上发表;有的还没有发表。终于译完了三十多张,六十多页。有一些张在回鹘文译本中还没有找到相应的段落,只好留待以后解决了。现在已经把全书整理完毕,等待出版(已出版,收入《季羡林文集》第十一卷)。

了解了我上面说的情况,就能够理解我为什么说这是一篇有重要意义的文章。

5.《〈中国比较文学〉发刊词》

这原是《中国比较文学》的"发刊词"。《中国比较文学》是中国比较文学学会创办的一个刊物。篇幅虽不是太大,却有其意义,这毕竟是中国比较文学学者创办的第一个刊物,同世界比较文学学会和其他一些国家的相应的学术机构有密切联系和交换关系。本文不长,内容也简短扼要,只讲了建立比较文学中国学派的问题,讲了我们的信心,讲了我们现有的条件和我们的目的。

6.《古代印度砂糖的制造和使用》

这也是一篇重要的论文。

世界学术界,特别是研究甘蔗原产地问题的学者们有一个说法,说印度就是甘蔗的原生地。这个说法并没有被普遍地接受。但是,甘蔗以及造蔗糖术在印度古代文献中出现相当早,则是一个无可争辩的事实。

我注意到甘蔗和糖,不自现在始。1981年我曾写过一篇《蔗糖的制造在中国始于何时》。回想起来,这与吉敦谕和吴德铎两先生的笔墨官司有关。我读了他们两位的许多篇辩论文章,有感而发,写了那一篇论文。在这同一年,1981年,早一些时候,我曾写过一篇《一张有关印度制糖法传入中国的敦煌残卷》。这两篇论文表示我已经比较认真地注意到甘蔗和糖的问题了。这可以算是我研究甘蔗和糖的发轫和滥觞。这个研究占用了我长达二十来年的时间,已经陆续写成了一部长达八十余万言的《糖史》,明年可以全部出版(书已出版,收入《季羡林文集》第九卷和第十卷)。

7.《〈中外关系史译丛〉前言》

这是一篇较短的文章,肤浅地阐明研究中外关系史的重要性。

8.《〈佛经故事选〉序》

此文收入1991年出版的《比较文学与民间文学》时,改名为"佛经故事传播与文学影响"。不是出自我的笔下,我觉得这个名称似有欠妥之处。内容颇简单,主要说明在印度产生的神话、寓言和童话,影响广被,连古代希腊也受到了影响,《伊索寓言》就是一个例子。主要通过佛经翻译,也影响了中国。研究比较文学而又重视影响研究的学者们,对他们来说,《佛经故事选》是很有用的。

1984 年

在写作和学术研究方面是个丰收年。共写各类文章二十九篇,性质不同,长短相差极大。可以算得上学术论文的共有十九篇。现在分别介绍一下:

1.《中世印度雅利安语二题》

这篇论文共谈了两个问题,所以称作"二题"。第一个问题是"再论中世俗语语尾 -aṃ > -o,-u 的问题",是继1944年用德文写的那一篇内容相同的论文而写的,其间相隔四十年。在这漫长的时间里,我由于上面已经谈到过的原因而没能继续研究,国外研究情况也不甚了了。到了20世纪80年代初才看到一些国外学者对这个问题的不同意见。学术研究有不同意见是好事,但是这些意见必须中肯、实事求是,才能对我有益;不中肯、不实事求是却也能促我思考。我思考的结果是:我在四十年前的意见是完全正确的,用不着修改,更谈不上放弃。这绝非我意气用事,我找到了大量的新资料,支持我原来的观点。我的新资料的来源包括下列诸书:

(1) 犍陀罗语《法句经》

(2) 吉尔吉特残卷

(3)《妙法莲华经》

(4) Prajñā-pāramitā-ratnaguṇa-saṃcaya-gāthā

第二个问题是"巴利文与不定过去时"。四十多年前,我用德文写过一篇"Die Verwendung des Aorists als Kriterium für Alter und Ursprung buddhistischer Texte"(使用不定过去时作为确定佛典年代和来源的标准)。我想证明,不定过去时(Aorist)是印度中世东部方言、古代半摩揭陀语的语法特点之一。可是我遇到了困难。巴利文被广泛地认为是一种西部方言,可是里面的不定过去时特别多。这同我在那一篇论文中的结论颇有极大的矛盾,应该怎样来解决呢?这就是我的困难之所在。

我认为,虽然巴利文比较广泛地被认为是一种西部方言,但是这并非自古以来学者们所共同承认的结论,争论一向就有。看来这个结论现在必须重新审查了。锡兰(今斯里兰卡)传统的说法是:巴利文是摩揭陀语,也就是东部方言。近代欧洲学者中也不乏附和这种说法的人,比如 W.Geiger, Windisch 等人。最近附和这种说法者以英国学者 K.R.Norman 为代表。如果我自己的精力来得及,我也想就这个问题继续做一点比较深入、比较彻底的探讨,以最终解决这个问题。我在上面提到的那一篇论文证明不定过去时是东部方言的特点之一,我至今仍深信不疑,因为我使用了大量的资料。

2.《〈东方文学作品选〉序言》

这只是一篇短文,涉及印度文学作品,没有什么新的观点。

3.《三论原始佛教的语言问题》

在研究佛教梵语方面，这也是一篇比较重要的文章。它是承我过去写的两篇文章而来的：《原始佛教的语言问题》和《再论原始佛教的语言问题》。《三论》的写成上距《再论》已经二十六年。

这篇论文涉及面比较广，共谈了以下几个方面的问题：

一、有没有一个"原始佛典"？"原始佛典"使用什么语言？是否有个"翻译"问题？

有没有一个所谓"原始佛典"（Urkanon）是西方梵学界一个争议颇大的问题。这个问题我在上面已经谈过，现在再深入谈一谈。这里先主要介绍反对派的意见。这一派可以 Bechert 为代表。他竭力反对 Lüders 首先提出来的 Urkanon 这个设想，也就反对了所谓"古代半摩揭陀语"，也就是东部方言这个提法。1976 年在德国哥廷根举行了一次佛教研究座谈会，叫作"最古佛教传承的语言"，顾名思义，是专门讨论我在上面提到的那一个问题的。与会学者绝大部分是反对有一个 Urkanon 的，只有极少数学者例外。在反对派中，意见也并不一致。

二、释迦牟尼用什么语言说法？

在这次哥廷根的座谈会上，讨论了与这个问题有关的两个问题：

（一）佛说法是用一种语言或方言呢，还是用多种？座谈会上大多数学者都同意是用多种。他到哪里，就说哪里的话。既然如此，谈一种"原始语言"，是不正确的。在这个问题上，Bechert 的态度有点模棱两可；但是，他似乎也主张佛是说多种语言的。据我个人的看法，我们现在所能掌握的资料还不足以支持佛说多种语言的说法。

（二）如果是用一种的话，这一种又是什么？如果佛只说一种语言，这种语言是什么呢？很可能是古代摩揭陀语或古代半摩揭陀语。

三、阿育王碑是否能显示方言划分？

关于这个问题，学者们的意见也是有分歧的。这并不令人奇怪，几乎对任何问题都有分歧的意见，这是常见的现象。

阿育王统治的帝国，是印度历史上空前的大帝国。为了宣传他自己的信条，教育全国人民，他在全国许多地方都竖立了一些石柱和石碑；上刻铭文，就是他对全国人民的敕谕，以说教的口吻，教导人民应该如何如何做。这些铭文的语言有的是不相同的，但是内容却基本上相同。应该怎样来解释这个现象呢？

从阿育王碑或柱的地理分布情况和铭文所使用的语言来看，情况不尽相同。东方大石碑铭的语言基本上与当地方言相一致，但西方、南方和北方的三个大石碑铭文，使用的却是东部方言。这又应该如何去解释呢？唯一合理的解释，我认为就是 Lüders 等学者提出来的"翻译说"。意思就是，先有一个底本，然后再译成当地的方言，以利当地居民阅读。翻译的程度有深有浅，也有根本不翻译的。至于底本的语言，看来只能是东部方言，古代摩揭陀语或古代半摩揭陀语，这是阿育士大帝国首都的语言。现在，虽然已经发现了多处阿育王的碑和柱，但是还不敢说阿育王的碑和柱都已经全部被发现了；他竖立在首都华氏城的石碑就还没有被发现。有朝一日这个石碑如果被发现，对我们研究阿育王碑铭这个问题将会起极大的推动作用，是不言而喻的。K. R. Norman 的说法是：碑铭的抄写员在其中起了作用，是绝对靠不住的。试问，哪一个抄写员能有这么大的胆子，敢于更改大皇帝诏谕的语言？总之，我认为，根据阿育王碑铭是能够区分方言的。

四、《毗尼母经》等经讲的是诵读方法（音调），还是方言的不同？

这是一个多少年来就争论极多的问题，至今好像还没有大家都公认的结论。因此，我用了相当长的篇幅，把这个问题的来龙去脉、讨论过程、各家异说都仔仔细细地重新检查了一遍，以期实事求是地解决这个极为棘手的老问题。这一段内容，同我在上面提到的《原始佛教的语言问题》整篇论文，所要解决的是同一个问题，只因时间相隔了很多年，我又细读了哥廷根座谈会上的一些有关的论文，我掌握的材料大大增加，视野当然也就随之而扩大。虽然得到的结论仍然不异于第一篇论文，但是其可靠性却非同当年了。读这一段时，最好能参阅上一篇论文。

我写这一段内容仍然从巴利文律藏 Cullavagga（The Vinaya-Pitakam, ed. by Hermann Oldenberg vol. II Cullavagga, p.139）那一段文章开始。我从中选出了几个关键的词：

（1）buddhavacanaṃ

（2）chandaso

（3）āropema, āropetabbaṃ, āropeya

（4）nirutti

按照汉译佛典的翻译，明确确定了它们的含义，然后得出一个结论。第一个字 buddhavacanaṃ 有两个含义："佛经义"和"（诵）佛经"。第二个字，汉译为"阐陀至""世间好语言""通外道四国（吠）陀""阐陀"等等。第三个字，虽然我写了三种形式，实际上都来自一个字根 ā+ruh。汉译佛典的译文是："撰集佛经，次比文句"，"修理佛经""诵读佛经""诵佛经""诵经""正佛经义"等等。这一些汉译文都没有"翻译"的意思，但是我觉得，这个含义实际上已隐含其中，呼之欲出。第四个字 nirutti 是一个关键性的词。汉译文有以下几种："音""国俗言音""国音诵读""外国音声诵佛经""方国言音""言语"等等。巴利文大注释家觉鸣（Buddhaghosa）把这个字注释为"佛所说的摩揭陀语"。西方一些学者对以上几个字的标新立异的解释，我认为，都是站不住脚的。

解释完了我选出来的四个词，现在我来谈一个问题：Cullavagga 那一段话讲的是语言问题，还是诵经的声调问题。根据我的分析，这里讲的是语言问题，而不是诵经的声调问题。

五、我的看法

根据上面的分析，我认为，哥廷根座谈会上很多学者的意见是难以接受的。现在把我的意见综述一下。

一个宗教一旦形成或者创建，教主必将努力招收徒众，大力宣传自己的教义。印度当时还没有文字，宣传只能靠语言。佛与弟子们使用什么语言呢？佛的诞生地在今尼泊尔境内，但是他一生游行说法，虽然到过许多地方，可大部分时间都是在摩揭陀国（约在今天印度的比哈尔邦）。他的弟子们出身不同，家乡也不尽相同，因此语言也不会完全一样。但是，既然同在摩揭陀国，则这里的语言或者方言就必然会成为他们之间的交流思想的工具。他们对当地民众说法，也必然使用这种语言。但是他们所说的摩揭陀语又绝不会是纯粹的，具有三个东部方言特点的语言。所谓"古代半摩揭陀语"就这样产生了。这是一种拉丁文称之为 lingua franca 的语言。打一个比方，这有点像中国的"蓝青官话"。很多南北各省份的人聚集在政治中心首都北京，必须有一种共同的语言，这种语言当然是北京话；但是，除了本地人以外，谁也不能完全掌握北京话，于是南腔北调，甚至奇腔怪调，都出现了。无论如何，交流思想的目的总算是能达到了。如来佛的"古代半摩揭陀语"想来也大概就是这个样子。

佛教是公元前五六世纪在印度东部兴起的宗教之一，是反对西北部的婆罗门教的，所以佛祖坚决拒绝使用婆罗门教的经堂语梵文。梵文在当时还没有取得像后世那样煊赫的地位。它只是一种文化和文学的语言，还没能成为官方使用的政治语言。

释迦牟尼悟到了教义，找到了一些徒众，有了一种供他使用的语言，于是就开始"转法轮"——传教。第一次说法的内容大概是关于"四圣谛"——苦、集、灭、道的，此时当然还不会有什么佛典（Kanon）。哥廷根座谈会上，学者们心目中的佛典是包括经、律、论一整套的典籍，这在释迦牟尼生时是根本不可能形成的。Bechert 说，最古的佛典是属于律部的，这是隔靴搔痒之谈，绝对靠不住。我想拿《论语》来作一个例子或者依据，推测一下佛教 Urkanon 形成的过程。孔子的一些行动和同弟子们的一些谈话，被弟子们记了下来，积之既久，遂形成了《论语》。释迦牟尼恐怕也会有类似的情况。他常说的一些话，被弟子们记在心中，扩而大之，逐渐形成了一些经典中的核心。区别只在于，中国的《论语》保留了原型，没有继续发展成为成套的有体系的经典，有如基督教和犹太教的《新约》《旧约》，以及伊斯兰教的《古兰经》。佛教经典的形成走的是另一条路，结果形成了一套汗牛充栋的经典宝库，而没有一部为各派所共同承认的宝典。后世产生的经典也往往标出"佛说"，这当然是绝对不可靠的。

　　印度从什么时候起开始有文字呢？确切时间还不能十分肯定。反正阿育王（约公元前275—公元前232年）时代已经有了文字。有了文字，佛典就能够写定。写定的时间可能早到公元前2世纪末。在这里又出了一个佛典梵文化的问题，这个现象可能与佛典的写定同时并举。什么叫"梵文化"？原来佛典的语言是俗语，主要是古代半摩揭陀语。后来，这种俗语由于种种原因，其中也包括政治方面的原因，不能适应需要。政治界和宗教界都想找一个能在全国都通用的语言，选来选去，只有原来被佛祖所拒绝的梵语最符合条件。于是就来了一个所谓"梵语复兴"（Sanskrit Renaissance）。佛典也借这个机会向梵文转化，这就是"梵文化"。这是一个缓慢的过程，最初俗语成分较多，以后随着时间的推移，俗语成分渐减，而梵文成分渐增。这样的语言就被称为"佛教梵语"或"混合梵语"（Hybrid Sanskrit）。

　　以上是我在《三论原始佛教的语言问题》这一篇论文中，对1976年在哥廷根举行的"最古佛教传承的语言"座谈会上所发表的论文的意见。论文的最后一部分中，我又综合地讨论了下面六个问题：

（一）什么叫"原始佛典"；（二）耆那教经典给我们的启示；（三）摩揭陀语残余的问题；（四）所谓"新方法"；（五）关于不能用"翻译"这个词的问题；（六）汉译律中一些有关语言的资料。

这些问题前面都有所涉及，我不再一一加以解释了。

4.《〈罗摩衍那〉在中国》（附英译文）

中国翻译印度古代典籍，虽然其量大得惊人，但几乎都是佛经。大史诗《罗摩衍那》虽然在印度影响广被，但因为不是佛经，所以在我的全译本出现以前的两千余年中，中国并没有译本，至少对汉文可以这样说。我这一篇论文就是介绍《罗摩衍那》在中国许多民族中流传的情况的，共分以下几个部分：

一、《罗摩衍那》留在古代汉译佛经中的痕迹；二、傣族；三、西藏；四、蒙古；五、新疆：（一）古和阗语，（二）吐火罗文Ａ焉耆语；结束语。

前五部分的内容，我在这里不谈了，请读者参看原文。我只把"结束语"的内容稍加介绍。我谈了下列几个问题：

（一）罗摩故事宣传什么思想？印度的两个大教派都想利用罗摩的故事为自己张目。印度教的《罗摩衍那》宣传的主要是道德伦常和一夫一妻制。佛教的《十车王本生》则把宣传重点放在忠孝上。至于《罗摩衍那》与佛教的关系，有一些问题我们还弄不清楚。两者同产生于东印度，为什么竟互不相知呢？唯一可能的解释就是，罗摩的故事晚于《梵书》，而早于释迦牟尼。

（二）罗摩的故事传入中国以后，有关的民族都想利用它为自己的政治服务。傣族利用它美化封建领主制，美化佛教。藏族利用对罗摩盛世的宣传，来美化当地的统治者。

（三）汉族翻译的罗摩的故事，则强调伦理道德方面，特别是忠和孝。我总怀疑这是译经的和尚强加上去的。中国古人说："不孝有三，无后为大。"人一当了和尚,不许结婚,哪里来的"后"呢?而许多中国皇帝偏偏好以孝治天下。这似乎是一个无法解决的矛盾。于是中国佛教僧徒就特别强调孝,以博得统治者和人民大众的欢心,以利于佛教的传播。

(四)中国人不大喜欢悲剧。罗摩故事在印度是一个悲剧,中国编译者则给了它一个带喜剧色彩的收尾。

(五)罗摩的故事传到了中国,被一些民族涂上了民族色彩和地方色彩。

最后,我谈到了《清平山堂话本》卷三中的《陈巡检梅岭失妻记》。这个话本一方面与罗摩的故事有相似之处;另一方面,又与《西游记》的神猴孙悟空有某些瓜葛。这个问题有待于进一步的探讨。

顺便说一句:这篇论文有英译本。

5.《新博本吐火罗语A(焉耆语)〈弥勒会见记剧本〉第三十九张译释》

这里译释的是新博本《弥勒会见记剧本》第三十九张两页。详细说明已见1983年第四篇,这里不再重复。

此文有英译文。见下面第七篇。

6.《〈薄伽梵歌〉汉译本序》

我在这篇序言中主要介绍了印度三位学者对《薄伽梵歌》的意见,他们是高善必(D. D. Kosambi)、Basham 和恰托巴底亚耶(Chattopadhyaya)。我认为,这三位学者对此书的意见各有独到之处,其余印度和印度以外的学者们的意见,多得不可胜数,都没有什么特异之处,我一概省略了。在序言的最后两段中,我提出了一个"天国入门券越卖越便宜"的观点。这个观点在我脑海里不断发展,到最后就形成了一个宗教发展的规律:用越来越少的身心两个方面努力得到了越来越大越多的宗教的满足。在香港中文大学讲学时我曾专门讲过一次。我个人认为，这是发前人所未发的观点或者规律。

7. *Translation from the Tocharian Maitreyasamiti-nāṭ·aka the 39th leaf（2 Pages）76 YQ1·39（1/1）and 1·39（1/2）of the XinJiang Museum Version*

已见上面第五篇。

8.《自序——〈原始佛教的语言问题〉》

在这一篇"自序"中，我主要讲了我学习"佛教梵语"开始时的情况，接着又讲了我写《原始佛教的语言问题》和《再论原始佛教的语言问题》的来龙去脉。《再论》写于1958年。一直到1984年，我才写了上面刚刚介绍过的《三论原始佛教的语言问题》。这篇文章主要是针对德国梵文学者、我的朋友Bechert的。在这一篇"自序"的最后，我提出了我研究"佛教梵语"的用意。我不是为研究语法变化而研究语法变化的，我希望把佛教梵语和印度佛教史的研究结合起来。

9.《〈印度印地语文学史〉序》

刘安武这一部书是十分可贵的。此书资料丰富，立论公允，必能受到读者的欢迎。印度语言极多，每种语言都有自己的文学。我国研究印度文学的现状实不能令人满意，至今连一部《孟加拉文学史》都没有写出来，遑论其他语言。没有个别语言文学史的研究，一部完整的《印度文学史》是无法写出来的。

10.《外国文学研究中的几个问题》

这是我在上海外国语大学的一篇即席的长篇发言或者报告，没有稿子，连提纲也没有。内容是讲：研究外国文学应当学习些什么东西？我认为，首先要提高理论水平。想做到这一步，必须学习四个方面的文艺理论。第一，要学习马克思主义的文艺理论。这里包括经典作家对文艺的一些意见，我把普列汉诺夫也归入此类。这是基本立足点，不能掉以轻心。第二，要学习中国文艺理论。我们在这方面有丰富而优秀的遗产，《文心雕龙》、钟嵘《诗品》、司空图《诗品》等古代名著，一直到近代王国维的《人间词话》，还有大量的"诗话"，都是非学不行的。第三，要学习西方文艺理论。自古希腊亚里士多德起，一直到近现代，西方文艺理论极其丰富。近代又出现了不知多少理论，有的"蟪蛄不知春秋"。我们必须了解，但千万不能迷信。"贾桂思想"是我们的大敌，必须彻底铲除。第四，要学习印度文艺理论。在印度，文艺理论也有极长、极辉煌的历史。过去曾影响过中国，今天我们仍要认真研究和学习。理论方面，就讲这四点。在语言方面，必须先学好汉语，包括古文诗词在内；其次必须学好外语，只会一种还不够用，要多学几种；再次，知识面一定要广，不广没法研究外国文学；最后还要学习科技知识，至少要能掌握电脑技术。

11.《商人与佛教》

我个人认为，这是一篇重要的论文。

按照常理，商人与佛教不会有多少瓜葛，不会有太密切的关系。商人是入世的，做生意为了赚钱。而佛教僧人则是出世的，念经拜佛，坚持修行，为了成佛作祖，得到涅槃。二者互不相涉。我原来根本没有想到把二者联系到一起来。但是，在阅读佛典的过程中，我却逐渐发现或者意识到，二者有非同寻常的关系。释迦牟尼成佛后，从金刚座上下来，第一批向佛提供食品的就是两个商人。这是佛一生中一件十分有意义的事。为什么偏偏是两个商人而不是别的什么人呢？释迦牟尼最大的施主给孤独长者也是一个大商人，他曾布金满地购买了一座大花园赠送给佛祖。佛经中许许多多的地方都谈到了这一位长者，他是佛经中最有名的人物之一。因此，我们可以说，商人同佛教有某一种特别亲密的关系。

在古代社会中，不管是中国还是外国，由于生活条件的限制，特别是由于道路的崎岖坎坷和交通工具的简陋，一般人除非万般无奈是不大出门的。古人所谓"鸡犬之声相闻，老死不相往来"，讲的——至少一部分就是这种情况。现代的所谓"旅游",不但古代稀见,连我年轻时都是少见的。现在推想起来,当时出游的人不外下列几种:外交使节,比如张骞之流,这类人数目极少;出征侵略或御敌的将士;贸迁千里万里"重利轻别离"的商人;还有为了宣扬大法、积累功德而云游的宗教僧侣。这个出游的队伍是慢慢扩大的。当时通往远方的大路,最有名的是丝绸之路,都是商人用脚踩出来的。宗教僧侣出行,当然也只能走商路。因此二者路上相遇的机会自然就多了起来,结伴同行,也就成了很自然的现象。我在本文中引用的大量佛典律藏中的资料,足以说明这个现象了。有很多故事讲到佛教和尚同商人共同想方设法在关口上偷税漏税,以及佛教僧侣对商人无与伦比的、超出度外的牵就和照顾,颇伤虔诚的佛教徒的感情,这一点我是知道的。但是,这些记载都赫然出自佛典本身,我丝毫也没有捏造。我是一个历史工作者,只能照实直书,别无选择。这一点还请佛教界的朋友们原谅则个。

本篇论文的后一半,我主要用来谈商人与佛教关系密切的原因,以及与中国对比。在这里,我个人主观的想法多一点,难免有主观臆断的地方。但是,就我个人来说,我的态度是严肃的,丝毫也没有故意标新立异、哗众取宠的想法。是非曲直,都由读者去评断吧。

12.《〈敦煌吐鲁番唐代法制文献考释〉序》

这一篇序言没有提出什么新观点。

13.《〈饶宗颐史学论著选〉序》

在这一篇序言中,我首先介绍了饶宗颐先生的生平,然后介绍他的著作。饶先生学富五车,著作等身,研究范围极广,儒、释、道皆有所涉猎,常发过去学者未发之覆。我在这里提出来了一个大家所熟知而实践者则不算太多的观点,这就是:"进行学术探讨,决不能固步自封,抱残守阙,而是必须随时应用新观点,使用新材料,提出新问题,摸索新方法。只有这样,学术研究这一条长河才能流动不息,永远奔流向前。"饶先生是做到了这一点的。

我借用了先师陈寅恪先生《王静安先生遗书序》中的一段话:"然详绎遗书,其学术内容及治学方法,殆可举三目以概括之者。"这三目是:"取地下之实物与纸上之遗文互相释证。""取异族之故书与吾国之旧籍互相补正。""取外来之观念与固有之材料互相参证。"我这一篇序言主要就是根据寅恪先生提出之三点,来叙述了饶宗颐先生的学术内容和治学方法。

14.《在杭州印度两大史诗讨论会上的讲话》

这篇讲话没有提出什么新观点。

15.《外国文学研究应当有中国特色》

这一篇论文不算太长,但是代表了我在20世纪80年代前对外国文学研究,对文学批评、美学、文艺理论的看法。

我主张中国的外国文学研究应有中国特色。要想做到这一步,至少应该有三个前提或者基础:第一,必须突出理论研究;第二,必须在方法论上努力求新;第三,必须实行拿来主义,古为今用,外为中用,以我为主。世界上,文艺理论能成为体系的只有四家:马克思主义文艺理论、自古希腊罗马以来的欧美文艺理论、中国文艺理论、印度文艺理论。中国文艺理论,源远流长,丰富多彩,有一套专门名词,有许多不同的学说。我写道:"这些术语和理论对中国的专家来说,一看就懂,也确能体会其中含义;但是要他用比较精确的易懂的语言表达出来,往往说不出。这些术语给人一个印象,一个极其生动的印象,这是好的。要把这个印象加以分析,说说清楚,则力不从心,说不出来。这不能不说是一个不足之处。"

(羡林按:从这一段话中可以看出来,我在当时仍然被西方的"分析"牢牢地捆住了手脚,而不能自拔。我现在认为,我现在终于"拔"出来了。)

在这篇论文的最后几段中，我讲到当今世界上五花八门的文艺理论体系，"江山年有才人出，各领风骚数十天"。对这些文艺理论体系，我们必须随时加以注意，努力去理解；但千万不要被它们绑在战车上，拾人牙慧。这个意思，一直到今天，我还认为是对的。

16.《展望比较文学的中国学派》

这是《北京晚报》记者的提问和我的回答的一个记录。文虽短，但谈的问题却极为重要。比较文学形成的历史虽然不长，但已经成为世界显学。可惜其中竟没有中国的声音。有一些中国比较文学学者，甚至个别的外国比较文学学者，都提出了建立比较文学中国学派的希望和呼吁。我当然也有这种希望，但决不是出于狭隘的爱国主义或民族主义，而是出于对世界比较文学的关心。没有中国学者，再扩大一点范围，没有东方学者参加，则比较文学会是一个不完备的学科。至于如何才能形成中国学派，我除了提倡理论研究以外，其他招数也不多。

17.《吐火罗语》

18.《窣利文（粟特文）》

19.《梵文》

这三篇论文都是为《中国大百科全书·语言文字卷》所写的词条。

1985 年

这一年又是丰收的一年。校内外的社会和学术活动仍多。中国比较文学学会成立，我当选为名誉会长。这一年出版了下列几本书：《原始佛教的语言问题》《〈大唐西域记〉校注》《〈大唐西域记〉今译》和译本《家庭中的泰戈尔》。是年 8 月，赴德国 Stuttgart，参加第十六届"世界历史学家大会"，在会上用英文宣读了《商人与佛教》。

本年共写三十二篇各类文章，其中可以算作学术论文的有十四篇。下面按顺序加以叙述：

1.《〈摩奴法论〉汉译本序》

"法"（dharma）这个字在印度含义颇为复杂，大体上是由宗教伦理转为政治法律。本书作者是婆罗门种姓，当然会努力维护本种姓的利益。但这一部《法论》还是非常有用的。我个人从里面找到印度封建社会起源的很多资料。关于这个问题，印度所谓历史唯物主义的史学家大都认为印度封建社会起源比较晚。我利用本书提供的资料，认为印度封建社会起源相当早。这一部书不但在印度历史上起过重要作用，到了近代，它仍有极大影响；它影响了许多周边国家，英国人为印度立法也曾加以参考。

2.《泰戈尔》——《简明东方文学史》一节

这是《简明东方文学史》第三编中第三章的第二节（该书第454—470页）。

我写"泰戈尔"这一节，主要根据我自己对他的研究，也参考了一些国外的研究成果。我首先写了泰戈尔"生活的时代"，强调他生活在英国殖民主义者的统治下，自幼培养出了极其真挚的爱国主义热情，他为印度的独立贡献出了自己的全部力量。他与圣雄甘地可以称为"双峰并峙"，因此受到了全印度人民，以及全世界进步人民的由衷的爱戴。他对中国人民反抗日本军国主义者的同情，对侵略者的无情的鞭挞，我们中国人民永远不会忘记。

接着我写了泰戈尔的"生平"。我仍然突出了他的爱国行动，以及他的国际主义精神。1916年，他到了日本，从那里转赴美国。他对美国的种族歧视深恶痛绝。他以"国家主义"为题，做了一些报告。他对美国一向没有好感，几次访美，都不欢而散。1919年，发生了有名的"阿姆利则惨案"，他拍案而起，写了一封义正词严的信给英国总督，声明放弃英国国王赐给他的"爵士"称号。1924年，他访问中国，对中国文化大加赞赏，歌颂中印友谊，并预言中国的复兴。1930年，他访问了苏联，极有好感。1939年，他著文怒斥希特勒。1941年，他临终时还念念不忘中国的抗日战争。综观泰戈尔一生，主持正义，痛斥邪恶，不愧是一个完人。

下面我谈到他的思想（世界观）。他主张宇宙万物的基本精神是和谐与协调；他又提出了"韵律"是宇宙的最高原则。但是，他思想中也是有矛盾的。

接着我论述了泰戈尔的"作品"。他是一个天才作家，一个多产作家。他用孟加拉文和英文写了大量的诗歌、短篇小说、长篇小说、戏剧、杂文等等，世界各国几乎都有译本。中国已经翻译了泰戈尔的全集。我还特别分析了他的艺术特色，并以短篇小说为例，细致地加以分析。他的诗歌创作曾在20世纪20年代后半期深刻地影响了中国新诗的创作。

最后，我讲泰戈尔在世界上的影响以及他与中国的关系。上面已有所涉及，这里不再重复了。

3.《〈中国传统小说在亚洲〉中译本序》

本文原系法国学者苏尔梦著《中国传统小说在亚洲》汉译本一书的序言，收入《比较文学与民间文学》一书时，改名"文化交流与文学传播"。

中国文化源远流长，一方面接受其他国家的文化，一方面又毫不吝啬地把自己的文化传出国外，传布全球。中国的传统小说是传播对象之一。有一些小说也传到了欧洲，受到了像歌德这样的文化巨人的赞扬。但是，最主要的传播地带还是亚洲。中国家喻户晓的一些传统小说，比如《三国演义》《西游记》《今古奇观》《水浒传》《金瓶梅》《聊斋志异》《红楼梦》等等，都传至亚洲许多国家。有的是华侨带出去的，不用译本；有的则有当地文字的译本，为当地居民所喜爱。这也是一种文化传播的方式，其影响更能深入人心，它加强了当地人民对中国的了解,从而增强了友谊。

在外国汉学家中,法国汉学家是突出的。他们有比较悠久的汉学传统,名人辈出,代有传人,至今不绝。但是,老一辈汉学家"俱往矣"。在中青年汉学家中,苏尔梦是一个佼佼者。她的著作相当多,比如《适应汉文化的一个例子:十八世纪的贵州省》《雅加达的中国人,寺庙和公共生活》《印度尼西亚的中国人用马来文写的文学作品》等等。此外她还写了很多论文,涉及面非常广,资料多是第一手的。

现在的这一部书是苏尔梦编著的,其中收有法、苏、德、日、朝、柬、印尼、泰、美、澳等国学者的著作十七篇。她为此书写了引论。统观这些文章,材料大都翔实可靠,立论也平正公允。从中可见在所谓"汉文化圈"内外,中国传统小说的影响如何深厚,大大有利于了解中国文化对外影响的具体情况。

4.《印度史诗〈罗摩衍那〉的诗律》

印度古诗表现形式是诗节(stanza),每一诗节分为四个音步。组成音步的方式有两种:一种是按照音节的数目,一种是按照音节瞬间(mātrā)的数目,前者术语叫婆哩陀(vṛtta),后者术语叫阇底(jāti)。在第一种中,要区别长短音。所谓长音是指用长元音、二合元音或三合元音,以及诗律长元音组成的音节。在第二种所谓阇底中,也讲长短,一个短元音算一个音节瞬间,一个长元音算两个。在这里,诗律不是按照音节的数目,而是按照音节瞬间的数目来计算的。

《罗摩衍那》的诗律属于第一种,是按音节数目来计算的。全部大史诗约有一万九千首诗,绝大部分都是用一种诗律写成的。这种诗律名叫输洛迦(śloka),有四个音步,每个音步八个音节,共三十二个音节。输洛迦本是最常见的一种诗律,《罗摩衍那》故神其说,说是作者蚁垤于无意中发现的。实际上连《摩诃婆罗多》用的也是这种诗律。我现在把《罗摩衍那》中最标准、最典型的两首输洛迦的诗律写在下面:

（长）～（短）

一、— ◡ — ◡ — — ◡ ／ ◡ ◡ — — ◡ —
　　— — ◡ ◡ ◡ — — ◡ ／ ◡ ◡ — — ◡ —

二、— — ◡ — ◡ — — ／ — — — — — ◡ —
　　— — ◡ — ◡ ◡ — ／ — — — — — ◡ —

举此二例，可见一斑。

5.《〈中国纪行〉中译本序》

中亚人赛义德·阿里·阿克巴尔·哈塔伊用波斯文写了一部《中国纪行》，记述了他于16世纪初（明正德年间）在中国的所见所闻，极有学术价值。张至善和张铁伟、岳家明等译为汉文。书前有李约瑟的序和我的序。

中古穆斯林旅行家和学者对人类文化做出了巨大的贡献。由于语言关系，到了今天，这个历史事实还不为世界所熟知。因为当时政治紊乱，国境经常变迁，这些旅行家和学者有时候国籍难明。本书作者也属于这个范畴，但这不是关键问题，关键在著作本身的价值。穆斯林旅行家有一个共同的特点：比较客观，比较实事求是；虽也受时代限制难免多少有一些荒诞不经之谈，但总起来看是比较少的，他们的记述基本上是可靠的。

正如对许多中古旅行家那样，也有人怀疑，本书作者是否真到过中国。我个人的看法是，他亲身到过中国，否则有一些事件和情况，他不会写得这样亲切、具体、生动、真实。他对当时中国人民的讲礼貌、守秩序等美德备加赞美。他写道："在世界上除了中国以外，谁也不会表现出那样一种井井有条的秩序来。毫无疑问，如果穆斯林们能这样恪守他们的教规——虽然这两件事无共同之处——他们无疑地能按真主的良愿成为圣人。"总之，通过这一部分，我们能够看到16世纪初中国的精神文明和物质文明的比较真实的情况。我也相信，读了这一部分，会无形中增强爱国主义精神。

6.《一部值得重视的书——读阿克巴尔〈中国纪行〉》

7.《原始社会风俗残余——关于妓女祷雨的问题》

这篇论文是读《中国纪行》的副产品。

我读《中国纪行》第11章"妓院和妓女",其中讲到妓女的来源:犯了死罪的官员的妻女被送入妓院,供人寻欢取乐。另外还有一个任务,就是为公众祷雨。为什么利用妓女为公众祷雨呢?我立即想到了印度流传极广的鹿角仙人或独角仙人的故事,其中就有利用妓女祷雨的情节。大史诗《罗摩衍那·童年篇》(1.9.3;1.9.28)讲到了这件事,讲到了妓女,也讲到了下雨。玄奘《大唐西域记》卷二,讲到独角仙人,但没有讲求雨。在其他佛典中,这个故事大量出现。《本生经》第523和第526两个故事,内容基本一样,讲的都是独角仙人。在用混合梵文写成的《大事》中也同样可以找到这个故事。在西藏文佛藏《甘珠尔》中,在汉译佛典《佛本行集经》《佛所行赞》《大智度论》等无数的经典中,这个故事都留下了痕迹。在印度佛教艺术浮雕中,同样可以发现。这个故事或与这个故事相近的故事,在印度以外的地区也同样可以找到,比如 Rabalais,Le Fontaine,Barlaam and Josaphat 等都是如此。我现在毫不夸大地说一句,正如其他一些民间故事或民间传说那样,它几乎传遍了世界。

因此,我们很容易就能想到,这是原始巫术的残余。我引了 R.Briffault 的话说:"所有的没有开化的人们都认为,种植技术比起其他活动来更依赖于巫术力量和行动,而不依赖于技巧和人力。"弗雷泽(Frazer)也说,原始人把人类生产自己的族类的过程和植物生产的过程混淆起来了。

8.《罗摩衍那》——《印度古代文学史》一章

这是《印度古代义学史》中的一章,后作为单篇论文收入《比较文学与民间文学》一书中。《简明东方文学史》中《罗摩衍那》一章也用了其中的材料。

因为我穷数年之力,翻译了卷帙浩繁的《罗摩衍那》,所以我零零碎碎,陆陆续续,写过一些关于这部大史诗的文章,长短都有。最集中的是1979年出版的专著《〈罗摩衍那〉初探》(下面简称《初探》),里面讨论的问题最多,涉及面最广(请参阅前面所述1978年至1993年"我的学术研究"部分中的1979年的内容)。在那里,我只开列《初探》中的目次,对每一章都没有介绍。

在现在这一篇文章里,我当然会使用以前写过的一些文章中的资料和观点,特别是《初探》。但是,时间究竟已经过去了几年,我对这部大史诗的看法,当然会有所充实。所以现在这一篇文章并非全是抄袭旧说,而是有所增益。我先把本文的节段目次抄在下面,以资与《初探》对比:

一、性质和特点

二、主要骨干故事的历史真实性

三、作者

四、成书的时间和地点

五、语言和诗律

六、与《摩诃婆罗多》的关系

七、主要情节

(一)《童年篇》;(二)《阿逾陀篇》;(三)《森林篇》;(四)《猴国篇》;(五)《美妙篇》;(六)《战斗篇》;(七)《后篇》:罗波那的故事、哈奴曼的故事、罗摩和悉多的故事。(一)故事情节层次问题,(二)悉多的身份问题,(二)《罗摩衍那》故事来源问题

八、思想内容

九、艺术风格

（一）塑造人物形象

（二）展开矛盾斗争

（三）描写自然景色

（四）创立艺术风格

十、在印度国内外的影响

十一、与中国的关系

只要把上述的目次同《〈罗摩衍那〉初探》的目次一对比，立刻就能发现其间的差别。《初探》中有的题目，我在这里省掉了，另外加了一些新题目。这说明，我在《初探》出版后的六年中，仍然对《罗摩衍那》继续思索和探讨。

9.《五卷书》——《简明东方文学史》一节

这是《简明东方文学史》第二编中第一章的第二节。

在这里，我首先讲了《五卷书》在印度本国以不同的书名，在不同的语言中流布的情况。然后讲"时代背景"，讲"思想内容"和"结构特色"。在最后讲结构特色时，我使用了一个新名词"连串插入式"，就是一个大故事中插入许多小故事。这种结构方式，似乎对中国也产生了影响，唐代传奇人物王度的《古镜记》就是这样。此外，《五卷书》散文和韵文相结合的结构形式，中国一些传统小说中也有，比如写到一个什么地方，就忽然插入一句话"有诗为证"，接着就是一首或长或短的诗歌。

10.《迦梨陀娑》——《简明东方文学史》一节

这是《简明东方文学史》中紧接着《五卷书》的第三节。

迦梨陀娑是《沙恭达罗》等名著的作者。正如印度文学史上其他作家和作品那样，他的诞生时代以及生平事迹，争论极多，而且时间相差悬殊极大。

我在本文中讲了一部分人的看法，我个人无法反驳，也无法证明，姑从之而已。我写他是笈多（Gupta）时代（约4世纪—6世纪）的人。此时梵文已经复兴，所以才能产生这样伟大的诗人。

迦梨陀娑，这个名是由两个字合成的。"迦梨"是一个女神的名字，"陀娑"意为"奴隶"，合起来就是"迦梨女神的奴隶"。关于这个名字，印度有很多传说，都不可信。关于他的生平，更是隐在一团迷雾中，谁也说不清楚。印度古代和中世文学史上，作家的情况几乎都是这样。

我比较详细地介绍了迦梨陀娑的作品。他的第一部著作是叙事诗《鸠摩罗什出世》，讲的是战神塞犍陀的诞生。第二部叙事诗是《罗怙世系》，罗怙是《罗摩衍那》男主人公罗摩的曾祖父。书中第十章至第十五章讲述罗摩的生平，下面讲述罗摩的后裔。迦梨陀娑只写了一篇长篇抒情诗《云使》，是印度文学史上的名篇。他的一部抒情诗集《六季杂咏》，有人怀疑是一部赝品。迦梨陀娑最享盛名的作品还是他的两部剧本：《沙恭达罗》和《优哩婆湿》，其中第一部更是蜚声全球。上面我已经介绍过了，这里就不再重复。

11.《敦煌学、吐鲁番学在中国文化史上的地位和作用》

"敦煌学"这个名词，是陈寅恪先生最先使用的，其含义比较笼统，凡研究与古代敦煌有关的学问，都可以称之为"敦煌学"。特别是有名的莫高窟石窟和19世纪初（或18世纪末，相差不过一年）发现的藏经洞，其中图籍琳琅满目，成为全世界许多国家学者研究的对象。"敦煌学"之名因之日彰。至于"吐鲁番学"这个名词，始作俑者恐怕就是不佞自己，它泛指研究古代新疆文化的学问。因为吐鲁番地区考古发掘工作做得比较多，成果比较大，所以就以"吐鲁番学"概括全疆的研究工作。其中并没有多少玄妙之处。

我讲了敦煌吐鲁番学六个方面的价值：

第一，对研究中国历史和地理的价值；第二，对研究中国文学艺术的价值；第三，对研究语言学、音韵学的价值；第四，对研究宗教问题的价值；第五，对研究古代科技及其他方面的价值；第六，对研究中外文化交流史的价值。

详细叙述，请参阅本文。

12.《在中国比较文学学会成立大会暨首届学术讨论会上的开幕词》

这本是在北京大学东方学系与比较文学研究所联合举办的全国首届东方文学比较研究学术讨论会上的发言，现收入《比较文学与民间文学》中，改名为"当前中国比较文学的七个问题"。我提出的七个问题是：

一、关于"危机"的问题；二、比较文学的范围；三、比较文学的目的或作用；四、关于新名词的问题；五、世界文学；六、日本文学的启示；七、一国中民族文学的比较问题。

我对比较文学并没有深入的研究，但是我考虑这方面的问题比较多，比较广泛。以上七个问题都可以算是一得之愚。

13.《回顾与展望》

没有什么新的看法。

14.《对于〈梦溪笔谈校证〉的一点补正》

《梦溪笔谈》是享有盛誉的著作，胡道静先生学富五车，治学谨严，他的《校证》是一部优秀的著作。偶有失误，贤者难免。我的"一点补正"，不过想使这部书更为完美而已。

1986年

本年出版书两种：《印度古代语言论集》和《季羡林散文集》。前者包括用德义、英文和汉文写成的关于印度古代语言的论文；后者包括我直到这一年所写的全部散文,是一本空前的完备的散文集。本年共写文章四十四篇,其中大体上可以算是学术著作的有下述十六篇。我想在这里补上几句话:所谓学术著作与非学术著作,有的泾渭分明,有的则颇为模糊。

1.《中印智慧的汇流》

此文原系周一良主编的《中外文化交流史》中的一章,收入《佛教与中印文化交流》时改称"中印文化交流简论"。

这是一篇相当长的文章,但只能算是综述,里面没有多少新东西。不过,对一般读者来说,它是非常有用的,他们从中可以了解中印两个大国几千年文化交流的情况。

在这一篇文章中,我写了下列诸节。

一、滥觞——先秦

讲中印文化交流的开始,一直追溯到较古的时代。

二、大波——汉代

讲佛教从印度传入中国,丝、纸等从中国传入印度。

三、万紫千红——六朝

在这里,我主要讲印度文化传入中国的情况,因为事实上,在这期间,印度文化影响中国,方面极广,有的也极深入。我共讲了七个方面:(一)文学;(二)史学;(三)声韵学;(四)著述体裁;(五)艺术;(六)天文算术;(七)医药。其中,"著述体裁"中,有别的地方很少提到的新材料。

四、姹紫嫣红——唐代

在这里,我首先列了一个中印交通年表,从武德九年(626年)到长安四年(704年),这七十多年是中印交通最频繁的时期。

下面我着重谈了译经方面的活动,主要代表人物就是有名的玄奘和义净。接着我谈了这样频繁的往来所带来的文化交流方面的成果:

（一）文学；我讲了传奇和变文。（二）音韵学；我讲了守温的三十六字母。（三）医学；我讲到《隋书·经籍志》中记载的印度医书，讲到《外台秘要》中的印度影响，讲到义净《南海寄归内法传》中有关印度医学理论和药材，讲到印度眼科医生到中国来行医，剥除白内障。在唐代，印度眼科恐怕在世界上是独领风骚的。（四）艺术；我讲到雕塑、绘画、音乐等等。（五）宗教；当然指的是佛教，我突出讲了禅宗。（六）科技；我讲了制糖术。在制糖术方面，中印两国互相学习，共同发展，垂千有余年（详情见我新近完成的长达80万言的《糖史》）。（七）中国物品传入印度；我主要讲了水果。（八）印度物品传入中国；我举了许多例子。（九）哲学；我着重讲了印度哲学宗教思想的中国化问题和中国哲学宗教思想对印度的影响。我第一次提出了"佛教的倒流"这个概念。在这里，我讲了：（1）《道德经》的翻译问题；（2）佛教的倒流；（3）佛教的中国化。（十）印度杂技和幻术传入中国。（十一）印度天文历算传入中国。（十二）佛教对一般社会生活的影响。

五、余音袅袅——宋及宋以后

我讲了宋代开国初期同印度来往的情况。以后，随着佛教在印度的衰微，中国没有西行求法的佛教僧侣了，中印交通的一个主要方面，就从而断绝。代之而兴的是外交和贸易方面，规模都不像以前那样大了。在意识形态方面，则印度影响逐渐显著而深入，宋明理学就是一个著名的例子。

元代的版图空前地扩大，这当然会有利于中印交通。我列了一个简单的交通年表，可以看到在短期内两国交通之频繁。明代初年实行海禁政策，永乐年间开始打破，派郑和七次出使西洋。当时的所谓"西洋"，今天的南洋一带都包括在里面。郑和下西洋对中印文化交流的促进是不能低估的。清代中印交通未断。

六、涓涓细流，为有源头活水来——近代

鸦片战争以后，中印两国人民都相继爆发了反侵略或反封建统治的民族解放战争。两国人民相濡以沫，都有对对方表示同情与支援的举动。印度独立运动的伟人甘地和泰戈尔，都对中国寄予极大的同情。

2.《比较文学的"及时雨"》

本文原是乐黛云著《比较文学与中国现代文学》一书的序言，收入《比较文学与民间文学》时改今名。

本文不长，主要谈我对乐著的印象。

3.《婆罗米字母》

4.《卢字母》

这两篇都是我给《中国大百科全书·语言文字卷》所写的词条，介绍印度古代的两种主要字母。婆罗米字母，由左向右书写，横行。而卢字母则是由右向左书写，也是横行。在中国新疆考古发掘工作中，两种字母的残卷都有大量的发现。

5.《翻译》

这也是给《中国大百科全书·语言文字卷》所写的词条。其中阐述了我对翻译的理解或者狂妄一点说，就是"理论"。我对翻译的理解是倾向于保守的。中国有世界上最古最长的翻译的历史，理论方面也有不少建树。但是，我觉得，严又陵的"信、达、雅"仍然是平正公允的理论。现在国内外都有不少翻译理论，其中故意标新立异而实则缺乏真货色者也不在少数，这同文艺理论和语言理论等等，颇有类似之处。

6.《东方文学的研究范围和特点》

本文原系《简明东方文学史》的绪论，收入《比较文学与民间文学》时，改今名。

这是一篇比较长的文章，大体上代表了我在1986年前后对整个东方文学的看法。

我先讲"东方文学的范围",回答"什么叫东方文学"这个问题。东方,最初只是一个地理概念,但也有一个发展过程,时代不同,典籍不同,"东方"的涵盖面也就不同。后来又添上了一个政治概念,"东方"成了被侵略、被剥削的代名词。此外,还要解释一个问题:为什么中国学者写的东方什么史中一般不写中国。中国不是东方大国吗?我认为,主要原因是,加入中国,则篇幅必然会大大地扩大,而且有关中国的专史,数量极大,不必再挤进东方什么史之类的书籍中,争一席之地。

接着我讲了东方文学的特点——内容和发展规律。我认为,文学的特点决定于民族心理素质和语言文字等表达工具。我把世界文化区分为四个文化体系:

一、中国文化体系;二、印度文化体系;三、波斯、阿拉伯伊斯兰文化体系;四、欧洲文化体系。

一直到今天,我仍然是这个看法。不过,对第三个文化体系的名称,我曾改变过几次,目的是为了更确切、更全面,这一点我在下面还会谈到,请注意。我认为,在这四个文化体系中,前三者属于东方文化体系,最后一个是西方文化体系。这也决定了东方文学的范围。这个想法,上面已经多次涉及。

我在本文里引了严复的看法,又引了古代《宋高僧传·释含光传》的《系》中的说法,这些说法都能自圆其说,有一定的深度。到了20世纪20年代,又有人讨论东西文化及其哲学问题,这里的"西"有时指的是印度,与后来一般的用法稍有不同。接着我谈了一个民族的文化发展规律大体上可以分为三个步骤:第一,以本民族的共同心理素质为基础,根据逐渐形成的文化特点,独立发展。第二,接受外来的影响,在一个大的文化体系内进行文化交流。大的文化体系以外的影响有时也会渗入。第三,形成一个以本民族的文化为基础、外来文化为补充的文化混合体或者汇合体。

上面我讲的是文化和文化交流的问题,文学是文化的一个重要组成部分,文学发展的规律不能脱离文化发展的规律。因此,一个国家,一个民族的文学的发展,也可以分为三个步骤:第一,根据本国、本民族的情况独立发展。第二,受到本文化体系内其他国家、民族文学的影响。第三,形成以本国、本民族文学发展的特点为基础的或多或少涂上外来文学色彩的新文学。上面讲的文化和文学的发展三步骤只不过是一个大体的轮廓而已。

下面我讲到文学的表达工具,也就是语言文字。我在这里提出来了一个观点:内容与形式的矛盾是推动文学发展的动力。这个观点正确与否,先不去管它。我只讲一讲在1986年以前很长的一段时间内,哲学界以及一般的学术界,大兴"矛盾"之风,认为一切事物的前进的动力,都是矛盾。倘无矛盾,则一切都要停滞。我也莫名其妙地成了"矛盾派",所以才产生了这个观点。我对哲学本无兴趣,后来时移事迁,我没有再继续思考这个问题。我现在怀疑,我这观点是时代的产物。我不妨把我在本文中举的例子说上一说。我说,在远古的时候,人类的思想感情比较单纯,表达思想感情的形式是四言诗,这也就足够了。后来,随着社会的前进,人类的思想感情也日益复杂化起来,表达的形式也多样化起来。统而言之,简而言之,我所谓内容与形式的矛盾,就是这个样子。现在,连我自己也没有把握,我这个"理论"是否能站得住脚。

我在下面用相当长的篇幅,讨论了诗歌的格律问题。我在这方面是一个保守派。我从来不是什么诗人,但是,对诗也有我自己的看法,有自己的标准。对当今国内外的某一些诗歌的创作和理论,特别是所谓"朦胧诗",我颇有点不敢苟同。这些诗歌,我一大半看不懂;看懂的一点,则觉得肤浅,故以艰深文浅陋。他们的理论,我也是大半不懂;

懂了的一点，则觉得同样肤浅，也是故以艰深文浅陋。总之一句话，我认为，诗歌必须有形式，必须有格律，格律的形式可能因语言文字的不同而大大地有差异；但是必须有，则一也。我的"理论根据"实在非常幼稚。我认为，文学艺术最忌平板，必须有跌宕起伏，诗歌更甚。格律，韵律，正是这种跌宕起伏的表现和手段。我这一点幼儿园的"理论"水平，恐将贻笑于方家，但我决不会感到羞愧不安。

我讲了中国古诗的格律，讲了印度古诗的格律，伊朗（波斯）、缅甸、越南等国的诗律，目的在于对比，而且说明，诗律对诗歌来说是不可缺少的。

紧接着我把根本没有形态变化的汉文诗和形态变化极其复杂的梵文诗作了对比。我举了两首汉文诗，几乎只有名词，而没有动词。然而给人的印象却是鲜明生动，如在眼前，这是汉文的特点，其他语言是难以做到的。

我在本文的最后一部分里，分别介绍了几个国家或地区的文学发展情况。我首先讲了印度文学，其次是西亚与非洲文学，再次是南亚与东南亚文学，最后是日本文学。我的叙述都比较短，目的只在用这些具体的文学，来说明我在上面提到的文化和文学发展的三个步骤。其中是否有牵强之处，我自己现在也没有把握。请读者当作一家之言去看吧。

7.《比较文学和文化交流》

本文原系《中国比较大学年鉴》的"前言"，收入《比较文学与民间文学》一书时改今名。

这是一篇相当短的文章，内容主要是从文化交流的角度来谈比较文学。比较文学是文化交流的一种形式。我又谈了比较文学中国学派的问题。我认为，如果没有中国文学参加，所谓比较文学就是不完整的比较文学。至于中国学派，我指出要具有两个特点：第一，以"我"为主，以中国为主，决定对外国文学的"拿来"或者扬弃。第二，把东方文学，特别是中国文学，纳入比较的轨道，以纠正过去那一种欧洲中心主义。

8.《民间文学与比较文学》

9.《我同外国文学的不解之缘》

这一篇文章并不能算是一篇学术论文，其中讲了我六十年来同外国文学打交道的经过。从小学学英文谈起，一直谈到初中、高中、大学和留学时期同外国文学的关系。最初只是英文，最后扩大到了其他外国语言和文学。对我的求学的过程讲得很具体，是一篇颇为有用的资料，可以供有兴趣者参考。

10.《论梵文本〈圣胜慧到彼岸功德宝集偈〉》

这是一篇相当长的论文，也是一篇相当重要的论文。我之所以认为它重要，是因为它涉及下面几个问题：

一、在佛教大乘经典中，般若部是极其重要的一个大家族。这一部《圣胜慧到彼岸功德宝集偈》在这个般若家族中占有特殊的地位。

二、这一部经由梵文译为西夏文，由西夏文译为藏文，又从藏文译为汉文。诗的格律很奇特：每句 11 个音节，4 种不同的语言都是如此。此为译经史上所绝无仅有。

三、这部经的语言特点，与大家族其他成员都迥乎不同。其中 -aṃ > -o，-u 的现象，更引起了我浓厚的兴趣。

四、般若部诸经典流布的情况，我认为与佛教大乘的起源有关。

下面把论文的内容简略地加以叙述。我并不是简单地复述，而是有时候加以补充，有时候加以纠正，有时候解决了旧问题，有时候又提出了新问题。我觉得，"学术回忆"的真正的意义就在这里，否则回忆的作用就不大了。

我先把本论文的章节抄在下面。原文本来没有在文前归纳写出，对读者颇不方便。

一、般若部的一般情况

二、梵汉对比研究

三、《般若经》起源地的问题

四、梵本《圣胜慧到彼岸功德宝集偈》的语法特点

（一）《宝德藏》中没有东部方言的特点

（二）《宝德藏》中有西北部方言的特点

（三）在 -aṃ > -o, -u 中 -o 和 -u 是否相等（equivalent）

五、《宝德藏》的起源地问题

六、《宝德藏》的产生时间问题

七、《宝德藏》的起源与大乘的起源问题

在下面按上列目次加以简单叙述。

一、按照 Warder 的说法，《般若经》共有 21 种，但是这不一定就是十分准确的数目。从语言方面来讲，只有一种是用"佛教混合梵语"写成的，这就是《宝德藏》，其余都用梵文写成。至于成书的时间，有二说：（1）越长越古；（2）越短越古。尚无大家都承认的看法。

二、为了具体地说明《宝德藏》的特点，我选了此经第一品的前九颂，先抄梵文原文，每行 11 个音节；再抄宋法贤译的《佛说佛母宝德藏般若波罗蜜经》，译文为每行 7 字；最后抄每句 11 个字（音节）的汉译本。西夏文和藏文译文没有抄。那是另外一个研究课题。

三、关于《般若经》的起源地的问题，有两种说法：一是南方，一是北方。南方起源说，论据多，似乎占了上风。我总共引用了八种汉译佛典，从三国一直到唐，基本上都说《般若经》起源于南天竺，然后向西方、北方等地扩展。我在这里提出来了一个大胆的说法：《般若经》有象征意义，它象征着新兴大乘佛教思潮。它的流布情况就是原始大乘的流布情况。

我细读上面讲的八部译经，突然灵机一动，想到一个问题，主南方

说者利用这些资料,有一个共同的疏忽。这八部经都说,佛灭度后《般若经》传至南方。佛灭度前怎样呢?它当然不会在南方,而是东方如来佛游行传教的地方。我在上面已经提到过,大乘起源分两个阶段:一原始大乘,一古典大乘。前者只能起源于东天竺。

关于大乘佛教起源问题,因为是佛教史上的一个重大问题,国内外学者论之者众矣。有的能说到点子上,略有新意。有的另是一套,根本说不到点子上,Lamotte 等就属于这一类。中国学者吕澂对这个问题的说法颇有新意。他认为,大乘佛教的起源可以分为两个阶段:第一,主智的大乘佛教,也就是印度的大乘佛教起源于南方。第二,主情的大乘佛教起源于北方,受希腊、波斯等地的影响,主张祈祷、他力往生等。我个人认为,大乘的起源是一个十分复杂的问题,内因和外因都起了作用,但还应该分为原始大乘与古典大乘两个阶段。

四、关于《宝德藏》的语言特点问题,最重要的一点就是,此经是用"佛教混合梵语"写成的。我在本书中,在上面,已经多次提到这种混合梵语。在此经的混合梵语中,有两点值得注意:第一,它没有东部方言的残余;第二,它有 -aṃ > -o, -u 的现象,而这种语言现象明确无误地是印度古代西北部方言的特点。我在自己一生几十年的学术生涯中,在这篇论文之前,在这篇论文之后,都写过论证这个特点的论文。我有一个习惯:我一旦发现一个问题,就写成文章,而且终生不忘,随时积累更多的更确凿可靠的证据,证实我原来的看法。

对 -aṃ > -o, -u 这个语法现象,我也是如此对待的。我又用了相当长的篇幅,大算其旧账。导火线就是日本学者汤山明研究《宝德藏》的专著。他是追随在 Lamotte 和 F. Edgerton 身后反对或者不承认我这个看法的。我觉得,每一个学者都有权提出而且坚持自己的学术观点。但是,这里有两个原则必须遵守:第一,一旦发现自己错了,必须有勇气承认而且改正;第二,错了以后,千万不要文过饰非,说一些自己打自己嘴巴的话。美国学者 Edgerton 就属于不遵守这两条原则的人。

Edgerton 先生的这种治学态度，引起了我的强烈不满。我于是又以 -aṃ > -o, -u 这个语法现象对他在《佛教混合梵语语法》中的一些不明真相而又强词夺理的论点，提出了我的意见。特别是对他认为"o 和 u 不相等"这种缺少起码的常识的说法，提出了我的论证。我说，o 和 u 是一个历史发展问题：

阿育王碑 o

卢文碑 o

卢文《法句经》ou

卢文尼雅俗语 ou

佛教混合梵语 u（极个别的 o）

这样一个表，一目了然，历史发展，昭然若揭。然而 Edgerton 和他的追随者，却偏偏视而不见。他最后被迫承认了我的论点，却一不更改自己书中的错误，二又企图提出毫不沾边的理由，说什么只是由于韵律关系 -a 才变成 -u。这是一种思维混乱。我讲的只是 -aṃ > -o, -u，而没有讲什么原因。扭扭怩怩提出了"韵律关系"，这同我的论点有何关系？我劝读者：千万不要学习这样的治学方法！

对于这个问题我还做了更多的论述，我在这里不重复了。关于 Urkanon 问题，我在这里又讲到了，也不再重复。我只在这里补充一点：我在本文中引用了西藏学者 Buston 的一句话：《宝德藏》后来被使用摩揭陀方言来宣讲。我无法理解这一句话的含义，摩揭陀语是东部方言。

五、《宝德藏》的起源地问题，我在上面已经涉及，这里不再论述。

六、《宝德藏》产生时间的问题。对于这个问题，学者们间大体上可以说是有两派意见：一派主张产生最早，一派主张产生最晚。我是主张最早的,根据就是,此经是般若部大家庭中唯一的一部用混合梵语写成的经典。可是有一个问题我迄今还没能找到解决的办法,这就是,《宝德藏》是《八千颂般若波罗蜜多经》的缩写本,为什么偏偏用混合梵语来缩写一部用梵语写成的佛典的缩写本呢?

七、关于《宝德藏》的起源与原始大乘佛教的起源问题,我在上面已有所涉及。这是一个十分复杂的问题,不是三言两语就能够回答清楚的。我在本篇论文中又借机讲了讲我一贯对大乘起源问题的看法。归纳起来,有以下几点:第一,我把大乘起源分为两个阶段:原始大乘与古典大乘;第二,大乘起源有内部因素,也有外部影响;第三,原始大乘思想,同小乘一样,萌芽于东天竺;第四,原始大乘思想的萌芽应追溯到公元前2世纪。除了以上几点以外,我又讲了我对宗教发展规律的粗浅的设想。我的规律是:用越来越小的精神和身体两方面的努力得到越来越大的对宗教需要的满足。这一条规律我在上面已经提到过。我认为,不但适用于佛教,而且也适用于天主教和基督教。我讲到什么努力,讲到什么宗教满足,也许有人认为太空洞。我现在讲得稍微具体一点。所谓"宗教需要",不一定每一个民族,每一个人都有,内容也不尽相同,总之不过是:高则成佛作祖,低则趋吉避凶。释迦牟尼最初并没有被神化,佛教最初也无神可拜。小乘因此就强调个人努力,进行修行。这当然要费很大的精神和身体的力量。到了后来,由于佛教内部发展的需要,再加以外在甚至外国的影响,就出现了把佛神化,加以跪拜,借他力以往生,功德可以转让,等等。发展到最后,甚至到了"放下屠刀,立地成佛"的地步。我那一条规律的内容,大体上就是这样。

至于大乘起源地的问题,我再补充几句。《大智度论》的作者龙树在本书卷67中说:"是深般若波罗蜜,佛灭度后当至南方国土者,佛出东方,于中说般若波罗蜜,破魔及魔民外道。度无量众生,然后于拘夷那竭双树下灭度。后般若波罗蜜从东方至南方,如日月五星二十八宿，常从东方至南方，从南方至西方，从西方至北方，围绕须弥山。"如果我的设想：般若部是初期大乘的象征，是正确的话，大乘佛教萌芽于东天竺，也就不成问题了。事实上，大乘区别于小乘的一些做法，比如虔诚拜祷、他力往生等等，《般若经》中都能够找到。

我已经用了很长的篇幅介绍关于《宝德藏》的这一篇论文；但因论文内容过于丰富，仍难免挂一漏万，只好请读者参看原文了。

11.《我和佛学研究》

严格说，这也不能算是一篇学术论文。我在里面讲了我学习佛教史的经过，研究佛教的原因。我认为，不了解佛教，就无法了解中国哲学史，甚至中国历史。我反对对佛教加以谩骂，谩骂不是战斗。我认为，应该正确地理解佛教，佛教也有过正面的影响。宗教是人类创造的，只要人类在行动上和思想上不能完全主宰自己的命运，宗教就有存在的余地。想人为地消灭宗教，是办不到的，只能是一个并不高明的幻想。我还认为，佛教并不影响、阻碍生产力的发展，日本就是一个例子。我们中国的佛教研究实际上还很落后，应急起直追。

12.《外语教学漫谈》

本篇也算不上学术论文，只谈了我对外国语教学的一些想法。

13.《对于文化交流的一些想法》

在精神方面和物质方面，都有文化交流。文化交流无所不在，无时不在。世界民族，不论大小，不论新旧，都创造了自己的文化，都同别的民族进行了文化交流，虽然各民族对世界文化的贡献之大小不是等同的。中国几千年的历史告诉了我们一个经验或者规律：国力强大的朝代，比如汉唐，敢于接受外来的事物，从而丰富了自己的文化；国力衰微的朝代，胆子就小，自己文化的发展也受到了影响。

14.《我和外国语言》

这篇文章详细讲述了我几十年学习外国语言的过程。

15.《在"东方文学比较研究学术讨论会"闭幕式上的发言》

我这一篇"发言"共谈了七个问题：

一、关于"危机"的问题

二、比较文学的范围

三、比较文学的目的或作用

四、关于新名词的问题

五、世界文学

六、日本文学的启示

七、一国中民族文学的比较问题

"发言"原来没有题目，后来收入《比较文学与民间文学》一书时用今名。

16.《新博本吐火罗语A（焉耆语）〈弥勒会见记剧本〉第19页译释》（英文）

这是一份英文稿，后面会谈到。

1987年

本年共写各类文章26篇，包括创作和学术文章。基本上可以算是学术文章的有16篇。下面分别加以介绍。

1.《欧、美、非三洲的甘蔗种植和砂糖制造》

这是一篇相当长的论文，后来作为第七章编入我的《糖史》第二编，国际编。

我在上面曾说到过我写《糖史》的原则：我并不想求全，只要Von Lippmann和Deerr两部《糖史》中已经有的东西，我尽可能不再重复，那两部著作是完整求全的。我的《糖史》第一编，国内编所用的材料基本上都是我自己多方搜罗来的。这一点那两位国外学者是根本做不到的，我们也不应当这样要求他们。在国际编内，有时候非用他们的材料不行，但我也把这种情况压缩到最低限度。换一句话说，材料也基本上都是我搜罗来的，读者一看内容就能够知道。现在这一篇论文也不例外。在这里，我使用的都是汉文资料。我是有意这样做的。结果怎样呢？由读者来评断。

我不是为写《糖史》而写《糖史》，我有我的用意和着重点。我的着重点首先是讲文化交流；其次是阐述中国人在这些工作中所起的作用，特别是华工们所付出的劳动和做出的牺牲。是中国华工以及接近奴隶的"猪仔"，为美洲许多国家的甘蔗种植和砂糖制造流血流汗，奠定了基础。最后我还特别强调从非洲被欧洲殖民主义的强盗们贩运到美洲的黑人或者"黑奴"的作用。他们牲畜般地被白人奴役，在甘蔗园中、在制糖厂中，他们也是流血流汗，甚至牺牲了自己的性命，使南美洲和中美洲产的白糖流布世界。

2.《吐火罗文A（焉耆文）〈弥勒会见记剧本〉新博本76YQ1.2和1.4两张（四页）译释》

这是吐火罗文A（焉耆文）《弥勒会见记剧本》新博本76YQ1.2和1.4两张四页的译释。详细情况上面已说过，不再重复。这说明，我在1987年仍然从事这项工作。

3.《〈东南亚历史词典〉序》

这不是一篇独立的论文，只是一篇序。中华民族是历史上最爱历史的民族。我们不但对本国历史有不间断的比较可靠的记述，对外国，其中也包括东南亚国家，也有记述。这些记述对研究有关国家的历史，有异常重要的意义。因此，我们中国学者，只要掌握了东南亚国家的语言文字，利用有关国家的史料，再加上我们史籍中的有关史料，这样来研究东南亚国家的历史，包括撰写《东南亚历史词典》，自然会得心应手，左右逢源。

4.《佛教开创时期的一场被歪曲被遗忘了的"路线斗争"》

下面按内容目次对本文加以简略的阐明。

一、问题的提出

提婆达多，梵文 Devadatta，也译为"调达"等等，意译是"天授"。他是佛祖释迦牟尼的堂弟，后来也随佛出了家，当了和尚。佛经中有很多地方都提到他，把他说成是一个十恶不赦的恶人：他屡次想方设法加害佛祖，死后堕入地狱，永世不得翻身。他的主要罪恶是想争夺僧伽的领导权，破坏僧伽的统一，这种行为有一个术语，叫作"破僧"（saṅghabheda）。但是，佛典在罗列他的罪状的同时，有时会露出一点破绽：提婆达多并不那样坏，还有人信从他。我因此想到中国一句老话"胜者王侯败者贼"，一部《二十四史》，很多地方都可以碰到这种现象。恐怕提婆达多也属于败者一类。

但是，中外佛教史专家的著作中，有的也间或提到提婆达多的名字，却没有一个人认真探讨这个问题，更没有人提到，他同佛祖的斗争不是一般的意见不合，而是有更深的含义的。我借用了我国前一段很长时间内习用的一个政治术语"两条路线的斗争"，来表示我对这个问题的看法。

二、佛典中对于提婆达多的论述

我在本文中收集了大量的有关提婆达多，特别是他与释迦牟尼的矛盾的资料，这些资料都是"胜者"释迦牟尼的徒子徒孙们，最先是口传，最后写定成书的，倾向性非常明显。但是，正如常人所说的"不能一手掩尽天下人的耳目"，其中有一些真实的材料，对我今天的探讨是非常有用的，这是如来佛忠实的徒子徒孙们始料所不能及的。

因为有关的经典太多，我最后选定了以唐义净译的《根本说一切有部毗奈耶破僧事》为依据，来叙述佛与提婆达多的矛盾与斗争。因为，这一部经名称就标出了"破僧"，是资料最集中的一部佛经，是专门讲提婆达多破坏僧伽统一的。

这一部佛典讲释迦牟尼和提婆达多的矛盾，用的是典型的印度方式，几乎是从开天辟地讲起的。它讲人类的出现、人类的堕落；由于堕落而争夺土地，于是产生了国王。又经过了不知多少年多少代，出现了释迦种。最后出现了释迦牟尼的父亲净饭王，净饭王的兄弟甘露饭王，生子提婆达多。因此，佛祖和提婆达多是堂兄弟。讲释迦牟尼的诞生，又用的是印度方式，烦琐详尽到令人生厌。两位主人公一出台，本经就讲他们之间的矛盾。为什么有矛盾？道理讲不出，也无法讲出，好像他们俩天生就是冤家对头。古今中外专讲一面之辞的书籍，往往如此，因为它们实在讲不出令人信服的道理来。后来佛祖厌倦人世，出家修道。先行苦行，不久就发现："此是邪道，非清净道。"舍之而去。在这里，这一个举措虽为所有的佛传所共载，却是一个伏笔，这与提婆达多有关，下面还要谈到。后来释迦牟尼终于在金刚座上，菩提树下，成了正果，成了佛。有了佛，才能有僧伽，有了僧伽，才有了"破"的对象，而破之者就是提婆达多。

《破僧事》接着叙述提婆达多的活动，特别是"罪行"，说他处心积虑要伤害释迦牟尼；又叙述他与未生怨王（阿阇世）的关系，二人先是仇人，后来又变成了朋友。又叙述提婆达多与六师外道之一的晡剌拿的关系。这虽是一件小事，但是其中却隐含着提婆达多的宗教哲学思想，下面我还要谈到。《破僧事》又叙述了提婆达多处处同释迦牟尼对着干，别立"五法"。这对了解提婆达多的宗教思想有极其重要的意义。这"五法"都是针对释迦牟尼的：第一，不食乳酪；第二，不食鱼肉；第三，不食盐；第四，用衣时留长缕绩；第五，住村舍内。这"五法"对于了解提婆达多同释迦牟尼的斗争，有重要作用。下面又讲到提婆达多破僧的五种禁法：第一，不居阿兰若；第二，于树下坐；第三，常行乞食；第四，但蓄三衣；第五，着粪扫服。以上这些细节，实际上是两条路线斗争的内容。《破僧事》又记述提婆达多堕入地狱，舍利弗到那里去看望他。

《破僧事》接着叙述，提婆达多原来有了神通，后来因为做了恶事又失掉神通。又叙述提婆达多率领五百苾刍（比丘）在人间游行。这说明，提婆达多还是有追随者的。阿阇世王爱乐他，送给他五百车粮食，可以想见，二人已经成了好友。提婆达多千方百计地挑拨阿阇世与自己父亲的关系，终于使阿阇世把父王囚禁至死。提婆达多又一次一次地设计害他，终未得逞。《破僧事》最后利用阿阇世对世尊讲的一番话说明了哺刺拿的主张："无善恶业，无善恶报，无施与祀，无施祀业，无父母，无父母恩，无有此世他世，无有修道得圣果者，无有圣人，无罗汉果者，四大散已，无所依止，若有人言今世后世业因业果真实有者，皆是妄言。智慧所说，愚人所谈，二俱皆空。"这一段话明确无误地说明了哺刺拿的接近印度古代唯物论者的异端邪说。可是他是提婆达多的好友。从中也可以看到提婆达多思想之一斑。

三、论述中的矛盾

常识告诉我们，只有彻头彻尾讲实话的人才能在言语中没有矛盾。《破僧事》以及其他正统正宗的佛典，对提婆达多的叙述不是实话，而是有意地歪曲与诬蔑，因此必多矛盾，这是很自然的事情。

我在本文中着重指出了两大矛盾：第一个是叙述本身的矛盾；第二个是叙述的事实与以后历史的发展之间的矛盾。第一个矛盾中又包含着两个问题：（1）提婆达多真正是一个人格卑鄙干尽了坏事的家伙吗？（2）提婆达多真正是一个失道寡助众叛亲离缺少徒众的坏人吗？有一些问题我在上面行文时已稍稍点到过。现在再补充几个例子。《破僧事》及其他一些佛典的律部经典都讲到一件事：如来佛派亲信舍利弗或阿难，跟踪提婆达多到王舍城去，告诉那里的婆罗门及长者居士说，提婆达多是一个坏人。这有点像中国"文化大革命"中一些"造反派"的头子常用的手段，用他们的话说就是：把某一个人"搞臭"。这样做，必须会说假话，会造谣诬蔑。不意几千年前印度的佛祖的徒子徒孙们就曾这样干过。我再举一个例子——实际上，上面已经谈到过——许多律部经典同《破僧事》一样，都记载着，提婆达多是拥有徒众的，至少有五百个。"五百"可能是一个象征的数字，说多就用"五百"，比如"五百罗汉"之类。总之，提婆达多是有徒众的，而且为数不少。徒众中不但有和尚，而且也有尼姑。

现在谈第二个大矛盾。如果提婆达多真正像《破僧事》和其他律部经典所说的那样坏的话，他活着下地狱，也是罪有应得的。可是后来的历史告诉我们的却是另外一个完全不同的事实。佛灭度将近一千年以后，5世纪初，中国的高僧法显在拘萨罗国舍卫城中竟然看到了提婆达多的信徒们，他们供养过去三佛，唯不供养释迦牟尼。又过了二百多年，唐代的高僧玄奘在《大唐西域记》卷十，羯罗拿苏伐剌那国条中写道："别有三伽蓝，不食乳酪，遵提婆达多遗训也。"可见到公元7世纪，提婆达多一派的僧徒还在活动。"不食乳酪"一语值得注意。我在上面已经说到提婆达多所立"五法"中第一法就是"不食乳酪"。一个微不足道的宗教禁忌竟然有这样长、这样强的生命力，真不能不令人佩服！晚于玄奘几十年到了印度的、《根本说一切有部毗奈耶破僧事》的翻译者义净，在一条夹注中说："在处皆有天授（按即提婆达多）种族出家之流。"可见其地区之广以及人数之众。可惜在以后的记载中就再也找不到这类的记述，提婆达多徒众的历史陷入渺茫之中了。

四、我的看法，几点结论

上面我简略地叙述了提婆达多同释迦牟尼的矛盾与冲突。最后提一提我的看法。我的总看法是：这不是两个人之间的恩怨，而是一场剧烈的"两条路线的斗争"。

（一）公元前6世纪北印度思想界的情况

我们首先要把眼光放远，不要只看到佛教内部，而要环视当时整个北印度意识形态领域内的矛盾与斗争。笼统说起来,当时的北印度,有点像差不多同时代的中国春秋和战国时代:百家争鸣,思想活跃。大体言之,可以分为东西两大思想体系:西方婆罗门思想体系,东方沙门思想体系。前者以外来的雅利安人为基础,崇信吠陀天启,坚持种姓制度,婆罗门至上,提倡祭祀,信仰多神中的一神,哲学思想主张梵我一如(天人合一),没有悲观思想,不主张苦行,基本上是入世的。后者看重苦行,从某种意义上来看,是无神论的,否定自我,主张非暴力(ahiṃsā),相信轮回业报。在一些重要的问题上,二者是根本对立的。

(二)沙门思想体系内部的情况

佛教、耆那教都属于新兴的沙门体系,这个体系内部的、最激烈的矛盾是正统佛徒与外道六师的矛盾。佛典中许多地方都能找到攻击谩骂六师的十分恶毒的言辞。

(三)佛教内部的情况

佛教原始时期的情况,也有矛盾与冲突,最突出的就是我在本文中所讲到的提婆达多与释迦牟尼的矛盾。对于这个矛盾的真相的说法,佛典中可谓既众说纷纭,又破绽百出,这一点我在上面已经谈过。真相究竟如何呢?我们应该公允地实事求是地加以分析。

(1)提婆达多五法的分析

我在上面已经详细地叙述了提婆达多所立的"五法",在这里不再列举。在五法中,有二法值得注意:一个是苦行,一个是不食肉。苦行并没有明确规定,一些规定实际上与苦行是相通的。不吃肉则是明确规定的。在印度宗教史上、在印度佛教史上,这两个问题都是重要的问题;而偏偏在这两个问题上,提婆达多是同释迦牟尼对着干的。

(2)提婆达多思想的分析

苦行和吃肉属于律的范围。提婆达多与释迦牟尼的根本对立,不仅表现在律的方面，而更重要的是表现在教义方面。关于这方面，我在上面已经谈了一些。我在这里只着重举出一点，提婆达多主张："但有此生，更无后世。"提婆达多的好友，"外道六师"之一的晡剌拿，就是这样主张的。六师中另外一位名叫末加梨拘舍梨的"外道"也主张："无善恶报，无有今世，亦无后世。"可见他们之间"心有灵犀一点通"。我们现在可以用一张现成的标签贴在他们身上：唯物主义者。所有这些问题都是复杂的问题，详细分析请参阅我的原文。

（3）两条路线的根本对立

如果画龙点睛的话，"两条路线的斗争"是现成的说法。这个斗争，大概在释迦牟尼在世时确实发生过，以后为佛祖本人以及他的徒子徒孙们镇压了下去。但未能根本消灭，遂形成了佛教（或甚至不能称为"佛教"）的一股潜流。一千多年以后，此流还在潺潺地流动。如果真正写佛教史，不能忽视这一股潜流。中间还有一段有趣的插曲。梁僧祐《释迦谱·释迦从弟调达出家缘记》卷十说：提婆达多（调达）由于害佛，入了地狱，受大苦难，便发悔心，说了声："南无佛。"如来佛便说，他将来会成为辟支佛。在宗教斗争史上，不乏这种例子。印度教兴起以后，也把佛祖释迦牟尼请入自己的神殿，给他在印度教众神中安排了一个座位。

最后，我还要着重说一句：以后研究佛教史的学者，必须正视佛教开创时期这一场相当激烈的"两条路线的斗争"。

（四）我的结论

略。

5.《cīnī 问题——中印文化交流的一个例证》

cīnī 的意思是"中国的"，这一点明确无误，绝无可以怀疑的余地。可是偏有一位 W.L.Smith 先生写文章否定印度许多语言中称白糖为 cīnī 这事同中国有关。他挖空心思，故弄玄虚，大绕弯子，"拙"言惑众，来证明他的观点，结果自然是削足适履，捉襟见肘，前后矛盾，闪烁其词，危言并不能耸听，白搭一支蜡。

学术探讨，空言无济于事。我们只能让历史事实来说话。历史事实是，根据马可·波罗的记述，元世祖时代，中国福建Unguen（尤溪）地方已经从埃及人那里学会了炼制白糖的技术。所谓"白"是一个颇为模糊的词，有种种等级不同的"白"。过去中国一些医书上已经有"白糖"一词，决不会是纯白，不过较之红糖，颜色显得稍稍淡黄而已。元代的白糖也不会是纯白。到了明代，根据刘献廷《广阳杂记》的记载："嘉靖以前，世无白糖，闽人所熬皆黑糖也。嘉靖中，一糖局偶值屋瓦堕泥于漏斗中，视之，糖之在上者，色白如霜雪，味甘美异于平日，中则黄糖，下则黑糖也。"大概泥土中的碱性发生了作用，使糖色变白。在中外科技史上，由于偶然性而产生的新发明，并不稀见。总之，中国明代已能制白糖，这是无法否定的事实。后来，我在我的《糖史》中有专章讨论此事。这是后话，暂且不表。

中国一旦能生产白糖，立即出口外洋。中国白糖运至日本，中国典籍和日本典籍中都有确切翔实的记载。中国白糖运至印度，也是十分顺理成章的事。这个事实，Smith先生想否定是办不到的。传到了印度以后，印度人民无以名之，就名曰"中国的"（cīnī）。至于确定传入印度的时间和地点，我仍然用我的老办法：从语言上下手，也就是从cīnī这个字下手。由于资料不足，我只能利用Smith的现成的资料。他说cīnī这个字在印度孟加拉16世纪时已经确立。他又推断，这个字13世纪时已经出现。那么，根据这个情况，我们可以推断，13世纪中国从埃及学制的白糖已经从泉州由海路运往印度。明代生产的更白的白糖16世纪后又通过同一途径运至印度。这样一来，传入的地点问题也就连带解决了：是东天竺孟加拉。

根据目前的资料，仅能作这样的结论。

6.《传统文化与现代化》

传统文化代表文化的民族性,现代化代表文化的时代性。历史上的现代化(虽然当时还不会有这个名词),指当时的"现代化",也可以叫时代化。现代化或"时代化"的目标是当时世界上文化发展已经达到的最高水平,现代化总是同文化交流分不开的。一方面大力吸收外来的文化,一方面对传统文化又进行批判和继承的工作,二者相辅相成,缺一不可。历史上任何正常发展的国家都努力去解决传统文化与时代化的矛盾。这个矛盾解决好了,文化就大大地前进一步;解决不好,则两败俱伤。只顾前者则僵化保守;只顾后者则邯郸学步。中国历史的经验值得借鉴。汉武帝时期,一方面努力保存传统文化;另一方面,又能够放眼世界,大量吸收外来的东西。在其后一段时期,情况依然未变。佛教就于此时传入中国。文化交流使汉代和中国以外的广大地区蒙受其利。在中国历史上,凡是国力强盛时,对外文化交流就进行得虎虎有生气。反之,在国力衰微时,则顾忌很多,好像一个人患了胃病,这也不敢吃,那也不敢碰,结果,对人来说是损害了健康;对国来说,则是阻碍了文化发展。

7.《〈什么是比较文学〉序》

比较文学,同近代中国的一些新学问一样,也是舶来品,而且历史并不太长。在不长的时间内,中国比较文学的研究已经开展起来了,建立了全国性研究会和一些地区性的研究机构,出版了全国性和地区性的刊物,老中青的研究队伍也逐渐形成了,一派繁荣兴盛的气象。但是,仔细评论起来,也不是一切皆好。一切新生事物都有一个成长过程,比较文学也决不会例外。根据我个人肤浅的看法,我们的缺憾是一不够普遍,二不够深入,我们的研究工作还有不少的空白点,有待于填补。

8.《要尊重敦煌卷子,但且莫迷信》

敦煌藏书被发现以后,形成了一门新学问"敦煌学"。敦煌卷子的价值，较之学者们推崇的宋版书，实有过之而无不及。但是，正如对宋版书一样，敦煌卷子应受到尊重，但是且莫迷信。我举了一个例子，唐代崔颢的《黄鹤楼》是千古绝唱，在敦煌卷子中也有这一首诗，但与我们通常的本子微有不同。第一句诗，敦煌本是"昔人已乘白云去"，通行本"白云"是"黄鹤"。最后一句诗，通行本是"烟波江上使人愁"，而敦煌本"烟波"则作"烟花"。仔细对比两个本子，恐怕大家都会承认，通行本要比敦煌本好，特别是"烟花"二字，放在这里十分不妥。

9.《唐太宗与摩揭陀——唐代印度制糖术传入中国的问题》

这原是一篇独立的论文，后编入《糖史》第二编，国际编的第五章。第四章"古代印度砂糖的制造和使用"，前面1983年的学术研究部分已经介绍过了。这一篇副标题是"唐代印度制糖术传入中国的问题"，可以说是它的续篇。

先将目次抄在下面：

小引

第一节　唐代中印交通和文化交流

1. 交通年表

2. 文化交流

a. 宗教哲学

b. 语言

c. 文学

d. 艺术

e. 科技

f. 动植矿物

3. 交通道路

第二节　印度制糖术传入中国

只看这个目次就能够知道,我是在广阔的文化交流的基础上来谈印度制糖术传入中国的,我这样做,当然有我的打算。我认为,中印文化交流,源远流长。专就印度文化传入中国而论,至晚肇始于汉代,中经魏晋南北朝,至唐则登峰造极。制糖术就是在这样的时代背景下传入中国的。

第一节　1　交通年表　上限是唐高祖武德二年(619年),下限是武则天统治结束的长安四年(704年),前后将近九十年。在人类历史上,九十年只不过是一瞬间;但是,在这样短的时间内,中印交通竟频繁到如年表排列的那样,可见两国间的关系密切到什么程度。这些来往都是有内容的,不仅仅是礼节性的,内容就是文化交流。

唐代中印文化交流的内容异常丰富,精神的东西有,物质的也有。而且从表面上看起来,几乎是"一边倒"的样子,好像只有印度的东西向中国流,中国的东西向印度流的情况则几乎不见。事情不可能竟是这个样子,之所以看起来是这个样子的原因很复杂。这个问题,我在上面已经谈过,下面还将谈到,这里暂且不谈。

我把中印文化交流的内容大体上归纳了一下,归纳成了目次中所写的那几项,不要求十分完备。我归纳的 a. 宗教哲学;b. 语言;c. 文学;d. 艺术;e. 科技;f. 动植矿物等项,几乎是人所共知、人所共见的。具体内容,我在这里不详细介绍。读者如有兴趣,请参阅本文原文。

因为本文讲的是制糖术,这本来也是属于文化交流的范围内的,为了突出它的重要性,我特意设了一个第二节,专门讲制糖术。这里我要多说上几句话。

中国在先秦时代就已经知道甘蔗,当时写作"柘"。但只饮蔗浆,还不知道制糖。汉代依然如此。后汉、三国时期起,"西国(极)石蜜"传入中国。所谓"西国"或"西极",极可能指的是印度、波斯一带。稍后，中国就开始使用甘蔗制造砂糖，大概技术水平不会高。到了唐初，公元7世纪，印度制糖技术，在长年发展的基础上，占世界领先地位。因此，被西域诸国尊称为"天可汗"的唐太宗才派人到摩揭陀（印度）去学习熬糖法。学回来以后，太宗"即诏扬州上诸蔗，拃沈如其剂，色味逾西域远甚"。意思就是，在颜色和口味方面，远远超过印度。颜色指的是白色。这本是常见的现象，中国古语说的"青出于蓝而胜于蓝"，指的也就是这种现象。

关于唐太宗派人到印度去学习熬糖法这件事，见之于所谓"正史"，可见其郑重之程度。从唐到宋，有许多书上都有这个记载，我在这里都略而不谈。有一个问题则必须谈一谈：《新唐书》221卷上《西域列传·摩揭它》说是"学熬糖法"。有的则说的是熬石蜜法。这应该怎样来解释呢？"糖"和"石蜜"是一？是二？这个问题看起来颇简单，实则很复杂。我省去那些烦琐的考证，只说一句：是两种东西。李时珍的《本草纲目》，对这个问题的提法，虽亦有可商榷之处，但他对糖和石蜜的区别，则是说得颇为清楚的。他说："以蔗汁过樟木槽，取而煎成。清者为蔗饧，凝结有沙者为沙糖，漆瓮造成，如石，如霜，如冰者，为石蜜，为糖霜，为冰糖也。"虽然是两种东西，实际上也是一种东西，区别在于生产程序有先后，生产工具有不同而已。

现在归结到我们的主题：唐太宗派人到印度去学习的究竟是"熬糖"法呢？还是"熬石蜜"法呢？这问题看似难以回答，实则，只要了解了上述《本草纲目》中所述的过程，则又十分简单。唐太宗派人学习的是全过程，既包含熬糖，也包括熬石蜜。诸书不同的记载，并不矛盾。

10.《〈中西比较文学教程〉序》

此篇收入《比较文学与民间文学》一书时，改名为《文学的经与纬》。

文中提到了闻一多的一篇文章:《女神之地方色彩》。文章说:"一切艺术应该是时代的经线,同地方纬线所编织成的一匹锦。"从其中引发了我的一个想法:任何时代任何国家的文学(文化)都包含着两方面的因素:民族性和时代性。代表民族性的民族文学传统是历史形成的,可以算是经线;代表时代性的是民族文学随时代而异的现代化,是共时形成的,可以算是纬线。经与纬相结合就产生出了每一个时代的新文学。

我进一步又指出了,我们当前研究比较文学的重要意义在于创造新中国的新文学,在于加强世界各民族之间的理解,为全体人类走向大同之域的理想服务。

11.《中国文化发展战略问题》

这是一篇报告的录音整理稿,非常长,涉及的问题也非常琐细而广泛。我主要讲了3个大问题:(1)"文明"与"文化"含义的异同;(2)中国当前的社会情况;(3)怎样开展文化交流,加强精神文明的建设,理顺各方面的矛盾关系,促进生产力的发展。简述如下:(1)世界学者给"文明"或"文化"下的定义据说有几百个,这就等于没有定义。我想从另一个角度来界定二者:"文明"的对立面是"野蛮";"文化"的对立面是"愚昧"。(2)在人类历史上,生产力的发展至关重要。共产主义的最终目标是让大家共同过上好日子,这与生产力密切相关。眼前中国社会上不正之风严重,中国民族性的消极面依然广泛存在,这不利于生产力的发展。(3)我主张,我们要开放,开放,再开放;拿来,拿来,再拿来;交流,交流,再交流。

12.《〈王力先生纪念论文集〉序》

我首先叙述了我同王力先生认识的过程,这个过程长达几十年;他是师辈,我是生辈。我认为他禀性中正平和,待人亲切和蔼,同他相处,使人如沐春风。对于他的学术成就,我归纳为八个字:中西融会,龙虫并雕。他的研究范围是语音学、汉语音韵学、汉语史、中国古文法、中国语言学史、汉语诗律学、中国语法理论、中国现代语法、同源字等等。他一方面继承了中国明清直至20世纪20年代中国大师的衣钵，另一方面又受过西方严格的科学的审析音韵的训练。因此，他的成就在某一些方面超过了中国旧时的大师。他本人也成为一个大师级的学者。这是讲"中西融会"。什么是"龙虫并雕"呢？他研究极深极专，但又不忘普及。这是许多老一代专家不肯做的事。最后，我谈到了中国知识分子爱国主义思想的根深蒂固，他们是世界上最好的知识分子，王力先生是其中佼佼者。

13.《为考证辩诬》

考证，亦称考据，在清代同义理、词章并列，是三门学问之一。当时并没有反对的人。到了20世纪20年代，胡适大搞考证，引起了一些人的责难。进入50年代以后，考证交了华盖运，同批判胡适联系了起来。说什么胡适为了反对共产主义而引导青年钻入故纸堆中，专搞考证。在"以论代史"的荒唐年代，专门讲"论"，对"论"所从来的资料，则往往歪曲穿凿，削足适履。对材料的真伪和产生时代，往往不甚措意。而要达到鉴别材料的真伪和年代，考证是行之有效的办法。这似乎是常识中的一点知识，也为一些"以论代史"者所反对、所讥笑。有相当长一段时间，中国的学术停滞不前，而且还有倒退的现象，与这股歪风不无关系。更可笑的是有人反对所谓"烦琐的考证"。考证是否要"烦琐"，全由资料的性质而定。需烦琐则必烦琐，不需则否。不能由个人的主观愿望而定。

14.《为胡适说几句话》

在中国近代学术史上，胡适是一个享大名而又颇有争议的人物。由于他政治上的偏见和错误，解放后更是屡遭挞伐，成为一个"反面教员"。人们谈胡色变，他几乎成为一个"不可接触者"。他那句有名的话"大胆的假设,小心的求证",本来是正确的,也受到了批判。又说他对国民党是"小骂大帮忙",把他看得比中统和军统还要危险,还要坏。我认为,这都是极"左"思潮的产物。我曾同他共事几年,他是校长,我是系主任,见面的机会非常多。他的著作我几乎都读过。可以说我对他既有理性认识,又有感性认识。他对人和蔼可亲,保护学生,不遗余力,爱好政治而实为一个书呆子。

15.《〈歌德与中国〉序》

一个人和一个民族最难得的是有自知之明。中国民族也是这样。在鸦片战争以前,中国最高统治者懵懵懂懂,以"天子"自命,视所有的外国都为夷狄。鸦片战争一声炮响,起了发聋振聩的作用,中国统治者们一变而成为贾桂,拜倒在洋大人脚下。鸦片战争前,德国的(其他西方国家也一样)哲人大都赞美中国文化,德国伟大诗人歌德就是其中之一。这情况在这本《歌德与中国》一书中有所阐述。中德两国人民读了以后,都会得到"启蒙"的作用。

16.《〈比较文学概论〉序》

本文原是为陈惇、刘象愚所著《比较文学概论》所写的一篇序言,收入《比较文学与民间文学》一书时改今名。

在本文中我指出了比较文学日益成为显学。原因何在呢?我借用了本书中的一句话:比较文学的发展是一种历史的必然,是不以人的意志为转移的。在中国,比较文学研究的起步,略晚于其他一些国家。近几年来,我们急起直追,总算是赶上了世界潮流,成绩是卓著的。不过,我现在——就是写这本书的现在——想加上几句话。一方面要努力学习,一方面要努力创新,最重要的是要坚决、彻底、干净、全部地扬弃那种"贾桂思想",切勿甘居"无声的中国"这样屈辱的地位。

1988年

本年共写各种体裁的文章40篇,其中可以归入学术研究一类的有23篇。下面分别加以论述:

1.《迦梨陀娑评传》

这看起来像是一部书,实际上只是一长文。共有下列的内容:一、名字的解释。迦梨是女神名,陀娑是奴隶,合起来就是"迦梨女神的奴隶"。二、生卒时间。众说纷纭,一般的说法是他大概生活在约330年—432年的笈多王朝时期。三、时代特点。笈多王朝全盛时期,城市繁荣,商业兴盛,国内外交通方便,贸易发达。四、作品。有真有伪。一般认为真者有长篇叙事诗两部、长篇抒情诗一部、抒情小诗集一部(也有人认为伪)、戏剧两部,另有一部,真伪难辨。五、语言工具。主要是梵文,另有少量俗语。六、艺术风格。他笔下的梵文,淳朴而不枯槁,流利而不油滑,雍容而不靡丽,谨严而不死板。七、在国外的影响。影响极大,特别是剧本《沙恭达罗》更受到德国伟大诗人歌德等的交口赞誉。歌德和席勒曾考虑把它搬上德国舞台。八、在印度国内的影响。影响也是非常大的。印度许多语言都有《沙恭达罗》的译本。一直到最近,还有人用梵文原文上演此剧,可见此剧为印度广大人民所喜爱。九、迦梨陀娑与中国。他的抒情诗《云使》在几百年前就有了藏文译本,此译本至今尚存。至于汉文翻译介绍则比较晚,一直到新中国成立后才有从梵文译为汉文的著作,包括《沙恭达罗》《云使》等等。本文的内容,上面已经谈到过。

2.《〈中国民族文学与外国文学比较〉序》

本文原为《中国民族文学与外国文学比较》一书的序言。收入《比较文学与民间文学》一书时,改名为《少数民族文学应纳入比较文学研究的轨道》。

这一改名,实际上是画龙点睛。因为,有一些比较文学家有一个论点：比较文学的研究只限于国与国之间。我本不是比较文学研究专家，没有读到过有这样论点的文章。但是，在深圳召开的一次比较文学研讨会上，有人向我提出了这个问题。我当时并没有过细地考虑问题的含义，率尔答曰：中国民族间文学的比较应该属于比较文学的范畴。后来，为《中国民族文学与外国文学比较》一书写序时，重新考虑了这个问题，认为自己率尔而答还是正确的。欧洲与中国不同，几乎都是单民族的国家。中国则是一个多民族——民族多到五十六个，而且还有可能增加——的国家，几乎等于一个欧洲。在这样的情况下，严格遵守欧洲学者的教条，等于"食洋不化"，是绝对不应该的。文中我还大力提倡中国民族文学间应积极进行比较的研究。

3.《〈印度社会述论〉序》

我先讲了世界上四个文化体系，可以归纳为两大体系。此时我还没有明确提出东西之分。对于这个问题，我在上面虽已多次讲过，但是此时还不像后来那样明晰，有点混乱。这是我对东西文化理解的一个过渡过程，值得注意。我把中印分列两大体系中，这是不准确的。对于中印文化的区别，我提了一些意见，也不见得很准确。比如说中国思想准确明了，印度则深邃混乱等等。我当时还没有明确的"天人合一"的想法。在这方面，中印是一致的。下面我讲到中印文化交流有极长的历史，到了近代，因受外来侵略者的压迫，交流几乎中断。新中国成立、印度独立以后，情况有了改变。文化交流又开始活跃。可惜我们两国对彼此的研究，又很不够。《印度社会述论》是一部应时的好书。

4.《从学习笔记本看陈寅恪先生的治学范围和途径》

在陈寅恪先生的遗物中，有二十多本笔记本，本不厚，是二三十年代德国常用的那种样式，我于1935到德国时还使用过。这些是20年代陈先生在德国柏林大学留学时所使用的。内容很庞杂，也颇乱，看样子像是先生上课时随手携带的。但是里面也并没有正式听课的记录，也不像是为积累写论文的资料而使用的。陈先生没有用德文写过任何论文。而且陈先生写论文积累资料的方式,不像一般学人常常使用的写卡片的办法,也不使用笔记本把有用的资料抄在里面,而是采用眉批的方式:读书时遇到有用的资料就写在书眉上,或者文前或文后的空白处,甚至在没有空白的时候,写在字里行间。比如《高僧传》、新旧《唐书》、元白诗、《世说新语》等等,都采用眉批的方式。从字迹上来看,有浓有淡,有正有歪,绝不是出于一时。等到资料批够时,便从书上移到稿纸上,成为完整的论文。

但是,在上述二十几册笔记本上还没有见到这种现象。我们从中所能见到的,只是先生治学范围之广。这同他后来回国后所写的那一些有名的论文和专著中所显示的情况,是完全一致的。

5.《对当前敦煌吐鲁番学研究的一点想法》

近几年来,中国敦煌吐鲁番学研究有了长足的进步。在全世界思想文化界有了一个新动向,注意的人还不够多,即:西方人对东方文化开始刮目相看了。西方经过两次世界大战,有识之士头脑开始清醒起来,他们认识到,只有东方文化能济西方文化之穷。我国从事敦煌吐鲁番学研究工作,研究重点之一就是东西方的文化。在这样的新形势下,我们肩上的担子不是轻了,而是更重了。我们必须跟上这个伟大时代的步伐。

6.《〈季羡林学术论著自选集〉自序》

这虽然不能算是一篇专门的学术论文,但是其中畅谈了我对学术和研究方法的看法,却有相当重要的意义。

首先,从自选的文章中可以看出。我偏爱考据。事实也确实是这样,我在上面的叙述中,已经多次谈到我对考据的重视,为考据辩护。在清代学者所划分的三门学问中,我最不喜欢义理。我认为,所谓"义理"跟作诗一样,各人谈各人的,公说公有理,婆说婆有理。

在考证中，我最服膺胡适之先生的两句话："大胆的假设，小心的求证。"这两句话是一个整体，绝不能分割开来。不管是文科，还是理科，研究学问都必须先有假设。没有假设，新意何来？没有新意，则必然会固步自封，陈陈相因，学问焉得而进步？我个人认为，假设越大胆越好，胡思乱想，想入非非，都是可以允许的。但是，假设还不就是事实，而求证尚缺。求证则是越小心越好，无论小心到什么程度，都是应该赞赏的。必须上下左右，面面俱到；牛溲马勃，败鼓之皮，都能为你所用。经过反复推敲，细致琢磨，然后才能下结论。如果在求证时发现假设有问题，不管你认为你的假设有多么美妙，多么舍不得，也必须毅然决然加以扬弃。古今中外学术都有为了证实自己的假设而伪造数据或实验结果者，这是道德品质问题，必须予以最彻底的揭发和最严厉的谴责。

7.《纪念陈寅恪教授国际学术讨论会闭幕词》

我讲了三点意见：第一，大会是成功的。第二，对陈寅恪先生的学术和为人的看法大家基本一致。陈先生不标榜自己是马克思主义者。但是他的思想有朴素的唯物主义和朴素的辩证法，只能说是一个唯物主义者。第三，我们能从寅恪先生那里学到些什么？研究学问好比接力赛，青年要接陈先生手中的棒。但讲到"超越"前人，却要慎重。年轻人不可能在任何方面一下子就能超越老人。我还讲了要向陈先生学习的几点。

8.《再谈考证》

这又是一篇谈考证的文章，目的在反对有人把考证学与清代文字狱联系起来的观点。我认为，考证学之兴是中国学术发展的规律促成的，是内因决定的，而不是由于文字狱等外因。我引证了梁启超《清代学术概论》中的观点。梁认为，考证学是中国几千年学术史上四大学术思潮之一，是由于学术思潮之盛衰兴替而形成的。

9.《论书院》

这是一篇比较长的文章，主要讲中国古代书院这个教育组织形式，在今天还有借鉴意义。我列了六点：（1）书院可以成为当前教育制度的补充；（2）书院可以协助解决老年教育问题；（3）书院可以发挥老专家的作用；（4）书院可以团结海内外的学者；（5）书院可以宣扬中国文化于海外；（6）书院可以保存历史资料。我感到，教育为立国之本。但是我国教育有极大困难，首先是经济困难。教育本来可以公私两条腿走路，我们却只有公家一条腿，如加上私人一条腿，允许私人办学院，则经济困难就可以缓解。办书院还可以比较充分地发挥已退休的老专家的潜力。

10.《西域在文化交流中的地位》

本文共分为四个部分：

一、西域的含义

"西域"这个名词，经常出现于中国古代典籍中；但是，含义并不是十分明确的。广义的"西域"包括中国以西，甚至以南的诸多国家和地区，连印度、尼泊尔等国都包括在里面。唐玄奘的《大唐西域记》可以为证。狭义的"西域"往往只指中国新疆一带。中国古代正史上，往往有"西域传"这样一章，从章中所列的地名中可以推测出"西域"的含义。

二、世界上四大文化体系

我是主张文化多源产生论的。在林林总总的世界大小国家中，几乎每一个国家，不管它的幅员是大是小，历史是长是短，几乎都对人类文化宝库做出了或大或小的贡献。如果归纳一下的话，我认为，人类文化共有四个体系：

（1）中国文化体系；（2）印度文化体系；（3）闪族伊斯兰文化体系；（4）希腊、罗马西方文化体系。如果再进一步归纳的话，这四个文化体系又可以分为两大文化体系,前三者为东方文化体系,后一者为西方文化体系。人类全部历史创造出来的就是东西两大文化体系,没有一个第三文化体系。

对于四个文化体系的详细介绍,我在这里一概省略。因为我在前面已多次谈到,在别的地方还会谈到。

三、西域在四大文化体系交流中的地位

谈到这个题目,我先讲一句有极大概括性的话:世界上四大文化体系交融汇流的地方在全世界只有一个,这就是狭义的"西域",也就是中国的新疆。我在本文中分别介绍了各不同时代文化交融汇合的情况:(1)汉代;(2)三国两晋南北朝时期;(3)隋唐时代;(4)宋元时代;(5)明清时代。也由于上述的原因,详细的介绍一概从略。

四、结束语

我在其中讲了两个观点:第一个观点,我认为,中华文化博大精深,传了出去,对世界文化产生巨大的影响。另一方面,我们又善于吸收其他国家的文化,从而更丰富了自己的文化。

我的第二个观点是:文化总是要交流的,文化又不能永远定于一尊,东西两大文化体系的关系是"三十年河东,三十年河西"。

11.《新博本吐火罗文 A(焉耆文)〈弥勒会见记剧本〉第 1.42 张译释》

这是一篇译释吐火罗文《弥勒会见记剧本》的文章。前面已经谈过几次,后面还将会谈到。因此,本文用不着再介绍。它只说明,我对这一部吐火罗文残卷的译释工作没有放松。

12.《文化交流的必然性和复杂性》

这是一篇讲座报告所使用的稿子。文化交流是我一生中最爱谈的题目之一,研究的时间颇长。这一篇报告很长,讲的问题也多。一、文化交流的必然性。我首先给"文化"下了个定义。又区别了"文明"和

"文化"的含义。我主张文化产生多元论。多元文化一旦产生，必然交流。二、文化交流的复杂性。讲了三个小问题：（1）研究的方法；我倾向于影响研究，认为平行研究难免玄乎。（2）传统文化与文化交流；传统文化表现文化的民族性，文化交流表现文化的时代性。外国汉学家撰写的《中国晚清史》中所谓"历史继承"指的就是传统文化，其所谓"现实创造"指的就是文化交流。这与"体用之争"与"本末之争"也有联系。（3）全盘西化；我们现在非西化不行，但决不能也不会全盘。下面我举了"糖"的交流，梵文 śarkarā，印地文 cīnī，以及西方国家语言中的"糖"字，说明了交流的复杂。

13.《关于神韵》

在中国文学史上，"神韵"是一个常常出现的词，论诗，论画，论书法，甚至月旦人物，都使用它。到了王渔洋笔下，他论诗主"神韵说"，与袁子才的"性灵说"，翁方纲的"肌理说"，还有其他一些学说，并驾齐驱，成为中国文学史上一个著名的流派。

但是，"神韵"二字确切的含义究竟是什么呢？这有点像"公说公有理，婆说婆有理"，哪一位诗人或理论家都没能够完全说清楚。连主"神韵说"的王渔洋，也没有能完全说明白。他用来说明"神韵"的，仍然不出严沧浪那些老话，什么"镜中之象"，"水中之月"，"羚羊挂角，无迹可求"，如此等等，仍然令人如丈二和尚，摸不着头脑。

我想援引印度古代文论的说法，来解释中国的"神韵"。

印度古代文艺理论有长久的发展史，在世界文论中能自成体系，公元9世纪至10世纪是发展的全盛时期。9世纪出了一位文艺理论家欢增，写过一本著名的书，名曰《韵光》，把语法学家、逻辑学家和哲学家的分析方法运用到分析诗的形式和内容上来。10世纪又出了一位文艺理论家新护，他的名著是《韵光注》，继承和发展了欢增的理论。他从注重形式转到注重内容上来，创立了新的"诗的灵魂"的理论，也就是暗示的韵的理论，为印度古代文艺理论开一新纪元。

这个理论的轮廓大体是：词汇有三重功能，能表达三种意义：

一、表示功能表示义（字面义，本义）；

二、指示功能指示义（引申义，转义）；

三、暗示功能暗示义（领会义）。

以上三个系列又可以分为两类：一是说出来的，包括"一"和"二"；二是说不出来的，包括"三"。在一和二，也就是表示功能和指示功能耗尽了表达能力之后，"三"的暗示功能就发挥作用。这种暗示就是所谓"韵"。这种暗示义，也可以称之为领会义，有赖于读者的理解力和想象力，可能因人而异，而且甚至因时因地而异。读者的理解力和想象力有极大的能动性，海阔凭鱼跃，天高任鸟飞。这种"韵"就是产生美感的原因。在审美活动过程中，审美主体的主观能动性发挥得越大，人们就越容易感觉到审美客体的美。印度文艺理论家喜欢举的例子是"恒河上的茅屋"，详细解释，这里从略。总之，在印度的文艺理论中，凡是说不出来的或者说出来的，具有暗示功能或领会功能的东西，就叫作"韵"。

在中国文艺理论中，有与印度极为相似的情况。因为中国文艺理论，不像欧洲那样进行细致入微或者接近烦琐的分析，也不像上述的印度式的分析，而是以形象的语言，给读者一个鲜明的印象。我前不久写过一篇《门外中外文论絮语》，讲的就是这个现象，这里不再详谈。中国古代文论中喜欢用"不著一字，尽得风流""羚羊挂角，无迹可求""空中之音，相中之色，水中之月，镜中之象"等词句，来描绘说不出的或者无法可说的东西。这种做法同印度的暗示功能、暗示义或领会义，几乎完全相同。印度人称之为"韵"，我觉得，这就等于中国的"神韵"。

在本文中，接下去讲了中国一些书名和印度书名颇有类似之处。中国有《文心雕龙》《法苑珠林》之类，而印度则有《文镜》《情光》之类的书名，也颇含有一些暗示的意义，而西方书名则缺少这种现象。

14.《他们把美学从太虚幻境拉到了地面上》

世界上各种学问都有争论，但是美学的争论似乎更多。学者们仁者见仁，智者见智，各自是其是而非他人之所是。美学仿佛是处在太虚幻境里，令下界凡人莫测高深。根据我个人的经验，只有两位学者是例外，一个是朱光潜先生，一个是宗白华先生。他们讲美学讲得真切，讲得实在，令人读了明白。所以我说，他们把美学从太虚幻境里拉到了地面上。

（羡林按：这是我几年前对中国美学研究的看法。最近我的看法有了突然的转变。我认为，中国美学家跟着西方同行走进了死胡同。我写过一篇《美学的根本转型》，下面再谈。）

15.《祝贺〈外国语〉创刊十周年》

在祝贺《外国语》创刊十周年之余，我提出了一个十分重要的问题：我们要总结新中国成立后四十多年来外语教学的经验和教训。四十年来，我们在教学计划、教学法和教材三个方面付出了大量的劳动。但是，在这三个方面，几乎年年都有变动。旧的没有熟练，又来了新的。天天在学习、体会、讨论，无休无止。然而结果怎样呢？不怀偏见的人必须承认，现在大学生的外语水平比不上解放前。其故焉在？这是我们必须总结的，然而到现在还没有人去做。

16.《〈五卷书〉在世界的传播》

这是一篇讲《五卷书》在世界上流布情况的论文。同样的内容，我曾在1946年的一篇论文《梵文〈五卷书〉—— 一部征服了世界的寓言童话集》里讲过。在现在这篇论文里，我增添了一点新东西，这就是：我讲到了《五卷书》同德国学者的关系特别密切。第一个把梵文本译成了德文，并写了一篇极长的导言追踪《五卷书》在世界上流布的情况的，是德国学者本发伊。这是19世纪的事情。到了20世纪，又有一位德国学者海特尔（Johaness Hertel）写了一部书，名叫《五卷书——它的历史和流布》。这里面不一定有什么内在的必然的联系，实际上只能是一个偶合，然而却不能不说是文学史上的一个有趣的偶合。

17.《关于吐火罗文〈弥勒会见记〉》

这篇文章颇长，讲了下列几个问题：一、吐火罗文剧本的情况；二、印度戏剧的发展；三、印度戏剧在中国新疆的传播；四、印度戏剧与希腊戏剧的关系；五、中国戏剧发展的情况；六、吐火罗文剧本与中国内地戏剧发展的关系。从标题中大体上可以看出本文的内容。最后，我对比了中国戏剧和印度戏剧的特点：（1）韵文和散文杂糅，二者同；（2）梵文俗语杂糅，中国有，但不明显；（3）剧中各幕时间、地点任意变换，二者同；（4）有丑角，二者同；（5）印剧有开场献诗，中国有跳加官；（6）大团圆，二者同；（7）舞台形式不同；（8）歌舞结合，同。

18.《吐火罗文A（焉耆文）〈弥勒会见记剧本〉与中国戏剧发展之关系》

关于吐火罗文A（焉耆文）《弥勒会见记剧本》，我已经写过一些文章，或译释此书，或介绍吐火罗文。这些我在上面都已有所叙述，下面还会讲到。现在这一篇论文内容与上面已经讲过的和下面将要讲到的都不一样。我主要讲这个剧本与中国戏剧发展的关系，只能算是一个假设。

我在本文中先讲了《弥勒会见记》吐火罗文本与回鹘文本的异同问题。后者系由前者译出来的，但是前者中的一些舞台术语，后者都没有。前者在书名中明明白白地使用了"剧本"二字，后者则没有，但也有暗示是剧本的地方。

下面我讲到印度戏剧的来源问题，与木偶剧的关系问题。它与古希腊戏剧也似乎有点联系，"幕"字在梵文中有几个字来表示，其中之一是yavanikā，原意是"希腊的"。我又讲到，印度戏剧起源大概颇早；但是剧本则出现较晚，比古希腊要晚几百年。中国戏剧也有类似的情况，剧本出现极晚。最古的梵文剧本，未发现在印度本土，而发现在中国新疆。不管发现在什么地方，它总是印度的作品，这一点是不容怀疑的。同样发现在新疆的吐火罗文《弥勒会见记剧本》，则是另一种情况。吐火罗文虽然是印欧语系的语言；但是，残卷只发现在中国新疆，我们不能不说它是中国古代少数民族的文字；而用这种文字写成的剧本，也只能说是中国的剧本。

讲到中国戏剧起源的问题，王国维在《宋元戏曲考》中说："歌舞之兴，其始于古之巫乎？"他接着又讲到俳优之兴远在巫之后，优多以侏儒为之，主要任务是插科打诨，与印度戏剧中必不可少的丑角，几乎完全相同。王国维在下面又说道："盖魏、齐、周三朝皆以外族入主中国，其与西域诸国交通频繁，龟兹、天竺、康国、安国等乐皆于此时入中国，而龟兹乐则自隋唐以来相承用之，以迄于今。此时外国戏剧当与之俱入中国，如《旧唐书·音乐志》所载拨头一戏，其最著之例也。"我认为，这个意见很值得重视。它同吐火罗文《弥勒会见记剧本》有什么关系或联系，我现在还说不清楚。这是一个非常重要的问题，还需进一步研究探讨。

最后，我列出了一些印度古代戏剧和中国古典戏剧，特别是京剧之间的相似点，这些点我在上面已有所涉及：

（1）韵文和散文杂糅。（2）雅语和俗语结合。在中国京剧中小丑和员外官员的话是不同的。（3）剧中各幕时间与地点随意变换。（4）都有丑角。（5）印剧有开场献诗，华剧有跳加官。（6）结尾大团圆。（7）舞台，印剧方形，长方形，或三角形，华剧一般是四方形。（8）歌舞结合。

以上都是我个人的想法。

19.《〈纪念陈寅恪先生诞辰百年学术论文集〉序》

陈寅恪先生是一代史学大师。据我的拙见,一代大师必须能上承前代之余绪,下开一世之新风,踵事增华,独辟蹊径,不能只拾人牙慧,墨守成规。寅恪先生正是这样的大师。他不但精于考证,而且重视义理。他常用佛家的"预流"二字,其含义也就是王静庵先生所说的"一个时代有一个时代的新学问"。先生还常说"发前人未发之覆",这些他都身体力行。

20.《祝贺"齐文化专号"》

在过去,学者们往往笼统谈所谓"齐鲁文化",其实细细推究起来,二者还是有区别的。齐文化的中心就在目前山东淄博市范围以内。无论是文献资料,还是考古发掘,都证明此地过去有水平相当高的独特的文化,值得我们去探讨。

21.《〈生殖崇拜文化论〉序》

赵国华著的《生殖崇拜文化论》,是一部非常精彩的书。他在书中提出了许多崭新的观点,反驳了许多前人的学说,发前人未发之覆。虽然还不敢说他的论点完全都能成立,但是他能持之有故,言之成理,令人耳目为之一新。许多具体的例子,我都不加以列举,请读者参阅赵国华原书。

我认为,赵国华最有意义的贡献,是他着重引用了恩格斯在《家庭、私有制和国家的起源》中的一段话:

"根据唯物主义的观点,历史中的决定性因素,归根结蒂是直接生活的生产和再生产。但是,生产本身又有两种。一方面是生活资料即食物、衣服、住房以及为此所必需的工具的生产;另一方面是人类自身的生产,即种的繁衍。"

这是很有名的一段话,我们都读过。可惜受了某国的影响,亦步亦趋，只敢谈第一种生产，而不敢谈第二种生产，即人类自身的生产。赵书力纠此弊，提出了"生殖崇拜文化"的论点，大谈第二种生产。可他并没有忘记第一种生产。他反对西方一些学者的产食文化的理论，他说，他们没有意识到原始思维中食与生殖的关系，更没有认识到初民是将食服务于生殖的。

原始人民为什么崇拜生殖呢？赵国华的解释是出于对"社会生产力"和"社会意志"的考虑。我个人认为，这个论点是颇值得怀疑的。在那种最原始的生产条件下，靠食物采集或渔猎为生，"社会意识"恐怕是微乎其微的。我提出了一个解决办法：用本能来解释。孔子说："食、色，性也。""性"就是我们今天所谓的"本能"。"天命之谓性，率性之谓道，修道之谓教"就是这个意思。人的本能很多，"食"和"色"是其中最重要的。食，就是吃饭，目的是为了个体的生存。色，就是性交，生孩子，目的是为了个体的延续，为了传宗接代。二者相辅相成，缺一不可。为了不让任何一个生物的个体的本能无限制地发挥作用，造物主——如果有这么一个玩意儿的话——又往往制造一个个体的对立面——它的煞星，对它本能的发挥加以限制，否则任何一个生物都能够把地球塞满。总之，我的想法是：初民之所以努力生殖，之所以有生殖崇拜，与其说是出于"社会意志"，毋宁说是出于本能。

22.《我们的民族性出了问题》

民族性不是一朝一夕所能形成的，是逐渐积淀起来的。我们的民族性里面积淀了很多好东西，这是不言而喻的。但也积淀了一些不好的东西，这也是无法否认的。犯罪的情况，历代都有，如果现在有一点的话，那也用不着大惊小怪。可是，现在大规模地制造假农药、假种子、假化肥，一旦使用，为害极大，这绝非小事。还有其他一些犯罪行为，如明目张胆地砍伐森林等等，贻害子孙，绝不能等闲视之。鲁迅曾经指出的我们民族性的一些问题，至今在一些方面仍然存在。

23.《新博本吐火罗文 A（焉耆文）〈弥勒会见记剧本〉1.8、1.41、1.13 三张六页译释》

这是吐火罗文《弥勒会见记剧本》1.8、1.14、1.13 三张六页的译释。对这种译释，我在上面已经介绍多次，这里用不着再重复。

1989 年

这一年共写了长短不一、体裁各异的文章 37 篇，其中学术论文 23 篇。下面分别予以介绍：

1.《关于"奈河"的一点补充》

1988 年，在《文史知识》第 10 期上，项楚教授发表了一篇论文，讨论"奈河"的问题。旁征博引，对这两个字做了极为详尽的考证。项楚先生学问极博，而且学风也极为谨严。他的考证应该说是有极大的说服力的。但是中国俗话说："智者千虑，必有一失。"项先生在这里也有了"一失"。我们知道，"奈河"是阴间地狱里的一条河，而"地狱"这个词在梵文里是 naraka，音译一般是"那若迦"，译为"奈落迦"，非无可能。根据中国词语的省略习惯，把"若迦"二字省掉，就成了"奈"河。"奈河者，地狱之河也"，这一点问题也没有。查日本学者中村元的《佛教语辞典》，他正是这样注解的。

2.《〈梨俱吠陀〉几首哲学赞歌新解》

印度最古老最神圣的经典《梨俱吠陀》中有几首一向被称作"哲学赞歌"的诗：《无有歌》《生主歌》《造一切者之歌》等，都是讲天地万物，包括人类在内，是怎样被创造出来的问题的。关于这个问题的幻想，其他民族也是有的。中国古书上"无极而太极"等的说法，也是讲宇宙起源的。大概有了点文明的初民，都会有类似这样的幻想的。

对《梨俱吠陀》的这三首"哲学赞歌"的解释，古代的印度注释家都认为这是极为神圣的东西，没有哪一个敢用"性"的观点来解释。一直到了近代,两位日本学者和一位德国学者才提出,这些"哲学赞歌"讲的并不完全是哲学,而是讲性交活动。可惜他们浅尝辄止,没能深入。我在此文中进一步对这个问题加以阐述。我的阐述并不全面。我是有意这样做的,因为全面阐述将会费极长的篇幅,是我当时做不到的。我只从三首赞歌中选出了两个重要的带关键性的问题来加以阐述,提出了自己明确的而不是闪烁其词的观点。

一、"独一之彼"

这个词儿,除了见于上述三首《梨俱吠陀》"哲学赞歌"外,还见于其他一些赞歌中。在梵文中有不同的写法:ekam,ekaḥ,tad ekam,甚至只写作 tad。ekam 的意思是"一",tad(tat)的意思是"这个"或"那个"。在印度哲学宗教中,这是一个异常神圣而含义又异常模糊的字。它究竟指的是什么东西?我上面已经说到,这三首"哲学赞歌"指的或者影射的是人类性交活动。这一点可无疑义。既然是性交活动,那么,所谓"独一之彼"指的就是男根。我列了一个表:

独一之彼 = 生主 = liṅga = 男根

liṅga 崇拜之风至今尚在印度流行。黑格尔在他的著作中也曾提到这一件事。

二、金胎与金卵

在《生主歌》中,第一颂出现了"金胎",第七颂出现了"胎子",第八颂出现了"众水",第九颂出现了"大水"。讲的都是妇女生孩子的事情。"金胎"指的是"子宫","水"指的是"羊水"。这一些都无可怀疑。

总之,三首"哲学赞歌"讲的都是生殖崇拜。

3.《〈东方文化丛书〉总序》

这篇论文没有提出什么新的见解,其中的见解在上面讲述的许多论文中已经谈过。我首先讲到文化产生多元论;讲到汤因比的理论:任何文明(汤的用语)都有一个发生、发展、演变、衰退的过程;讲到文化交流的作用;讲到四个文化圈和东、西两大文明体系等等。我说,统治今天世界者是西方文化体系。这情况过去并没有过,今后也不会永远如此。

4.《从宏观上看中国文化》

我从那几年的"文化热"讲起。我的观点基本上是,人类历史上任何社会都不能专靠科技来支撑,精神文明和物质文明必须同步发展。也就是必须大力抓文化建设。

讨论中国文化,不能只看到眼前的情况。我们必须上下数千年,纵横十万里,目光远大,胸襟开阔,才能认清中国文化的全貌和真相。至于中国向西方学习,也就是我们平常所谓的"西化",萌芽于明末清初,大盛于19世纪末;到了今天,衣、食、住、行,从头到脚,好些地方已经"西化"了。

这不是一件坏事,它是不可抗御的。但当然也产生了不良的影响。"崇洋媚外"的奴才心理,在一部分人身上滋长颇盛。一部分人任意贬低中国文化,认为外国的东西一切都好。要建设中国的社会主义社会,必须克服这种"贾桂思想"。

下面我又谈到文化多元产生论以及四个文化圈和两大文明体系的问题,这里从略。我又介绍了汤因比的《历史研究》和他的学说,上面已经讲到过,也从略。

我主要要讲的是,我们自己和西方一些人士,对待中国文化,缺乏历史眼光。他们只看到眼前,忘记了过去。他们以为中国从来就是这个样子,这是一种接近愚蠢的想法。在中国汉唐文化发展鼎盛的时代,西方一些今天文化昌明的民族,那时还处在蒙昧阶段。这件事我先不谈。但是,可惜的是,连欧洲人自己好像也把这个历史事实忘得精光了。实际上,一直到19世纪二三十年代,中国人在欧洲人眼中还是有极高文化的民族。欧洲当时最伟大的德国诗人歌德在1827年1月31日同爱克曼谈话时,还对中国说出了最高赞誉的话。据我的看法,欧洲人改变对中国的观感是自1840年鸦片战争开始的。这一次战争是英国殖民主义者发动的。中国战败,割地赔款,从此天朝大国这一只纸老虎彻底被戳穿,声誉在欧洲人眼中一落千丈,一蹶不振了。连一些中国人自己也受到了传染,忘记了自己的历史,忘记了自己的文化,这是一个不折不扣的悲剧。但是,万事沧桑,万事万物无不随时变化,西方资产阶级文化也逐渐露出了破绽。这一点连一些西方人自己也并不讳言,这是我们中国人猛省的时候了。

5.《〈佛教与中印文化交流〉后记》

这是一篇很短的小文章,但是其中所谈的问题,却绝非不重要。

我主要谈了两个问题。一个是专著和论文,有一些出版社重专著,轻论文集。其实内行人都能知道,真正能及时地反映学术研究最新情况的并不是专著,而是论文。我谈的第二个问题是我的特殊的研究方法。我研究佛教混合方言,当然要细致分析和探讨这种语言本身的语法变化的特点。但是,最重要的是,我通过研究佛教梵语的变化来确定佛教部派,甚至大乘起源和流布的时间和地点。因为佛教梵语各具时代和地域的特点。我认为,这是我的一种特殊的研究方法。

6.《文学批评无用论》

我以《红楼梦》为例,指出二百年来读过此书的人,不知道有多少亿了。但是根据红学专家的评论而读的人,恐怕绝无仅有,因此我说文学评论无用。但是红学作为一门独立的学问,还是很有意义的。探讨此书的思想和文字,各执一词,各树一帜,对于某一些读者,也会是有用的。

7.《〈敦煌吐鲁番学研究论文集〉序》

1988年,中国敦煌吐鲁番学会在北京召开了一次国际学术讨论会,到会的中外敦煌吐鲁番学者数十人，很多人在会上发表了论文。这一部论文集就是从发表的论文中选出来的。从中可以看出当时世界上这一门学问的研究水平。我在大会的开幕词中讲了两句话：敦煌吐鲁番在中国，敦煌吐鲁番学在世界，受到了与会者的一致赞同。因为，时至今日，学术已成了天下之公器，任何关起门来做学问的办法都行不通了。此外，最值得注意的是，一批青年中外学者脱颖而出，成果斐然，受到了不同国籍的老一代学者的赞扬。中外青年互相切磋琢磨，时有激烈争论，但个人友谊却随之而加深加固。这都说明，在我们这一门学问中，狭隘的民族感情已经为大公无私的、唯真理是务的国际合作精神所取代。

8.《祝贺〈比较文学报〉创刊》

这是极短的一篇文章。内容主要讲，在中国，比较文学已逐渐成为显学，老、中、青三结合的研究队伍已经形成，大量的专著和论文已经出版，这一切都已引起了国际同行们的注意。

9.《巴利文》

这篇文章很长，但是严格说来，不能算是一篇学术论文，只是一篇概述，概述了巴利文的情况。共分三部分：语言、文献、语法。第一部分讲了巴利文的系属。它不是一个统一的语言，而是一个混合方言。第二部分讲文献，共有两类：（1）巴利藏；（2）藏外典籍。第三部分讲语法，这一部分最长。先讲语音，列出了字母，并指明，从语音变化来看，同梵文相比，巴利文处于俗语阶段。把巴利文的元音和辅音都介绍了一番。然后讲语法。这里面包括名词、形容词、副词和比较法、代词、数词、动词。在动词一节中讲了人称、时间、语态、语气。总起来看，巴利文动词变化离开梵文比名词变化还要远；新形式大量出现，双数几乎完全消失；中间语态也处在消失中；完成时只剩下一些残余；许多纡回构成形式占了重要地位；现在时使用范围扩大。

总之，这一篇文章只是一个概述。

10.《祝贺〈文献〉华诞十周年》

我最怕极"左"路线盛行时的理论性的杂志。这种杂志巍然俨然，调门很高。然而，只要政治风向一变，它们立即翻脸不认人，因此我就害怕。而《文献》却是被理论家们视为"资料性的"杂志。它老老实实地安于这个地位，既无石破天惊的宏论，又毫无哗众取宠之心，本本分分，朴实无华。这就是我爱它的原因。

11.《补遗〈关于神韵〉》

在1988年，我曾写过一篇《关于神韵》，上面已经加以介绍过。到了今天，我又写了这一篇"补遗"。应该感谢敏泽先生的一封信。他在信中通知我，钱钟书《管锥编》谈及宋范温的《潜溪诗眼》。此书中有论"韵"的地方。范说："有余意之谓韵。"这颇有点像印度的"没有说出来的"，"暗示功能，暗示义，领会义"。

12.《〈中日比较文化论集〉序》

我用黑格尔的正、反、合的理论来解释中日两千年的文化交流的关系。1868年前，日本向中国学习。1868年后，中国也向日本学习了一些东西。从现在开始是"合"的阶段，两国互相学习，共同发展。关于"反"的阶段，可能有人不理解。实际上从19世纪末至20世纪初，中国向日本学习了大量的东西，包括许多名词和术语。

13.《新博本吐火罗文Ａ（焉耆文）〈弥勒会见记剧本〉第十五和十六张译释》

这又是一篇吐火罗文Ａ（焉耆文）《弥勒会见记剧本》的译释。

14.《〈历史研究〉35周年祝辞》

《历史研究》走过了三十五年，并不容易。现在有人竟然认为历史无用，这是完全站不住脚的。历史是非常有用的，不研究是不行的。今天建设有中国特色的社会主义，也非通中国历史不行。

15.《关于中国弥勒信仰的几点感想》

在佛教教义中,弥勒佛是未来佛,还没有出世,释迦牟尼才是现世佛。中国的汉族不是一个宗教性强的民族,信佛,信道,大都是马马虎虎,只要看道教庙里间或有佛像,佛教庙里也有道教的神,就一清二楚了。弥勒佛传到了中国以后,与布袋和尚相融合,成了几乎每座庙里必有的大肚弥勒佛,并不太受到佛教徒的尊敬。但是,在历史上,在政治上,这位佛爷常常受到利用。唐代的武则天就自称是弥勒转世,在一大堆尊贵的名号上又加上了"慈氏"二字。"慈氏",梵文"弥勒"的汉译也。中国的老百姓中的革命者,起兵造反时也往往自称是弥勒佛下凡,以抬高自己的身价,迷惑别人。在中国历史上,这样的记述颇有一些。仅国祚极短的隋代,就发生了两次这样的事件,一在610年,一在613年。当然,利用其他神祇造反的记录,也有一些。

16.《中国佛教史上的〈六祖坛经〉》

在人类中,一部分人有宗教需要,一部分人则没有,宗教就是前者所创造出来而又推广出去的。宗教往往与物质生产活动和人的传宗接代有矛盾,但是宗教都有适应性。因此我对宗教发展找出了一条规律:用尽可能越来越小的努力或者劳动达到尽可能越来越大的宗教需要的满足。以佛教为例,小乘的修习方式专靠人努力,要累世修行才能得到解脱。到了大乘阶段,修习方式逐渐简化,不但人人皆能成佛,而且只需膜拜或诵佛号,就能达到目的,不妨碍人类的物质生产活动。到了后来,在渐悟的基础上又出现了顿悟,"放下屠刀,立地成佛",天国的入门券便宜到无以复加了。顿悟的形成是在中国,关键人物是慧能,关键经典则是《六祖坛经》,全书宗旨是"顿悟见性,一念悟时,众生是佛"。

17.《梅特利亚》(附英译本)

这原是《吐火罗文A(焉耆文)〈弥勒会见记剧本〉译释》那一部

专著中的一章。因为觉得可以抽出来单独发表，便是现在这一篇论文。

在人们的日常用语中，常说"大肚子的弥勒佛"。在每一个佛教寺院中，他的塑像几乎都是不可缺少的。在汉译的佛典中，有两种译法，一个是"弥勒"，一个是"梅呾利耶"。"弥勒"的原文不是梵文，而是吐火罗文A（焉耆文）。在吐火罗文B（龟兹文）中是Maitrāk，同时A和B都保留了梵文原文的形式，A作Maitreya，B作Maitreyee。德国学者Andreas说，在吐鲁番发现的中古波斯文残卷中，也有Metrak这个形式。至于"梅呾利耶"，则是梵文Maitreya（巴利文Metteya）的音译。

关键问题是Metrak和Maitreya的关系。前者是出自后者吗？研究这个问题的学者几乎都有这样的看法。他们想方设法来解释，为什么Maitreya能够变成Metrak。细节请参阅我的论文，这里不详细叙述。

这些学者都能持之有故，言之成理，我不敢说他们都不正确。但是，我还是提出了我自己的一个解释方法。Sieg, Siegling和Sehulze的《吐火罗文语法》中谈到，词尾-ik加到什么字上，就变成了什么"者"，比如A kākmart，意思是"威严"，加上语尾-ik，变成了kākmartik，意思就成了"威严者""具有威严的人"。这类的例子颇多，不再列举。我想，梵文Maitreya，巴利文Metteya，出自Maitrī这个字，意思是"慈悲"，所以"弥勒"的意译是"慈氏"。如果Maitrī后面加上语尾-ik，变成Metrak，这是完全可能的。

在这篇论文的后一半，我谈了一个问题：为什么在汉译佛典中，"弥勒"这个词出现得早于"梅呾利耶"以及与之类似的译法？我顺便说一句："慈氏"这个意译的词出现得也很早，同"弥勒"差不多，次数略少于"弥勒"。其所以出现这种情况，原因并不复杂。印度佛典最初传入中国，不是直接的，而是通过古代中亚，包括今天中国的新疆的一些民族的媒介。这些民族的语言，我们今天已经知道一些，但还并不是全部清楚。吐火罗文 A 和 B 就是比较清楚的语言。最初汉译佛典中有许多词,比如"佛"等,就是通过吐火罗文译为汉文的。"弥勒"也属于这个范畴。这种情况,到了后来,连极有学问、梵汉兼通的高僧如唐朝的玄奘等,都已不甚了了。动辄以"讹也"来解释。其实哪里来的什么"讹"?不过来源不同而已。

18.《〈异文化的使者——外来词〉序》

这只是一篇序,并非专门的论文。在这里,我仍然重弹老调:文化交流是促进人类社会进步的主要动力之一。我们甚至可以说,没有文化交流,人类就没有进步,就没有今天世界上这样繁荣兴旺的景象。文化交流表现的形式很多,外来词在其中占一个重要的地位。外来词可以分为两大类:一类代表精神方面的,抽象的东西;一类代表物质方面的,具体的东西。佛、菩萨、耶稣教等属于前者;沙发、咖啡等属于后者。一部分外来词保留原来的音,上面这些例子都是。一部分则先音译,后改意译,比如电话,原译名为德律风。什么字保留原音?什么字改变?决定者是人民群众,所谓"约定俗成"。至于其中的标准或规律,我们研究得还很不够。

19.《说"嚏喷"》

打嚏喷(或喷嚏)是每个人都经常有的动作,是微不足道的。然而古人和今人都似乎认为是不吉祥的。我年轻的时候,稍有点古风的人,见到小孩打喷嚏,便立刻说:"长命百岁!"以祓除这个不祥。古代有专门讲打喷嚏的书。最初我没有想到,这竟是流行全世界的一种迷信。德国人听到小孩打喷嚏,立即说:"健康!"英国人亦有此习。后读清魏源《海国图志》,见南部非洲,国王一打喷嚏,举朝举国皆同声应诺。又读佛经,见如来佛一打喷嚏,群僧皆言:"长寿!"佛徒对喷嚏还有一些别的解释。打喷嚏这一件小事,竟然在古今中外都引起了重视。我个人认为,这不是各个地方单独发明的,而是流传的。对研究民俗学者来说，这是很有意义的。

20.《中国知识分子的爱国传统》

在中国，传统文化与爱国主义是密切相联的，因为爱国主义是传统文化的重要组成部分。我常说，中国知识分子（当然其他人也一样）是世界上最爱国的最好的知识分子。我这话是有充分根据的。存在决定意识，中国的历史存在决定了中国知识分子必定爱国。中国古代以汉民族为主的政权和国家自先秦起始终受到外部势力的威胁，如汉代的匈奴，唐代的突厥，宋代的辽金，近代则有西方帝国主义。有人说，匈奴等的后裔现在已经成了中华民族的一部分，这是事实。但在当时却是威胁汉民族政权和国家的势力。我们不能把古代史近代化。如果这些人的说法能成立的话，则中国历史上就没有一个爱国者了。岳飞、文天祥等也只能算是内战的牺牲者，这岂不是荒唐透顶吗？

21.《再谈"浮屠"与"佛"》

我个人觉得这是一篇相当重要的论文，是上面介绍过的几十年前写的《浮屠与佛》那篇论文的续篇。

产生于尼泊尔和印度的佛教传入中国，是中国历史上以及中外文化交流史上的一件大事。我的第一篇论文是企图解决这个问题的一个尝试。从五十年后的今天来看，我当年的构思和解决方式都是正确的。只有汉文"佛"字是浊音而吐火罗文 pät 与 pud 是清音二者难以相容，当时认为是个大难题，及今视之，不过是庸人自扰而已。

我有一个习惯，也许可以说是一个好习惯吧，我一旦抓住一个学术问题就终生不忘。佛经梵语中 -aṃ > u, o 的现象，不定过去词的问题等等，都是例证。"浮屠"与"佛"也算是一个。我在上面说到 pät，pud 是清音而"佛"字是浊音，我认为是个难题。虽经周祖谟先生勉强解决，但我总是耿耿于怀。四十多年后，我终于找到了正确的而不是勉强的解决办法，所以就写了这一篇论文，而且单刀直入，就从解决那个难题开始。

下面对这一篇论文的内容加以简要叙述：

一、"佛"字对音的来源

在1947年的那一篇论文中，我被清音与浊音纠缠住，脱不了身。实际上，当时我眼前就有一个回鹘文的but，是浊音，我却似乎视而不见。可见我当时掌握的材料确实有限。我顺便说一句，当时有关这个问题的材料，世界学术界掌握的也不多。四十多年以后，我写《再谈"浮屠"与"佛"》时，材料已经大大地增多。我现在抄一个表在下面：

大夏文	buddha 变成了 bodo，boddo
拜火教经典的中古波斯文（巴列维文）	buddha 变为 bwt
摩尼教安息文	buddha 变为 bwt/but/
摩尼教粟特文	buddha 变为 bwty，pwtyy
佛教粟特文	buddha 变为 pwt
达利文	buddha 变为 bot

这个表一目了然。这些文字大致可以分为两系：一系是大夏文，梵文 buddha 在这里仍保留两个音节，这就是汉文"浮屠"二字的来源。一系基本上只有一个音节，这就是汉文"佛"字的来源。这一系的字几乎都是浊音，只有佛教粟特文 pwt 是清音。但是，根据 H.W.Bailey 的解释，这也不成问题。

四十多年前的一个问题，四十多年后终于圆满地解决了。

二、从"浮屠"与"佛"的关系推测佛教传入中国的途径和时间

在这一节中，我主要分析了《四十二章经》。

（一）《四十二章经》与大月支。《四十二章经》的真伪是有争论的。梁启超疑其为伪，汤用彤信其为真。汤先生还认为，此经有两个译

本，又认为，佛教入华当在永平之前，而永平求法的传说是可信的。汉明帝派使者到大月支求浮屠经时，大月支民经迁徙到了大夏。此时大月支早已皈依了佛教。

（二）《四十二章经》原本语言。《四十二章经》原本是什么语言写成的呢？我在1947年的那篇文章中只说是中亚一种俗语，因为当时资料不够，谁也说不明白。到了今天新的资料发现多了，对于这个问题能够进一步说点比较肯定的话了。详细考证，请参阅原文。我在这里只把我的结论写出来，我的结论是：汉使者在大夏翻译的《四十二章经》原文是大夏文。

（三）支谦等译经的语言问题。《四十二章经》的语言既已推定，连带提出来的是后汉、三国时期最早的译经大师所译佛典的原来的语言问题。支谦、安世高等所译佛典原来的语言是什么呢？

我从梁《高僧传》中找到了一些资料，经我加以分析考证，我认为，支谦等译经所据原本，语言不是梵文，而是中亚新疆一带的吐火罗文或伊朗语系的语言。

（四）几点想法。下列几点想法，实际上就是我这一篇论文的暂时的结论。

（1）1947年文章中提出的佛教直接从印度传入中国的论点不能成立了。但是我设想的佛教传入两阶段说仍然能够维持。我用公式来表示：

①印度→大夏（大月支）→中国

buddha → bodo, boddo, boudo →浮屠

②印度→中亚新疆小国→中国

buddha → but →佛

这两个阶段都不是直接的。

（2）我这篇论文解决了印度佛教传入中国的两个大问题：时间和

途径。不敢说这就是定论,我只相信,虽不中,不远矣。

22.《敦煌吐鲁番文书研究笔谈》

这是极短的一篇文章,主要讲1988年我曾说过两句话:"敦煌吐鲁番在中国,敦煌吐鲁番学在世界。"当时受到在座者的赞赏,后来又得到了事实的证明。学术乃天下之公器,各国学者间应广通声气,同声相求。

23.《吐火罗文和回鹘文〈弥勒会见记〉性质浅议》

我先列举了德国出版的三本关于《弥勒会见记》的著作。此书的吐火罗文A本和回鹘文本在新疆多次发现。1974年冬季在焉耆县七个星千佛洞又发现吐火罗文A本44张,88页。这些残卷经我解读,已译为英文(1998年在德出版)。我就本书的性质解答了下列几个问题:

一、是创作呢,还是翻译?

不是创作,也不全是翻译,而是编译。

二、内容是什么?

是一部佛典,基本上是小乘的;但已有大乘思想的萌芽。

三、体裁是什么?

这是本文探索的重点。

本书在形式上同印度古代的故事集,比如《五卷书》之类,没有差别。但是吐火罗文A本自称为"戏剧",文中间或有戏剧术语。回鹘文本没有这一些,却在每章前标出场地名。所有这一切都说明本书是一个剧本,但是,这种剧本同我们所熟悉的西方和中国的剧本是不同的。W.Winter认为,吐火罗文剧本包括叙述和表演两部分。一个讲故事者和一个表演者互相配合。A.von Gabain说,回鹘文本是为了朗诵用的。Victor H. Mair讲到了看图朗诵的办法。H. Lüders认为,śaubhika的意思是"解释者",是玩皮影戏的人,是朗诵者。朗诵和表演结合了起来,就形成了印度的戏剧。中国西藏有一个民间剧种,根据图画来说唱佛教故事，有点像内地的"玩洋片的"。Winter等人都讲到，吐火罗文剧本与西藏剧有类似之处。最后，我还指出了一点：新疆这地方偏爱戏剧。

1990年

本年共写各类文章37篇，出版论文集《佛教与中印文化交流》。可以算作学术论文的共有26篇。下面分别加以介绍：

1.《新疆古代民族语言中语尾 -aṃ > u 的现象》

在这篇论文的前半部分，我例举了几位反对我的结论的外国学者：比利时的 Etienne Lamotte，德国的 Heinz Bechert 和美国的 Franklin Edgerton。对于最后一位，我在1985年所写的《再论原始佛教的语言问题》中和1984年所写的《中世印度雅利安语二题》中已经进行了反驳。现在，既然又谈到这个问题，难免旧事重提，把 Edgerton 所著的 *Grammar* 中的有关章节重新翻腾出来，一一加以论断。

1988年我在给蒋忠新用拉丁字母转写的梵文本《妙法莲华经》所写的序中，也列举了此经中出现的 -aṃ > o, u 的例子，证明了 Bechert 所说的《法华经》中无此音变现象的错误。后来，我又在 Ronald E. Emmerick 所著的《于阗文与图木舒克文》一文中发现了不少 -aṃ > u 的现象，我们才知道，-aṃ > o, u 的现象绝不仅仅限于印度古代西北方言；在于阗文和图木舒克文中，这个现象同样存在，而且覆盖率极大，从名词、代名词，一直到数词、动词等都有。在印度雅利安语和伊朗语二者的古代语言中，都没有这样的音变现象，可见这现象是晚出的，而且出现的时间基本相同。从地域上来看，这个音变现象都发生在从印度西北部直至中国新疆的广大地区。总之，我的结论同将近半个世纪以前完全一样：-aṃ, -am, -āṃ > -o, -u 是音变，既不存在变格问题，也不存在变性问题。至于一些学者坚持抓住不放的 m. c.（由于韵律的关系）的理论，拿来应用到于阗文和图木舒克文上，简直是荒唐可笑了。

2.《广通声气博采众长》——《〈走向世界文学的桥梁〉序》

这是给山东学者刘波主编的《走向世界文学的桥梁》一书所写的序。内容主要谈当今中国比较文学界的喜与忧。喜，因为参加的人多起来了。忧，因为发表的文章肤浅者多，而深刻有见地者少。救之之方是广通声气，努力学习。

3.《〈抗倭演义（壬辰录）研究〉序》

中、日、朝、韩立国于东亚大陆垂数千年，其间关系有友好的一面，也有磕磕碰碰的一面，《壬辰录》讲的就是后者。日本侵朝不止这一次。我认为，到了今天，我们四国人民在正视历史的同时，更应该向前看，看到我们共同的未来。我们都应该继承我们历史上文化交流的好传统，在目前形势下继续交流文化，互通有无，睦邻友好，和平共处。

4.《读日本弘法大师〈文镜秘府论〉有感》

我从日本弘法大师的《文镜秘府论》中悟到了现在的《中国文学史》论诗歌的偏颇。诗歌必讲韵律，韵律就与音乐接近。近代西方的一些诗人主张诗歌音乐化。中国"齐梁文学"的"永明体"也有类似的主张。他们想使诗歌"八音协畅"，听起来铿锵有致，能增强诗歌的感人性。当然，他们并不是主张把诗歌写成乐谱。这是不可能的，也是没有必要的。

5.《〈世界名诗鉴赏辞典〉序》

这一部辞典选的不是一般的诗，而是名诗。汉译文又大部分选的是名译。真可谓珠联璧合。我认为，这样做，至少可以达到两个目的：一个是可供欣赏，能够给不通外文的读者以美的享受。另一个是可供借鉴，意思就是为中国的新诗作者提供参考，使他们在创作中能够吸纳新鲜的营养。近年来在中国外国文学的译本并不走俏，独诗歌翻译为例外。其中原因，我曾百思不解，最终豁然开朗。我想到中国古人所说的"诗无达诂"，是非常有道理的。诗，不但指中国诗，也指外国诗。"无达诂"，意思就是理解因人而异。这不有点迷离模糊吗？然而妙就妙在这个"迷离模糊"上，它能增加美感。

6.《对开好中国比较文学会第三届年会的两点意见》

我的两点意见是：一、提高学术研究水平。我认为，近几年来，我国比较文学有了长足的进步。但是，认真钻研、艰苦努力还不够，好文章不多。不要把比较文学看得太容易，把它看得难一点，更有好处。二、加强团结。比较文学的摊子铺大了，重要的问题就是要团结，不要讲位置分配学、座次学等等。领导班子要年轻化，年老的该退就退。

7.《谈中外文化交流》

这是一篇座谈会上的发言稿。大意是：在文化交流方面，东、西各有自己的"拿来主义"，我们拿来西方文化中优秀的东西，同时又继承发扬我们自己的优良的文化传统。不但西方物质的东西我们要学，精神方面的好东西我们也要学。过去，我们从印度拿来了佛教，经过我们的改造，创造了禅宗，至今在世界上还有影响。我反对"全盘西化"论，因为，事实上办不到，理论上讲不通。崇洋与排外，都是不对的。亚洲"四小龙"的经济腾飞，可能都与中国儒家思想有关。在现代化的进程中，儒家思想可能有所作为。

8.《比较文学之我见》

这篇短文谈的是我对所谓"比较文学危机"的看法。比较文学确有"危机"，外国的我不讲，只讲中国的。原因我认为是有人把比较文学看得太容易。这一点我在上面已经谈过。我在这里引了六七十年前陈寅恪先生的一段话："盖此种比较研究方法，必须具有历史演变及系统异同之观念。否则古今中外，人天龙鬼，无一不可以相与比较。荷马可比屈原，孔子可比歌德，穿凿附会，怪诞百出，莫可追诘，更无所谓研究之可言矣。"真是一针见血之言。

9.《玄奘〈大唐西域记〉中"四十七言"问题》

玄奘《大唐西域记》的《校注》问世以后,颇得国内外专家们的好评。但是注中仍有错误,原文"详其文字,梵天所制,原始垂则,四十七言",关于"四十七言"的注就是一个例子。注者把梵文现有的47个字母——元音14个,辅音33个——写在注中,数目相符,焉得有讹?外国注者也犯了同样的错误而不自觉。但是,实际上,这是不正确的。经我后来的探讨,"四十七言"应该是:

元音 12 个[5]：a ā i ī u ū e ai o au aṃ aḥ

辅音 35 个： 喉音　　　　k kh g gh ṅ

颚音　　　　c ch j jh ñ

舌（顶）音　ṭ ṭh ḍ ḍh ṇ

齿音　　　　t th d dh n

唇音　　　　p ph b bh m

遍口音（超声）10 个：y r l v ś ṣ s h llaṃ kṣa

详情请参阅原文。

10.《〈菩萨与金刚〉——泰戈尔散文之我见》

我认为,中国加入世界文学行列,自五四运动前夕鲁迅的《狂人日记》始。从那以后,介绍外国文学之风大煽。最初介绍最多的莫过于印度的泰戈尔。泰戈尔既是一个伟大的文学家,又是一个伟大的哲学家;他融哲理于文学创作之中,形成了自己独特的风格。他虽然生长在一个富于幻想的民族中,他的文学创作也继承了这个传统;但是他终其一生并没有把自己关在一个象牙之塔中,而是关心国内外大事,是一个真诚的爱国主义者和国际主义者。

11.《对于 X 与 Y 这种比较模式的几点意见》

既然是谈比较文学,当然要比较,这天经地义,未可厚非。但是,有的人比较得太滥,几乎达到了"无限可比性"的程度。这种"拉郎配"式的比较,多半肤浅,比了等于没有比,这无助于比较文学的发展,只能形成比较文学的"危机"。要作比较研究,必须更加刻苦钻研,更加深入到中西文学的深层,剖析入微,触类旁通,才能发前人未发之覆,得出令人信服的结论。我曾多次劝告年轻的比较文学学者们,要把比较文学看得难一点,更难一点,越看得难,收获就越大。

12.《祝贺〈学林〉创刊400期》

"学林"是上海《文汇报》的一个副刊。我长期是《文汇报》的忠实的读者,"学林"我当然是经常读的。1991年1月6日,"学林"第400期出刊,上面有许多学者的祝词,我的祝词也滥竽其中。但这篇短文是1990年写的,所以列入此年。文中表达了我对一种报纸特点表现在何处的意见。我认为是表现在地方新闻和副刊上,因为政治和经济新闻,每张报纸都必须刊登的,无从见其特点。我觉得,"学林"的风格清新庄重。

13.《从中国文化特点谈王国维之死》

关于王国维自沉的原因,有不同的说法。他自己说是"义无再辱",陈寅恪先生则说与文化衰落有关。我多年不能理解寅恪先生这个观点。后来我读了许多学者关于中国文化特点的论著,他们大都认为中国文化重点在讲人,是人文主义精神。我恍然若有所得。陈先生说中国文化的精神是三纲六纪,君臣关系是三纲之一,这样一来,王先生自沉的原因就很容易同中国文化挂上钩了。

14.《〈达·伽马以前中亚和东亚的基督教〉汉译本序》(《达·伽马以前中亚和东亚的基督教》林悟殊编译)

在这一篇"序言"中,我首先表明了我对中德这两位同行学者(原作者及编译者)间合作的欣慰。接着我就说明了我的一些想法。首先是我认为:没有文化交流,人类文化就不会有进步,而宗教传播,也是文化交流中的重要部分。中国历史上几个大的外国宗教的传入,都能够说明这个问题。其次我想到:中亚及中国新疆是人类历史上几大文明体系和几大宗教大规模地汇流的唯一的一个地方。但是探讨这个问题并不容易,除了考古田野工作外,还要有大量的历史资料。后者只有中国可以提供,因此,必须有中西合作,才能取得令人满意的成绩。

15.《一点希望》——庆祝《文艺理论研究》创刊十周年

世界上古今文艺理论能自成体系者共有四家:中国、印度、古希腊、近代欧美。四者间有同有异,而同大于异,其间颇多相通之处。时至今日,我们要想研究中国古代文论,提高研究水平,必须兼通四者。有比较才能有鉴别,有鉴别才能深入探讨,而水平即在其中矣。

(羡林按:这是我几年前的看法。到了今年,1997年,我的看法有了改变,后面再谈。)

16.《〈丝绸之路贸易史研究〉序》(《丝绸之路贸易史研究》李明伟等著)

对丝绸之路的研究,虽然我们古代史籍中对这个地域的政治、经济、文化、宗教等的记述特详,却是起步较晚的,晚于欧、美、日的一些学者。最近几十年来,我们急起直追。这一部《丝绸之路贸易史研究》就是成果之一。

17.《〈东方趣事佳话集〉序》(《东方趣事佳话集》薛克翘主编)

文化交流是促进人类社会进步的动力之一。但是,学习西方,也必须看东方。看东方,至少有两种看法,一个是在学术上深入探讨,这可以说是阳春白雪。但是,光有阳春白雪还是不够的,还必须有下里巴人。把东方的趣事佳话搜集起来,编纂成书,供广大读者阅读,从中学习一些有用的东西。这二者如鸟之两翼,缺一不可。

18.《〈世界华侨华人词典〉序》(《世界华侨华人词典》周南京主编)

我在这篇序中谈到，文化交流是促进人类社会发展的重要因素，而专就中国同外国而论，华侨和华人又是促进中外文化交流的重要因素。中国华侨史是一部触目惊心的伤心史。在旧社会，我国内灾患频仍，民不聊生，中国劳动人民，特别是闽、粤等沿海省份的劳苦大众，被迫背乡离井，漂洋过海，到达美洲诸国、南洋群岛诸国，以及欧、亚、非一些国家，为西方的新兴的资本主义的原始积累，流汗流血，有的甚至过着奴隶般的生活。这就是华侨的来源。但同时他们也把中华文化传向四方。到了今天，祖国强大了，华侨的地位在当地也相应地改变了。这就是华侨最爱国的原因。

19.《论〈儿郎伟〉》（《庆祝饶宗颐教授七十五岁论文集》）

"儿郎伟"，敦煌卷子中有一些以此为名的歌辞，唐代和宋代一些作家作品中也有这种歌辞。这三个字究竟是什么意思呢？中外研究者意见有点差异，但是倾向有意义者多，换句话说，认为"儿郎"就是"年轻人"。我个人不同意这种看法，认为"儿郎"只是音，而没有意义。我找了很多例子，处于"儿郎伟"地位的三个和声字，第二个字，同"郎"字一样都是来母字。

20.《〈吐鲁番学研究专辑〉序》

"吐鲁番学"是指研究新疆地区甚至新疆以外一些地区的文化的学问，冠之以"吐鲁番"，只能算是一个代表。陈寅恪先生说，"敦煌学"是中国一部"伤心史"。"吐鲁番学"也一样。意思是说，这一门学问最初中国学者几乎没有任何发言权；外国学者则喧宾夺主，此所谓"伤心"也。但是，最近十几年以来，情况有了翻天覆地的变化。在这个研究范围内，中国的老、中、青三代学者都茁壮成长起来了，过去不能做的工作，现在能做了。汉、维两族都有了自己的"吐鲁番学"的学者，我们真可以扬眉吐气了。这个势头真如旭日东升，方兴未艾。

21.《〈印度古代文学史〉前言》（《印度古代文学史》季羡林

主编）

"前言"中发了一点牢骚，说一股欧洲中心论的邪气弥漫中国社会，外国文学界亦然。有的人总瞧不起东方文学，包括印度文学在内。这种推崇西洋的歪风，至今未息。

22.《二十一世纪：东西文化的转折点》

一个世纪末并不一定意味着人类社会发展的一个转折点。但是，19世纪和20世纪的世纪末却确有这个意味。英国史学家汤因比主张，每一个文明（文化）都有一个诞生、成长、兴盛、衰微、灭亡的过程，哪一个文明也不能永垂不朽。专就东、西文化而论，我主张"三十年河东，三十年河西"。现在，辉煌了二三百年的西方文化已经是强弩之末，它产生的弊端贻害全球，并将影响人类的生存前途。西方有识之士也看到了这一点。因此，我就提出了一个大胆的假设，现在这个世纪末可能就是由西向东的转折点。

23.《〈比较文学与民间文学〉自序》（《比较文学与民间文学》季羡林著）

这一项实际上包括两篇"自序"。第二篇写于1986年，是给中国民间文艺出版社写的，它本来准备出版这一部书，后来由于众所周知的原因，把稿子压了几年，书终于没出成。北京大学出版社慨然毅然接受了出版的工作。第一篇"自序"就是给北京大学出版社写的。这一部书终于出来了。

在第二篇"自序"里，我讲了在比较文学研究中，我赞成影响研究，而不欣赏平行研究。因为前者摸得着看得见，而后者则往往玄乎其玄，有时候甚至捕风捉影，胡说一通，让赞成者无从赞成，反对者无法反对。我对"义理"一类的东西是敬鬼神而远之。

第一篇"自序"则说明了我为什么把第二篇"自序"原封不动保留下来的原因。我在上面一节中介绍的我的观点，即使再写一篇新序，也不会改变,索性把原序保留下来,免得麻烦。我在这一篇新序中,还感谢了帮我编选这一部分的,我的几十年的老助手李铮先生。最后发表了一点感慨,说自己成了陶渊明的信徒。

24.《梵语佛典及汉译佛典中四流音 ṛṝḷḹ 问题》

这是一篇异常重要的论文,也是我生平写的文章中自己比较满意的一篇。

我先把本文内容目次写在下面:

一、问题的提出

二、从慧琳谈起

三、四字特点及其发展的历史

(一)四字在印度的产生与演变

(二)四字在中国的发展与演变

(1)四字异译

(2)四发音的分歧

(3)发音分歧的地域问题

四、再谈慧琳

五、所谓中天音旨

六、关键所在

(一)四字的特殊性

(二)语言矛盾

(三)慧琳与昙无谶的矛盾

我在这里首先要声明,"目次"中的"五、所谓中天音旨",暂时不见于此文中。因为时间紧迫,而这一章又异常难写,所以我临时抽掉。过了几年以后,我又重整旗鼓,写了一篇《所谓中天音旨》,作为独立的论文发表了,其实是应该归入这一篇论文的。

现在想要介绍这一篇论文的内容,感到有极大的困难。一则所谈问题过于专门，过于冷僻，论证过于琐细，过于周折。二则对于对此问题没有颇精湛研究的学者必如丈二和尚摸不着头脑，岂非大煞风景吗？想了半天，想出了一个取巧的办法，只介绍"一、问题的提出"和"六、关键所在"，其余一概省略。我还是希望有兴趣的学者们能够耐下心来，把原文读一遍。下面先介绍"一、问题的提出"。

最初的原因是，我读唐慧琳《一切经音义》卷25《大般涅槃经》注中关于悉昙章的一段话，对悉昙产生了兴趣，特别是其中关于四流音的叙述，与我平常的理解不同，这更引起了我的好奇心，想探讨一番。后来又收到了俞敏先生的著作《俞敏语言学论文集》和饶宗颐先生的《悉昙学绪论中印文化关系史论集·语文篇》二书，读后甚有收益。其后又读了荷兰学者高罗佩（R. H .van Gulik）的著作 *Siddham* 和日本学者马渊和夫的《日本韵学史的研究》等著作，又有所收获。我的主要精力还是放在阅读日本古代僧人关于悉昙的著作上。经过长期阅读和考虑，我逐渐发现，ऋॠऌॡ这四个流音元音在梵文字母中有特殊地位和意义，在梵文佛典中是如此，在汉译佛典中也是如此。根据我的看法，四流音元音涉及印度语言史、印度佛教史、小乘与大乘的矛盾、梵文同俗语的矛盾，等等。因此，我决定先专门写一论文谈谈四流音问题。

现在接着介绍"六、关键所在"。

（一）四字的特殊性。这四个流音元音同其他字母是不一样的。《悉昙藏》中讲了一个故事：一个外道（婆罗门）教一个国王学梵文，"以王舌强，故令王诵此字"。别的书中也有类似记载。这四个字是童蒙所不习学，"世所稀用"。

（二）语言矛盾。佛祖释迦牟尼是反婆罗门教的，从而也反对使用它的语言梵文。他游行说教使用的是一种或多种俗语。后来时移势迁，俗语不得不逐渐梵文化起来，到了古典大乘，就全部使用梵文了。可列一个公式：

俗语→梵文化的混合梵语→梵语

佛教的对立面婆罗门教一直使用梵文。政府部门有一个阶段也使用梵语。后来俗语又抬头。到了公元后笈多王朝时期又来了一个"梵文复兴"。也可列一个公式：

梵语→俗语→梵语

（三）慧琳和昙无谶的矛盾。根据我的考证，二人的矛盾是三重性的：沙门与婆罗门的矛盾，大乘与小乘的矛盾，俗语与梵语的矛盾。

到了慧琳时代，印度佛教的经堂语是梵语。慧琳自认为是站在大乘立场上的；但他不理解佛典语言的发展规律，也不理解佛祖释迦牟尼的"语言政策"，矛盾因此而产生。如果不了解这个背景，则无法理解慧琳何以对一个看似微不足道的问题竟然大动肝火，高呼："哀哉！已经三百八十余年，竟无一人能正此失！"

介绍完了，我再重复一遍：四流音问题极为复杂，牵涉的面极广，我不可能详细介绍。只好让读者好似碰到神龙，见首不见尾了。

25.《再谈东方文化》（《续补》）

这一篇论东方文化的文章，没有什么新观点，仍然是我那一套"三十年河东，三十年河西"，西方分析，东方综合的所谓"理论"。如果有点新东西的话，那就是我引用了金吾伦《物质可分性新论》。他主张物质不是无限可分的。我又引用了周文斌介绍西方一门新兴科学"浑沌论"时写的一段话。我觉得，"浑沌论"的思想带有东方综合的色彩。

26.《〈纪念陈寅恪先生百年诞辰学术论文集〉序》

这是一篇很长、很重要的文章，其中阐述了我对寅恪先生比较全面的了解。简要内容如下：一、"预流"问题；二、继承和发扬乾嘉考证学的精神，吸收德国考证学的新方法；三、为中国文化所化之人：（一）中国文化的内涵；（二）外来文化与本土文化；（三）文化与气节；四、爱国主义问题。从这些简单的标题上也可以看出我对寅恪先生全面的看法。总之，我认为寅恪先生是一位有坚实的中国文化的基础，又深通西方文化的精神，能"预流"，有强烈的爱国主义，有气节的为中国文化所化的一代宗师。在学术研究上，多发前人未发之覆，开辟新天地。

1991年

本年共写各类文章24篇，其中可称为学术论文的有14篇。

1. *Translation from the Tocharian Maitreya-Samiti-Nāṭkaṃ One Leaf（76 YQ 1. 30）of the Xinjiang Museum Version*（刊于《冢本启祥教授还历纪念论文集》中）

这是一篇吐火罗文A（焉耆文）《弥勒会见记剧本》一张两页的译释。这样的文章过去已经写过一些，用不着再加以解释。这一篇是用英文写成，在国外发表的。

2.《〈中国古典文学在国外〉序》

宋柏年教授长期从事中国古典文学的研究，卓有建树。他又长期从事中国文学对外国文学的影响的研究。其成绩就表现在《中国古典文学在国外》这一部书中。这样一部书纠正了我上面提到的外国文学研究中的偏颇，值得重视。

3.《〈北大亚太研究〉序言》

亚洲太平洋地区是世界上关键地区之一，从各方面来看，都是如此。世界上四个大的、独立的、历史悠久的、影响广被的文化体系，都与亚太地区有关。因此研究这个地区的政治、经济、文化等，有特别重要的意义。北京大学的亚非研究所，在全国高校中，是设备比较齐全、研究队伍比较能成龙配套、课程开设比较完备的研究机构。过去在培养学生方面、在研究成果方面，都有比较大的成绩和贡献。一年多以前北京大学成立了亚洲太平洋地区研究中心,承担起协调全校各有关系、所的工作,统筹安排,已做出了一些成绩。在校外,我们应当团结各有关院校的教学和研究机构,取长补短,互通有无,交换信息与资料,共同前进。我们既前瞻,又回顾,全国一盘棋。在这个基础上,再同世界各国的同行们团结协作,必能取得更大成绩。

4.《〈神州文化集成〉总序》

为了把"弘扬中华民族优秀文化,发扬爱国主义"这个口号化为行动,中国文化书院的同仁们和一位企业家联合,推出了一套《神州文化集成》。这一篇论文就是我的总序。

论文虽长,但提出来的新论点却不多,多一半都是我以前讲过的。我说,观察中国文化应当有"上下五千年,纵横十万里"的精神,不能只就中国论中国,只就眼前论中国。这样做,有如瞎子摸象,摸不到全貌。

紧接着,我谈了世界上四个文化体系,归纳起来,又只有东、西两大文化体系。东、西之差,关键在于思维方式:东主综合,而西主分析。综合主要是有整体概念和普遍联系的概念。这在医学上表现最为鲜明。西方是"头痛治头,脚痛治脚",而中医则往往是头痛从脚上去治。这种情况也表现在语言上、表现在绘画上。这一篇"总序"的内容大体上就是这样。

5.《〈文学解读与美的再创造〉序》

古今中外的文艺理论书籍,我都读过一些。20世纪30年代初,我在清华大学听朱光潜先生的"文艺心理学",获益良多。后来由于治学方向转变,没有继续研读下去。今天再读介绍西方最新文艺理论的书,就如读天书一般。在当代西方文艺理论派别中,德国的接受美学寿命较长。龙协涛这一部书介绍的就是接受美学。

6.《〈一七八三年孟加拉的农民起义〉序》

印度是一个缺乏历史著作的国家,对于农民起义也不重视,到了现代才有研究者,这一部书就是一个例证。

7.《"高于自然"和"咏物言志"——东西方思想家对某些名画评论的分歧》

这一篇文章虽不长,却很重要。我讲的是中、西的两幅画。西方的是荷兰大画家吕邦斯的一幅风景人物画:阳光从对面的方向照射过来,但是一丛树的影子却投向看画者的对立的那一边去。这是违反自然的;但是人们却发觉不出来。歌德说这是"高于自然"。中国的一幅画是唐王维的"雪中芭蕉";雪与芭蕉不能并存,这也是违反自然的。陈允吉教授的解释是"咏物言志"。中、西的解释的角度是不同的。

8.《在"孙子兵法与企业经营管理国际研讨会"上的讲话》

这是一篇即席讲话,虽然很长,但却没有什么新意见。我讲了四个问题:一、东方文化与西方文化;二、东方文化和西方文化的思想基础;三、文化是不是能够永存?;四、孙子兵法与企业管理以及现代战争。

9.《〈中国女书集成〉序》

我对中国女书毫无通解,但是为本书编者赵丽明博士苦干和冒险的精神所感动,所以才写了这一篇序。虽然写了,也只能发空论。旧日中国女子在社会上层层的压迫下,几乎都是文盲,乡下大多数女子连个名字都没有。但是,她们也是有思想、有感情的,她们也想把这些思想、感情表露出来;又苦于不识字,没有表露工具,于是就在一个极小的地区,发明和使用了所谓"女书"。这在中国是一个极为罕见的现象。

10.《六字真言》

"六字真言"是流行于中国西藏等地区信仰喇嘛教的民族中的一个咒语。汉族亦有。音译是:"唵嘛呢叭咪吽",意思是:"唵!摩尼宝在莲花中。"明朝永乐年间,一位翰林竟然说:六字真言说的是"俺把你哄"。可见此公之庸陋。根据古籍记载,六字真言相当古老。其起源地大概不是像人们想象的那样是西藏,而是印度孟加拉地区。

11.《〈朝鲜学论文集〉序》

朝鲜学指朝鲜和韩国的传统文化的研究。朝鲜学是东方文化研究的一个重要组成部分。东方文化是东方各国,不论国大国小,共同创造的。中国、印度、日本等国家都有一份,朝鲜和韩国当然也有一份。古代高丽僧人对佛教在东亚的传布出过力量,对佛教传入日本,也起过重要作用。今天的韩国对中国的孔子和儒家都很敬重。

12.《漫谈古书今译》

弘扬中华民族的优秀文化这口号提出以后,古书今译之风顿盛。但是,我认为,并不是每一部古书都能今译的,今译应该有一个限度。纯粹讲义理的古籍,今译出来,对读者还可能有用。文学作品,特别是诗歌,既有思想内容,又有修辞、藻饰,甚至声调等等,如果译为白话文,则原文韵味尽失,这绝对是不可取的。后来,我这种想法更发展了,认为今译是破坏古书的最好的办法。

13.《佛教的倒流》

我个人认为,这也是一篇重要的论文。它谈的问题,过去几乎是没有人系统地涉及过的。

佛教是从印度传入中国的,后来在中国发展的基础上,又部分传回到印度,我把这种现象称之为"倒流"。在世界宗教史上,"倒流"的现象是绝无仅有的。对于佛教的"倒流",我在文中举了一些例子。元念常集《佛祖历代通载》卷十讲到永嘉禅师著《证道歌》,由梵僧带回印度,"彼皆亲仰,目为《东土大乘经》"。

最著名的一个"倒流"的例子是隋代智者人师(智)。宋赞宁《高僧传》卷二十七《含光传》说到,有一个印度僧人再三叮嘱含光,把智的著作译成梵文,传到印度。

赞宁是一个极有眼光、极有头脑的高僧。他给《含光传》写了一个"系"。这是一篇极有意义的文章。"系"首先肯定中国佛教有倒流的现象，他举的例子是梁武帝萧衍所撰《涅槃》《般若》《金光明》等经一百三卷，传入印度。"系"里提到了："唐西域求《道经》，诏僧道译唐为梵。二教争'菩提'为'道'，纷拏不已，中辍。"实际上并没有"中辍"，这问题下面再谈。"系"接着讲，西域是佛法的根干，东夏是枝叶。但是，把枝叶植入土中，也能生根干，榕树（尼拘律陀树）就是如此。"东人敏利，验其言少而解多。西域（天竺）之人淳朴，证其言重而后悟。西域之人利在乎念性，东人利在乎解性。无相空教出乎龙树，智者演之，令西域仰慕。中道教生乎弥勒，慈恩解之，西域罕及。"赞宁在这里提出了中国同印度的相异之处，值得我们深思。

下面我谈到菩提达摩和梁的关系，又谈翻译《道德经》的问题。《含光传·系》说是"中辍"。但是，经过我仔细核对《新唐书》《旧唐书》《佛祖统纪》《集古今佛道论衡》《续高僧传·玄奘传》等书关于此事的记载，我认为，尽管佛道两家在翻译《道德经》时发生了多么激烈的争论和对抗，书还是翻成了，只是"序胤"未翻。至于玄奘的梵文是否传至印度，则我们毫无证据来肯定或否定了。

下面我又根据《含光传·系》中关于印度念性、中国解性举的两个例子智和玄奘，仔细对比和分析了我搜集到的资料，进一步对中国这两位"倒流"的高僧做了更细致的叙述。

先谈智，所谓智者大师。"系"里讲，龙树在印度创立了大乘空宗，即所谓"无相空宗"。我在论文中简短地勾勒了一下印度佛教大乘发展的情况。在这里，我想顺便改正台湾版的《季羡林佛教学术论文集》（东初出版社）489页、12行的一个严重的排版错误："公元十二世纪"应改为"公元后二世纪"。其他发展情况，我现在都略而不重复。总之是智在中国发展了印度龙树的空宗理论。根据许多佛教典籍的记载，智者用力最勤的是弘扬空宗宝典《妙法莲华经》。他写了几部阐释《法华经》的著作，比如《妙法莲华经玄义》《妙法莲华经文句》等，发展了空宗的理论。有的书上说他"灵山亲承"，也就是他在当年灵山会上亲耳聆听了如来讲《法华经》。这当然只是神话，毫不足信。智在中国对大乘空宗的发展"倒流"到了印度，是不足为怪的。

再谈玄奘。关于玄奘翻译《道德经》的经过，上面已经谈到过。这里专谈玄奘在印度留学时的一些活动。他在印度归纳起来可以说是做了三件事。第一件事是调和空有。他的印度老师戒贤是信奉有宗的，玄奘当然会传承此说，但他也并不完全摒弃空宗。在认识真理方面，他只不过是认为空宗比有宗低一个阶段。他用梵文写了一篇《会宗论》，共三千颂，就是企图融会空、有两宗的。第二件事情是他摧破了佛教小乘正量部的理论。第三件事情是制服了外道对佛教的恶毒攻击，写了一篇《制恶见论》，共一千六百颂。此外他还写了一篇《三身论》。所有这些著作都没有流传下来。玄奘在印度的所作所为，实际上也是"倒流"现象的另外一种表现形式。

14.《〈季羡林佛教学术论文集〉自序》

《季羡林佛教学术论文集》于1995年在台湾出版，这篇文章是此书的"自序"。内容首先讲我对考证情有独钟。我研究佛教语言同研究佛教史紧密结合起来。研究大乘佛教起源问题，也必须同语言分析结合。现在全世界已出的佛教史数量不算少；但是，真正令人满意的却如凤毛麟角。在研究佛教史方面，中国有得天独厚的条件。汉译《大藏经》和藏译《大藏经》是研究佛教的瑰宝。

1992年

本年共写各类文章41篇，其中可以算是学术论文的有15篇。下面分别加以介绍。

1.《作诗与参禅》

我谈了以下几个问题：

一、中国古籍中对诗禅关系的看法

二、诗与禅的不同之处

三、诗与禅的共同之处

四、禅与中国山水诗

五、言意之辨

（一）言意之辨

（二）一个印度理论

（三）中国语言文字的特点

我在下面不按章节把论文大意综述一下。

作诗是全世界共有的活动，而参禅则只限于中国、韩国、日本等几个国家。禅宗，虽然名义上来自印度，实则是中国的创造。参禅活动一开始，立即影响了中国的诗歌创作。唐代许多著名诗人，如王维等，诗中洋溢着禅意，是众所周知的。唐宋文艺理论著作，如唐司空图的《诗品》、宋严羽的《沧浪诗话》等等，都富于禅境禅意，也是大家所公认的。宋韩驹有一句诗："学诗当如初学禅。"最明确地说明了诗禅关系。

诗与禅有共同之处，也有不同之处。禅宗最初是主张"不立文字"的，而诗则必立文字。这是最显著的不同之处。而共同之处则是太多太多了。首先是"悟"或"妙悟"。"悟"这个字为中国所固有。《说文》："悟，觉也。"专就佛家而谈，"悟"到的东西是"三法印"：诸行无常，诸法无我，一切皆苦。释迦牟尼在菩提树下金刚座上大觉大悟悟到的，以及后来初转法轮时所宣讲的不外就是这些东西。这些都是小乘的思想，到了大乘阶段——我在这里补充一句：佛教传入中国的基本上都是大乘——佛徒又进一步提出了"空"的思想。这种"空"的思想对中国禅宗产生了极大的影响。我们甚至可以说，没有"空"的概念，就不会有中国禅宗。这种思想对中国诗歌创作和理论也产生了极大的影响。上面提到的几部书，以及王维等诗人的创作，无不蒙受其影响。

接着我论述了禅与山水诗的关系。我认为，悟"无我"，或者悟"空"，必须有两个条件，一个是个人心灵中的悟性，一个是幽静的环境。前者不言自明，后者却需要一点解释。禅有小乘禅与大乘禅之别。中国禅宗初祖达摩属于大乘禅，修行的禅法，名曰壁观。达摩大概认为，修这样的禅必须远离尘世，因此他遁隐嵩山少林寺。达摩以后的禅宗诸祖都与山林有关。在禅宗正式建立之前，山水诗的开创者和集大成者谢灵运，虔信大乘空宗的顿悟说。他把山水诗同佛教思想融合了起来。到了唐代，王维等人的山水诗，蕴涵着深沉的禅趣。宋代和宋代以后，山水诗仍然存在而且发展。

在最后一段，我谈到了"言意之辨"。这是中外哲学史上的一个重要问题，至今还不能说已经得到了满意的解答。我从陶东风的《中国古代心理美学六论》中引用了拉康的理论，又引用了一个印度理论，企图对这个问题做一点满意的解释。最后我提出了中国汉语言文字的特点问题，即它的模糊性，来解释"言不尽意"的现象。我提到最近几十年在美国出现的模糊理论；我认为，这个理论应用到汉语研究上，应用到作诗与参禅的问题上，是颇能够解决一些困难或者困惑的。

2.《〈唐·吐蕃·大食政治关系史〉序》

中国古代史籍中关于西域的记载量多而质高，大大地有助于这方面的研究。但是汉文古典文献非常难读，外国学者常出现讹误。今天中国的青年学者，尽管有不少的优点，但古典汉文的造诣往往有所不足。对西域的研究，中国清代已有学者注意到了；但不通古代西域语言，很难谈到什么创获。最近十几年来，情况有了改变，一批通西域古代语言的年轻学者已成长起来，这是我们希望之所在。

3.《东方文化与东方文学》

我首先讲东方文化，仍然是我那一套：世界上有四大文化体系，四者又可分为东、西两个更大的文化体系。其差异的基础是东西方思维模式之不同，东综合而西分析。二者的关系是：三十年河东，三十年河西，哪一个文化也不能"万岁"。然后我又讲东方文学，特别是汉语文学。中国诗可以不讲人称，不用时态，读者可以根据自己的经验构成一幅图画，有绝对的自由，因而获得更大的美的享受。这有点模糊，但其妙处就在于模糊。这与东方的典型的综合思维模式有关。西方人想学习，是办不到的。西方最近几十年新兴的模糊学和浑沌学等，我认为是西方思想向东方思想靠拢的迹象。至于今后如何发展，非我所能讨论的。

4.《飴餳》

这是拙著《糖史》第一编，国内编的第一章。下面介绍《糖史》时合并介绍。

5.《〈犹太百科全书〉序》

犹太民族是一个有天才的民族，历代出过许多伟大的科学家、文学家、艺术家、革命家等等。但它又是一个多灾多难的民族，几千年来漂泊全球。中国开封也曾有过犹太移民。中国人民对犹太人抱有同情，但是，由于在这方面出书太少，中国人对犹太人了解得很不够。现在这一部《犹太百科全书》可以弥补这个缺憾了。

6.《对于〈评申小龙部分著作中的若干问题〉的一点意见》

学术讨论甚至争论，都应当摆事实，讲道理，而不应扣帽子。只因申小龙讲了句："当代语言学的钟摆正摆向东方。"就引起了伍铁平、范俊军两位先生拍案而起，并且罗织到"到了21世纪，西方文化将逐步让位于东方文化"这个说法。试问这几句话何罪之有？竟蒙伍、范两位先生赐以"大国或者叫大东方沙文主义思想"的大帽子。我称这种行为为"拜倒在西方语言学脚下的、崇洋媚外的民族虚无主义"。这种"贾桂思想"是我们当前学术界的大敌,必须克服之。

7.《〈朝鲜学——韩国学与中国学〉序》

我不通朝鲜——韩国语文,但一生与两国打交道。中国的朝鲜族是一个优秀的民族,对中华民族大家庭具有向心力。在历史上,朝鲜半岛也出现过分分合合的局面;在文化交流方面也做出过贡献,唐代有很多高丽僧赴印度留学。他们一方面吸收中国佛学,另一方面又把佛教传入日本。后来他们又传入了宋明理学,并加以发扬光大。儒学在韩国至今仍有影响。

8.《佛典中的"黑"与"白"》

1948年我写过一篇短文:《佛教对于宋代理学影响之一例》,讲的是朱子教人用白豆和黑豆来"系念",起一善念,则投白豆一粒于器中,起恶念则投黑豆。这个方法实际上来自佛典。这一个小例子证明,宋代理学不但在大的方面,也就是哲学思想方面受到了佛教的影响,就是在小的方面也受到了影响。后来我翻阅佛典,陆续发现了很多相同或相似的例子。在《摩诃僧祇律》《十诵律》《根本说一切有部毗奈耶》等律中,我都找到了。它们用的是黑白筹(竹片),不是黑白豆,使用的目的不是"系念",而是裁决。可是黑代表恶业或其他恶的东西,白代表善业或其他善的东西,则与朱子完全相同。

9.《〈在"〈日本学者研究中国史论著选译〉出版座谈会"上的发言》

这是在一次座谈会上发言的记录稿,是即席发言的产物。内容约略是:现在研究任何一门学问,都是国际性的,汉学也不能例外。中国学者研究汉学,近水楼台,有其有利之处。但是,外国的汉学家往往有新角度和新观点,能获得独到的成功。在这方面,法国汉学家的成就得到举世的公认。而日本汉学家由于有悠久的传统,其成就更必须刮目相看。现在比较大规模地加以汉译,此举值得欢迎。

10.《〈中国古典文学八大名著白话精缩〉序》

在五四运动以前,许多中国古典的长篇小说不能进入"神圣的"中国文学史的殿堂,现在能进入了。可是处在当前这样信息爆炸的环境中,生活速度加快,人们很难找出时间去读百多万字甚至几百万字的长篇小说。这实在是一件十分令人遗憾的事情。过去曾有人尝试过用缩写本——有人称之为"洁本"——的办法,来克服这个困难,好像不十分成功。现在两个出版社邀请了一些大学教授和中青年作家,将八部家喻户晓的长篇小说,改写为每部二十万字的白话本。

11.《历史研究断想》

历史,特别是古代史研究中的一些结论,都只是暂时的假设,决不是结论。原因是:(1)研究的指导思想随时在变;(2)研究的手段也随时在变;(3)新材料的发现越来越多。考古发掘工作对历史研究有巨大贡献,新疆考古工作是一个典型的例子。内地的考古发掘工作也具有同样的重要意义。比如原来认为甲骨文是中国最古的文字,现在,根据考古发掘的结果,我们能够知道,在甲骨文之前,中国文字已有很长的历史。

12.《〈汤用彤先生诞生一百周年纪念论文集〉序》

在中国学术史上,每一个时代都诞生几位大师,他们标志出这一个时代学术发展的新水平,代表着学术发展的新方向。到了中国近代,情况依然如此,但却有了新情况。俞曲园与章太炎为师兄弟。他们之间却有了一条鸿沟:俞能镕铸今古,章除了能镕铸今古外,还能会通中西。章以后几位大师莫不皆然。汤用彤先生就在这些大师之列。先生的《汉魏两晋南北朝佛教史》问世已有六十年,尚无有能出其右者。先生对魏晋玄学的研究也达到了一个高峰。在人品道德、待人接物方面,他也是我们的楷模。

13.《"天人合一"新解》

"天人合一"是中国哲学史上的一个主要命题，几乎所有的古代哲学家都对此有自己的解释，有自己的见解，没有哪两个哲学家的见解是完完全全一样的。我在本文开始时简略地介绍了一下中国古代的"天人合一"思想；孔子、子思、孟子、董仲舒、宋代理学、老子、庄子、墨子、《吕氏春秋》等等，都介绍了一点。我又介绍了印度的"梵我一如"的思想。对当代的哲学家，比如冯友兰、侯外庐，甚至杨荣国，我也加以介绍。

对我写这篇论文启发最大的是钱穆。他一生最后一篇文章《中国文化对人类未来可有的贡献》我全文抄录。我的"新解"，其灵感就是从这一篇文章得来的。钱先生并没有明确的结论，他只讲，"天人合一"是"中国传统文化思想之归宿处"，"中国文化对世界人类生存之贡献，主要亦即在此"。他说，自己已年老体衰，思维迟钝，无力对此再作阐发，唯待后来者之继续努力。我不揣谫陋，对钱先生的提示提出一个"新解"。

我认为，在历史上，世界人类共创造了两大文化体系，一东一西。其间根本区别来源于思维模式之不同，东方主综合的思维模式，西方主分析的思维模式。"天人合一"的思想就是东方思维的最具有代表性的表现。我理解的"天"是指大自然，"人"指我们人类。人与自然应该成为朋友，不应当像西方那样要"征服自然"，视大自然为敌对者。当今世界上许多弊端，比如生态平衡被破坏，物种灭绝，环境污染，臭氧层出洞，如此等等，无一不与西方工业革命以后"征服自然"的思想和行动有关。在将来，我们必须以东方文化之优点"天人合一"的思想济西方文化之穷，人类庶不致走上绝路。东、西文化关系的特点是"三十年河东，三十年河西"。

14.《〈伊朗学在中国学术讨论会论文集〉序》

伊朗学研究在中国起步较晚，但进步颇快，对其原因我做了两个解释。第一，伊朗同中国一样，有极为古老的又极为辉煌的迄未中断的文化传统。古代波斯对世界文化宝库做出了巨大的贡献，出过伟大的诗人菲尔多西；在医学、哲学和自然科学等领域内，成就巨大，影响了全世界。第二，伊朗同中国有极悠久的文化交流的历史。即以糖一项而论，中国汉末出现的所谓"西极（国）石蜜"，很可能就来自伊朗和印度。这在南北朝许多正史中都有记载。

15.《〈韩国学论文集〉新序》

这一篇我名之曰"新序"，有别于以前为《朝鲜学论文集》写的那一篇序。内容仍然讲，到了21世纪，包括韩国文化在内的东方文化，将重现辉煌，把全人类的共同文化推向一个新的高峰。我在这里不仅谈了文化，也谈了经济。中、韩、日等国的一些学者有一个不约而同的共同的看法，即：21世纪世界经济文化中心将是亚太地区，再缩小一点范围，将是中、韩、日三国的金三角地带。经济学家从经济发展的速度方面明确无误地论证了这个问题。

1993年

本年共写文章31篇，数量不算太多。文章中可以算作学术论文的共有15篇。下面分别以加介绍：

1.《所谓"中天音旨"》

前面1990年学术研究部分，介绍我在当年写过的一篇论文《梵语佛典与汉译佛典中四流音ṛḹ问题》时，我曾提到，本文的第五段的题目是"所谓中天音旨"。但在写作过程中感到，文章已经够长，而关于"中天音旨"这一段的材料又特别多；因此临时决定，这一段先不写，等以后再补上。现在介绍的这一篇文章，就是偿宿愿之作。本应与上文合在一起的，但既然已经独立了，就让它独立下去吧。

本文一开始就用了颇长的一段话，介绍了《梵语佛典与汉译佛典中四流音ṛṛḷḹ问题》的大体轮廓。接着就引用了玄奘和智广的说法，说明中天音旨的重要性。

接着我就论证了中天音旨的一些问题。我先将章节目录抄在下面：

（一）中天竺在佛徒心中的地位

1. 众佛诞生地

2. 神仙说中印度话

3. 大乘诞生地

（二）中天竺语发音的特点

1. 中天音兼于龙宫

2. 鼻音

（三）四流音在中天的地位及其发音特点

（四）中天音同余国音的关系

（五）汉音与吴音　中国与印度

我在下面把主要内容介绍一下，不再分章节。印度古代佛徒相信，中天竺乃众佛诞生地，众神都说中印度话，而且大乘也起源于此。他们不可能有"佛教混合梵语"的概念。他们知道，天竺语言有中天、南天、北天、东天、西天、胡地之别；但他们认为，借用玄奘的话来说："而中印度特为详正，辞调和雅，与天同音，气韵清亮。"其中的含义是什么呢？

当时的佛教徒相信："中天音兼于龙宫。"其中当然有幻想、迷信的成分。《悉昙要诀》说："夫人有刚柔异性，言音不同，斯则系风土之气，亦习俗所致也。今案此意云：龙性刚，故其音浊软？北天风强，故其音亦浊软？南天风柔气温，故其音柔清软？"总之，音之清浊是由于风土和习俗之不同。

下面，我经过详细的分析和论证，证明中天音的特点是鼻音。我从日本玄照撰《悉昙略记》中抄了一个完整的梵文字母汉译音表，证明了我这个说法。表很长，不便抄录。读者如有兴趣，请自行参阅。

接着我谈了"四流音在中天的地位及其发音特点"。慧琳是激烈地排斥四流音元音的，唐代日本僧人的著述中也多有排斥之者。可是在我抄录的那个字母表中，四流音元音却赫然与其他梵文并列，这是梵文的特点之一。原因大概是，此时梵文在佛教中已经取得了正统的垄断的地位。密宗或其他宗的经典都用梵文写成。连大师如玄奘者也不了解，古代佛典有一些是用俗语或佛教混合梵语以及中亚古代语言写成的这个情况。

最后我论述了汉音和吴音的关系以及中国和印度。唐代的日本僧人非常重视二者的区别。他们所谓吴音，含义是清楚的；所谓"汉音"则指中国北方的音。他们认为，中天音似汉音，南天音似吴音。《悉昙三密钞》说："然中天音并以汉音得呼梵音，若以吴音不得梵音。其南天音并以吴音得呼梵音，若以汉音不得梵音。"原因可能是，唐代佛教密宗大盛，诵念咒语，必须十分准确，否则就会影响咒语的神力。所以日本和尚才这样重视汉吴之分。

2.《中国古史应当重写》

中国过去写历史，基本上都是黄河文化或北方文化中心论。但是，事实上，早在先秦时期楚文化或南方文化，或长江文化，就已经发展到了很高的水平。近年来，考古发掘出来的编钟被称为"世界第八大奇迹"。即以楚辞论，没有一个长期发展的背景，是不可能出现的。总之，写中国历史必须包括南方。中国历史必须重写。

3.《〈东方文学名著鉴赏大辞典〉序》

1949年以来，中国研究外国文学的学者，约略可以分为两大"阵营"：一个是综合大学外语系和外国语大学的老师们组成的；一个是由中文系教外国文学课的教师组成的。二者各有优缺点：前者外语水平高而文艺理论和汉语水平往往较低；后者文艺理论和汉语水平高而外语水平则较低，甚至不能通解。两个"阵营"如能协作，则能互助互补，其结果必有极可观者。四十多年的历史证明了，两者是能愉快地协作的。由此产生了许多水平比较高的大学外国文学的教材和研究专著。这一部《东方文学名著鉴赏大辞典》就是双方协作的结果。作者两个"阵营"里的学者都有，因此这一部辞典的学术水平得到了可靠的保证。

4.《〈人学大辞典〉序》

人类自称为"万物之灵"，这话不能说没有道理；但这道理是颇为有限的。人生于世，必须正确处理好三个关系：（1）人本身的关系，人体解剖我们能够做到；但是，一遇到神经问题、气功问题等等，便束手无策。（2）人与人的关系，也就是社会关系。（3）人与大自然的关系。后二者我们都没能处理好；处理不好，则对人类生存前途有不利的甚至致命的影响。

5.《关于"天人合一"思想的再思考》

我在上面1992年13中介绍了我的《"天人合一"新解》，其中颇有遗漏：引古人的著作有遗漏；引今人的著作也有遗漏，因而写了这一篇《再思考》，意在弥补该文中存在的缺憾。

在"补充"部分，我补充了：

（1）宋代大哲学家张载的学说，把他的《西铭》全部抄录下来。

（2）日本的资料，主要是仓泽行洋的论述。

（3）朝鲜的资料。我列举了一批程朱理学的代表人物，比如李穑、郑梦周、郑道传等等。我特别介绍了权近的关于"天人合一"的学说。

统观我的《新解》和《再思考》两篇文章，中、印、日、朝（韩）等主要东方国家，都有"天人合一"的思想，这现象很明确，很值得重视。我说，"天人合一"思想是东方思想的特征，不是没有根据的。

下面我介绍了李慎之先生的一篇文章：《中国哲学的精神》。慎之先生说，原来他认为我们的意见"大相径庭"，后来又发现"我们的看法原来高度一致"。但是一致中还有不一致的地方。我现在专谈不一致。首先，在对西方科学技术的副作用问题的看法上，我们不一致。他认为我看得太多，我认为他看得太少。其次，在东西方文化融合的问题上，我们的意见也不一致。从人类历史上来看，文化一旦产生，必然就会融合。我当然不会反对融合，问题是"怎样融合"。他的论点似乎是东、西文化对等地融合。我则认为，融合有主次之分。过去的融合，以西方为主；21世纪的融合则必以东方为主。这就是我经常说的"三十年河东，三十年河西"。对于这两句话，慎之先生激烈地反对，屡屡形诸文字。然而，回顾一下东、西文化融合的历史，回顾一下汉唐时期中国文化在世界上的地位，事情就一清二白，皎若天日了。最后还有一点分歧。李先生认为，西方科技所产生的弊端，只要西方科技进一步发展就能够铲除。我认为，这是不可能的。西方科技，如不改弦更张，则越发展，弊端也会越多。语云"解铃还得系铃人"，这话在这里用不上。

下面我介绍了郑敏教授的一篇文章《诗歌与科学：世纪末重读雪莱〈诗辨〉的震动与困惑》。文章介绍了英国浪漫诗人雪莱对工业发展恶果的预言。诗人真不愧是预言家，在西方工业正蓬勃发展的时候，诗人却预言到它将来的恶果。到了今天，预言已经变成了现实，郑敏教授"震动"，我们也"震动"。诗人对这些工业弊端或灾害开出的药方是诗与想象力，再加上一个爱。对这个药方，我不发表意见。我也有我自己的药方是：正确处理好人与大自然的关系，宣传"天人合一"（我的新解）的思想，西方要向东方学习。我又讲了东西方有两种不同的思维方式。郑教授文章中讲到，西方新兴解构主义吸收了一些东方思想，比如"道"等等。

在这篇文章的最后，我补充了一点中国少数民族关于"天人合一"的思想，说明在中国范围内有这种思想的不限于汉人。

6.《〈清代海外竹枝词〉序》

"竹枝词"是一类文学作品的总名,其产生地我觉得可能是四川东部巴渝一带地区。最初流行于民间,后来为文人学士所采用。内容和形式都生动活泼,给人一种新鲜感觉。它可能与带有点浪漫主义色彩的楚辞有一些联系,与北方的《诗经》颇异其趣。所谓"海外竹枝词"是指中国诗人用竹枝词的体裁和情趣歌咏在外国所见所闻的事物。我写有关中印关系的文章时,就曾引用过清尤侗的《外国竹枝词》。

7.《〈孟加拉国政治与经济〉序》

孟加拉,明初几部记载南洋或"西洋"情况的书中译为"榜葛刺",是当时南亚次大陆文化最昌明、经济最繁荣的地区,同中国往来最频繁,交流成果最丰富。一直到近现代,孟加拉国以及印度的西孟加拉邦,仍然是人文荟萃之地。孟加拉国建国后,同中国的关系一向友好,是我们的友好邻邦。

8.《漫谈文学作品的阶级性、时代性和民族性》

这是一篇颇短的文章,然而却提出了一个过去不大有人敢明目张胆地提出来的问题。我从诸葛亮的《出师表》、李密的《陈情表》和韩愈的《祭十二郎文》三篇古文出发,谈到了文学的阶级性、时代性和民族性。这些性质都是不能否定的。可为什么这三篇文章,还有其他许多篇文章,以及李杜的诗,一直到今天还为广大读者所爱读而且读后受到感动呢?这证明,在那"三性"之上还巍然高踞着一个人性。

9.《〈文学语言概论〉序》

所谓"文学语言",不出两途:一曰修辞,一曰风格,后者尤难于前者。古代以及现代散文大家,大都有自己鲜明的风格。在眼前的散文文坛,我认为,可以分为两派:一曰搔首弄姿派,一曰松松散散派。前者刻意雕琢,后者故意或非故意松垮,我皆难以接受。

10.《〈东方文学史〉序》

这一部《东方文学史》长达120万言，在中国是空前的一部，在世界上也是少有的。

我的这一篇序，比起我在1986年为《简明东方文学史》写的那一篇颇长的"绪论"来，对东方文学有了不少新的看法；但是，同我最近一些年来所写的谈东、西文化的同和异的文章相比，则没有什么新东西。我在这里讲的仍然是东西方思维模式不同。我宣扬的仍然是东方的"天人合一"的思想。

11.《〈关于"天人合一"思想的再思考〉的一点补充》

写完了《关于"天人合一"思想的再思考》一文后，接到韩国东国大学吴亨根教授的信，信中说：《大乘起信论》中的"色心一如"的思想，还有僧肇的"天地与我同根，万物与我一体"，这都是东洋思想的最极致。我把吴教授的意思补充上去。

12.《在昆明郑和研究国际会议上的发言》

郑和，在中国和世界历史上都是一个伟大人物。云南有郑和，是云南的骄傲。研究郑和，不出三途：出使目的、出使次数和所产生的影响。我个人认为，应多研究其结果、其影响，对目的和动机不必过分探求。从今天的国际形势看起来，郑和实已成为中国与南洋和西洋国家友谊的象征。

13.《再谈 cīnī》

cīnī 这个字在印度许多语言中意为"白砂糖"，它的原意是"中国的"。可见"白砂糖"是从中国传入印度的。W.L.Smith 写文章反对此说。我于1987年写文章驳之。后来我在《明史》321卷"榜葛刺"条找到了证据，这里说，孟加拉"百工技艺悉如中国，盖皆前世所流入也"。我认为，"百工技艺"中就包括制白砂糖术。这问题我在《东方文化集成》《文化交流的轨迹——中华蔗糖史》中有详细论述，可参阅。这一个小例子说明，中印文化交流决不是"一边倒"的。

14.《〈南亚政治发展研究〉序》

中国同南亚诸国都可以说是近邻,在历史上文化交流频繁。中国史籍中关于这些国家的记载,对研究这些国家的历史有无法估量、无法代替的重要意义。可惜自欧风东渐,许多国家沦为殖民地。中国同它们的文化交流几乎中断。近几十年来,情况有了好转。这一部书对我们了解南亚情况极有帮助。

15.《国学漫谈》

自从《人民日报》1993 年 8 月 16 日发表了《国学,在燕园中悄然兴起》以后,在全国一部分学人中,特别是青年学生中,颇引起了轰动。这不是没有原因的。我认为,原因就在于"弘扬中华民族的优秀文化"这个口号的提出。这个口号顺乎人心,应乎潮流,它说到了人们的心坎上。"国学"的目的,我理解,就是从事探讨研究中华文化优秀之处究竟何在。国学决不是发思古之幽情,而是与现在和过去有密切联系,又与未来有密切联系。我们现在常讲建设有中国特色的社会主义,"中国特色"表现在什么地方呢?决不会仅仅表现在科技上。因为,即使中国科技能在世界上占第一位,同别的国家相比,也只是量的差别,而决不是什么"特色"。特色只能表现在哲学、宗教、文学、艺术、伦理、道德、经营、管理等方面。我称前者为"硬件",后者为"软件"。"软件"中的许多学问都包含在国学范围以内。其次,国学还能帮助我们弘扬中华民族的爱国主义传统。说到爱国主义,我们就必须分清"正义的爱国主义",也就是被侵略被屠杀的国家或民族的爱国主义。而在另一方面,侵略人、屠杀人,也就是奴役别国人民的所谓"爱国主义"是邪恶的非正义的"爱国主义"。中国的爱国主义从古至今,都属于前者。国学的好处还可以举出一些来,现在暂且不举了。但是,世界上离奇的事情之多是颇令人吃惊的。竟有人对国学研究大唱反调,真不知是何居心!我现在再补上一句:有人竟说搞国学是对抗马克思主义的。我除了摇头叹息之外,还能说些什么呢?

入党一年

去年4月4日，北京大学东语系教员党支部大会讨论并通过了我入党的请求。今年4月4日，支部大会又讨论并通过了我转正的请求。我想谈谈在过去一年内，自己在提高觉悟、改正缺点方面的一些肤浅的体会。

对年纪比较大的知识分子来说，提高觉悟和改正缺点并不像一些人想的那样十分困难，当然也不会特别容易。组织上的教育，同志们的帮助，以及个人的努力，三者缺一不可。前二者可以说是外因，最后一条可以说是内因。只有内因与外因相结合，觉悟才能逐渐提高，缺点才能逐渐改正。

这些话都是老生常谈，不用说大家也知道。但只有在实践中，我们才会发现，能够把内因与外因结合得恰如其分却绝不是一件容易的事情。

在最初，并不是所有组织上和同志们提出的意见自己都完完全全心悦诚服地接受。其中难免跟自己的想法和看法有些抵触。因此就产生了思想斗争。在斗争中自己能不能胜利，能不能比较迅速地胜利，其中有一个根本的关键，这就是：自己是否时时刻刻都想到党的事业和人民的事业。

拿文人相轻来作个例子吧。文人相轻，自古已然。过去很多文人都有这个毛病，而且大家都认为这是一个小毛病。历史上许多患自大狂的文人轻蔑别人的故事还传为文坛佳话。到了今天，中国知识分子虽然有了很大的进步，但在这方面却仍然是流风虽息，余音犹存。从个人的关系来看，这也许是一个小毛病。但是如果从党的事业这个角度上来看，这就绝不是什么小毛病，而是能影响党的事业的大毛病。想通了这一点，改正这个缺点也就有了真正的动力，真正的把握。

再拿组织性和纪律性来作例子。据我的了解，年纪比较大的知识分子之所以不肯申请入党，原因之一就是害怕党的组织性和纪律性。我有一个很好的朋友，二十年来一向靠拢党，但是他不肯入党，原因就是害怕党的纪律。年纪比较大的知识分子入党后，最初也容易在这方面感到不习惯。这里也就产生了思想斗争。怎样在这个斗争中胜利呢？关键也就是：要时时刻刻想到党的事业。党是一个战斗的组织，必须有高度的组织性和纪律性，否则战斗就无法进行，胜利就无从获得。这只是一方面。另一方面，党也并不是孤立地强调组织和纪律。高度的组织性和纪律性是与高度的民主相结合的；党内生活是极严肃的，同时又是极活泼的。体会到这些，就能够把组织性和纪律性放在自觉的基础上。能够把组织性和纪律性同自觉的精神结合起来，那么组织性和纪律性就不但没有什么可怕，而且会觉得非这样不可了。

我上面说到内因与外因结合得恰如其分是不容易的。怎样叫作恰如其分？据我的了解，那就是实事求是。拿批评和自我批评来说，抗拒批评，不接受别人的意见，当然是不对的；异常容易地接受别人的意见，把别人的意见一股脑儿全接受下来，这里面也就有问题。难道别人提出的大大小小的意见都完全正确吗？能作自我批评，这当然是很好的。如果一个人总是自我批评，一作就非常过火，把自己说得一文不值，这里面同样也有问题。难道他就真的一点优点都没有吗？

这样做，就不是实事求是，就是违反马克思列宁主义。如果再往思想深处挖一步，就会发现，这是个人主义在作祟。别人提的意见，自己不见得完全同意；但是为了息事宁人，干脆全盘接受下来，免得麻烦。自己也不见得就认为自己真有那一些缺点；但是为了"过关"，免得别人给自己提意见，先下手为强，干脆给自己戴上一大堆帽子。这还不是考虑个人吗？

上面说到的那些顾虑、想法和缺点，我自己都有过。在过去一年内，通过外因和内因，终于有了上面这些认识。

古代的贤人子路据说是"闻过则喜"。我以前认为世界上不会有这样的人，这只是古人的幻想。在我受了一年的党的直接教育之后，我觉得，这个境界是可以达到的。毛主席曾说过，天下没有不犯错误的人。但是，党对同志们缺点的态度，却是"与人为善"的。在组织上和同志们指出我的缺点的时候，我能够感到这一点。当然，我也并不否认，受批评总不如受表扬舒服。这是人之常情，谁也否认不掉的。我觉得，听同志们给自己提意见，好比吃橄榄，最初的确有点苦，但是余味却是甜的。即使改正缺点还要有一个过程，发现了缺点就能对症下药，改正它也就有望了。所谓"喜"也者，恐怕就是这个意思吧！

根据上面的一些感受，即使我目前还有许多缺点，将来也还可能有新的缺点产生，但是我却坚决相信，我能够改正任何的缺点。给了我这样的信心的就是我们的党。

1957年4月

德国学习生活回忆

我于1934年在清华大学西洋文学系毕业,到母校济南省立高中去教了一年国文。1935年秋天,考取清华大学与德国交换研究生,到德国著名的大学城哥廷根去继续学习。

首先碰到的一个问题就是学习科目。我曾经想学习古希腊文和拉丁文。但是当时德国中学生要学习八年拉丁文、六年希腊文。我补习这两种古代语言至少也要费上几年的时间,那是无论如何也做不到的。为这个问题,我着实烦恼了一阵。有一天,我走到大学的教务处去看教授开课的布告。偶然看到Waldschmidt教授要开梵文课。这一下子就勾引起我旧有的兴趣:学习梵文和巴利文。从此以后,我在这个只有十万人口的小城住了整整十年,绝大部分精力就用在学习梵文和巴利文上。

我到哥廷根时,法西斯头子才上台两年。又过了两年,1937年,日本法西斯就发动了侵华战争。再过两年,1939

年,德国法西斯就发动了第二次世界大战。在漫长的十年当中,我没有过上几天平静舒适的日子。到了德国不久,就赶上黄油和肉类定量供应,而且是越来越少。二次大战一爆发,面包立即定量,也是同样的规律:越来越少,而且越来越坏。到了后来,黄油基本上不见,做菜用的油是什么化学合成的。每月分配到的量很少,倒入锅中,转瞬一阵烟,便一切俱逝。做面包的面粉大部分都不是面粉。德国人自己也不知道是什么东西,有的说是海鱼粉做成,有的又说是木头炮制的。刚拿到手,还可以入口。放上一夜,就腥臭难闻。过了几年这样的日子,天天挨饿,做梦也梦到祖国吃的东西。要说真正挨饿的话,那才算是挨饿。有一次我同一位德国小姐骑自行车下乡去帮助农民摘苹果,因为成丁的男子几乎都被征从军,劳动力异常缺少。劳动了一天,农民送给我一些苹果和五磅土豆。我回家以后,把五磅土豆一煮,一顿饭吃个精光,但仍毫无饱意。挨饿的程度,可以想见。我当时正读俄国作家果戈理的《钦差大臣》,其中有一个人没有东西吃,脱口说了一句:"我饿得简直想把地球一口气吞下去。"我读了,大为高兴,因为这位俄国作家在多少年以前就说出了我心里的话。

然而,我的学习并没有放松。我仍然是争分夺秒,把全部的时间都用于学习。我那几位德国老师使我毕生难忘。西克教授(Prof. Emil Sieg)当时已到耄耋高龄,早已退休,但由于Waldschmidt被征从军,他又出来代理。这位和蔼可亲诲人不倦的老人治学谨严,以读通吐火罗语名扬国际学术界。他教我读波颠阇利的《大疏》,教我读《梨俱吠陀》,教我读《十王子传》,这都是他的拿手好戏。此外,他还殷切地劝我学习吐火罗语。我原来并没有这个打算,因为,从我的能力来说,我学习的东西已经够多的了。但是他的盛意难却。我就跟他念起吐火罗语来。同我同时学习的还有一个比利时的学者 W. Couvreur,Waldschmidt教授每次回家休假,还关心指导我的论文。就这样,在战火纷飞下,饥肠辘辘中,我完成了我的学习,Waldschmidt 教授和其他两个系——斯拉夫语言系和英国语言系——的有关教授对我进行了口试。学习算是告一段落。有一些人常说:学术无国界。我以前对于这句话曾有过怀疑:学术怎么能无国界呢? 一直到今天,就某些学科来说,仍然是有国界的。但是,也许因为我学的是社会科学,从我的那些德国老师身上,确实可以看出,学术是没有国界的。他们对我从来没有想保留一手。循循善诱,谆谆教导,连想法和资料,对我都是公开的。他们为什么这样做呢?难道他们不是想使他们从事的那种学科能够传入迢迢万里的中国来生根发芽结果吗?

此时战争已经形势大变。德国法西斯由胜转败,只有招架之功,没有还手之力。最初英美的飞机来德国轰炸时,炸弹威力不大,七八层的高楼仅仅只能炸坏最上面的几层。法西斯头子尾巴大翘,狂妄地加以嘲讽。但是过了不久,炸弹威力猛增,往往是把高楼一炸到底,有时甚至在穿透之后从地下往上爆炸。这时轰炸的规模也日益扩大,英国白天来炸,美国晚上来炸,都用的是"铺地毯"的方式,意思就是炸弹像铺地毯一样,一点空隙也不留。有时候,我到郊外林中去躲避空袭,躺在草地上仰望英美飞机编队飞过,机声震地,黑影蔽天,一躺就是个把小时。

我就是在这样饥寒交迫、机声隆隆中学习的。我当然会想到祖国,此时祖国在我心头的分量比什么时候都大。然而它却在千山万水之外,云天渺茫之中。我有时候简直失掉希望,觉得今生再也不会见到最亲爱的祖国了。同家庭也失掉联系。我想改杜甫的诗:"烽火连三岁,家书抵亿金。"我曾在当时写成的一篇短文里写道:"乡思使我想到:我是一个有故乡和祖国的人。"也许现在的人们无法理解这样一句平凡简单然而又包含着许多深意的话。我当时是了解的,现在当然更了解了。

在这里,我想着重提一下德国人民的友好情谊。大家都知道,在三十年代末四十年代初，中国，除了解放区以外，是在国民党统治下的，外交无能，内政腐败，黄钟毁弃，瓦釜雷鸣，是一个被人家瞧不起的国家，何况德国法西斯更是瞧不起所谓"有色人种"的。法西斯头子希特勒时有所表露，而他的话又是被某一些德国人奉为金科玉律的。然而，在广大人民群众中，情况却完全两样。我在德国住了那样长的时间，从来没有碰到种族歧视的粗野对待。我的女房东待我像自己的孩子一样。离别时她痛哭失声。我的老师，我上面已经讲到过，对我在学术上要求极严，但始终亲切和蔼，令我如在春风化雨中。对一个远离祖国有时又有些多愁善感的年轻人来说，这是极大的安慰，它使我有勇气在饥寒交迫、精神极度愁苦中坚持下去，一直看到法西斯的垮台。

法西斯垮台以后，德国已经是一片废墟。我曾到哈诺弗（哈诺弗：通称为汉诺威。）去过一趟。这个百万人口的大城，城里面光留下一个空架子。几乎没有什么居民。大街两旁全是被轰炸过的高楼大厦，只剩下几堵墙。沿墙的地下室窗口旁，摆满上坟用的花圈。据说被埋在地下室里的人成千上万。当时轰炸后，还能听到里面的求救声，但没法挖开地下室救他们。声音日渐微弱，终于无声地死在里边。现在停战了，还是无法挖开地下室，抬出尸体。家人上坟就只好把花圈摆在窗外。这种景象实在让人毛骨悚然。

这时已是1945年深秋，我到德国已经整整十年了。我同几个中国同乡，乘美军的汽车，到了瑞士，在那里住了将近半年。1946年夏天回国。从此结束了我那漫长的流浪生活。

1981年5月11日

一个老知识分子的心声

按我出生的环境，我本应该终生成为一个贫农。但是造化小儿却偏偏要播弄我，把我播弄成了一个知识分子。从小知识分子把我播弄成一个中年知识分子；又从中年知识分子把我播弄成一个老知识分子。现在我已经到了望九之年，耳虽不太聪，目虽不太明，但毕竟还是"难得糊涂"，仍然能写能读，焚膏继晷，兀兀穷年，仿佛有什么力量在背后鞭策着自己，欲罢不能。眼前有时闪出一个长队的影子，是北大教授按年龄顺序排成了的。我还没有站在最前面，前面还有将近二十个人。这个长队缓慢地向前迈进，目的地是八宝山。时不时地有人"捷足先登"，登的不是泰山，而就是这八宝山。我暗暗下定决心：决不抢先加塞，我要鱼贯而进。什么时候鱼贯到我面前，我就要含笑挥手，向人间说一声"拜拜"了。

干知识分子这个行当是并不轻松的，在过去七八十年中，我尝够酸甜苦辣，经历够了喜怒哀乐。走过了阳关大道，也走过了独木小桥。有时候，光风霁月，有时候，阴霾蔽天。有时候，峰回路转，有时候，柳暗花明。金榜上也曾题过名，春风也曾得过意，说不高兴是假话。但是，一转瞬间，就交了华盖运，四处碰壁，五内如焚。原因何在呢？古人说："人生识字忧患始。"这实在是见道之言。"识字"，当然就是知识分子了。一戴上这顶帽子，"忧患"就开始向你奔来。是不是杜甫的诗"儒冠多误身"？"儒"，当然就是知识分子了，一戴上儒冠就倒霉。我只举这两个小例子，就可以知道，中国古代的知识分子们早就对自己这一行腻味了。"诗必穷而后工"，连作诗都必须先"穷"。"穷"并不一定指的是没有钱，主要指的也是倒霉。不倒霉就作不出好诗，没有切身经历和宏观观察，能说得出这样的话吗？司马迁《太史公自序》说："昔西伯拘羑里，演《周易》；孔子厄陈蔡，作《春秋》；屈原放逐，著《离骚》；左丘失明，厥有《国语》；孙子膑脚，而论兵法；不韦迁蜀，世传《吕览》；韩非囚秦，《说难》《孤愤》；《诗》三百篇，大抵圣贤发愤之所为作也。"司马迁算了一笔清楚的账。

　　世界各国应该都有知识分子。但是，根据我七八十年的观察与思考，我觉得，既然同为知识分子，必有其共同之处，有知识，承担延续各自国家的文化的重任，至少这两点必然是共同的。但是不同之处却是多而突出。别的国家先不谈，我先谈一谈中国历代的知识分子，中国有五六千年或者更长的文化史，也就有五六千年的知识分子。我的总印象是：中国知识分子是一种很奇怪的群体，是造化小儿加心加意创造出来的一种"稀有动物"。虽然"十年浩劫"中，他们被批为"一心只读圣贤书"的"修正主义"分子。这实际上是冤枉的。这样的人不能说没有，但是，主流却正相反。几千年的历史可以证明，中国知识分子最关心时事，最关心政治，最爱国。这最后一点，是由中国历史环境所造成的。在中国历史上,没有哪一天没有虎视眈眈伺机入侵的外敌。历史上许多赫然有名的皇帝,都曾受到外敌的欺侮。老百姓更不必说了。存在决定意识,反映到知识分子头脑中,就形成了根深蒂固的爱国心。"天下兴亡,匹夫有责",不管这句话的原形是什么样子,反正它痛快淋漓地表达了中国知识分子的心声。在别的国家是没有这种情况的。

然而,中国知识分子也是极难对付的家伙。他们的感情特别细腻、锐敏、脆弱、隐晦。他们学富五车,胸罗万象。有的或有时自高自大,自以为"老子天下第一";有的或有时却又患了弗洛伊德(?)讲的那一种"自卑情结"(inferiority complex)。他们一方面吹嘘想"究天人之际,通古今之变",气魄贯长虹,浩气盈宇宙。有时却又为芝麻绿豆大的一点小事而长吁短叹,甚至轻生,"自绝于人民"。关键问题,依我看,就是中国特有的"国粹"——面子问题。"面子"这个词儿,外国文没法翻译,可见是中国独有的。俗话里许多话都与此有关,比如"丢脸""真不要脸""赏脸",如此等等。"脸"者,面子也。中国知识分子是中国国粹"面子"的主要卫道士。

尽管极难对付,然而中国历代统治者哪一个也不得不来对付。古代一个皇帝说:"马上得天下,不能马上治之!"真是一针见血。创业的皇帝绝对不会是知识分子,只有像刘邦、朱元璋等这样一字不识的,不顾身家性命,"厚"而且"黑"的,胆子最大的地痞流氓才能成为开国的"英主"。否则,都是磕头的把兄弟,为什么单单推他当头儿?可是,一旦创业成功,坐上金銮宝殿,这时候就用得着知识分子来帮他们治理国家。不用说国家大事,连定朝仪这样的小事,刘邦还不得不求助于知识分子叔孙通。朝仪一定,朝廷井然有序,共同起义的那一群铁哥儿们,个个服服帖帖,跪拜如仪,让刘邦"龙心大悦",真正尝到了当皇帝的滋味。

同面子表面上无关实则有关的另一个问题,是中国知识分子的处世问题,也就是隐居或出仕的问题。中国知识分子很多都标榜自己无意为官,而实则正相反。一个最有典型意义又众所周知的例子就是"大名垂宇宙"的诸葛亮。他高卧隆中,看来是在隐居,实则他最关心天下大事,他的"信息源"看来是非常多的。否则,在当时既无电话、电报,甚至连写信都十分困难的情况下,他怎么能对天下大势了如指掌,因而写出了有名的《隆中对》呢?他经世之心昭然在人耳目,然而却偏偏让刘先主三顾茅庐然后才出山"鞠躬尽瘁"。这不是面子又是什么呢?

我还想进一步谈一谈中国知识分子的一个非常古怪、很难以理解又似乎很容易理解的特点。中国古代知识分子贫穷落魄的多。有诗为证:"文章憎命达。"文章写得好,命运就不亨通;命运亨通的人,文章就写不好。那些靠文章中状元、当宰相的人,毕竟是极少数。而且中国文学史上根本就没有哪一个伟大文学家中过状元。《儒林外史》是专写知识分子的小说。吴敬梓真把穷苦潦倒的知识分子写活了。没有中举前的周进和范进等的形象,真是入木三分,至今还栩栩如生。中国历史上一批穷困的知识分子,贫无立锥之地,绝不会有面团团的富家翁相。中国诗文和老百姓嘴中有很多形容贫而瘦的穷人的话,什么"瘦骨嶙峋",什么"骨瘦如柴",又是什么"瘦得皮包骨头",等等,都与骨头有关。这一批人一无所有,最值钱的仅存的"财产"就是他们这一身瘦骨头。这是他们人生中最后的一点"赌注",轻易不能押上的,押上一输,他们也就"涅槃"了。然而他们却偏偏喜欢拼命,喜欢拼这一身瘦老骨头。他们称这个为"骨气"。同"面子"一样,"骨气"这个词儿也是无法译成外文的,是中国的国粹。要举实际例子的话,那就可以举出很多来。《三国演义》中的祢衡,就是这样一个人,结果被曹操假手黄祖给砍掉了脑袋瓜。近代有一个章太炎,胸佩大勋章,赤足站在新华门外大骂袁世凯,袁世凯不敢动他一根毫毛,只好钦赠美名"章疯子",聊以挽回自己的一点面子。

293

中国这些知识分子，脾气往往极大。他们又仗着"骨气"这个法宝，敢于直言不讳。一见不顺眼的事，就发为文章，呼天叫地，痛哭流涕，大呼什么"人心不古，世道日非"，又是什么"黄钟毁弃，瓦釜雷鸣"。这种例子，俯拾即是。他们根本不给当政的最高统治者留一点面子，有时候甚至让他们下不了台。须知面子是古代最高统治者皇帝们的命根子，是他们的统治和尊严的最高保障。因此，我就产生了一个大胆的"理论"：一部中国古代政治史至少其中一部分就是最高统治者皇帝和大小知识分子互相利用又互相斗争，互相对付和应付，又有大棒，又有胡萝卜，间或甚至有剥皮凌迟的历史。

在外国知识分子中，只有印度的同中国的有可比性。印度共有四大种姓，为首的是婆罗门。在印度古代，文化知识就掌握在他们手里，这个最高种姓实际上也是他们自封的。他们是地地道道的知识分子，在社会上受到普遍的尊敬。然而却有一件天大的怪事，实在出人意料。在社会上，特别是在印度古典戏剧中，少数婆罗门却受到极端的嘲弄和污蔑，被安排成剧中的丑角。在印度古典剧中，语言是有阶级性的。梵文只允许国王、帝师（当然都是婆罗门）和其他高级男士们说，妇女等低级人物只能说俗语。可是，每个剧中都必不可缺少的丑角也竟是婆罗门，他们插科打诨，出尽洋相，他们只准说俗语，不许说梵文。在其他方面也有很多嘲笑婆罗门的地方。这有点像中国古代嘲笑"腐儒"的做法。《儒林外史》中就不缺少嘲笑"腐儒"——也就是落魄的知识分子——的地方。鲁迅笔下的孔乙己也是这种人物。为什么中印同出现这个现象呢？这实在是一个有趣的研究课题。

我在上面写了我对中国历史上知识分子的看法。本文的主要目的就是写历史，连鉴往知今一类的想法我都没有。倘若有人要问："现在怎样呢？"因为现在还没有变成历史，不在我写作范围之内，所以我不答复，如果有人愿意去推论，那是他们的事，与我无干。

最后我还想再郑重强调一下：中国知识分子有源远流长的爱国主义传统，是世界上哪一个国家也不能望其项背的。尽管眼下似乎有一点背离这个传统的倾向，例证就是苦心孤诣、千方百计地想出国，有的甚至归化为"老外"，永留不归。我自己对这个问题的看法是：这只能是暂时的现象，久则必变。就连留在外国的人，甚至归化了的人，他们依然是"身在曹营心在汉"，依然要寻根，依然爱自己的祖国。何况出去又回来的人渐渐多了起来呢？我们对这种人千万不要"另眼相看"，当然也大可不必"刮目相看"。只要我们国家的事情办好了，情况会大大地改变的。至于没有出国也不想出国的知识分子占绝对的多数。如果说他们对眼前的一切都很满意，那不是真话。但是爱国主义在他们心灵深处已经生了根，什么力量也拔不掉的。甚至泰山崩于前，迅雷震于顶，他们会依然热爱我们这伟大的祖国。这一点我完全可以保证。只举一个众所周知的例子，就足够了。如果不爱自己的祖国，巴老为什么以老迈龙钟之身，呕心沥血来写《随想录》呢？对广大的中国老、中、青知识分子来说，我想借用一句曾一度流行的、我似非懂又似懂得的话：爱国没商量。

我生平优点不多，但自谓爱国不敢后人，即使把我烧成了灰，每一粒灰也还是爱国的。可是我对于当知识分子这个行当却真有点谈虎色变。我从来不相信什么轮回转生。现在，如果让我信一回的话，我就恭肃虔诚祷祝造化小儿，下一辈子无论如何也别再播弄我，千万别再把我弄成知识分子。

1995年7月18日

我看北大

也许是出于一种偶合,北大几乎与20世纪同寿。在过去一百年中,时间斗换星移,世事沧海桑田,在中国产生了天翻地覆的变化,而北大在人事和制度方面也随顺时势,不得不变。然而,我认为,其中却有不变者在,即北大对中国文化所必须负的责任。

古人常说,某某人一身系天下安危。陈寅恪先生《挽王静安先生》诗中有一句话:"文化神州丧一身。"而我却想说:北大一校系中国文化的安危与断续。我并不是否认其他大学也同样对中国文化的传承起了作用;但是其间有历史长短的问题,有作用断续的问题,与夫所处地位不同的问题。这些都是活生生的事实,想能获得广大教育界同仁的共识,并非我一个人老王卖瓜,信口开河。

我所谓"文化"是最广义的文化,精神和物质两个方面都包括在里面。但是狭义的文化,据一般人的理解,则往往只限于与中文、历史、哲学三个系所涵盖的范围有关的东西。而在北大过去一百年的历史上，这三个系，尽管名称有过改变，始终是北大的重点。从第一任校长严复开始，中经蔡元培、胡适、傅斯年（代校长）、汤用彤（校委会主席），等等，都与这三个系有关。至于在过去一百年中，这三个系的教授，得大名有大影响的人物，灿如列星，不可胜数，五四运动时期是一个高潮。这个运动在中国文化学术界思想界甚至政界所起的影响，深远广被，是无论怎样评价也不为高的。如果没有五四运动，我们真不能想象今天中国的文化和教育会是一个什么样子。

中华民族是一个伟大的民族，我们有五千多年的历史文化传统，而又从没有中断过，这在世界上是独一无二的。我们又是一个毫不吝啬的民族，我们的四大或者更多的大发明，传出了中国，传遍了世界，促进了人类社会的进步，推动了人类文化的发展，为全球人民谋了极大的福利，功不可没。

可惜的是，自从西方工业革命开始时起，欧风东渐，我们中国逐渐沦为半封建半殖民地社会，昔日雄风，悄然匿迹，说实话，说是"可惜"，是我措词不当。我在最近几年曾反复强调"三十年河东，三十年河西"之说。激烈反对者有之，衷心赞同者亦有之。我则深信不疑。欧风东渐，东西盛衰易位，正是符合这个规律的，用不着什么"可惜"。

到了现在，"天之骄子"西方人所创造的文化，其弊端已日益显露。现在全世界的人民和政府都狂呼要"保护环境"，试问环境之所以需要保护，其罪魁祸首是什么人呢？难道还不是西方处理人与大自然的关系不当，视大自然为要"征服"的敌人这种想法和做法在作祟吗？

我们绝不想否定西方近几百年来对人类生活福利所作的贡献，那样做是不对的。但我们也绝不能对西方文化所造成的弊端视而不见。"西方不亮东方亮"，连西方的有识人士也已觉悟到，西方文化已陷入困境，唯一的挽救办法就是乞灵于东方，英国大历史学家汤因比就是其中一人。

我们东方,首先是中国,在处理人与大自然的关系方面,是比较聪明的。至少在理论上是这样,在行动上我们同西方差别不大。我们有一种"天人合一"的理想,自先秦起就有,而且不限于一家,其后绵延未断。宋朝大哲学家张载有两句话,说得最扼要,最准确:"民,吾同胞;物,吾与也。""与"的意思是伙伴,"物"包括动物和植物。我们的生活来源都取之于大自然,而我们不把大自然看作敌人,而看作朋友。将来全世界的人都必须这样做,然后西方文化所产生的那些弊端才能逐渐克服。否则,说一句危言耸听的话,我们人类前途将出现大灾难,甚至于无法生存下去。

前几年,我们中国学术界提出了一个口号:弘扬中华民族优秀文化。这口号提得正确,提得及时,立即得到了全国的响应。所谓"弘扬",我觉得,有两方面的意义:一个是在国内弘扬,一个是向国外弘扬。两者不能偏废。在国内弘扬,其意义之重要尽人皆知。我们常讲"有中国特色的",这"特色"无法表现在科技上。即使我们的科技占世界首位,同其他国家相比,也只能是量的差别,无所谓"特色"。"特色"只能表现在文化上。这个浅近的道理,一想就能明白。在文化方面,我们中华民族除了上面所说的"天人合一"的思想以外,几乎是处处有特色。我们的语言,我们的书法,我们的绘画,我们的音乐,我们的饮食,我们的社会风习,我们的文学创作,等等,等等,哪个地方没有特色呢?这个道理也是极浅的,一看就能明白,这些都属于广义的文化,对内我们要弘扬的。

除了对国内弘扬,我们还有对国外弘扬的责任和义务。我在上面已经谈到,在文化的给予方面,我们中华民族从来是不吝惜的。现在国外那些懵懵懂懂的"天之骄子",还在自我欣赏。我们过去曾实行鲁迅所说的"拿来主义",拿来了许多外国的好东西,今后我们还将继续去拿。但是，为了世界人类的幸福和前途，不管这些"天之骄子"们愿意不愿意来拿我们中国的好东西，我们都要想方设法实行"送去主义"，我们要"送货上门"。我相信，有朝一日他们会觉悟过来而由衷地感谢我们的。

写到这里，我们再回头看我在本文一开头就提到的北大与中国文化的关系，以及北大对中国文化所负的责任。如果我说"文化神州系一校"，这似乎有点夸大。其他大学也在不同程度上有这种责任。但是其中最突出者仍然是非北大莫属。如果连这一点都不承认，那不是实事求是的态度。北大上承几千年来太学与国子监的衣钵，师生"以天下为己任"，在文化和政治方面一向敢于冲锋陷阵。这一点恐怕是大家不得不承认的。今天，在对内弘扬和对外弘扬方面，责任落在所有大学的人文社会科学学术教育机构，以及教员和学生的肩上。北大以其过去的传统，更应当是当仁不让，勇往直前，义无反顾。

专就北大本身来讲，中文、历史、哲学三系更是任重道远，责无旁贷。我希望而且也相信，这三个系的师生能意识到自己肩头上的重担。陈寅恪先生的诗曰"吾侪所学关天意"，可以移来相赠。我希望国家教委和北大党政领导在待遇方面多向这三个系倾斜一些，平均主义不是办学的最好方针。我的意思并不是说，在北大只有这三个系有责，其他各系都可以袖手旁观。否，否，我决无此意。弘扬、传承文化是大家共有的责任。而且学科与学科间的界限越来越变得不泾渭分明，你中有我，我中有你，这现象越来越显明。其他文科各系，甚至理科各系，都是有责任的。其他各大学以及科学研究机构，也都是有责任的。唯愿我们能众志成城，共襄盛举。振文化之天声，播福祉于寰宇，跂予望之矣。

1997年12月12日

我和北大

北大创建于1898年,到明年整整一百年了,称之为"与世纪同龄",是当之无愧的。我生于1911年,小北大13岁,到明年也达到87岁高龄,称我为"世纪老人",虽不中亦不远矣。说到我和北大的关系,在我活在世界上的87年中,竟有51年是在北大度过的,称我为"老北大"是再恰当不过的。由于自然规律的作用,在现在的北大中,像我这样的"老北大",已寥若晨星了。

在北大五十余年中,我走过的并不是一条阳关大道。有光风霁月,也有阴霾蔽天;有"山重水复疑无路",也有"柳暗花明又一村",而后者远远超过前者。这多一半是人为地造成的,并不能怨天尤人。在这里,我同普天下的老百姓,特别是其中的知识分子,是同呼吸、共命运的,大家彼此彼此,我并没有多少怨气,也不应该有怨气。不管怎样,不知道有什么无形的力量,把我同北大紧紧缚在一起,不管我在北大经历过多少艰难困苦，甚至一度曾走到死亡的边缘上，我仍然认为我这一生是幸福的。一个人只有一次生命，我不相信什么轮回转生。在我这仅有的可贵的一生中，从"春风得意马蹄疾"的少不更事的青年，一直到"高堂明镜悲白发"的耄耋之年，我从未离开过北大。追忆我的一生，怡悦之感，油然而生，"虽九死其犹未悔"。

有人会问："你为什么会有这样的感觉呢？"这个问题是我必须答复的。

记得前几年，北大曾召开过几次座谈会，探讨的问题是：北大的传统究竟是什么？参加者很踊跃，发言也颇热烈。大家的意见不尽一致，这是很自然的现象。我个人始终认为，北大的优良传统是根深蒂固的爱国主义。有人主张，北大的优良传统是革命。其实真正的革命还不是为了爱国？不爱国，革命干嘛呢？历史上那种"你方唱罢我登场"的"以暴易暴"的改朝换代，应该排除在"革命"之外。

讲到爱国主义，我想多说上几句。现在有人一看到"爱国主义"，就认为是好事，一律予以肯定。其实，倘若仔细分析起来，世上有两类性质截然不同的爱国主义。被压迫、被迫害、被屠杀的国家或人民的爱国主义是正义的爱国主义，而压迫人、迫害人、屠杀人的国家或人民的"爱国主义"则是邪恶的"爱国主义"，其实质是"害国主义"。远的例子不用举了，只举现代的德国的法西斯和日本的军国主义侵略者，就足够了。当年他们把"爱国主义"喊得震天价响，这不是"害国主义"又是什么呢？

而中国从历史一直到现在的爱国主义则无疑是正义的爱国主义。我们虽是泱泱大国，那些皇帝也曾以"天子"自命而沾沾自喜。实际上从先秦时代起，中国的"边患"就连绵不断。一直到今天，我们也不能说，我们毫无"边患"了，可以高枕无忧了。我们决不能说，中国在历史上没有侵略过别的国家或民族。但是历史事实是，绝大多数时间，我们是处在被侵略的状态中。我们有多少"真龙天子"被围困,甚至被俘虏;我们有多少人民被屠杀,都有史迹可考。在这样的情况下,我们中国在历史上出的伟大的爱国者之多,为世界上任何国家所不及。汉代的苏武,宋代的岳飞和文天祥,明代的戚继光,清代的林则徐,等等,至今仍为全国人民所崇拜。至于戴有"爱国诗人"桂冠的则更不计其数。难道说中国人的诞生基因中就含有爱国基因吗?那样说是形而上学,是绝对荒唐的。唯物主义者主张存在决定意识。我们祖国几千年的历史这个存在,决定了我们的爱国主义。

现在在少数学者中有一种议论说,在中国历史上只有内战,没有外敌侵入,日本、英国等的八国联军是例外。而当年的匈奴、突厥、辽、金、蒙、满等族的行动,只是内战,因为这些民族今天都已纳入中华民族大家庭中了。这种说法,我实在不敢苟同。这是把古代史现代化,没有正视当时的历史事实。而且事实上那些民族也并没有都纳入中华民族的大家庭中,一个显著的例子就摆在眼前:蒙古人民共和国赫然存在,你怎么解释呢?如果这种论调被认为是正确的话,中国历史上就根本没有爱国者,只有内战牺牲者。西湖的岳庙,遍布全国许多城市的文丞相祠,为了"民族团结"都应当立即拆掉。这岂不是天下最荒唐的事情!连汉族以外的一些人也不会同意的。我认为,我们今天全国56个民族确实团结成了一个中华民族的大家庭,这是空前未有的,这应该归功于中国共产党,归功于我们全体人民。为了建设我们的伟大祖国,我们全国各族人民,都应当像爱护自己的眼球一样,维护我们的安定,维护我们的团结,任何分裂的行动都将冒天下之大不韪。我们都应该向前看,不应当向后看,不应当再抓住历史上的老账不放。

这话说得有点远了;但是,既要讲爱国主义,这些问题都必须弄清楚的。

现在回头来再谈北大与爱国主义。在古代,几乎在所有的国家中,传承文化的责任都落在知识分子肩上。不管工农的贡献多么大,但是传承文化却不是他们所能为。如果硬要这样说,那不是实事求是的态度。传承文化的人的身份和称呼,因国而异。在欧洲中世纪,传承者多半是身着黑色长袍的神父,传承的地方是在教堂中。后来大学兴起,才接过了一些传承的责任。在印度古代,文化传承者是婆罗门,他们高居四姓之首。东方一些佛教国家,古代文化的传承者是穿披黄色袈裟的佛教僧侣,传承地点是在寺庙里。中国古代文化的传承者是"士"。士、农、工、商是社会上主要阶层,而士则同印度的婆罗门一样高居首位。传承的地方是太学、国子监和官办以及私人创办的书院,婆罗门和士的地位,都是他们自定的。这是不是有点过于狂妄自大呢?可能有的;但是,我认为,并不全是这样,而是由客观形势所决定的,不这样也是不行的。

婆罗门、神父、士等都是知识分子,他们的本钱就是知识,而文化与知识又是分不开的。在世界各国文化传承者中,中国的士有其鲜明的特点。早在先秦,《论语》中就说过:"士不可以不弘毅,任重而道远。"士们俨然以天下为己任,天下安危系于一身。在几千年的历史上,中国知识分子的这个传统一直没变,后来发展成"天下兴亡,匹夫有责"。后来又继续发展,一直到了现代,始终未变。

不管历代注疏家怎样解释"弘毅",怎样解释"任重道远",我个人认为,中国知识分子所传承的文化中,其精髓有两个鲜明的特点,一个是我在上面详细论证的爱国主义,一个就是讲骨气,讲气节,换句话说也就是在帝王将相的非正义的行为面前不低头;另一方面,在外敌的斧钺面前不低头,"威武不能屈"。苏武和文天祥等一大批优秀人物就是例证。这样一来,这两个特点实又有非常密切的联系了,其关键还是爱国主义。

如果我们改一个计算办法的话,那么,北大的历史就不是一百年,而是几千年。因为，北大最初的名称是京师大学堂，而京师大学堂的前身则是国子监。国子监是旧时代中国的最高学府，已有一千多年的历史，其前身又是太学，则历史更长了。从最古的太学起，中经国子监，一直到近代的大学，学生都有以天下为己任的抱负，这也是存在决定意识这个规律造成的。与其他国家的大学不太一样，在中国这样的大学中，首屈一指的是北京大学。在近代史上，历次反抗邪恶势力的运动，几乎都是从北大开始。这是历史事实，谁也否认不掉的。五四运动是其中最著名的一次。虽然名义上是提倡科学与民主，骨子里仍然是一场爱国运动。提倡科学与民主只能是手段，其目的仍然是振兴中华，这不是爱国运动又是什么呢？

我在北大这样一所肩负着传承中华民族的优秀文化的、背后有悠久的爱国主义传统的学府，真正是如鱼得水，认为这才真正是我安身立命之地。我曾在一篇文章里写过，我身上的优点不多，唯爱国不敢后人。即使我将来变成了灰，我的每一灰粒也都会是爱国的。这是我的肺腑之言。以我这样一个怀有深沉的爱国思想的人，竟能在有悠久爱国主义传统的北大几乎度过了我的一生，我除了有幸福之感外，还有什么呢？还能何所求呢？

1997年12月13日

我的家

我曾经有过一个温馨的家。那时候,老祖和德华都还活着,她们从济南迁来北京,我们住在一起。

老祖是我的婶母,全家都尊敬她,尊称之为老祖。她出身中医世家,人极聪明,很有心计。从小学会了一套治病的手段,有家传治白喉的秘方,治疗这种十分危险的病,十拿十稳,手到病除。因自幼丧母,没人替她操心,耽误了出嫁的黄金时刻,成了一位山东话称之为"老姑娘"的人。年近四十,才嫁给了我叔父,做续弦的妻子。她心灵中经受的痛苦之剧烈,概可想见。然而她是一个十分坚强的人,从来没有对人流露过,实际上,作为一个丧母的孤儿,又能对谁流露呢?

德华是我的老伴,是奉父母之命,通过媒妁之言同我结婚的。她只有小学水平,认了一些字,也早已还给老师了。她是一个真正善良的人,一生没有跟任何人闹过对立,发过脾气。她也是自幼丧母的,在她那堂姊妹兄弟众多的、生计十分困难的大家庭里,终日愁米愁面,当然也受过不少的苦,没有母亲这一把保护伞,有苦无处诉,她的青年时代是在愁苦中度过的。

至于我自己,我虽然不是自幼丧母,但是,六岁就离开母亲,没有母爱的滋味,我尝得透而又透。我大学还没有毕业,母亲就永远离开了我,这使我抱恨终天,成为我的"永久的悔"。我的脾气,不能说是暴躁,而是急躁。想到干什么,必须立即干成,否则就坐卧不安。我还不能说自己是个坏人,因为,除了为自己考虑外,我还能为别人考虑。我坚决反对曹操的"宁要我负天下人,不要天下人负我"。

就是这样三个人组成了一个家庭。

为什么说是一个温馨的家呢?首先是因为我们家六十年来没有吵过一次架,甚至没有红过一次脸。我想,这即使不能算是绝无仅有,也是极为难能可贵的。把这样一个家庭称之为温馨不正是恰如其分吗?其中也不是没有原因的。

我们全家都尊敬老祖,她是我们家的功臣。正当我们家经济濒于破产的时候,从天上掉下一个馅儿饼来:我获得一个到德国去留学的机会。我并没有什么凌云的壮志,只不过是想苦熬两年,镀上一层金,回国来好抢得一只好饭碗,如此而已。焉知两年一变而成了十一年。如果不是老祖苦苦挣扎,摆过小摊,卖过破烂,勉强让一老,我的叔父;二中,老祖和德华;二小,我的女儿和儿子,能够有一口饭吃,才得渡过灾难。否则,我们家早已家破人亡了。这样一位大大的功臣,我们焉能不尊敬呢?

如果真有"毫不利己,专门利人"的人的话,那就是老祖和德华。她们忙忙叨叨买菜、做饭,等到饭一做好,她俩却坐在旁边看着我们狼吞虎咽,自己只吃残羹剩饭。这逼得我不由不从内心深处尊敬她们。

我们曾经雇过一个从安徽来的年轻女孩子当小时工,她姓杨,我们都管她叫小杨，是一个十分温顺、诚实、少言寡语的女孩子。每天在我们家干两小时的活，天天忙得没有空闲时间。我们家的两个女主人经常在午饭的时候送给小杨一个热馒头，夹上肉菜，让她吃了当午饭，立即到别的家去干活。有一次，小杨背上长了一个疮，老祖是医生，懂得其中的道理。据她说，疮长在背上，如凸了出来，这是良性的，无大妨碍。如果凹了进去，则是民间所谓的大背疮，古书上称之为疽，是能要人命的。当年范增"疽发背死"，就是这种疮。小杨患的也恰恰是这种疮。于是，小杨每天到我们家来，不是干活，而是治病，主治大夫就是老祖，德华成了助手。天天挤脓、上药，忙完整整两小时，小杨再到别的家去干活。最后，奇迹出现了，过了几个月，小杨的疽完全好了。老祖始终没有告诉她这种疮的危险性。小杨离开北京回到安徽老家以后，还经常给我们来信，可见我们家这两位女主人之恩，使她毕生难忘了。

我们的家庭成员，除了"万物之灵"的人以外，还有几个并非万物之灵的猫。我们养的第一只猫，名叫虎子，脾气真像是老虎，极为暴烈。但是，对我们三个人却十分温顺，晚上经常睡在我的被子上。晚上，我一上床躺下，虎子就和另外一只名叫咪咪的猫，连忙跳上床来，争夺我脚头上那一块地盘，沉沉地压在那里。如果我半夜里醒来，觉得脚头上轻轻的，我知道，两只猫都没有来，这时我往往难再入睡。在白天，我出去散步，两只猫就跟在我后面，我上山，它们也上山；我下来，它们也跟着下来。这成为燕园中一条著名的风景线，名传遐迩。

这难道不是一个温馨的家庭吗？

然而，光阴如电光石火，转瞬即逝。到了今天，人猫俱亡，我们的家庭只剩下了我一个人，形单影只，过了一段寂寞凄苦的生活。

然而，天无绝人之路。隔了不久，我的同事，我的朋友，我的学生，了解到我的情况之后，立刻伸出了爱援之手，使我又萌生了活下去的勇气。其中有一位天天到我家来"打工"，为我操吃操穿，读信念报，招待来宾，处理杂务，不是亲属，胜似亲属。让我深深感觉到，人间毕竟是温暖的，生活毕竟是"美丽的"（我讨厌这个词儿，姑一用之）。如果没有这些友爱和帮助，我恐怕早已登上了八宝山，与人世"拜拜"了。

那些非万物之灵的家庭成员如今数目也增多了。我现在有四只纯种的，从家乡带来的波斯猫，活泼、顽皮，经常挤入我的怀中，爬上我的脖子。其中一只，尊号毛毛四世的小猫，正在爬上我的脖子，被一位摄影家在不到半秒钟的时间内抢拍了一个镜头，赫然登在《人民日报》上，受到了许多人的赞扬，成为蜚声猫坛的一只世界名猫。

眼前，虽然我们家只剩下我一个孤家寡人，你难道能说这不是一个温馨的家吗？

2000年11月5日

季羡林先生与猫

二月兰

一转眼,不知怎样一来,整个燕园竟成了二月兰的天下。

二月兰是一种常见的野花。花朵不大,紫白相间。花形和颜色都没有什么特异之处。如果只有一两棵,在百花丛中,绝不会引起任何人的注意。但是它却以多胜,每到春天,和风一吹拂,便绽开了小花;最初只有一朵,两朵,几朵。但是一转眼,在一夜间,就能变成百朵,千朵,万朵,大有凌驾百花之势了。

我在燕园里已经住了四十多年。最初我并没有特别注意到这种小花。直到前年,也许正是二月兰开花的大年,我蓦地发现,从我住的楼旁小土山开始,走遍了全园,眼光所到之处,无不有二月兰在。宅旁,篱下,林中,山头,土坡,湖边,只要有空隙的地方,都是一团紫气,间以白雾,小花开得淋漓尽致,气势非凡,紫气直冲云霄,连宇宙都仿佛变成紫色的了。

我在迷离恍惚中，忽然发现二月兰爬上了树，有的已经爬上了树顶，有的正在努力攀登，连喘气的声音似乎都能听到。我这一惊可真不小：莫非二月兰真成了精了吗？再定睛一看，原来是二月兰丛中的一些藤萝，也正在开着花，花的颜色同二月兰一模一样，所差的就仅仅只缺少那一团白雾。我实在觉得我这个幻觉非常有趣。带着清醒的意识，我仔细观察起来：除了花形之外，颜色真是一般无二。反正我知道了这是两种植物，心里有了底。然而再一转眼，我仍然看到二月兰往枝头爬。这是真的呢？还是幻觉？——由它去吧。

自从意识到二月兰的存在以后，一些同二月兰有联系的回忆立即涌上心头。原来很少想到的或根本没有想到的事情，现在想到了；原来认为十分平常的琐事，现在显得十分不平常了。我一下子清晰地意识到，原来这种十分平凡的野花竟在我的生命中占有这样重要的地位。我自己也有点吃惊了。

我回忆的丝缕是从楼旁的小土山开始的。这一座小土山，最初毫无惊人之处，只不过两三米高，上面长满了野草。当年歪风狂吹时，每次"打扫卫生"，全楼住的人都被召唤出来拔草，不是"绿化"，而是"黄化"。我每次都在心中暗恨这小山野草之多。后来不知由于什么原因，把山堆高了一两米。这样一来，山就颇有一点山势了。东头的苍松，西头的翠柏，都仿佛恢复了青春，一年四季，郁郁葱葱。中间一棵榆树，从树龄来看，只能算是松柏的曾孙，然而也枝干繁茂，高枝直刺入蔚蓝的晴空。

我不记得从什么时候起我注意到小山上的二月兰。这种野花开花大概也有大年小年之别的。碰到小年，只在小山前后稀疏地开上那么几片。遇到大年，则山前山后开成大片。二月兰仿佛发了狂。我们常讲什么什么花"怒放"，这个"怒"字下得真是无比地奇妙。二月兰一"怒"，仿佛从土地深处吸来了一股原始力量，一定要把花开遍大千世界，紫气直冲云霄，连宇宙都仿佛变成紫色的了。

东坡的词说："人有悲欢离合，月有阴晴圆缺，此事古难全。"但是花们好像是没有什么悲欢离合。应该开时，它们就开。该消失时，它们就消失。它们是"纵浪大化中"，一切顺其自然，自己无所谓什么悲与喜。我的二月兰就是这个样子。

然而，人这个万物之灵却偏偏有了感情，有了感情就有了悲欢。这真是多此一举，然而没有法子。人自己多情，又把情移到花，"泪眼问花花不语"，花当然"不语"了。如果花真"语"起来，岂不吓坏了人！这些道理我十分明白。然而我仍然把自己的悲欢挂到了二月兰上。

当年老祖还活着的时候，每到春天二月兰开花的时候，她往往拿一把小铲，带一个黑书包，到成片的二月兰旁青草丛里去搜挖荠菜。只要看到她的身影在二月兰的紫雾里晃动，我就知道在午餐或晚餐的餐桌上必然弥漫着荠菜馄饨的清香。当婉如还活着的时候，她每次回家，只要二月兰还在开花，她离开时，她总穿过左手是二月兰的紫雾，右手是湖畔垂柳的绿烟，匆匆忙忙走去，把我的目光一直带到湖对岸的拐弯处。当小保姆杨莹还在我家时，她也同小山和二月兰结上了缘。我曾套清词写过三句话："午静携侣寻野菜，黄昏抱猫向夕阳，当时只道是寻常。"我的小猫虎子和咪咪还在世的时候，我也往往在二月兰丛里看到她们：一黑一白，在紫色中格外显眼。

所有这些琐事都是寻常到不能再寻常了。然而，曾几何时，到了今天，老祖和婉如已经永远永远地离开了我们。小莹也回了山东老家。至于虎子和咪咪也各自遵循猫的规律，不知钻到了燕园中哪一个幽暗的角落里，等待死亡的到来。老祖和婉如的走，把我的心都带走了。虎子和咪咪我也忆念难忘。如今，天地虽宽，阳光虽照样普照，我却感到无边的寂寥与凄凉。回忆这些往事，如云如烟，原来是近在眼前，如今却如蓬莱灵山，可望而不可即了。

对于我这样的心情和我的一切遭遇，我的二月兰一点也无动于衷，照样自己开花。今年又是二月兰开花的大年。在校园里，眼光所到之处，无不有二月兰在。宅旁，篱下，林中，山头，土坡，湖边，只要有空隙的地方，都是一团紫气，间以白雾。小花开得淋漓尽致，气势非凡，紫气直冲霄汉，连宇宙都仿佛变成紫色的了。

这一切都告诉我，二月兰是不会变的，世事沧桑，于她如浮云。然而我却是在变的，月月变，年年变。我想以不变应万变，然而办不到。我想学习二月兰，然而办不到。不但如此，她还硬把我的记忆牵回到我一生最倒霉的时候。在"十年浩劫"中，我自己跳出来反对北大那一位"老佛爷"，被抄家，被打成了"反革命"。正是在二月兰开花的时候，我被管制劳动改造。有很长一段时间，我每天到一个地方去捡破砖碎瓦，还随时准备着被红卫兵押解到什么地方去"批斗"，坐喷气式，还要挨上一顿揍，打得鼻青脸肿。可是在砖瓦缝里二月兰依然开放，怡然自得，笑对春风，好像是在嘲笑我。

我当时日子实在非常难过。我知道正义是在自己手中，可是是非颠倒，人妖难分，我呼天天不应，叫地地不答，一腔义愤，满腹委屈，毫无生人之趣。在很长一段时间内，我成了"不可接触者"，几年没接到过一封信，很少有人敢同我打个招呼。我虽处人世，实为异类。

然而我一回到家里，老祖、德华她们，在每人每月只能得到恩赐十几元钱生活费的情况下，殚思竭虑，弄一点好吃的东西，希望能给我增加点营养；更重要的恐怕还是，希望能给我增添点生趣。婉如和延宗也尽可能地多回家来。我的小猫憨态可掬，偎依在我的身旁。她们不懂哲学，分不清两类不同性质的矛盾。人视我为异类，她们视我为好友，从来没有表态，要同我划清界限。所有这一些极其平常的琐事，都给我带来了无量的安慰。窗外尽管千里冰封，室内却是暖气融融。我觉得，在世态炎凉中，还有不炎凉者在。这一点暖气支撑着我，走过了人生最艰难的一段路，没有堕入深涧，一直到今天。

我感觉到悲，又感觉到欢。

到了今天，天运转动，否极泰来，不知怎么一来，我一下子成为"极可接触者"。到处听到的是美好的言词，又到处见到的是和悦的笑容。我从内心里感激我这些新老朋友，他们绝对是真诚的。他们鼓励了我，他们启发了我。然而，一回到家里，虽然德华还在，延宗还在，可我的老祖到哪里去了呢？我的婉如到哪里去了呢？还有我的虎子和咪咪一世到哪里去了呢？世界虽照样朗朗，阳光虽照样明媚，我却感觉异样的寂寞与凄凉。

我感觉到欢，又感觉到悲。

我年届耄耋，前面的路有限了。几年前，我写过一篇短文，叫《老猫》，意思很简明。我一生有个特点：不愿意麻烦人。了解我的人都承认的。难道到了人生最后一段路上我就要改变这个特点吗？不，不，不想改变。我真想学一学老猫，到了大限来临时，钻到一个幽暗的角落里，一个人悄悄地离开人世。

这话又扯远了。我并不认为眼前就有制定行动计划的必要。我还有很多事情要做，而且我的健康情况也允许我去做。有一位青年朋友说我忘记了自己的年龄。这话极有道理。可我并没有全忘。有一个问题我还想弄弄清楚哩。按说我早已到了"悲欢离合总无情"的年龄，应该超脱一点了。然而在离开这个世界以前，我还有一件心事：我想弄清楚，什么叫"悲"？什么又叫"欢"？是我成为"不可接触者"时悲呢？还是成为"极可接触者"时欢？如果没有老祖和婉如的逝世，这问题本来是一清二白的。现在却是悲欢难以分辨了。我想得到答复。我走上了每天必登临几次的小山。我问苍松，苍松不语。我问翠柏，翠柏不答。我问三十多年来亲眼目睹我这些悲欢离合的二月兰，她也沉默不语，兀自万朵怒放，笑对春风，紫气直冲霄汉。

1993年6月11日写完

《还乡十记》小记

经过了长期地反复地考虑,我终于冒着溽暑,带着哮喘,回到一别九年的家乡来了。六七天以来,地委的个别领导同志、聊城师院的个别领导同志,推开了一切日常工作,亲自陪我参观访问,每天都要驱车走上三五百里路。在极短的时间内,我总共参观了四个县,占聊城地区的一半。真是闻所未闻,见所未见;所见所闻,触目快意。我的心有时候激动得似乎想要蹦出来。我一向热爱自己的家乡,热爱自己的祖国。一想到自己的家乡的穷困,一想到中国农民之多、之穷,我就忧从中来,想不出什么办法,让他们很快地富裕起来。我为此不知经历了多少不眠之夜。

但是,好像一个奇迹一般,用一句西洋现成的话来说,就是:我一个早上一睁眼,忽然发现,我的家乡的,也可以说是全中国的农民突然富起来了。我觉得自己的家乡从来没有这样可爱过,自己的祖国从来没有这样可爱过。浓烈的幸福之感油然传遍了全身。对我来说,粉碎了"四人帮"以后,喜事很多,多得数不过来。但是,像这样的喜事还没有过。无以名之,姑名之为喜事中的喜事吧。

我原来丝毫也没有打算写什么东西。九年前回家时,我就连半个字也没有写。当时,我还处在半打倒的状态。个人的前途,祖国的未来,都渺茫得很。我只是天天挨日子过,哪里还有什么兴致动笔写东西呢?这次回来,原来也想照老皇历办事:只是准备看一看,听一听;看完听完,再回到学校,去过那种平板、杂乱而又紧张的日子,如此而已。

但是,为什么又终于非写不行、欲罢不能了呢?难道是我的思想感情改变了吗?难道是山川土地改变了吗?都不是的。是我们党的政策发挥了威力。它像一阵和煦的春风,吹绿了祖国大地,吹开了亿万人民的心。我当然也不例外。我在故乡所见所闻,逼迫着我要说话,要写东西。我不能无言,无言就对不起自己的良心,对不起养育过我的故乡的父老兄弟姐妹,对不起热情招待我的从大队党支部一直到地委的各级领导。

写点东西的想法一萌动,感情就奔腾汹涌,沛然不可抗御。我本来只想写一点眼前的感想。但是,一想到当前,过去也就跟着挤了上来;于是浮想联翩,如悬河泻水,滔滔不绝,逼得我在车上构思,枕上构思,晨夕构思,午夜构思,随时见缝插针,在小本子上写上几句,终于写出了草稿。我舞笔弄墨已经几十年了,写东西从来没有这样快过。我似乎觉得,我本来无意为文,而是文来找我。古人有梦笔生花的说法。我怎敢自比于古人?我梦见的笔,不生鲜花,而生蒺藜。蒺藜当然并不美;但是它能刺人。现在它就刺激着我,让我不能把笔放下。我就这样把已写成的速写式的草稿,修改了又修改,写成了接近完成的草稿。

要想写出我那些激动的感情,二十记、一百记,比一百更多的记,也是不够的。但那是不可能的。我总不能无休无止地写下去的,总应该有一条界线啊。可这界线要划在哪里呢？古人写过《浮生六记》，近人又有《干校六记》，都是极其美妙的文字。我现在想效颦一下，也来个"还乡几记"。六是一个美妙的数字。但我不想照抄。中国古时候列举什么东西，往往以十计，什么十全十美，十全大补等等，不一而足。我想改一句古人的话：十者，数之极也。我现在就偷一下懒，同时也想表示，我想写的东西很多，决定采用十这个字，再发挥一下十字的威力，按照参观时间的顺序，写十篇东西(作者最后只写了三篇，参见《〈燕南集〉序》。)，名之曰《还乡十记》。

1982年9月17日初稿于聊城
1982年10月19日修改于北京

临清县招待所

——《还乡十记》之一

这是什么地方呀？绿树满院，浓荫匝地；鲜红的花朵，在骄阳中迎风怒放。同行的一位女同志脱口而出说："这里真像是苏州！"我自己也真的想到了二十年前漫游过的地上天堂苏州。除了缺少那些茂密的竹林以外，这里不像苏州又像什么地方呢？这里是地地道道的苏州的某一个角落。

然而不是，这里是我的家乡临清。

我记忆中的临清不是这样子的。完完全全不是这样子的。我生在过去独立成县、今天划归临清的清平县。在那个地方，除了黄色和灰色之外，好像什么都没有。我把自己的回忆翻腾了几遍，然而却找不出半点的红色。灰色，灰色，弥漫天地的灰色啊！如果勉强去找的话，大概也只有新娘子腮上涂上的那一点点胭脂，还有深秋时枣树上的黄叶已将落尽，在树顶上最高枝头剩下的几颗红枣,孤零零地悬在那里,在冷洌的秋风中,在薄薄的淡黄色中,红艳艳,夺人眼目。

今天我回到家乡,第一个来到的地方就是临清县招待所。我来到家乡,第一眼就看到了南国的青翠与红艳。我的眼睛一下子亮了起来,心头洋溢着快乐的激情。在这招待所里,大多是新盖的平房,窗明几净。院子里种了不少花木,并不茂密,但却疏落有致。残夏的阳光强烈但并不吓人。整个院落给人以明朗舒适的感觉。这个招待所餐厅所在的那一个小院,就是我们误认为是苏州的地方。

就在这个餐厅里,我生平第一次品尝了同时端上来的六个汤,汤汤滋味不同。同行者无不啧啧称奇,认为这是在任何地方都没有见到过的。我一向觉得,对任何国家来说,烹调技术都是文化的一部分。我的家乡竟有这样高超的烹调技术,说明它有很高的文化水平。这也是我始料所不及,用德国人常用的一个词儿来说,这也算是愉快的吃惊吧。

临清虽然说是我的家乡,但是,我对于临清并不熟悉。古人诗说:

近乡情更怯,
不敢问来人。

我并没有这样的感觉。我只是在阳光普照下,徜徉于临清街头,心中似有淡漠的游子归来之感。在我眼中,一切都显得新鲜而陌生。街上的行人熙熙攘攘。他们的穿着,虽然比不上大都市,但也绝不土气。间或也有个别的摩登女郎,烫发,着高跟鞋,高视碎步,挺胸昂然走过黄土的街道。

街道两旁,摆着一些小摊子,有的堆满了蔬菜,都干净而且新鲜,仿佛把菜园中的青翠湿润之气,也带到城市中来。食品摊子很多,其中的一个摊子特别引起了我的注意。一位穿着颇为时髦的少女,脚登半高跟鞋,头发梳成了像马尾巴似的一束,在脑袋后面直摇晃。这种发式大概也是有个专门称呼的,恕我于此道是门外汉,一时叫不出来。她站在炉子旁边,案板后面,在全神贯注地擀面,烙一种像烧饼似的东西。她动作麻利、优美,脸上流着汗珠,两腮自然泛起了红潮,"人面桃花相映红",可惜这里并没有桃花,无从映起。这一幅当炉少女的图画,引起了我的兴趣。她烤的那一种烧饼,对我这远方归来的游子也具有诱惑力。我真想站在那里吃上一顿。但也只是想想而已,没有真正那样去做。

同行的人都对教育有兴趣,很关心。所以在看了两座清真寺、胜利桥和一座古塔以后,就去参观著名的临清一中。因为是星期天,学校的大门(好像是后门)上了锁,汽车开不进去,我们只好下车,从两扇门之间的相当宽的缝隙里挤了进去。院子里静悄悄的,不见人影,只有几只老母鸡咕咕地叫着,到处转悠。有几件洗晒的衣服,寂寞地挂在绳子上。我们原以为大概就是这样子了。但是,我们走过一间教室,偶尔推开门向里一看:在不太明亮的屋子里,却有一群男女孩子坐在课桌旁,鸦雀无声地在学习,个个精神专注,在读着什么,写着什么。我们的兴致一下子高了起来。我们走近桌子,同他们搭话。他们站起来说话,腼腆但又彬彬有礼,两腮红润得像新开的花朵。我们取得了经验,接着又走进了几间外面看上去已经有点古旧的教室,间间情况都是这样。我们万没有想到,在外面一片寂静中,屋子里却洋溢着青春的活力。此时此地,我想得很远很远。我的心飞出了这一间间简陋的教室,飞出了我的家乡临清。难道这种动人的情景只能在我家乡这一个小角落里看得到吗?我不相信情况就是这个样子。一粒砂中可以看到宇宙。在祖国辽阔的土地上,还不知道有多少这样的角落,还不知道有多少这样可爱的孩子。孩子身上承担着祖国的未来,人类的未来。有我眼前这样一些孩子,我们祖国的未来会是什么样子,不是一清二楚了吗?在我的家乡不期而遇地看到这样一些孩子，我对自己的家乡有什么感觉，不也一清二楚了吗？

就这样，我们在临清县城内，这里看看，那里瞧瞧，整整地参观了一个上午。各方面的情况，我们都看了一点，了解了一点。这就是走马观花吧，我们总算是看到了花。如果现在有人问我："你觉得你的家乡怎样呀？你在上面不是说：它有点像苏州吗？你现在看了市容，对临清了解得更清楚了，你怎么想呢？"说实话，苏州我已经很久没有去过了。它现在怎么样，我实在说不清楚。既然我的家乡变了，遥想苏州也会改变的。就自然景色来说，苏州一定会胜过我的家乡。不管我对家乡怎样偏爱，我也决不能说："上有天堂，下有临清。"

但是，在现在这个时候，在残夏的骄阳中，看到了这样一些东西以后，我真觉得，我的家乡是非常可爱的。我虽然不能同街上的每一个人都谈谈话，了解他们在想些什么；但是，从他们的行动上，从他们的笑容上，我知道，他们是快乐的，他们是满意的，他们是非常地快乐和满意的。我的眼睛一花，仿佛看到他们的笑容都幻化成了一朵朵的花，开放在我的眼前。笑容是没有颜色的，但既然幻化成了花朵，那似乎就有了颜色，而这颜色一定是红的。再加上刚才在临清一中看到的那一些祖国的花朵，于是我眼前就出现了一片繁花似锦的景象，灿烂夺目，熠熠生光，残留在我脑海里的那种灰色，灰色，弥漫天地的灰色，一扫而光，只留下红彤彤的一片，宛如黎明时分的东方的朝霞。

1982年9月写初稿于聊城
1982年11月29日修改于北京

聊城师范学院

——《还乡十记》之一

姑且不从全中国来看吧,就是从山东全省来看,我们地区也不是文化发达的地区。清朝初年,聊城出过一个姓傅的状元,后来还当上了宰相。但那已是过去的"光荣",现在早已暗淡,连这位状元公的名字知道的人也不多了。也曾有过一个海源阁,藏善本书,名闻海内外,而今也已荡为荒烟蔓草,只能供人凭吊了。

对这些事情,我虽然很少对人谈起;但心里确实感到有点不是滋味。

在这样的情况下,当我听说聊城师范学院已经建立起来的消息时,我心中的高兴与激动,就可以想象了。这毕竟是我们地区的最高学府,是一所空前的最高学府。我们那文化落后的家乡,终于也有了最高学府了。

谁都知道，这件事情是来之不易的。如果不是推翻了三座大山，如果不是在推翻了三座大山之后二十多年又粉碎了"四人帮"，这件事情无论如何是无法想象的。

同年轻人谈这种事情，他们好像是听老年人谈海市蜃楼，不甚了了。但是，对像我这样年龄的人，它却是活生生的令人兴奋的事实。六十多年前，我是我们官庄的唯一的小学生，后来是唯一的中学生，再后来又是唯一的大学生，而且是国立大学的学生，更后来，我这个外洋留学生，当然是唯一的唯一，"洋翰林"这块牌子，金光闪闪。所有这一切，都不说明我自己有什么能耐，而是环境使然，时代使然。况且没有家乡的帮助，我恐怕什么都不是。当我还在上大学的时候，我们那个极其贫穷的清平县，每年都提供给我一笔奖学金。没有这一笔奖学金，我恐怕很难念完大学。大学毕业以后，风闻家乡要修县志，准备把我的名字修进去，恐怕是进入艺文志之类。这大概只是一个传闻，因为按照老规矩，活着的人是不进县志的。不管怎样，就算是一个传闻吧，也可见乡亲们对像我这样一个人是怎样想法。我在那个小庄子里在念书方面，早成了"绝对冠军"，而且这纪录几十年没有被打破。区区不才，实在有点受宠若惊了。

然而今天我回到家乡，村村有小学，县县有中学，专署所在的聊城，又有了师范学院，有了最高学府。我那个"绝对冠军"的纪录早被打破。我并不惋惜，我兴奋，我高兴。如果像我这样的人永远"冠军"下去，我们的家乡还有希望吗？我们的国家还有希望吗？

希望就在于我的纪录已被打破，而打破纪录的主要标志就是聊城师范学院的建立，我要用世界上最美丽的语言来赞美这所学院，歌颂这所学院。如果我是一个诗人的话，我将写上无数首赞美的诗歌，以表达我的感情。因此，在我没有见到聊城师范学院以前，我对它已经怀有深厚的感情了。现在我亲自来到，这感情更加浓烈，更加集中。我虽然在学院待的时间并不长，从表面上来看，也可以看到创业维艰的情况。我知道，学院里的困难还是非常多的。但是，我也看到，从学院领导同志一直到青年教员那一团蓬蓬勃勃的朝气。只要有这种朝气，就没有克服不了的困难。只要有这种朝气，学院就会蒸蒸日上。这是我深信不疑的。

当然，我也听到另一些情况：个别的教员在这里不很安心。在"十年浩劫"中，学院搬来搬去，人为地制造了许多矛盾。这是原因之一。但也还有别的原因。比如聊城这地方小，有点闭塞，有点土气；学院很小，显得有点幼稚；生活条件有困难，等等，等等。尽管这样，绝大多数教员，不管年老还是年轻，是安心的，是满意的。虽然我无法一一同他们谈话，但是从他们的表情上，从他们的笑容上，从他们的眼神里，我仿佛看到他们的心，一颗颗忠诚于教育事业的心。比起北京等大城市来，聊城确实是一个小地方，显得有点土气，有点闭塞。但是闭塞中有开通，土气中有生气。只要有生气，就有希望，就有未来。比起那些大大学来，聊城师院确实显得有点小，有点幼稚。但是微小中有巨大，幼稚中有成熟。未来的希望也就蕴藏于其中。创业有困难，可以磨练人的斗志，可以提高人的精神境界。比起吃现成饭来，这要高尚得多，有意义得多。聊城师院绝大部分的教职员工，难道不正是这样想的吗？

谁要是看一看学院的校园，就会同意我上面的想法。校园中空地很多，有的地方杂草丛生。看上去有点荒寒。但是图书馆大楼不是已经矗立在那里了吗？我这从大大学去的人，看了图书馆，都不禁有点羡慕起来，我们的书库和阅览室比这里拥挤得多了。至于空地和杂草，那就像是一张白纸，可以在上面画最美的画，比起盖起林立的大楼而这些楼并不能使人满意的地方来，要好得多了。学院的领导心中确实已经有了一张草图：这里修建楼房，这里铺设柏油马路，这里安排花坛种植花木，甚至还要搞上一个喷水池。听了这样的设想，我仿佛已经看到了摩天大楼，成排成排地站在那里，院子里繁花似锦，绿柳成荫，一个大喷水池喷出了白练似的水柱，赤橙黄绿青蓝紫，在阳光中幻出惊人的奇景，幻出七色的彩虹。

环境是这样子，人又何尝不是呢？

我因为停留时间极短，没有能同更多的教职员和同学接触。但是在举行开学典礼的那一天，我同两个女孩子，两个新同学谈了几句。一个说是来自济南，一个说是来自烟台，都是第一次出远门。我听了心里立刻漾起了一丝快乐；我们的学院已经冲出了本地区，面向全省了，下面来的不就应该是面向全国的局面了吗？这两个小女孩彬彬有礼，有点腼腆，又有点兴奋。答话时还要毕恭毕敬地站起身来，说话时细声细气，让人觉得非常可爱。我没有时间同她们多谈，我不完全了解她们的心情。但是从她们的表情上，可以看到，她们是满意的，她们是快乐的。第一次离开父母，走向广阔的社会，她们一定有许多憧憬，有许多幻想。她们也许想得很远很远，也许会不时想到21世纪。像我这样的老年人当然也想到祖国的前途，想到人类的未来，也想到21世纪，但是对我来说，21世纪实在是渺茫得很，我不大有可能活到21世纪了。但是对像她俩这样十六七岁的孩子来说，21世纪却是活生生的现实，一点也不渺茫，到了21世纪，她们也不过三十来岁，风华正茂，正是一生的黄金时期。对那样一个时期，她们一定也有所设想，有所安排的。她们看到将来要走的路一定是玫瑰色的，一定是铺满了鲜花的。我不禁从内心深处羡慕起她们这样的年轻人来。古人说：长江后浪推前浪，世上新人换旧人。这是一个自然规律。个人是无能为力的。我们应该为了有这个自然规律而欢欣鼓舞。宇宙总是要发展的，人类总是要进步的，年轻人总是要成长起来的。祖国的前途，人类的未来，一切希望不就寄托在这样的年轻人身上吗？

我在上面曾讲到傅状元和名声世界的海源阁。如果海源阁还在的话，它当然是我们聊城、我们山东、我们中国的骄傲。既然不在了，我们当然会感到非常惋惜。但是如果看到未来,看到比较遥远的未来,这惋惜之情一定会大大地减轻的。我们一定能创建更多更好的海源阁,藏书一定更为珍贵,更为丰富,更能为我们祖国争光。至于傅状元之流,他们八股文大概写得不错,但谈到其他知识,则我们的年轻人一定远远超过他。我们要培养的正是这样的年轻人。培养的地方当然是很多很多的,小学和中学都有作用。但在我们地区,首先就是我们的最高学府聊城师范学院。在这个意义上,我为我们的师范学院祝贺。

1982年9月18日写初稿于聊城
1982年12月26日写毕于北京华都饭店

五样松抒情

——《还乡十记》之一

我对家乡的名胜古迹已经非常陌生了。我从来没有听说有什么五样松。在看到五样松前一秒钟,我在汽车上才第一次听到这名字。当时我们刚离开临清县城,汽车正在柏油马路上飞也似的行驶。司机突然把车刹住,回头问我们,愿不愿意看一看五样松。"五样松",多奇怪的名称!我抬眼一看:在一片绿油油的棉花田中间,一棵古松巍然矗立在中间,黛色逼人,尖顶直刺入蔚蓝的天空。它仿佛正在向我们招手。我们这一群人都异口同声地答应,要去看一看这一棵从来没有听说过的奇松。我们的车立刻沿着田间小径开到古松下。

我看到古松,一下子就想到杜甫《古柏行》中的名句:

孔明庙前有老柏,
柯如青铜根如石。

>   霜皮溜雨四十围，
>   黛色参天二千尺。

这棵古松是否有四十围，我没有去量。但是，一看就能知道。几个人也合抱不过来。它老得已经空了肚子。据说，农村的小孩子常常到它肚子里去打扑克。下雨的时候，就到里面去避雨，连放牧的羊也可以牵到里面去。这就可以想见，古松的肚子有多么大了。

天下的名松，我见过的不知道有多少了。泰山的五大夫松，黄山的迎客松、送客松、盘龙松、蒲团松、黑虎松、连理松，以及一大串著名的松树，我都亲眼看到过。翻开我国历代的地方志和名山志，几乎每一个地方，每一座名山，都有棵把有名的古松。古今很多文人写过不知多少篇有关松树的脍炙人口的绝妙文章；而许多画家更喜欢画松树。孔子还说过："岁寒，然后知松柏之后凋也。"对松树给了很高的评价。可见松树在古往今来的中国人心目中占有多么重要的地位。

但是，五样松这样的松树却从来还没有听说过。我见到的那一些名松哪一棵也比不上它。我对生物学知识极少。一棵松树上长两种叶子，这个我是见到过的。三种、四种的就不但没有见过，而且也没有听说过。现在一棵树上竟长上五种不同的叶子，岂不是有点"骇人听闻"吗？

这棵古松之所以不寻常，还不仅仅在于它长着五种叶子，而且也在于它的年龄。据说，这一位老寿星已经活了有两千年。我没有根据相信这种说法，也没有根据不相信。如果真是这样的话，那么，中国有五千年的历史，它就占了五分之二。它站在这个地方，一动不动；但是，我相信，在这样漫长的时间内，它总在睁大了眼睛，注视着，观察着。不管春、夏、秋、冬，它的枝叶总是那样浓绿繁茂，它好像从来没有睡过觉。谁能数得清，它究竟亲眼看到了多少重大的历史事件、重要的历史人物呢？它一定看到过汉末的黄巾起义；起义士兵头上缠的黄巾同它那苍郁的绿色，相映成趣。它一定看到过胡马北来、晋室南渡的混乱情景。它一定看到过就在离开它不远的大运河里隋炀帝南下扬州使用宫女拉着走的龙舟，想必也是五彩缤纷，令人眼花缭乱。它一定看到过隋末群雄并起逐鹿中原的滚滚狼烟。它一定看到过在长达一千多年的时间内大运河中南来北往的上千上万的船只，里面坐着争名逐利的官员，或者上京赶考的举子；有的喜形于色，得意扬扬；有的愁眉苦脸，垂头丧气。它当然也一定看到过宋景诗起义和太平天国北伐，刀光火影，就闪亮在身旁。它一定看到过这，一定看到过那，它看到过的东西太多太多了，数也数不清。这个老寿星真是饱经沧桑，随着中国人民之乐而乐，随着中国人民之忧而忧，说它是中国历史的见证者，不是很恰当吗？

然而，正如每一个国家、每一个人一样，这一棵古松的经历也绝不会是一帆风顺的。过去那样漫长的时间不去说它了，据本地的同志说，就在几年以前，松树肚子里忽然失了火。它的肚子本来已经空成了一个烟筒。现在火在里面一燃起，风助火势，火仗风威，再加上烟筒一抽，结果是火光熊熊，浓烟弥漫。人们赶了来，费了很大劲，也没有把火扑灭。后来什么人想出了一个办法，用湿泥巴在松树肚子里从下面往上糊，终于把火扑灭了。人们在松一口气之余，都非常担心：这个老寿星已届耄耋之年，它还能经受起这一场巨大的灾难吗？它的生命大概危在旦夕了。然而不然。它安然渡过了这一场灾难。今天我们看到它，虽然火烧的痕迹赫然犹在，但它却仍然是枝叶繁茂，黛色逼人，巍然矗立在那里，尖顶直刺入蔚蓝的天空。

我觉得，它好像仍然睁大了眼睛，注视着，观察着。但是，它现在看到的东西，不但不同于古代，而且也不同于几年前。辽阔的鲁西北大平原，一向是一个穷苦的地方。解放前，每一次饥荒，就不知道有多少人下关东去逃荒。我们家里就有不少的人老死在东北。在解放后的

"十年浩劫"期间，人们的日子也难过。地里当然也种庄稼；但都稀稀落落，很不带劲。熟在地里，收割得也很粗糙。人们大都懒洋洋地精神不振。农民几乎家家闹穷，看不到什么光明的前途。然而，现在却真是换了人间。农民陡然富了起来。棉田百里，结满了棉桃，白花花地一大片。白薯地星罗棋布，玉米田接陌连阡。农民干劲，空前高涨。不管早晚，见缝插针。从前出工，要靠生产队长催。现在却是不催自干。棉桃掉在地里没人管的现象，再也见不到了。整个大平原，意气风发，一片欢腾。这些动人的情景，老寿星一定会看在眼里，在高兴之余，说不定也会感叹一番罢。

我的眼前一晃，我恍惚看到，这个老寿星长着五种不同叶子的枝子，猛然长了起来，长到我的眼睛看不到的地方：一个枝子直通到本县的首府临清，一个枝子直通到本地区的首府聊城，一个枝子直通到山东的省府济南，一个枝子直通到中国的首都北京，还剩下一个枝子，右边担着初升的太阳，左边担着初升的月亮，顶与泰山齐高，根与黄河并长。因此它才能历千年而不衰，经百代而常在。时光的流逝，季候的变换，夏日的炎阳，冬天的霜霰，在它身上当然留下了痕迹。然而不管是春秋，还是冬夏，它永远苍翠，一点没有变化。看到它的人，都会不自觉地挺直了腰板，无穷的精力在心里汹涌，傲然面对一切的挑战。

对着这样一位老寿星，我真是感慨万端，我的思想感情是无法描述的。但是，我们还要赶路。我们在树下只待了几分钟，最后只有恋恋不舍地离开了它。回头又瞥见它巍然矗立在那里，黛色逼人，尖顶直刺入蔚蓝的天空。

我将永远做松树的梦。

1982年9月19日写初稿于山大招待所
1982年12月16日修改于北京

我的心是一面镜子

我生也晚,没有能看 20 世纪的开始。但是,时至今日,再有七年,21 世纪就来临了。从我目前的身体和精神两个方面来看,我能看到两个世纪的交接,是丝毫也没有问题的。在这个意义上来讲,我也可以说是与 20 世纪共始终了,因此我有资格写"我与中国 20 世纪"。对时势的推移来说,每一个人的心都是一面镜子。我的心当然也不会例外。我自认为是一个颇为敏感的人,我这一面心镜,虽不敢说是纤毫必显,然确实并不迟钝。我相信,我的镜子照出了 20 世纪长达九十年的真实情况,是完全可以信赖的。

我生在 1911 年辛亥革命那一年。我出生两个月零四天以后,那一位"末代皇帝",就从宝座上被请了下来。因此,我常常戏称自己是"满清遗少"。到了我能记事儿的时候,还有时候听乡民肃然起敬地谈北京的"朝廷"(农民口中的皇帝),仿佛他们仍然高踞宝座之上。我不理解什么是"朝廷",他似乎是人,又似乎是神,反正是极有权威、极有力量的一种动物。

这就是我的心镜中照出的清代残影。

我的家乡山东清平县(现归临清市)是山东有名的贫困地区。

我们家是一个破落的农户。祖父母早亡,我从来没有见过他们。祖父之爱我是一点也没有尝到过的。他们留下了三个儿子,我父亲行大(在大排行中行七)。两个叔父,最小的一个无父无母,送了人,改姓刁。剩下的两个,上无怙恃,孤苦伶仃,寄人篱下,其困难情景是难以言说的。恐怕哪一天也没有吃饱过。饿得没有办法的时候,兄弟俩就到村南枣树林子里去,捡掉在地上的烂枣,聊以果腹。这一段历史我并不清楚,因为兄弟俩谁也没有对我讲过。大概是因为太可怕、太悲惨,他们不愿意再揭过去的伤疤,也不愿让后一代留下让人惊心动魄的回忆。

但是,乡下无论如何是待不下去了,待下去只能成为饿殍。不知道怎么一来,兄弟俩商量好,到外面大城市里去闯荡一下,找一条活路。最近的大城市只有山东首府济南。兄弟俩到了那里,两个毛头小伙子,两个乡巴佬,到了人烟稠密的大城市里,举目无亲。他们碰到多少困难,遇到多少波折。这一段历史我也并不清楚,大概是出于同一个原因,他们谁也没有对我讲过。

后来,叔父在济南立定了脚跟,至多也只能像是石头缝里的一棵小草,艰难困苦地挣扎着。于是兄弟俩商量,弟弟留在济南挣钱,哥哥回家务农,希望有朝一日,混出点名堂来,即使不能衣锦还乡,也得让人另眼相看,为父母和自己争一口气。

但是,务农要有田地,这是一个最简单的常识。可我们家所缺的正是田地这玩意儿。大概我祖父留下了几亩地,父亲就靠这个来维持生活。至于他怎样侍弄这点儿地,又怎样成的家。这一段历史对我来说又是一个谜。

我就是在这时候来到人间的。

天无绝人之路。正在此时或稍微前一点,叔父在济南失了业,流落在关东。用身上仅存的一元钱买了湖北水灾奖券,结果中了头奖,据说得到了几千两银子。我们家一夜之间成了暴发户。父亲买了六十亩带水井的地。为了耀武扬威起见,要盖大房子。一时没有砖,他便昭告全村:谁愿意拆掉自己的房子,把砖卖给他,他肯出几十倍高的价钱。俗话说:"重赏之下,必有勇夫。"别人的房子拆掉,我们的房子盖成。东、西、北房各五大间。大门朝南,极有气派。兄弟俩这一口气总算争到了。

然而好景不长,我父亲是乡村中朱家、郭解一流的人物,仗"义"施财,忘乎所以。有时候到外村去赶集,他一时兴起,全席棚里喝酒吃饭的人,他都请了客。据说,没过多久,六十亩上好的良田被卖掉,新盖的房子也把东房和北房拆掉,卖了砖瓦。这些砖瓦买进时似黄金,卖出时似粪土。

一场春梦终成空。我们家又成了破落户。

在我能记事儿的时候,我们家已经穷到了相当可观的程度。一年大概只能吃一两次"白的"(指白面),吃得最多的是红高粱饼子,棒子面饼子也成为珍品。我在春天和夏天,割了青草,或劈了高粱叶,背到二大爷家里,喂他的老黄牛,赖在那里不走,等着吃一顿棒子面饼子,打一打牙祭。夏天和秋天,对门的宁大婶和宁大姑总带我到外村的田地里去拾麦子和豆子。把拾到的可怜兮兮的一把麦子或豆子交给母亲。不知道积攒多少次,才能勉强打出点麦粒,磨成面,吃上一顿"白的"。我当然觉得如吃龙肝凤髓。但是,我从来不记得母亲吃过一口。她只是坐在那里,瞅着我吃。眼里好像有点潮湿。我当时哪里能理解母亲的心情呀!但是,我也隐隐约约地立下一个决心:有朝一日,将来长大了,也让母亲吃点"白的"。可是,"树欲静而风不止,子欲养而亲不待"。还没有等到我有能力让母亲吃"白的",母亲竟舍我而去,留下了我一个终生难补的心灵伤痕,抱恨终天!

我们家,我父亲一辈,大排行兄弟十一个。有六个因为家贫,下了关东。从此音讯杳然。留下的只有五个,一个送了人,我上面已经说过。这五个人中,只有大大爷有一个儿子,不幸早亡,我从来没有见过他。我生下以后,就成了唯一的一个男孩子。在封建社会里,这意味着什么,大家自然能理解。在济南的叔父只有一个女儿。于是兄弟俩一商量,要把我送到济南。当时母亲什么心情,我太年幼,完全不能理解。很多年以后,我才听人告诉我说,母亲曾说过:"要知道一去不回头的话,我拼了命也不放那孩子走!"这一句不是我亲耳听到的话,却终生回荡在我耳边。"谁言寸草心,报得三春晖?"

我终于离开了家,当年我六岁。

一个人的一生难免稀奇古怪的。个人走的路有时候并不由自己来决定。假如我当年留在家里,走的路是一条贫农的路。生活可能很苦,但风险决不会大。我今天的路怎样呢?我广开了眼界,认识了世界,认识了人生,获得了虚名。我曾走过阳关大道,也曾走过独木小桥;坎坎坷坷,又颇顺顺当当,一直走到了耄耋之年。如果当年让我自己选择道路的话,我究竟要选哪一条呢?概难言矣!

离开故乡时,我的心镜中留下的是一幅一个贫困至极的、一时走了运、立刻又垮下来的农村家庭的残影。

到了济南以后,我眼前换了一个世界。不用说别的,单说见到济南的山,就让我又惊又喜。我原来以为山只不过是一个个巨大无比的石头柱子。

叔父当然非常关心我的教育,我是季家唯一的传宗接代的人。我上过大概一年的私塾,就进了新式的小学校,济南一师附小。一切都比较顺利。五四运动波及了山东。一师校长是新派人物,首先采用了白话文教科书。国文教科书中有一篇寓言,名叫《阿拉伯的骆驼》,故事讲的是得寸进尺,是国际上流行的。无巧不成书,这一篇课文偏偏让叔父看到了,他勃然变色,大声喊道:"骆驼怎么能说话呀!这简直是胡闹!赶快转学!"于是我就转到了新育小学。当时转学好像是非常容易,似乎没有走什么后门就转了过来。只举行一次口试,教员写了一个"骡"字,我认识,我的比我大一岁的亲戚不认识。我直接插入高一,而他则派进初三。一字之差,我硬是沾了一年的光。这就叫做人生!最初课本还是文言,后来则也随时代潮流改了白话,不但骆驼能说话,连乌龟、蛤蟆都说起话来,叔父却置之不管了。

叔父是一个非常有天才的人。他并没有受过什么正规教育。在颠沛流离中,完全靠自学,获得了知识和本领。他能作诗,能填词,能写字,能刻图章。中国古书也读了不少。按照他的出身,他无论如何也不应该对宋明理学发生兴趣;然而他竟然发生了兴趣,而且还极为浓烈,非同一般。这件事我至今大惑不解。我每看到他正襟危坐,威仪俨然,在读《皇清经解》一类十分枯燥的书时,我都觉得滑稽可笑。

这当然影响了对我的教育。我这一根季家的独苗他大概想要我诗书传家。《红楼梦》《三国演义》《水浒传》等等,他都认为是"闲书",绝对禁止看。大概出于一种逆反心理,我爱看的偏是这些书。中国旧小说,包括《金瓶梅》《西厢记》等等几十种,我都偷着看了个遍。放学后不回家,躲在砖瓦堆里看,在被窝里用手电照着看。这样大概过了有几年的时间。叔父的教育则是另外一回事。在正谊时,他出钱让我在下课后跟一个国文老师念古文,连《左传》等都念。回家后,吃过晚饭,立刻又到尚实英文学社去学英文,一直到深夜。这样天天连轴转,也有几年的时间。

叔父相信"中学为体",这是可以肯定的。但是是否也相信"西学为用"呢？这一点我说不清楚。反正当时社会上都认为，学点洋玩意儿是能够升官发财的。这是一种实用主义的"崇洋"，"媚外"则不见得。叔父心目中"夷夏之辨"是很显然的。

大概是1926年，我在正谊中学毕了业，考入设在北园白鹤庄的山东大学附设高中文科去念书。这里的教员可谓极一时之选。国文教员王崑玉先生，英文教员尤桐先生、刘先生和杨先生，数学教员王先生，史地教员祁蕴璞先生，伦理学教员鞠思敏先生（正谊中学校长），论理学教员完颜祥卿先生（一中校长），还有教经书的"大清国"先生（因为诨名太响亮，真名忘记了），另一位是前清翰林。两位先生教《书经》《易经》《诗经》，上课从不带课本，五经、四书连注都能背诵如流。这些教员全是佼佼者。再加上学校环境有如仙境，荷塘四布，垂柳蔽天，是念书再好不过的地方。

我有意识地认真用功，是从这里开始的。我是一个很容易受环境支配的人。在小学和初中时，成绩不能算坏，总在班上前几名，但从来没有考过甲等第一。我毫不在意，照样钓鱼、摸虾。到了高中，国文作文无意中受到了王崑玉先生的表扬，英文是全班第一。其他课程考个高分并不难，只需稍稍一背，就能应付裕如。结果我生平第一次考了一个甲等第一，平均分数超过九十五分，是全校唯一的一个学生。当时山大校长兼山东教育厅厅长、前清状元王寿彭，亲笔写了一副对联和一个扇面奖给我。这样被别人一指，我的虚荣心就被抬起来了。从此认真注意考试名次，再不掉以轻心。结果两年之内，四次期考，我考了四个甲等第一，威名大震。在这一段时间内，外界并不安宁。军阀混战，鸡犬不宁。直奉战争、直皖战争，时局瞬息万变，"你方唱罢我登场"。有一年山大祭孔，我们高中学生受命参加。我第一次见到当时的奉系山东土匪督军——不知道自己有多少兵、多少钱和多少姨太太的张宗昌，他穿着长袍、马褂，匍匐在地，行叩头大礼。此情此景，至今犹在眼前。

到了1928年，蒋介石假"革命"之名，打着孙中山先生的招牌，算是一股新力量，从广东北伐，有共产党的协助，以雷霆万钧之力，一路扫荡，宛如劲风卷残云，大军占领了济南。此时，日本军国主义分子想趁火打劫，出兵济南，酿成了有名的"五三惨案"。高中关了门。在这一段时间内，我的心镜中照出来的影子是封建又兼维新的教育再加上军阀混战。

日寇占领了济南，国民党军队撤走。学校都不能开学。我过了一年临时亡国奴生活。

此时日军当然是全济南至高无上的唯一的统治者。同一切非正义的统治者一样，他们色厉内荏，十分害怕中国老百姓，简直害怕到风声鹤唳、草木皆兵的程度。天天如临大敌，常常搞一些突然袭击，到居民家里去搜查。我们一听到日军到附近某地来搜查了，家里就像开了锅。有人主张关上大门，有人坚决反对。前者说：不关门，日本兵会说："你怎么这样大胆呀！竟敢双门大开！"于是捅上一刀。后者则说：关门，日本兵会说："你们一定有见不得人的勾当；不然的话，皇军驾到，你们应该开门恭迎嘛！"于是捅上一刀。结果是，一会儿开门，一会儿又关上，如坐针毡，又如热锅上的蚂蚁。此情此景，非亲身经历者，是绝不能理解的。我还有一段个人经历。我无学可上，又深知日本人最恨中国学生，在山东焚烧日货的"罪魁祸首"就是学生。我于是剃光了脑袋，伪装是商店的小徒弟。有一天，走在东门大街上，迎面来了一群日军，检查过往行人。我知道，此时万不能逃跑，一定要镇定，否则刀枪无情。我貌似坦然地走上前去。一个日兵搜我的全身，发现我腰里扎的是一条皮带。他如获至宝，发出狞笑，说道："你的，狡猾的大大地。你不是学徒，你是学生。学徒的，是不扎皮带的！"我当头挨了一棒，幸亏还没有昏过去，我向他解释：现在小徒弟们也发了财，有的能扎皮带了。他坚决不信。正在争论的时候，另外一个日军走了过来，大概是比那一个高一级的,听了那个日军的话,似乎有点不耐烦,一摆手:"让他走吧!"我于是死里逃生,从阴阳界上又转了回来。我身上出了多少汗,只有我自己知道。

在这一年内,我心镜上照出的是临时或候补亡国奴的影像。

1929年,日军撤走,国民党重进。我在求学的道路上,从此开辟了一个新天地。

此时,北园高中关了门,新成立了一所山东省立济南高中,是全省唯一的一所高级中学。我没有考试,就入了学。

校内换了一批国民党的官员,"党"气颇浓,令人生厌。但是总的精神面貌却是焕然一新。最明显不过的是国文课。"大清国"没有了,经书不念了,文言作文改成了白话。国文教员大多是当时颇为著名的新文学家。我的第一个国文教员是胡也频烈士。他很少讲正课,每一堂都是宣传"现代文艺",亦名"普罗文学",也就是无产阶级文学。一些青年,其中也有我,大为兴奋,公然在宿舍门外摆上桌子,号召大家参加"现代文艺研究会"。还准备出刊物,我为此写了一篇文章,叫做《现代文艺的使命》,里面生吞活剥抄了一些从日文译过来的所谓马克思主义文艺理论的文句。译文像天书,估计我也看不懂,但是充满了革命义愤和口号的文章,却堂而皇之地写成了。文章还没有来得及刊出,国民党通缉胡先生,他慌忙逃往上海,一二年后就被国民党杀害。我的革命梦像肥皂泡似的破灭了,从此再也没有"革命",一直到了解放。

在这一年里,我的心镜照出来的仿佛是我的新生。

1930年夏天,我们高中一级的学生毕了业。几十个举子联合"进京赶考"。当时北京(北平)的大学五花八门,国立、私立、教会立,纷然杂陈。水平极端参差不齐,吸引力也就大不相同。其中最受尊重的,同今天完全一样,是北大与清华,两个"国立"大学。因此,全国所有的赶考的举子没有不报考这两所大学的。这两所大学就仿佛变成了龙门，门槛高得可怕。往往几十人中录取一个。被录取的金榜题名，鲤鱼变成了龙。我来投考的那一年，有一个山东老乡，已经报考了五次，次次名落孙山。这一年又同我们报考，也就是第六次，结果仍然榜上无名。他神经失常，一个人恍恍惚惚在西山一带漫游了七天，才清醒过来。他从此断了大学梦，回到了山东老家，后不知所终。

我当然也报了北大与清华。同别的高中同学不同的是，我只报这两个学校，仿佛极有信心——其实我当时并没有考虑这样多，几乎是本能地这样干了——别的同学则报很多大学，二流的、三流的、不入流的，有的人竟报到七八所之多。我一辈子考试的次数成百成千，从小学一直考到获得最高学位；但我考试的运气好，从来没有失败过。这一次又撞上了喜神，北大和清华我都被录取，一时成了人们羡慕的对象。

但是，北大和清华，对我来说，却成了鱼与熊掌。何去何从？一时成了挠头的问题。我左考虑，右考虑，总难以下这一步棋。当时"留学热"不亚于今天，我未能免俗。如果从留学这个角度来考虑，清华似乎有一日之长。至少当时人们都是这样看的。"吾从众"，终于决定了清华，入的是西洋文学系（后改名外国语文系）。

在旧中国，清华西洋文学系名震神州。主要原因是教授几乎全是外国人，讲课当然用外国话，中国教授也多用外语（实际上就是英语）授课。这一点就具有极大的吸引力。夷考其实，外国教授几乎全部不学无术，在他们本国恐怕连中学都教不上。因此，在本系所有的必修课中，没有哪一门课我感到满意。反而是我旁听和选修的两门课，令我终生难忘，终生受益。旁听的是陈寅恪先生的"佛经翻译文学"，选修的是朱光潜先生的"文艺心理学"，就是美学。在本系中国教授中，叶公超先生教我们大一英文。他英文大概是好的，但有时故意不修边幅，好像要学习竹林七贤，给我没有留下好印象。吴宓先生的两门课"中西诗之比较"和"英国浪漫诗人"，给我留下了深刻的印象。

339

此外，我还旁听了或偷听了很多外系的课。比如朱自清、俞平伯、谢婉莹（冰心）、郑振铎等先生的课，我都听过，时间长短不等。在这种旁听活动中，我有成功，也有失败。最失败的一次，是同许多男同学，被冰心先生婉言赶出了课堂。最成功的是旁听西谛先生的课。西谛先生豁达大度，待人以诚，没有教授架子，没有行帮意识。我们几个年轻大学生——吴组缃、林庚、李长之，还有我自己——由听课而同他有了个人来往。他同巴金、靳以主编大型的《文学季刊》是当时轰动文坛的大事。他也竟让我们名不见经传的无名小卒，充当《季刊》的编委或特约撰稿人，名字赫然印在杂志的封面上，对我们来说这实在是无上的光荣。结果我们同西谛先生成了忘年交，终生维持着友谊，一直到1958年他在飞机失事中遇难。到了今天，我们一想到郑先生还不禁悲从中来。

此时政局是非常紧张的。蒋介石在拼命"安内"，日军已薄古北口，在东北兴风作浪，更不在话下。"九·一八"后，我也曾参加清华学生卧轨绝食，到南京去请愿，要求蒋介石出兵抗日。我们满腔热血，结果被满口谎言的蒋介石捉弄，铩羽而归。

美丽安静的清华园也并不安静。国共两方的学生斗争激烈。此时，胡乔木（原名胡鼎新）同志正在历史系学习，与我同班。他在进行革命活动，其实也并不怎么隐蔽。每天早晨，我们洗脸盆里塞上的传单，就出自他之手。这是一个公开的秘密，尽人皆知。他曾有一次在深夜坐在我的床上，劝说我参加他们的组织。我胆小怕事，没敢答应。只答应到他主办的工人子弟夜校去上课，算是聊助一臂之力，稍报知遇之恩。

学生中国共两派的斗争是激烈的，详情我不得而知。我算是中间偏左的逍遥派，不介入，也没有兴趣介入这种斗争。不过据我的观察，两派学生也有联合行动，比如到沙河、清河一带农村中去向农民宣传抗日。我参加过几次，记忆中好像也有倾向国民党的学生参加。原因大概是，尽管蒋介石不抗日，青年学生还是爱国的多。在中国知识分子中，爱国主义的传统是源远流长的，根深蒂固的。

这几年，我们家庭的经济情况颇为不妙。每年寒暑假回家，返校时筹集学费和膳费，就煞费苦心。清华是国立大学，花费不多。每学期收学费四十元；但这只是一种形式，毕业时学校把收的学费如数还给学生，供毕业旅行之用。不收宿费，膳费每月六块大洋，顿顿有肉。即使是这样，我也开支不起。我的家乡清平县，国立大学生恐怕只有我一个，视若"县宝"，每年津贴我五十元。另外，我还能写点文章，得点稿费，家里的负担就能够大大地减轻。我就这样在颇为拮据的情况中度过了四年，毕了业，戴上租来的学士帽照过一张像，结束了我的大学生活。

当时流行着一个词儿，叫"饭碗问题"，还流行着一句话，是"毕业即失业"。除了极少数高官显宦、富商大贾的子女以外，谁都会碰到这个性命交关的问题。我从三年级开始就为此伤脑筋。我面临着承担家庭主要经济负担的重任。但是，我吹拍乏术，奔走无门。夜深人静之时，自己脑袋里好像是开了锅。然而结果却是一筹莫展。

眼看快要到1934年的夏天，我就要离开学校了。真好像是大旱之年遇到甘霖，我的母校济南省立高中校长宋还吾先生，托人邀我到母校去担任国文教员。月薪大洋一百六十元，是大学助教的一倍。大概因为我发表过一些文章，我就被认为是文学家，而文学家都一定能教国文，这就是当时的逻辑。这一举真让我受宠若惊，但是我心里却打开了鼓：我是学西洋文学的，高中国文教员我当得了吗？何况我的前任是被学生"架"（当时学生术语，意思是"赶"）走的，足见学生不易对付。我去无疑是自找麻烦，自讨苦吃，无异于跳火坑。我左考虑，右考虑，终于举棋不定，不敢答复。然而，时间是不饶人的。暑假就在眼前，离校已成定局，最后我咬了咬牙，横下了一条心："你有勇气请，我就有勇气承担！"

于是在1934年秋天，我就成了高中的国文教员。校长待我是好的，同学生的关系也颇融洽。但是同行的国文教员对我却有挤对之意。全校三个年级，十二个班，四个国文教员，每人教三个班。这就来了问题：其他三位教员都比我年纪大得多，其中一个还是我的老师一辈，都是科班出身，教国文成了老油子，根本用不着备课。他们却每人教一个年级的三个班，备课只有一个头。我教三个年级剩下的那个班，备课有三个头，其困难与心里的别扭是显而易见的。所以在这一年里，收入虽然很好（一百六十元的购买力约与今天的三千二百元相当），心情却是郁闷。眼前的留学杳无踪影，手中的饭碗飘忽欲飞。此种心情，实不足为外人道也。但是，幸运之神（如果有的话）对我是垂青的。正在走投无路之际，母校清华大学同德国学术交换处签订了互派留学生的合同，我喜极欲狂，立即写信报了名，结果被录取。这比考上大学金榜题名的心情，又自不同，别是一番滋味在心头。积年愁云，一扫而空，一生幸福，一锤定音。仿佛金饭碗已经捏在手中。自己身上一镀金，则左右逢源，所向无前。我现在看一切东西，都发出玫瑰色的光泽了。

然而，人是不能脱离现实的。我当时的现实是：亲老，家贫，子幼。我又走到了我一生最大的一个歧路口上。何去何从？难以决定。这个歧路口，对我来说，意义真正是无比地大。不向前走，则命定一辈子当中学教员，饭碗还不一定经常能拿在手中，向前走，则会是另一番境界。"马前桃花马后雪，教人怎敢再回头？"

经过了痛苦的思想矛盾，经过了细致的家庭协商，决定了向前迈步。好在原定期限只有两年，咬一咬牙就过来了。

我于是在1935年夏天离家，到北平和天津办理好出国手续，乘西伯利亚火车，经苏联，到了柏林。我自己的心情是：万里投荒第二人。

在这一段从大学到教书一直到出国的时期中，我的心镜中照见的是：蒋介石猖狂反共，日本军野蛮入侵，时局动荡不安，学生两极分化，这样一幅十分复杂矛盾的图像。

马前的桃花，远看异常鲜艳，近看则不见得。

我在柏林待了几个月，中国留学生人数颇多，认真读书者当然有之，终日鬼混者也不乏其人。国民党的大官，自蒋介石起，很多都有子女在德国"流学"。这些高级"衙内"看不起我，我更藐视这一群行尸走肉的家伙，羞与他们为伍。此地"信美非吾土"，到了深秋，我就离开柏林，到了小城又是科学名城的哥廷根。从此以后，在这里一住就是十年，没有离开过。德国给我一月一百二十马克。房租约占百分之四十多，吃饭也差不多。手中几乎没有余钱。同官费学生一个月八百马克相比，真如小巫见大巫。我在德国住了那么久的时间，从来没有寒暑假休息，从来没有旅游，一则因为"阮囊羞涩"，二则珍惜寸阴，想多念一点书。

我不远万里而来，是想学习的。但是，学习什么呢？最初并没有一个十分清楚的打算。第一学期，我选了希腊文，样子是想念欧洲古典语言文学。但是，在这方面，我无法同德国学生竞争，他们在中学里已经学了八年拉丁文，六年希腊文。我心里彷徨起来。

到了1936年春季始业的那一学期，我在课程表上看到了瓦尔德施密特开的梵文初学课，我狂喜不止。在清华时，受了陈寅恪先生讲课的影响，就有志于梵学。但在当时，中国没有人开梵文课，现在竟于无意中得之，焉能不狂喜呢？于是我立即选了梵文课。在德国，要想考取哲学博士学位，必须修三个系，一主二副。我的主系是梵文、巴利文，两个副系是英国语言学和斯拉夫语言学。我从此走上了正规学习的道路。

1937年，我的奖学金期满。正在此时，日军发动了卢沟桥事件，虎视眈眈，意在吞并全中国和亚洲。我是望乡兴叹，有家难归。但是天无绝人之路，汉学研究所所长哈隆邀我担任汉语讲师，我实在像久旱逢甘霖，当然立即同意，走马上任。这个讲师工作不多，我照样当我的学生，我的读书基地仍然在梵文研究所，偶尔到汉学研究所来一下。这情况一直继续到1945年秋天我离开德国。

1939年，第二次世界大战正式开幕。我原以为像这样杀人盈野、积血成河的人类极端残酷的大搏斗，理应震撼三界，摇动五洲，使禽兽颤抖，使人类失色。然而，我有幸身临其境，只不过听到几次法西斯头子狂嚎——这在当时的德国是司空见惯的事——好像是春梦初觉，无声无息地就走进了战争。战争初期阶段，德军的胜利使德国人如疯如狂，对我则是一个打击。他们每胜利一次，我就在夜里服安眠药一次。积之既久，失眠成病，成了折磨我几十年的终生痼疾。

最初生活并没有怎样受到影响。慢慢地肉和黄油限量供应了，慢慢地面包限量供应了，慢慢地其他生活用品也限量供应了。在不知不觉中，生活的螺丝越拧越紧。等到人们明确地感觉到时，这螺丝已经拧得很紧很紧了，但是除了极个别的反法西斯的人以外，我没有听到老百姓说过一句怨言。德国法西斯头子统治有术，而德国人民也是一个十分奇特的民族，对我来说，简直像个谜。

后来战火蔓延，德国四面被封锁，供应日趋紧张。我天天挨饿，夜夜作梦，梦到中国的花生米。我幼无大志，连吃东西也不例外。有雄心壮志的人，梦到的一定是燕窝、鱼翅，哪能像我这样没出息的人只梦到花生米呢？饿得厉害的时候，我简直觉得自己是处在饿鬼地狱中，恨不能把地球都整个吞下去。

我仍然继续念书和教书。除了挨饿外，天上的轰炸最初还非常稀少。我终于写完了博士论文。此时瓦尔德施密特教授被征从军，他的前任已退休的老教授 Prof.E. Sieg（西克）替他上课。他用了几十年的时间读通了吐火罗文，名扬全球。按岁数来讲，他等于我的祖父。他对我也完全是一个祖父的感情。他一定要把自己全部拿手的好戏都传给我：印度古代语法，吠陀，而且不容我提不同意见，一定要教我吐火罗文。我乘瓦尔德施密特教授休假之机，通过了口试，布劳恩口试俄文和斯拉夫文，勒德尔口试英文。考试及格后，仍在西克教授指导下学习。我们天天见面，冬天黄昏，在积雪的长街上，我搀扶着年逾八旬的异国的老师，送他回家。我忘记了战火，忘记了饥饿，我心中只有身边这个老人。

我当然怀念我的祖国，怀念我的家庭。此时邮政早已断绝。杜甫诗："烽火连三月，家书抵万金。"我却是"烽火连三年，家书抵亿金"。事实上根本收不到任何信。这大大地加强我的失眠症，晚上吞服的药量，与日俱增，能安慰我的只有我的研究工作。此时英美的轰炸已成家常便饭，我就是在饥饿与轰炸中写成了几篇论文。大学成了女生的天下，男生都抓去当了兵。过了没有多久，男生有的回来了，但不是缺一只手，就是缺一条腿。双拐击地的声音在教室大楼中往复回荡，形成了独特的合奏。

到了此时，前线屡战屡败，法西斯头子的牛皮虽然照样厚颜无耻地吹，然而已经空洞无力，有时候牛头不对马嘴。从我们外国人眼里来看，败局已定，任何人也回天无力了。

德国人民怎么样呢？经过我十年的观察与感受，我觉得，德国人不愧是世界上最优秀的人民之一。文化昌明，科学技术处于世界前列，大文学家、大哲学家、大音乐家、大科学家，近代哪一个民族也比不上。而且为人正直，淳朴，个个都是老实巴交的样子。在政治上，他们却是比较单纯的。真心拥护希特勒者占绝大多数。令我大惑不解的是，希特勒极端诬蔑中国人，视为文明的破坏者。按理说，我在德国应当遇到很多麻烦。然而，实际上，我却一点麻烦也没有遇到。听说，在美国，中国人很难打入美国人社会。可我在德国，自始至终就在德国人社会之中，我就住在德国人家中，我的德国老师，我的德国同学，我的德国同事，我的德国朋友，从来待我如自己人，没有丝毫歧视。这一点让我终生难忘。

这样一个民族现在怎样看待垂败的战局呢？他们很少跟我谈论战争问题，对生活的极端艰苦，轰炸的极端野蛮，他们好像都无动于衷，他们有点茫然、漠然。一直到1945年春，美国军队攻入哥廷根，法西斯彻底完蛋了，德国人仍然无动于衷，大有逆来顺受的意味，又仿佛当头挨了一棒，在茫然、漠然之外，又有点昏昏然、懵懵然。

惊心动魄的世界大战，持续了六年，现在终于闭幕了。我在惊魂甫定之余，顿时想到了祖国，想到了家庭，我离开祖国已经十年了，我在内心深处感到了祖国对我这个海外游子的召唤。几经交涉，美国占领军当局答应用吉普车送我们到瑞士去。我辞别德国师友时，心里十分痛苦，特别是西克教授，我看到这位耄耋老人面色凄楚，双手发颤，我们都知道，这是最后一面了。我连头也不敢回，眼里流满了热泪。我的女房东对我放声大哭。她儿子在外地，丈夫已死，我这一走，房子里空空洞洞，只剩下她一个人。几年来她实际上是同我相依为命，而今以后，日子可怎样过呀！离开她时，我也是头也没有敢回，含泪登上美国吉普。我在心里套一首旧诗想成了一首诗：

留学德国已十霜，
归心日夜忆旧邦。
无端越境入瑞士，
客树回望成故乡。

这十年在我的心镜上照出的是法西斯统治，极端残酷的世界大战，游子怀乡的残影。

1945年10月,我们到了瑞士。在这里待了几个月。1946年春天,离开瑞士,经法国马赛,乘为法国运兵的英国巨轮,到了越南西贡。在这里待到夏天,又乘船经香港回到上海,别离祖国将近十一年,现在终于回来了。

此时,我已经通过陈寅恪先生的介绍,胡适之先生、傅斯年先生和汤用彤先生的同意,到北大来工作。我写信给在英国剑桥大学任教的哥廷根旧友哈隆教授,谢绝了剑桥之聘,决定不再回欧洲。同家里也取得了联系,寄了一些钱回家。我感激叔父和婶母,以及我的妻子彭德华,他们经过千辛万苦,努力苦撑了十一年,我们这个家才得以完整安康地留了下来。

当时正值第三次革命战争激烈进行,交通中断,我无法立即回济南老家探亲。我在上海和南京住了一个夏天。在南京曾叩见过陈寅恪先生,到中央研究院拜见过傅斯年先生。1946年深秋,从上海乘船到秦皇岛,转乘火车,来到了暌别十一年的北京。深秋寂冷,落叶满街,我心潮起伏,酸甜苦辣,说不出来是什么滋味。阴法鲁先生到车站去接我们,把我暂时安置在北大红楼。第二天,会见了文学院长汤用彤先生。汤先生告诉我,按北大以及其他大学规定,得学位回国的学人,最高只能给予副教授职称,在南京时傅斯年先生也告诉过我同样的话。能到北大来,我已经心满意足,焉敢妄求?但是过了没有多久,大概只有个把礼拜,汤先生告诉我,我已被定为正教授兼东方语言文学系主任,时年三十五岁。当副教授时间之短,我恐怕是创了新纪录。这完全超出了我的想望。我暗下决心:努力工作,积极述作,庶不负我的老师和师辈培养我的苦心!

此时的时局却是异常恶劣的。以蒋介石为首的国民党,剥掉自己的一切画皮,贪污成性,贿赂公行,大搞"五子登科",接收大员满天飞,"法币"天天贬值,搞了一套银圆券、金圆券之类的花样,毫无用处。人民生活在水深火热之中，大学教授也不例外。手中领到的工资，一个小时以后，就能贬值。大家纷纷换银圆，换美元，用时再换成法币。每当手中攥上几个大头时，心里便暖乎乎的，仿佛得到了安全感。

在学生中，新旧势力的斗争异常激烈。国民党垂死挣扎，进步学生猛烈进攻。当时流传着一个说法：在北平有两个解放区，一个是北大的民主广场，一个是清华园。我住在红楼，有几次也受到了国民党北平市党部纠集的天桥流氓等闯进来捣乱的威胁。我们在夜里用桌椅封锁了楼口，严阵以待，闹得人心惶惶，我们觉得又可恨，又可笑。

但是，腐败的东西终究会灭亡的，这是一条人类和大自然中进化的规律。1949年春，北京终于解放了。

在这三年中，我的心镜中照出的是黎明前的一段黑暗。

如果把我的一生分成两截的话，我习惯的说法是，前一截是旧社会，共三十八年。后一截是新社会，年数现在还没法确定，我一时还不想上八宝山，我无法给我的一生画上句号。

为什么要分为两截呢？一定是认为两个社会差别极大，非在中间划上鸿沟不行。实际上，我同当时留下没有出国或到台湾去的中老年知识分子一样，对共产党并不了解；对共产主义也不见得那么向往；但是对国民党我们是了解的。因此，解放军进城我们是欢迎的，我们内心是兴奋的，希望而且也觉得从此换了人间。解放初期，政治清明，一团朝气，许多措施深得人心。旧社会留下的许多污泥浊水，荡涤一清。我们都觉得从此河清有日，幸福来到了人间。但是，我们也有一个适应过程。别的比我年老的知识分子的真实心情，我不了解。至于我自己，我当时才四十岁，算是刚刚进入中年，但是我心中需要克服的障碍就不老少。参加大会，喊"万岁"之类的口号，最初我张不开嘴。连脱掉大褂换上中山装这样的小事，都觉得异常别扭，他可知矣。

对我来说，这个适应过程并不长，也没有感到什么特殊的困难，我一下子像是变了一个人。觉得一切的一切都是美好的，都是善良的。我觉得天特别蓝，草特别绿，花特别红，山特别青。全中国仿佛开遍了美丽的玫瑰花，中华民族前途光芒万丈，我自己仿佛又年轻了十岁，简直变成了一个大孩子。开会时，游行时，喊口号，呼"万岁"，我的声音不低于任何人，我的激情不下于任何人。现在回想起来，那是我一生最愉快的时期。

但是，反观自己，觉得百无是处。我从内心深处认为自己是一个地地道道的"摘桃派"。中国人民站起来了，自己也跟着挺直了腰板。任何类似贾桂的思想，都一扫而空。我享受着"解放"的幸福，然而我干了什么事呢？我做出了什么贡献呢？我确实没有当汉奸，也没有加入国民党，没有屈服于德国法西斯。但是，当中华民族的优秀儿女把脑袋挂在裤腰带上，浴血奋战，壮烈牺牲的时候，我却躲在万里之外的异邦，在追求自己的名山事业。天下可耻事宁有过于此者乎？我觉得无比地羞耻。连我那一点所谓学问——如果真正有的话——也是极端可耻的。

我左思右想，沉痛内疚，觉得自己有罪，觉得知识分子真是不干净。我仿佛变成了一个基督教徒，深信"原罪"的说法。在好多好多年，这种"原罪"感深深地印在我的灵魂中。

我当时时发奇想，我希望时间之轮倒拨回去，拨回到战争年代，给我一个机会，让我立功赎罪。我一定会不惜牺牲自己的性命，为了革命，为了民族。我甚至有近乎疯狂的幻想：如果我们的领袖遇到生死危机，我一定会挺身而出，用自己的鲜血与性命来保卫领袖。

我处处自惭形秽。我当时最羡慕、最崇拜的是三种人：老干部、解放军和工人阶级。对我来说，他们的形象至高无上，神圣不可侵犯。在我眼中，他们都是"最可爱的人"，是我终生学习也无法赶上的人。

就这样，我背着沉重的"原罪"的十字架，随时准备深挖自己思想，改造自己的资产阶级思想，真正树立无产阶级思想——除了"毫不利己,专门利人"之外,我到今天也说不出什么是无产阶级思想——脱胎换骨,重新做人。风风雨雨,坎坎坷坷,一会儿山重水复,一会儿柳暗花明,走过了漫长的三十年。

解放初期第一场大型的政治运动,是三反、五反、思想改造运动。我认真严肃地怀着满腔的虔诚参加了进去。我一辈子不贪污公家一分钱,三反、五反与我无缘。但是思想改造,我却认为,我的任务是艰巨的,是迫切的。笼统说来,是资产阶级思想;具体说来,则可以分为几项。首先,在解放前,我从对国民党的观察中,得出了一条结论:政治这玩意儿是肮脏的,是污浊的,最好躲得远一点。其次,我认为,外蒙古是被苏联抢走的;中共是受苏联左右的。思想改造,我首先检查、批判这两个思想。当时,当众检查自己的思想叫做"洗澡","洗澡"有小、中、大三盆。我是系主任,必须洗中盆,也就是在系师生大会上公开检查。因为我没有什么民愤,没有升入大盆,也就是没有在全校师生大会上检查。

在中盆里,水也是够热的。大家发言异常激烈,有的出于真心实意,有的也不见得。我生平破天荒第一次经过这个阵势。句句话都像利箭一样,射向我的灵魂。但是,因为我仿佛变成一个基督教徒,怀着满腔虔诚的"原罪"感,好像话越是激烈,我越感到舒服,我舒服得浑身流汗,仿佛洗的是土耳其蒸汽浴。大会最后让我通过以后,我感动得真流下了眼泪,感到身轻体健,资产阶级思想仿佛真被廓清。

像我这样虔诚的信徒,还有不少,但是也有想蒙混过关的。有一位洗大盆的教授,小盆、中盆,不知洗过多少遍了,群众就是不让通过,终于升至大盆。他破釜沉舟,想一举过关,检讨得痛快淋漓,把自己骂得狗血喷头,连同自己的资产阶级父母,都被波及。他说了父母不少十分难听的话。群众大受感动。然而无巧不成书,主席瞥见他的检讨稿上用红笔写上了几个大字"哭"。每到这地方,他就号啕大哭。主席一宣布，群众大哗。结果如何，就不用说了。

跟着来的是批判电影《武训传》，批《〈红楼梦〉研究》，批判资产阶级学术思想，胡适、俞平伯都榜上有名。后面是揭露和批判胡风"反革命集团"，这是属于敌我矛盾的事件。胡风本人以外，被牵涉到的人数不少，艺术界和学术界都有。附带进行了一次清查历史反革命的运动，自杀的人时有所闻。北大一位汽车司机告诉我，到了这样的时候，晚上开车，要十分警惕，怕冷不防有人从黑暗中一下子跳出来，甘愿作轮下之鬼。

到了1957年，政治运动达到了第一次高潮。从规模上来看，从声势上来看，从涉及面之广来看，从持续时间之长来看，都无愧是空前的。

最初只说是党内整风，号召大家提意见，"知无不言，言无不尽"。当时党的威信至高无上。许多爱护党而头脑简单的人，就真提开了意见，有的话说得并不好听，但是绝大部分人是出于一片赤诚之心，结果被揪住了辫子，划为右派。根据"上头"的意见，右派是敌我矛盾作为人民内部矛盾来处理，而且信誓旦旦说：右派永远不许翻案。

有些被抓住辫子的人恍然大悟：原来不是说不抓辫子，不打棍子、不戴帽子吗？这是不是一场阴谋？答曰：否，这不是阴谋，而是阳谋。到了此时，悔之晚矣。戴上右派帽子的人，虽说是人民内部，但是游离于敌我之间，徙倚于人鬼之隙，滋味是够受的。有的人到了二十年之后才被摘掉帽子，然而老夫耄矣。无论如何，这证明了，共产党有改正错误的勇气，是有力量有信心的表现。

当时究竟划了多少右派，确数我不知道。听说右派是有指标的，这指标下达到每一个基层单位，如果没有完成，必须补划。传说出了不少笑话。这都先不去管它。有一件事情，我脑筋里开了点窍：这一场运动，同以前的运动一样，是针对知识分子的。我怀着根深蒂固的"原罪"感，衷心拥护这一场运动。

到了1958年，轰轰烈烈的反击右派运动逐渐接近了尾声。但是，车不能停驶，马不能停蹄，立即展开了新的运动，而且这一次运动在很多方面都超越了以前的运动。这一次是精神和物质一齐抓，既要解放生产力，又要肃清资产阶级思想。后者主要是针对学校里的教授，美其名曰"拔白旗"。"白"就代表落后，代表倒退，代表资产阶级思想，是与代表前进、代表革命、代表无产阶级思想的"红"相对立的。大学里和中国科学院里一些"资产阶级教授"，狠狠地被拔了一下白旗。

前者则表现在大炼钢铁上。至于人民公社，则好像是兼而有之。"共产主义是天堂，人民公社是桥梁"，是当时最响亮的口号，大炼钢铁实际上是一场巨大的灾难。全国人民响应号召，到处搜拣废铁，加以冶炼，这件事本来未可厚非。但是，废铁拣完了。为了完成指标，就把完整的铁器，包括煮饭的锅在内，砸成"废铁"，回炉冶炼。全国各地，炼钢的小炉，灿若群星，日夜不熄，蔚为宇宙伟观。然而炼出来的却是一炉炉的废渣。

人人都想早上天堂，于是人民公社，一夜之间，遍布全国，适逢粮食丰收，大家敞开肚皮吃饭。个人的灶都撤掉了，都集中在公共食堂中吃饭。有的粮食烂在地里，无人收割。把群众运动的威力夸大到无边无际，把人定胜天的威力也夸大到无边无际。麻雀被定为四害之一，全国人民起来打之。把粮食的亩产量也无限夸大，从几百斤、几千斤，到几万斤。各地竞相弄虚作假，大放"卫星"。有人说，如果亩产几万斤，则一亩地里光麦粒或谷粒就得铺得老厚，那是完全不可信的。

那时我已经有四十七八岁，不是小孩子了；我是受过高等教育、留过洋的大学教授，然而我对这一切都深信不疑。"人有多大胆，地有多大产"，我是坚信的。我在心中还暗暗地嘲笑那一些"思想没有解放"的"胆小鬼"，觉得唯我独马，唯我独革。

跟着来的是三年灾害。真是"自然灾害"吗？今天看来，未必是的。反正是大家都挨了饿。我在德国挨过五年的饿，"曾经沧海难为水"，我现在一点没有感到难受，半句怪话也没有说过。

从全国形势来看，当时的政策已经"左"到不能再"左"的程度，当务之急当然是反"左"。据说中央也是这样打算的。但是，在庐山会议上，忽然杀出来了一个彭德怀，他上了"万言书"，说了几句真话，这就惹了大祸。于是一场反"左"变为反右。一直到今天，开国元勋中，我最崇拜最尊敬的无过于彭大将军。他是一个难得的硬汉子，豁出命去，也不阿谀奉承，代表了中华民族的浩然正气。

上面既然号召反右，那么就反吧。知识分子们，经过十几年连续不断的运动，都已锻炼成了"运动健将"，都已成了运动的内行里手。这一次我整你，下一次你整我，大家都已习惯这一套了。于是乱乱哄哄，时松时紧，时强时弱，一直反到社教运动。

据我看，社教运动实际上是"无产阶级文化大革命"的前奏曲。我现在就把这两场运动摆在一起来讲。

社会主义教育运动，北大是试点，先走了一步，运动开始后不久学校里就泾渭分明地分了派：被整的与整人的。我也懵懵懂懂地参加了整人的行列。可是有一件事情我不明白，也想不通，解放后第一次萌动了一点"反动思想"：学校的领导都是上面派来的老党员、老干部，我们资产阶级知识分子并起不了多大作用，为什么上头的意思说我们"统治"了学校呢？我百思不得其解。

后来北京市委进行了干预，召开了国际饭店会议，为被批的校领导平反，这里就伏下了"文化大革命"的起因。

1965年秋天，我参加完了国际饭店会议，被派到京郊南口村去搞农村社教运动。在这里我们真成了领导了，党政财文大权统统掌握在我们手里。但是要求也是非常严格的：不许自己开火做饭，在全村轮流吃派饭，鱼肉蛋不许吃。自己的身份和工资不许暴露，当时农民每日工分不过三四角钱，我的工资是四五百，这样放了出去，怕农民吃惊。时隔三十年，到了今天，再到农村去，我们工资的数目是不肯说，怕说出去让农民笑话。抚今追昔，真不禁感慨系之矣！

这一年的冬天，姚文痞的文章《评新编历史剧〈海瑞罢官〉》发表，敲响了"文化大革命"的钟声。所谓"三家村"的三位主人，我全认识，我在南口村无意中说了出来。这立即被我的一位"高足"牢记在心。后来在"文化大革命"中，这位"高足"原形毕露。为了出人头地，颇多惊人之举，比如说贴口号式的大字报，也要署上自己的名字，引起了轰动。他对我也落井下石，把我"打"成了"三家村的小伙计"。

我于1966年6月4日奉召回校，参加"文化大革命"。最初的一个阶段，是批所谓"资产阶级学术权威"。这次运动又是针对知识分子的，是再明显不过的了，我自然在被批之列。我虽不敢以"学术权威"自命，但是，说自己是资产阶级，我则心悦诚服，毫无怨言。尽管运动来势迅猛，我没有费多大力量就通过了。

后来，北大成立了"革命委员会"，头子就是那位所谓写第一张"马列主义大字报"的"老佛爷"。此人是有后台的，广通声气，据说还能通天，与江青关系密切。她不学无术，每次讲话，必出错误；但是却骄横跋扈，炙手可热。此时她成了全国名人，每天到北大来"取经"朝拜的上万人，上十万人。弄得好端端一个燕园乱七八糟，乌烟瘴气。

随着运动的发展，北大逐渐分了派。"老佛爷"这一派叫"新北大公社"，是抓掌大权的"当权派"。它的对立面叫"井冈山"，是被压迫的。两派在行动上很难说有多少区别，都搞打、砸、抢，都不懂什么叫法律。上面号召："革命无罪，造反有理。"这就是至高无上的法律。我越过第一阵强烈的风暴，问题算是定了。我逍遥了一阵子，日子过得满惬意。如果我这样逍遥下去的话，太大的风险不会再有了。我现在无异是过了昭关的伍子胥。我是一个胆小怕事的人，这是常态；但是有时候我胆子又特别大。在我一生中，这样的情况也出现过几次，这是变态。及今思之，我这个人如果有什么价值的话，价值就表现在变态上。

这种变态在"文化大革命"又出现过一次。

在"老佛爷"仗着后台硬为所欲为无法无天的时候，校园里残暴野蛮的事情越来越多。抄家，批斗，打人，骂人，脖子上挂大木牌子，头上戴高帽子，任意污辱人，放胆造谣言，以致发展到用长矛杀人，不用说人性，连兽性都没有了。我认为这不符合群众路线，不符合什么人的"革命路线"。放着安稳的日子不过，我又发了牛脾气，自己跳了出来，其中危险我是知道的。我在日记里写过："为了保卫什么人的革命路线，虽粉身碎骨，在所不辞。"这完全是真诚的，半点虚伪也没有。

同时，我还有点自信：我头上没有辫子，屁股上没有尾巴。我没有参加过国民党或任何反动组织，没有干反人民的事情。我怀着冒险、侥幸又还有点自信的心情，挺身出来反对那一位"老佛爷"。我完完全全是"自己跳出来"的。

没想到，也可以说是已经想到，这一跳就跳进了"牛棚"。我在群众中有一定的影响，我起来在太岁头上动土，"老佛爷"恨我入骨，必欲置之死地而后快。我被抄家，被批斗，被打得头破血流、鼻青脸肿。我并不是那种豁达大度什么都不在乎的人，我一时被斗得晕头转向，下定决心，自己结束自己的性命。决心既下，我心情反而显得异常平静，简直平静得有点可怕。我把历年积攒的安眠药片和药水都装到口袋里，最后看了与我共患难的婶母和老伴一眼，刚准备出门跳墙逃走，大门上响起了雷鸣般的撞门声："新北大公社"的红卫兵来押解我到大饭厅去批斗了。这真正是千钧一发呀！这一场批斗进行得十分激烈，十分野蛮，我被打得躺在地上站不起来。然而我一下得到了"顿悟"：一个人忍受挨打折磨的能力，是没有极限的。我能够忍受下去的！我不死了！我要活下去！

我的确活下来了。然而，在刚离开"牛棚"的时候，我已经虽生犹死，我成了一个半白痴，到商店去买东西，不知道怎样说话。让我抬起头来走路，我觉得不习惯。耳边不再响起"妈的！""浑蛋！""王八蛋！"一类的词儿，我觉得奇怪。见了人，我是口欲张而嗫嚅，足欲行而趑趄。我几乎成了一具行尸走肉，我已经"异化"为"非人"。

我的确活下来了，然而一个念头老在咬我的心。我一向信奉的"士可杀，不可辱"的教条，怎么到了现在竟被我完全地抛到脑后了呢？我有勇气仗义执言、打抱不平，为什么竟没有勇气用自己的性命来抗议这种暴行呢？我有时甚至觉得，隐忍苟活是可耻的。然而，怪还不怪在我的后悔，而在于我在很长的时间内并没有把这件事同整个的"文化大革命"联系在一起。一直到1976年"四人帮"被打倒，我一直拥护七八年一次、一次七八年的"革命"。可见我的政治嗅觉是多么迟钝。

我做了四十多年的梦。我怀拥"原罪感"四十多年。上面提到的我那三个崇拜对象，我一直崇拜了四十多年。所有这一些对我来说是十分神圣的东西，都被"文化大革命"打得粉碎，而今安在哉！我不否认，我这几个崇拜对象大部分还是好的，我不应从一个极端走向另一个极端。至于我衷心拥护了十年的"文化大革命"，则另是一码事。这是中国历史上空前的最野蛮、最残暴、最愚昧、最荒谬的一场悲剧，它给伟大的中华民族脸上抹了黑。我们永远不应忘记！

"四人帮"垮台，"无产阶级文化大革命"结束以后，中央拨乱反正，实行了改革开放的政策，受到了全国人民的拥护。时间并不太长，取得的成绩有目共睹。在全国人民眼前，全国知识分子眼前，天日重明，又有了希望。

我在上面讲述了解放后四十多年来的遭遇和感受。在这一段时间内，我的心镜里照出来的是运动，运动，运动；照出来的是我个人和众多知识分子的遭遇；照出来的是我个人由懵懂到清醒的过程；照出来的是全国人民从政治和经济危机的深渊岸边回头走向富庶的转机。

我在20世纪生活了八十多年了。再过七年，这一世纪，这一千纪就要结束了。这是一个非常复杂、变化多端的世纪。我心里这一面镜子照见的东西当然也是富于变化的，五花八门的，但又多姿多彩的。它既照见了阳关大道，也照见了独木小桥；它既照见了山重水复，也照见了柳暗花明。我不敢保证我这一面心镜绝对通明锃亮，但是我却相信，它是可靠的，其中反映的倒影是符合实际的。

我揣着这一面镜子，一揣揣了八十多年。我现在怎样来评价镜子里照出来的20世纪呢？我现在怎样来评价镜子里照出来的我的一生呢？呜呼，慨难言矣！慨难言矣！"却道天凉好个秋"，我效法这一句词，说上一句：天凉好个冬！

只有一点我是有信心的：21世纪将是中国文化（东方文化的核心）复兴的世纪。现在世界上出现了许多影响人类生存前途的弊端，比如人口爆炸，大自然被污染，生态平衡被破坏，臭氧层被破坏，粮食生产有限，淡水资源匮乏，等等，这只有中国文化能克服，这就是我的最后信念。

1993年2月17日
原载《东方》1994年第4、5期

自 传

　　季羡林，生于1911年8月，原籍是山东省清平县（现改归临清市），家庭是农民。父亲和叔父幼丧父母，家里贫无立锥之地，被迫逃到济南谋生。经过艰苦奋斗，叔父终于在济南立住了脚。我于六岁离开父母往济南依靠叔父，在那里上小学、初中和高中。1930年高中毕业，考入北京国立清华大学西洋文学系（后改外国语文系）。1934年毕业，获文学学士学位，回济南任母校山东省立济南高中国文教员一年。1935年被录取为清华大学与德国的交换研究生。是年秋赴德，入哥廷根大学，学习梵文、巴利文、吐火罗文等。1941年获哲学博士学位。1946年回国，任北京大学教授兼东方语言文学系主任。解放后任原职。1956年当选为中国科学院哲学社会科学部学部委员。同年加入中国共产党。1978年兼任北京大学副校长、中国社会科学院与北京大学合办的南亚研究所所长。1984年，研究所分设，改任北京大学南亚东南亚研究所所长。

从中学时代起,我就开始学习着写一些东西,也曾翻译过一些欧美文学作品。上大学后,念的是西方文学,以英文为主,辅之以德文和法文。当时清华大学虽然规定了一些必修课,但是学生还可以自由选几门外系的课。我选了几门外系的课,其中之一是陈寅恪先生的"佛经翻译文学"。这门课以《六祖坛经》为课本。我从来不信任何宗教,但是对于佛教却有浓厚的兴趣。因为我知道,中国同印度有千丝万缕的文化关系。要想把中国思想史、中国文学史搞清楚,不研究印度的东西是困难的。陈先生的课开扩了我的眼界,增强了我研究印度的兴趣,我学习梵文的愿望也更加迫切了。

1935年我到了德国。德国对梵文的研究是颇有一点名气的,历史长,名人多,著作丰富,因此具有很大的吸引力。外国许多梵文学者是德国培养出来的,连印度也不例外。我到了德国,入哥廷根大学,从瓦尔德施密特(Waldschmidt)教授学习梵文和巴利文。他给我出的博士论文题目是关于印度古代俗语语法变化的,从此就打下了我研究佛教混合梵文的基础。苦干了五年,论文通过,口试及格。以后,瓦尔德施密特教授应召参军,他的前任西克(Emil Sieg)教授年届八旬,早已退休,这时又出来担任教学工作。这位老人待人亲切和蔼,对于我这个异域的青年更是寄托着极大的希望。他再三敦促我跟他学习吐火罗文和吠陀。我今天在这方面的知识,都是他教导的结果。我毕生难忘我的德国老师们。

在德国十年,我主要致力于语言的研究,对于印度古典文学很少涉猎。

但是回国以后,情况有了很大的变化。我喜欢的那一套印度古代语言,由于缺少起码的书刊资料,不管我多么不愿意,也只能束之高阁;研究工作无法进行。在科学研究方面,我是一个闲不住的人。现在干些什么呢？我徘徊，我迟疑，结果我就成了一个"杂家"。有什么饭，就吃什么饭；有多大碗，就吃多少饭。这就是我当时的指导思想。于是，我研究印度史，研究中印文化关系史，研究印度佛教史，翻译和研究梵文文学作品也成了我的主要工作。

对于中印文化关系史的研究，我很早就有兴趣。在德国求学时期，遇到有关资料，我随手札记。回国以后，既然研究印度古代语言和吐火罗文有了困难，我就更加注意搜集中印文化关系史的资料，写过一些文章。20世纪50年代中期以后，集成了一个集子，名之曰《中印文化关系史论丛》，1957年由人民出版社出版。80年代初，我把这个集子进行了改编，把有关印度古代语言的，用德文、英文和汉文写成的论文，编成了一册，名之曰《印度古代语言论集》，1982年由中国社会科学出版社出版；把原有的有关中印文化关系的文章和50年代以后新写的与此有关的文章编在一起，名之曰《中印文化关系史论文集》，1982年由三联书店出版。

至于翻译，20世纪50年代初，我翻译了一些近代德国作家的作品，其中有托马斯·曼的短篇小说等等。翻译最多的是安娜·西格斯的短篇小说，已经集成了一个集子《安娜·西格斯短篇小说集》，由作家出版社出版。从1957年起，我陆续翻译、出版了古典梵文名著《沙恭达罗》、《优哩婆湿》、《五卷书》、《十王小传》（选译）等等。从1973年起，翻译印度两大史诗之一的《罗摩衍那》。这一部书在印度文学史上和世界文学史上都占有极其重要的地位，对南亚东南亚各国有很大影响。有很多印度各种语言和国外许多语言的译本。它对中国也有影响。内蒙古、西藏和新疆地区，以及云南少数民族地区，都有罗摩的故事。《西游记》中孙悟空的形象也显然受了它的影响。但是却一直没有汉文译本。在过去，翻译这样一部规模巨大的史诗，对于我这个行政工作和社会活动都非常繁忙的人来说，简直是无法想象的。但是，当时所谓"文化大革命"还没有结束，我头上被戴上的那一大堆可怕的帽子，一顶也没有摘。我被命令到一座学生宿舍和系办公室合在一起的大楼里，去看守大门，传呼电话，分发信件。后来不知怎样一来，我又成了教师，教一点英文。总之，我是靠边站，除了上面说的那些杂事之外，什么事情也不管。这真是一个难得的好时机，我从1973年起，用了五年的时间，终于把这部长达二百多万字的巨著译完。这使我感到十分欣慰。1980年，人民文学出版社出版了《罗摩衍那》第一册，到1984年完全出齐，共八巨册。

与中印文化关系史有关的工作，我也做了一些。主要是同一些同志共同校注了唐玄奘的《大唐西域记》，中华书局于1985年出版。陕西人民出版社于同年出版了《〈大唐西域记〉今译》。同年，广西漓江出版社还出版了我翻译的《家庭中的泰戈尔》。现在正写一部《糖史》。

吐火罗文的研究，由于缺少资料，已经中断了多年。1981年起又收拾起来。因为在1975年新疆吐鲁番地区出土了一批吐火罗文A（焉耆文）《弥勒会见记剧本》残卷。我受新疆博物馆的委托解读这些残卷。经过一段时间的努力，进度比我预想的要快得多，从1982年起，我在国内外一些杂志上用汉文和英文发表了一些论文。将来准备把全部残卷整理成一部书出版。

有人可能认为，搞一些枯燥的语法现象同艰深的宗教理论，会同文学翻译与创作有矛盾。也许是因为我在两方面都搞得不够深，我倒没有感到有什么矛盾，反而觉得有利于脑筋的休息。换一个工作，脑筋就好像刀子重新磨了一样，顿时锋利好用。五六十年来，我就是这样搞下来的。我不但翻译文学作品，自己也从事创作。少年时代大概也写过诗。从高中起就专写散文，迄今未断。已经出版了四个散文集：《天竺心影》，1980年，天津百花文艺出版社出版；《朗润集》，1981年，上海文艺出版社出版；《季羡林选集》，1980年，香港文学研究社出版;《季羡林散文集》,1986年,北京大学出版社出版。第五个集子《万泉集》也已出版。个人回忆录《留德十年》也在排印之中。

从上面叙述中可以清楚地看到,我这一生是翻译与创作并举,语言、历史与文艺理论齐抓,对比较文学、民间文学等也有浓厚的兴趣,是一个典型的地地道道的"杂家"。我原以为,我成为"杂家"是被环境逼出来的。现在看起来,似乎并非如此,我真好像是有一些"杂家细胞"。现在环境早已改变了,而我仍然是东抓西抓,还乐此不疲,这事实我能否认掉吗?我早已年逾古稀,至今仍无改变的迹象和意愿,我恐怕将以"杂家"终了。

1988年4月15日写完

原收入《季羡林学术论著自选集》,1991年